Lukas Hainer
Nightrunner

Lukas Hainer

NIGHT RUNNER

VERGISS, WER DU WARST

Lesen was ich will!
www.lesen-was-ich-will.de

Von Lukas Hainer liegen im Piper Verlag vor:
Das dunkle Herz (Serie)
Nightrunner. Vergiss, wer du warst

FSC
www.fsc.org
MIX
Papier aus verantwortungsvollen Quellen
FSC® C083411

Originalausgabe
ISBN 978-3-492-70474-8

Satz: psb, Berlin
Gesetzt aus der Dorian DTL
Druck und Bindung: CPI books GmbH, Leck
Printed in the EU

Für Pia

Am Anfang schuf Gott Himmel und Erde, Tag und Nacht, Wasser und Land. Er ließ das Gras aufgehen, Bäume Früchte tragen und schuf lebendiges Getier. Und als die Erde ein schöner Garten war, setzte er nach seinem Ebenbild das erste Volk hinein: das Geschlecht der Engel.

Die Schar der Engel wuchs und es waren zwei unter ihnen, Prometheus und Pandora, die Gott selbst nacheiferten. Prometheus schuf mit den Menschen ein zweites Volk und Pandora perfektionierte die Handwerkskunst und schenkte den Menschen himmlische Werkzeuge.

Doch Gott gefiel es nicht und er rief das Engelspaar zu sich. Er gab ihnen Geschenke, die sie dem zweiten Volk in seinem Namen bringen sollten. Doch als die Menschen die Geschenke entgegennahmen, waren es Mühe, Krankheit und Tod und das Schicksal der Menschen ward beschwerlich. Die Menschen fühlten sich betrogen und ein Krieg zwischen ihnen und den Engeln entbrannte. Und sie töteten Pandora und Prometheus verlor seine Flügel.

Prometheus aber versteckte sich unter den Menschen und haderte mit ihnen und mit Gott gleichermaßen. Er lebte lange Jahre unerkannt und schuf neue Völker wie die Gnome und die Feen und zudem Tiere, die den Menschen ähnlich waren und die man an ihrem weißen Fell und Gefieder erkannte. Sie alle mussten sich vor Gottes Zorn und der Missgunst der Menschen verbergen. Und es gab Kriege und Hungersnöte und die Erde war ein finsterer Ort.

Und als Generationen vergangen und Prometheus' Groll verflogen war, wollte er das Schicksal der Geschöpfe auf Erden erleichtern. Er unterwies die Menschen erneut im Gebrauch von Pandoras Wunderwerken, zeugte Nachkommen mit ihnen und schenkte ihnen sein Wissen. Doch nicht alle Menschen waren einverstanden, denn sie hatten nun Angst vor Gottes Zorn und es gab wieder Krieg.

Und als Gott Prometheus und seine Anhänger erneut strafen wollte, geschah es, dass eine Frau unter den Menschen geboren wurde, die so lieblich war, dass sie Gottes Blick auf sich lenkte. Sie hieß Maria und Gott gab ihr einen Sohn und er hieß Jesus. Und Jesus predigte den Menschen, genügsam zu sein und sich in ihr mühevolles Schicksal zu fügen. Und er trug ihnen auf, Prometheus' Kreaturen und Nachkommen zu verstoßen und von den himmlischen Werkzeugen nicht länger Gebrauch zu machen.

Und Jesus erweichte das Herz seines Vaters, auf dass er den Menschen gnädig wurde und sie zum Teil seiner Schöpfung erklärte. Und Gott nahm Jesus und Prometheus und dessen verbliebene Brüder und Schwestern aus dem ersten Volk zu sich. Sie bilden die Schar der Engel im Himmel und seine Söhne sitzen dem Gottvater zur Seite, zu richten die Lebenden und die Toten.

ERSTER
TEIL

I

EVELYN

Evelyn rannte und rannte und achtete nicht auf den brennenden Schmerz in ihrer Brust. Sie rannte so schnell ihre Beine sie trugen und ihr wirres, rostbraunes Haar zerzauste sich im Wind, während sich das Garn in ihren Händen hinter ihrem Rücken spannte.

»Er hebt ab!«, hörte sie die Stimme ihres Vaters. »Lauf, Evelyn, er fliegt!«

Und sie lief. Die karge Gras- und Schotterebene des Flugfelds spannte sich unendlich weit vor ihr auf. Freiheit. Das war es, was sie in den Augen ihres Vaters sah, wenn er ihr Geschichten von den waghalsigen Aeronauten erzählte. Von den Luftfahrern, die sich in ihren Schiffen über die Meere und Gebirge erhoben, oder den Gleiterpiloten, die sich von der Himmelsleiter aus in die Tiefe stürzten, um die steigenden Luftströme der Waldkante zu erreichen und sich nach und nach über den Himmel von Wien zu schrauben.

Für die Bürger der Stadt waren sie Spinner, für die Jesiten sogar Ketzer. Doch wenn Evelyn sie fliegen sah, wurde sie andächtig, als sähe sie den Engeln zu. Es musste schlimm für ihren Vater sein, dass er es hatte aufgeben müssen.

»Schau hoch!«

Ihr Vater war dicht hinter ihr. Sie verlangsamte ihre Schritte, unterdrückte den aufkeimenden Hustenreiz in ihrer Brust und wandte den Blick nach oben. Dort flatterte ihr Drachen im Wind und zupfte an dem Garn in ihrer Hand. Er hatte die spitz zulaufende Form eines Pfeils und zwei lange Papierbänder flatterten hinter ihm her. Weil sie keine Farben gehabt hatten, war er knöchern weiß, aber das machte nichts. Die tatsächlichen Gleiterflügel und die Luftschiff-Häute der Aeronauten hatten denselben vergilbten Weißton von Segeltuch. Hinter dem flatternden Drachen und viel, viel höher in der Luft sah Evelyn den Himmelsanker. Der große Fesselballon, der die Himmelsleiter hielt und den vier Stahlseile davon abhielten, einfach davonzuschweben.

»Großartig, Kleine«, sagte ihr Vater und legte ihr die Hand auf die Schulter.

Sie genoss die Berührung, wandte den Blick ganz kurz vom Drachen zu ihm hinüber und sah den sehnsuchtsvollen Ausdruck in seinen Augen. Evelyn überlegte, ob sie ihn jetzt fragen sollte.

»Weißt du ...«, setzte er an und suchte nach Worten, die er nicht so recht zu finden schien, »... das ist es.« Er sog die Luft geräuschvoll durch die Nase ein. »Egal, was hier unten passiert.«

Evelyn nickte, und gerade als sie zu der Frage ansetzte, die ihr im Herzen brannte, seit sie zum Flugfeld losgezogen waren, zerrte der Drachen in einer heftigen Böe an seiner Leine. Das Garn rutschte Evelyn durch die Finger und sie musste mit der Linken nachgreifen.

»Hoppla«, lachte ihr Vater, als der Drachen weiter bockte. »Ist ein wilder Bursche, was?«

Er verlor an Höhe und Evelyn lief erneut los. Ungeachtet der stechenden Schmerzen in ihrer Brust rannte sie so schnell sie konnte, bis sich die Schnur wieder straffte.

»Langsam, Mädchen.«

Ihr Vater lief neben ihr, während sie spürte, wie ihre Kräfte schwanden. In ihren ersten Tagen auf dieser Welt war sie ein kleines, schwächliches Ding gewesen. Sie hatte sich jeden Atemzug erkämpfen müssen und laut ihren Eltern hatte niemand gewusst, was ihr genau fehlte und ob sie es überstehen würde. Sie hatte sich in ihr Leben gekämpft und krabbeln, laufen, rennen gelernt. Und trotzdem ließ ihr Körper sie ständig spüren, dass sie ihn mit all ihren Anstrengungen nur zermürbte. Sie war mit einer tickenden Uhr auf die Welt gekommen, die ihre Zeit herunterzählte.

Schließlich bekam sie keine Luft mehr und blieb um Atem ringend stehen. Sie spürte, wie der Zug auf dem Garn sofort nachließ, und wandte sich um, ehe sie sich vornübergebeugt ihrem Hustenanfall ergab. Ihr Vater war sofort bei ihr.

Der Drachen trudelte und sank, beschleunigte noch einmal im Sturzflug und kam mit einem hässlichen Geräusch am Boden auf. Evelyn wollte zur Absturzstelle eilen, doch ihr Husten war noch immer nicht abgeklungen. Bellend krampfte sich ihr Brustkorb zusammen.

»Ruhig«, murmelte ihr Vater, hielt sie im Arm und küsste ihren Kopf, bis es vorbei war. »Ruhig atmen.«

Als sie endlich bei ihrem Drachen ankamen, kämpfte Evelyn mit den Tränen. Der leichte Holzrahmen war komplett zerschellt. Und der Wind zupfte an ihrem Haar, als wolle er beweisen, dass ein gesundes Mädchen den Drachen leicht am Himmel hätte halten können.

»Es tut mir leid«, murmelte sie enttäuscht.

»Ach Kind«, seufzte ihr Vater und legte den Arm um sie. »Das macht doch nichts. Denk daran, wie schön er geflogen ist. Das ist das Wichtigste.«

Evelyn hörte die Sehnsucht in seiner Stimme und fühlte sich kein Stück besser. Es lag an ihr, dass er nicht mehr flog. Die Aeronauten waren sich alle einig, dass ihre goldene Zeit gerade erst begann, doch ihr Vater hatte nicht mehr darauf warten können. Das Geld war knapp und so hatte er in die Fabrik gehen müssen, wie ihre Mutter auch.

»Ist doch besser, dass er so schön geflogen ist, als wenn wir ihn am Boden behalten hätten, oder?« Als er in die Hocke ging, legte sie die Arme um ihn und den Kopf an seine Schulter. Sie sah die Lederschnur, die um seinen Hals lag und unter seinem Hemd verschwand. Dort lag der Anhänger an seiner Brust, mit dem sie schon als Kleinkind gespielt hatte. Drei goldene Ringe, die sich gegeneinander verdrehen ließen, der innerste durch ein Kreuz mit gleich langen Armen verstärkt: das Prometheus-Kreuz. Die Ringe wurden scheinbar durch nichts zusammengehalten. Nur der äußere wurde von der Lederschnur gehalten, der mittlere und der innere schwebten frei.

Ihr Vater sagte, er habe sie mit dem Anhänger bei jedem Anfall von Atemnot beruhigen können, als sie noch klein gewesen war. Die feinen Ringe waren alt und abgegriffen und in den äußeren war ein Symbol eingepunzt: ein Vogel mit gegabeltem Schwanz.

Evelyn spürte, dass es der richtige Moment für ihre Frage war.

»Nimmst du mich mit hoch?«

An seinem Hinterkopf vorbei sah sie die Himmelsleiter, die bei den gigantischen Luftschiff-Werfthallen in der Mitte des Flugfeldes am Boden verankert war. Die Stahlseile mit den hölzernen Streben führten weit in die Höhe, bis zu dem Fesselballon, dem Himmelsanker, von dem aus die Gleiterpiloten starteten.

»Kleines, du weißt, dass ich das nicht kann«, antwortete er.

»Du kannst es«, flüsterte sie. Sie durfte ihm nicht sagen, dass sie Mama nichts davon erzählen würde. Darauf würde er sich nicht einlassen. Es musste von ihm kommen. »Nur einmal nach oben. Wenn schon der Drache nicht mehr fliegt …«

Er lachte trocken auf.

»Okay«, seufzte er und löste sich dann von ihr. »Ich nehm

dich ein kleines Stück hoch, aber wenn es dir nicht gut geht, sagst du mir Bescheid, hörst du? Und kein Wort zu deiner Mutter.«

Evelyn strahlte ihn an und nickte. Den Wunsch, dass er *sie* fliegen lassen sollte, würde sie sich für oben aufheben.

Ihr Vater sammelte die Bruchstücke des Drachens ein und umwickelte sie mit dem Garn. Vielleicht würde er ihr Spielfiguren aus dem Holz schnitzen. Sie hatte bereits einen Weißfuchs und einen Wolf, die sich unter dem Tisch, an dem sie aßen, heftige Jagden lieferten. Evelyns Freund Milan staunte immer, wenn er sie sah. Ihr Vater konnte so gut schnitzen, dass die Tiere fast aussahen, als seien sie lebendig. Evelyn wünschte sich Engelsfiguren, doch damit biss sie bei ihrem Vater bislang auf Granit. Die letzten Engel seien lange fort, sagte er nur immer, und vielleicht sei das auch gut so. Doch Evelyns Freund Milan sagte, dass es im Osten, im Zarenreich, noch Halbengel gäbe, die vor den Jesiten dorthin geflohen seien. Und Milans Vater fluchte auf die Jesiten, die erst zufrieden sein würden, wenn es keine Wunder mehr in ihrer Welt gab.

Es begann zu nieseln, während sie zu den Werfthallen hinüberliefen, und ihr Vater hob immer wieder skeptisch den Kopf gen Himmel.

»Evelyn, ich glaube, das ist heute doch keine gute Idee«, sagte er schließlich.

»Das sind nur ein paar Tropfen«, schüttelte sie den Kopf. »Wir können es doch versuchen, und wenn es nicht geht, lassen wir es gleich wieder sein.«

Sie konnte bereits die Stelle sehen, wo die Stahlseile und die Leiter in den schweren Eisenringen am Boden endeten.

Ihr Vater hob sie hoch und stöhnte.

»Bist du groß!«, schnaufte er spielerisch. Dann wurde er ernst. »Das Wetter ist zu schlecht. Da oben ist der Wind stärker, schau dir den Anker an.«

Evelyn blickte auf und sah, wie der behäbige Ballon sich weit,

weit oben immer wieder leicht gegen die Stahlseile verdrehte und zurückgehalten wurde und wie die Himmelsleiter seinen Schwankungen folgte.

»Wir müssen ja nicht so hoch«, bettelte sie. Dann spielte sie ihren letzten Trumpf und fühlte sich schlecht dabei. »Ich weiß doch nicht, wie oft es noch geht.«

Der Schmerz in den Augen ihres Vaters ließ sie ihre Worte beinahe bereuen. Es blieb trotzdem wahr. Der Winter nahte und vielleicht war es wirklich das letzte Mal. Wer wusste, ob sie im nächsten Frühjahr noch klettern konnte.

Er biss die Lippen aufeinander und warf Evelyn in gespielter Verärgerung in die Luft, sodass sie vergnügt quietschte.

»Also komm, kleines Mädchen!«

Und als er sie herunterließ, rannte Evelyn das letzte Stück zur Leiter.

Ihr Vater ließ sie warten, während er den ausgetretenen Weg zur Halle 3 hinüberging, die vor ihnen lag wie ein riesiges, gestrandetes Schiff. Mit Sicherungsgurten und Schnapphaken kehrte er zurück.

Evelyn legte ihren Gurt selbst und mit routinierten Bewegungen an. Dann klickte sie den Schnapphaken in die Sicherungsleine, die neben der Himmelsleiter zum Ankerballon hochführte.

»Fertig?«, fragte ihr Vater und prüfte noch einmal den festen Sitz ihres Gurts.

Statt Antwort zu geben begann Evelyn den Aufstieg. Ihr Herz klopfte vor Aufregung und die stahlgewobene Strickleiter mit den holzverkleideten Sprossen schwang bei jeder ihrer Bewegungen mit. Beim ersten Mal war sie davon noch überrascht gewesen, aber nachdem ihr Vater sie nun bestimmt schon ein halbes Dutzend Mal mit hinaufgenommen hatte, war sie die leichten Pendelbewegungen gewohnt.

»Nicht so schnell«, bremste ihr Vater, während er ihr nachkam.

Gehorsam verlangsamte sie ihr Tempo und versuchte, sich dem Rhythmus ihres Vaters anzupassen, damit die Leiter nicht zu sehr wackelte.

Der Wind pfiff durch ihre Kleidung und sie spürte weitere Tropfen im Gesicht, während sie höher und höher stiegen und die Hallen unter ihnen zurückblieben. Alle paar Meter musste der Schnapphaken aus dem Sicherungsseil ausgeklinkt und über der nächsten Querverbindung zur Leiter wieder eingeklinkt werden. Die Querverbindungen hielten den Haken, wenn man stürzte, und fingen einen so auf. Nur in diesem kurzen Moment des Ausklinkens war man ungesichert. Doch Evelyn hielt sich gut fest und hatte keine Angst.

»Das reicht«, bestimmte ihr Vater irgendwann. »Bis hierher.«

Evelyn überlegte, ob sie ihm noch ein paar Meter herauskitzeln sollte, ließ es aber bleiben. Schließlich hatte sie noch etwas anderes vor.

In der leicht schwankenden Leiter hängend blickte sie über ihre Heimatstadt. Sie sah das verwaiste Flugfeld unter sich und den nahen Güterbahnhof, von dem gerade ein Dampfzug losrollte und schwarze Wolken spuckte. Ein Stück weiter begannen die Arbeiterviertel: Simmering und Erdberg, wo auch Evelyns Familie lebte. Und dahinter, dicht an der Prachtstraße Wiens, ragte die Kuppel des Mariendoms auf. Es hatte der Prometheusdom werden sollen, doch die Jesiten hatten die Macht über die Stadt erlangt, ehe er fertiggestellt worden war. Vom Domplatz aus konnte man die Stellen an der Fassade sehen, wo die neuen Baumeister die Prometheus-Darstellungen zerschlagen hatten, um sie mit Jesiten-Heiligen zu ersetzen.

Der Kampf zwischen Prometisten und Jesiten währte seit Jahrhunderten. Wenn Evelyn oder ihre Freunde sich in den reichen Jesiten-Vierteln blicken ließen, in Josefstadt oder Belvedere, dann wurden sie beschimpft und mit Steinen beworfen. Umgekehrt bezogen die Jesiten von ihnen Prügel, wenn sie sie in den Prometistenvierteln erwischten. Es war schlimm, dass die heilige Stadt Wien unter Jesiten-Herrschaft stand. Der Legende nach hatten die ersten Engel Prometheus und Pandora hier Fuß auf die Erde gesetzt. Und man sagte, die Spuren des ersten Volks seien noch immer unter manchen der neuen Bauwerke zu finden.

Als Evelyn den Blick zu ihrem Vater senkte, sah er gerade an ihr vorbei nach oben. Noch immer weit über ihren Köpfen schwebte der Ankerballon und darunter der ebenso große, stählerne Ring, zu dem die Gleiter mittels Seilzügen hinaufbefördert wurden.

»Lässt du mich fliegen?«, fragte sie zögerlich.

Sie rechnete kaum damit, dass er es erlauben würde. Der Wind riss noch stärker als zuvor an dem Ballon hoch über ihnen und mit dem einsetzenden Nieselregen wurde es rasch kälter. Evelyns Hände froren und hatten wenig Gefühl.

Doch zu ihrem Erstaunen erwiderte ihr Vater ihren Blick und brachte sie mit einem Nicken zum Strahlen. Sie hielt sich gut fest, während er weiter nach oben stieg und erst zu ihren Seiten, dann über ihr in die Leiter griff. Er festigte seinen Stand und ließ sich vorsichtig in seine Sicherung zurücksinken. Dann löste er seine Hände von der Leiter und stützte sich nur noch mit den Füßen ab, während der Schnapphaken seinen Oberkörper hielt. Evelyn spürte, wie er sie fest um die Hüften fasste.

»Okay«, sagte er. »Dann los.«

Es kostete sie einen Moment der Überwindung, dann ließ Evelyn ebenfalls die Leiter los und streckte die Arme aus. Ihr Vater hielt sie, während sie den Oberkörper über den Abgrund senkte und auch die Füße von der Leiter nahm. Der Wind rauschte um ihren Körper und sie schwebte in der Luft, von nichts gehalten außer den Händen ihres Vaters. Das leichte Schwanken und Beben der Strickleiter genügte, um ihr die Illusion des Fliegens zu geben. Absolute Freiheit.

Mit einem Mal hörte sie Husten und war verwirrt, denn anders als sonst kam es nicht von ihr. Ihr Oberkörper kippte langsam nach vorn und sie schrie auf, als die Hände ihres Vaters plötzlich keinen festen Halt mehr gaben.

Seine Finger krallten sich schmerzhaft durch ihre Kleidung in ihre Seite, doch sein Hustenanfall wurde schlimmer und er konnte sie nicht halten.

»Papa!«, kreischte sie, während sie komplett nach vorn von der Himmelsleiter kippte und einen Meter absackte, bis ihr Schnapphaken von der nächsten Querverbindung der Sicherungsleine aufgefangen wurde.

Evelyn spürte den Ruck an ihrem Gurt, der den freien Fall bremste und die ganze Leiter erfasste. Sofort krallte sie mit den Händen nach der nächsten Leiterstrebe und presste sich daran. Das keuchende Husten ihres Vaters über ihr hatte noch nicht aufgehört. Seine Hände umklammerten schon wieder die Leiter und sein Oberkörper war gekrümmt, wie sie es selbst von unzähligen Anfällen kannte.

»Evelyn!«, rang er hervor und richtete den panischen Blick nach unten.

»Papa«, jammerte sie und spürte den Schock noch immer im ganzen Körper.

»Ich komme runter«, rief er.

Der Nieselregen verdichtete sich immer mehr und Evelyns Beine zitterten. In ihrem ganzen Mund war ein ekliger, metallischer Geschmack. Als ihr Vater bei ihr ankam, wechselte er auf die andere Seite der Leiter, um ihr gegenüberzustehen.

»Evelyn, schau mich an«, beschwor er sie. »Schau mir in die Augen.«

Sie spürte die schwankende Leiter und ihren eigenen erstarrten Körper und wimmerte leise, als sie seinen Blick erwiderte. Sie klammerte sich so fest sie konnte an die Leiterstrebe.

»Es ist alles gut«, sagte er eindringlich. »Es kann nichts mehr passieren, okay? Wir klettern jetzt zusammen runter. Langsam und sicher.«

Seine Worte erreichten sie trotz ihrer schrecklichen Angst.

»Komm, mit mir zusammen.« Er setzte den Fuß eine Stufe tiefer.

Evelyns Schultern krampften, als sie den Fuß von der Stufe hob und unter sich die nächste Strebe suchte.

»Sehr gut. Langsam und sicher. Und weiter, gemeinsam mit mir.«

Ihr Vater hob die Hand zu seinem Schnapphaken, löste ihn aus der Sicherungsleine und hängte ihn unter der Querverbindung wieder ein.

»Und du.«

Sie versuchte, den Griff ihrer Linken zu lockern, doch dabei begann ihr ganzer Arm so heftig zu zittern, dass sie innehielt.

»Ich schaff es nicht«, schluchzte sie.

»Wir schaffen es«, sagte ihr Vater im Brustton der Überzeugung. »Ich halte dich. Und los.«

Er streckte den Arm um die Leiter herum und hielt sie und sie hob ihre zitternde Hand von der Sprosse und griff nach dem Schnapphaken. Sie löste ihn und spürte für einen kurzen, schrecklichen Moment wieder den Schwindel und das Gefühl, nach vorn in die Tiefe zu stürzen. Doch dann riss sie sich zusammen und hängte den Schnapphaken erneut ein.

Bis sie am Boden ankamen, regnete es heftig und sie waren klitschnass. Ihr Vater sprang die letzten Meter, nachdem er sich ausgeklinkt hatte, und pflückte sie von der Himmelsleiter.

»Oh Gott …«, flüsterte er, während er sie an sich presste, und sie spürte, dass er selbst jetzt am ganzen Körper zitterte. »Es tut mir so leid, Kleines. Oh Gott, im Himmel.«

Evelyn heulte, während der Regen auf sie beide niederprasselte.

»Aber …«, schluchzte sie, als sie ihre Sprache zurückgewann. »Aber das heißt nicht … dass wir es nie wieder machen, oder?«

Er sah sie an, das Haar klebte an seinem Kopf und sein Gesichtsausdruck war vollkommen fassungslos. Und dann, nach einem Augenblick, lachte er los und sein Lachen mischte sich mit dem heiseren Husten und Evelyn wusste nicht, was auf einmal so lustig war.

Bevor sie durch den Regen nach Hause eilten, bückte er sich nach etwas auf dem Boden. Es war der Goldanhänger, den er bei seinem Hustenanfall auf der Leiter verloren haben musste. Die Lederschnur lag in seiner Hand und die drei Ringe drehten sich langsam gegeneinander. Als er kurz zögerte, dachte Evelyn für einen Augenblick, er würde *ihr* den Anhänger umhängen. Doch dann streifte er sich die Lederschnur selbst über und ließ den Anhänger wieder unter sein Hemd rutschen.

Zu Hause erzählten sie Evelyns Mutter kein Sterbenswörtchen von der Himmelsleiter. Nur von dem Drachen, dessen Überreste ihr Vater auf dem Flugfeld vergessen hatte.

Es lag nicht an Evelyn, dass es ihr letzter Ausflug zum Flugfeld gewesen war. Evelyn überstand den kalten, harten Winter gut, auch wenn ihre Familie wie viele Menschen in ihrem Teil Wiens zu wenig Kohlen für den Ofen und noch weniger Brot hatte. Doch in der Lunge ihres Vaters hatte sich bereits die Schwindsucht festgesetzt. Je kälter die Monate wurden, desto heftiger schüttelte ihn der Husten und desto mehr schwand er dahin. Nach der Jahreswende verließ er gar nicht mehr das Bett. Und als im nächsten Frühjahr der Schnee taute, starb er schließlich.

II

LEONOW

»Hiijjaaaa!«, brüllten die Männer durch den Wald. »Hija! Hija! Hija!«

»Husaren«, erschrak seine Schwester. »Versteck dich!«

Leonow sah sich verzweifelt um. Doch ehe er ein Versteck gefunden hatte, zog ihn Katja einfach mit sich. Sie war schon eine Frau und er nur ein Junge, daher stolperte er gehorsam mit.

»Da, hinter den Baumstamm«, zischte sie. »Schnell!«

Die Bäume standen licht, doch Leonow sah die mächtige Buche, die ein Sturm gefällt haben musste. Hastig folgte er Katja zu dem am Boden liegenden Stamm und warf sich auf die andere Seite. Dort drückte er sich so flach er konnte in den weichen Boden hinter dem moosüberwucherten Holz und versuchte trotz seines rasenden Herzschlags, leise zu atmen.

Das Hufgetrommel näherte sich. »Hja! Hja!«

Leonow hatte furchtbare Angst. Auf Wilderei stand der Tod, und wenn die Soldaten sie vor ihren Gutsherren brachten, mochte ihr Schicksal noch schlimmer aussehen.

Seine Schwester kauerte neben ihm und er spürte, wie sie ihre Hand an sein Bein legte. Die Berührung war beruhigend und mahnend zugleich. Kein Laut.

»Hijaa!« Die Erschütterungen der schweren Husarenpferde

waren im Boden zu spüren. Auf der anderen Seite des Stammes mussten sie gerade zwischen den Bäumen hervorbrechen.

Herr Jesus, hilf mir und meiner Schwester, betete Leonow im Stillen. *Erweiche deines Vaters Herz um unseretwillen und lass uns leben.*

Katja hatte ihm beigebracht, zu Jesus zu beten, wenn er auf Gottes Gnade hoffte.

»Wohin ist der Weißpelz?«, rief einer.

»Dort vorn! Wo bleiben die Hunde?« Die Stimme, die antwortete, ließ Leonow das Blut in den Adern gefrieren. Der Gutsherr. Wieder trommelten die Hufe, ein Wiehern brach viel zu nah aus einem der Tiere hervor und dann kam plötzlich ein Schatten über ihn. Ehe der Aufschrei aus seiner Brust entkommen konnte, presste er die Kiefer zusammen. Pferdehufe, fast so groß wie sein Schädel, setzten neben ihm auf, und als die Hinterläufe über ihm heranschossen, drückte er sich so eng an den Stamm, dass er das Muster der Rinde auf seiner Wange spürte.

»Hijaaaa!«

Leonow konnte nicht anders, als sich umzudrehen. Er sah noch den Rücken des Reiters, der bereits weiterpreschte, und vier seiner Gefährten, die um den Baumstamm herum ausgeschert waren. Anders als die übrigen Reiter trug der, der über ihn hinweggesetzt hatte, nicht die Soldatenkluft der Husaren. Es war der breite Rücken ihres Herrn in dem schwarz-grünen Jagdrock.

»Komm«, zischte seine Schwester, »wir müssen zu den Fallen. Schnell!«

»Was?« Leonow war entsetzt. Sie mussten *fort*, und das so schnell sie konnten. »Hast du ihn nicht gesehen?«

»Doch, und was meinst du, was passiert, wenn er die Fallen findet und zum Hof zurückkehrt?« Sie war schon wieder auf den Beinen.

»Lass uns fliehen«, bettelte Leonow, wie er es schon oft getan hatte. »Lass uns weg von hier.«

»Es gibt keinen Ort für uns«, erwiderte Katja heftig. »Und auf dem Hof verhungern wir wenigstens nicht. Komm endlich!«

Gehorsam folgte er ihren hastigen, leisen Schritten zwischen den Bäumen hindurch und in Richtung der kleinen Böschung, wo sie ihre Schlingen ausgelegt hatten. Dass sie ab und zu im Wald einen Hasen fingen, war der einzige Grund, warum sie auf dem Hof nicht verhungerten.

Die Pferdehufe waren weiterhin zu hören und der Gutsherr hatte nach den Hunden verlangt. Leonow schauderte. Er hatte einmal die ganze Nacht im Nachbarzwinger der Wolfsmischlinge verbringen müssen. Hin und wieder träumte er noch von den geifernden, zähnefletschenden Tieren.

Am Rande der Böschung stand Leonows Schwester erstarrt.

»Katja«, wisperte er, während er heranschlich. »Katja, was ist?«

»Vorsicht!«, zischte sie. Das Wiehern der Pferde war noch zu hören. Oder war es schon das Gebell der Meute?

In der Senke unter der Böschung lagen ihre zwei Schlingen, die sie in der letzten Nacht im Mondlicht ausgelegt hatten. Die eine war noch immer gespannt, wie der gebogene Ast darüber verriet. In der anderen Schlinge war ein Tier gefangen, das Leonow zunächst für ein Wiesel hielt. Es kauerte geduckt am Waldboden und sein Fell war weiß wie Schnee.

»Der Weißpelz, den sie jagen«, hauchte Leonow.

Gott hatte Tiere in allen Farben geschaffen, nur Weiß hatte er als göttliche Farbe ausgespart. Prometheus hatte diese Lücke mit seinen Geschöpfen gefüllt. Leonow machte einen Schritt hinter den Bäumen hervor darauf zu.

»Vorsicht!«, hielt ihn seine Schwester sofort zurück. Sie wirkte, als habe sie ein Gespenst gesehen. »Es ist ein verfluchtes Tier. Ein Hermelin.«

Der kleine Kopf zuckte zu ihnen auf und Leonow erschrak angesichts der roten Augen. Er sah die Stupsnase in die Luft schnüffeln und die Schnurrhaare dabei zittern.

»Ein … Hermelin?«, wiederholte er den sonderbaren Namen und hörte im selben Moment die Stimme des Tieres in seinem Kopf.

Hilfe, fiepte es. *Bitte.*

Er hatte einmal eine Schnee-Eule hier draußen im Wald gesehen und einmal sogar einen Weißfuchs. Zu ihm gesprochen hatten sie beide nicht.

»Blutsauger«, antwortete Katja mit vor Angst zitternder Stimme. »Und Pechbringer. Locken Kinder in die Tiefe des Waldes. Halt dich fern davon!«

Hilf mir!

Die unheimlichen Augen des Hermelins fixierten Leonow weiter, obwohl seine Schwester neben ihn getreten war. Er hatte Mitleid. Es war doch nur ein kleines Tier, das in einer Falle festhing.

»H-Hörst du seine Stimme?«, fragte er zögernd.

Sie kam nicht dazu zu antworten, denn die Hunde bellten hinter ihnen im Wald.

»Komm, schnell!«, keuchte Katja entschlossen und war schon die Böschung hinunter.

Mit einem Schnitt ihres Messers hatte sie die Spannungsleine der noch scharfen Falle durchtrennt und der gebogene Ast schnellte in die Höhe. In Windeseile sammelten sie die Reste der Falle auf und verwischten die Spuren.

Das Hermelin erhob sich neben ihnen auf die Hinterbeine und reckte seinen langen, schmalen Körper in die Höhe. Es kam nicht ganz hoch, denn die Schlinge hatte seinen rechten Vorderlauf erwischt und hielt es am Boden.

Lasst mich leben, flehte es in Leonows Kopf, wie er selbst vor wenigen Minuten in Richtung Himmel gefleht hatte. *Lasst mich frei!*

Katja trat mit zusammengekniffenen Lippen und dem Messer in der Hand auf das Tier zu, das furchtsam zurückwich.

»Hijaa!«, waren die Reiter im Wald wieder lauter zu hören. Dazu heiseres Bellen zwischen den Bäumen. Leonow sah die Schnauzen vor sich, wie sie Witterung aufnahmen. Die Hunde mussten auch seine Schwester und ihn bereits erschnüffelt haben.

Katja machte einen schnellen Schritt auf das Hermelin zu, das nicht flüchten konnte, und packte es entschlossen im Nacken. Ihre Augen glänzten, als sammelten sich die Tränen darin.

»Was tust du?«, fragte Leonow ängstlich. »Schneid die Schlinge durch!«

»Wenn sie es schnell erwischen, kommen wir eher davon!«, entgegnete sie und kämpfte darum, das Tier, das sich in ihrem festen Griff herumwand, ruhig zu halten. »Sie werden denken, die Hunde waren zu eifrig.«

Der Weißpelz versuchte, seine spitzen Zähne zu gebrauchen, während Katjas linke Hand schon mit dem Messer den Stich suchte. Sie wollte das Tier wirklich verletzen.

»Nein!«, stürzte Leonow auf seine große Schwester zu. »Katja, nicht!«

Sie hockte über der Stelle, wo die Schlinge an einer Wurzel festgemacht war, und kam aus dem Gleichgewicht, als Leonow ihren linken Arm fasste. Das Tier in ihrer Rechten warf seinen langen Körper herum und befreite sich aus ihrem Griff. Es wollte davon, doch die Fallenschlinge hielt es noch immer zurück.

Hundegebell. Donnernde Hufe.

»Zu der Böschung dort vorn!«, tönte ein Ruf.

»Was machst du?«, keuchte Leonows Schwester verzweifelt. »Was tust du, Dummkopf?«

Es blieb keine Zeit für einen zweiten Versuch. Sie durchtrennte die Schnur, an der das Tier zerrte, und es entschwand flink ins Unterholz. Leonow verscharrte mit dem Fuß hastig die Pfotenspuren auf dem Boden und sammelte das Fallenzeug auf, das Katja losschnitt. Dann schlugen sie sich selbst zwischen die Bäume, um endlich zu fliehen.

»Hijaaa! Hija! Hija!« Die Rufe der Reiter und das Bellen der Hunde direkt hinter ihnen.

Der Wald war hier unten dichter. Mit ihren Pferden würden sie nicht weit kommen. Leonow mühte sich ab, mit seiner Schwester Schritt zu halten. Morsches Geäst knackte unter ihren Füßen. Blätter, Ranken, Dornen. Die Husarenrufe blieben hinter ihnen zurück, doch nicht die Hunde.

Wo war das Hermelin? Folgte die Meute seiner Fährte oder ihrer?

»Hier lang«, keuchte Katja und Leonow fragte sich, wie sie sich hier im Dickicht immer noch zurechtfand. Er selbst hatte längst jeglichen Richtungssinn verloren.

Sie kamen zu einer Schneise, die eine weitere Buche mit ihrem Gewicht in den Wald gepflügt hatte. Katja hob ihn auf den Stamm und schickte ihn vor. Er lief schnell und darauf bedacht, zwischen dem Geäst nicht zu stolpern.

»Hijaaa!« Das klang fern und nicht auf ihrer Spur, doch als er sich am Ende der Schneise umwandte, sprang sein Herz bis zum Hals.

»Katja, hinter dir!«

Ein großer, schwarzer Wolfshund stand an den aufgestellten Baumwurzeln und wandte den Kopf zurück, als sei er noch unschlüssig.

Katja sah sich nicht um, sondern lief geduckt auf Leonow zu.

»Laaaaauf!«, wisperte sie und ihre weit aufgerissenen Augen machten ihm Beine.

Während Leonow sich ins Gestrüpp herumwarf, sah er aus dem Augenwinkel, wie der Wolfshund ihnen nachsetzte. Er meinte, das Knurren zu hören, das in seiner Kehle rollte. Katja schrie auf, noch ehe Leonow über das letzte Geäst der gefallenen Birke hinweg war.

»Katja!«, schrie er entsetzt und blickte zurück.

Der riesige Hund hatte sich ins Bein seiner Schwester verbissen und zerrte daran. Katja trat kreischend mit dem rechten

Stiefel nach dem Kopf des Tieres, doch es ließ freiwillig los und sprang ihr mit den Vorderpfoten auf die Brust, die Schnauze nah vor Katjas Gesicht.

Leonow stürzte zu ihr, doch Katja war schneller. Plötzlich hielt sie das Messer in der Hand und riss es nach oben über den Brustkorb des Hundes, der jaulend zurücksprang. Er verschwand heiser bellend in die Richtung, aus der sie gekommen waren.

»Katja!« Leonow sank verzweifelt zu seiner Schwester. Er fasste sie unterm Arm, als sie sich mühte aufzustehen, doch es gelang nicht. Ein Blick auf ihren verletzten Unterschenkel reichte aus, um Leonow jede Hoffnung zu rauben und ihm die Kehle zuzuschnüren.

»Er wird sie herbringen«, keuchte Katja mit schmerzverzerrter Miene. »Du musst weiter.«

»Nein«, schluchzte er und spürte die Tränen über seine Wangen rollen. »Wir verstecken uns! Ich lass dich nicht allein.«

»Hör auf!«, fuhr sie ihn an und packte ihn an der Schulter. »Red keinen Unsinn und vergeude keine Zeit. Geh nach Zarysin. Ich komm dir nach. Der Gutsherr tut mir nichts. Er braucht mich, hörst du? Sagt er nicht immer, ich bin seine beste Arbeiterin? Und er hat ohnehin zu wenig! Geh nach Zarysin und such dort Fabergé!«

Leonow kannte den Namen nicht. Er schluchzte, weil er wusste, warum der Gutsherr stets zu wenig Arbeiter hatte. Er hatte auch damals zu wenige gehabt, als sie zu ihm gekommen waren, und sie deshalb aufgenommen. Den Grund dafür hatte Leonow bald hinter der Gesindescheune entdeckt. Fünf frisch ausgehobene Gräber. Der Gutsherr kannte nur eine Strafe auf Verstöße gegen seine Regeln.

»Wo gehst du hin?«, verlangte seine Schwester, dass er wiederholte.

»Nach Zarysin. Z-zu Fabergé.«

Sie nickte und ließ von ihm ab. »Und dort wartest du auf mich!«

»Hijaaa!«, hörte Leonow die Rufe durch den Wald. Sie waren noch immer fern.

»Lauf jetzt!«, fuhr sie ihn wieder an. »Na los!«

Es zerriss ihm das Herz, als er von ihr abließ und zurücktrat. Doch er gehorchte.

»Geeeeh!«, schrie sie.

Schluchzend und zitternd drehte er sich um und lief weiter in den Wald hinein. Er lief und lief, ohne zurückzublicken oder zu wissen, wohin. Als irgendwo ein Schuss explodierte, schrak er zusammen. Hatte er dem Hermelin gegolten oder seiner Schwester? Bald hörte er weder das Bellen der Hunde noch die Stimmen der Männer und lief dennoch weiter in die Dunkelheit des Dickichts und der einbrechenden Dämmerung. Er spürte kaum, wie seine Beine immer öfter unter ihm wegknickten, bis er schließlich erschöpft und schwer atmend auf den feuchtkalten Boden sank und die Welt schwarz wurde.

Ein Schmerz weckte ihn. Spitze Zähne an seinen Fingern. Leonow schreckte auf und sah weißes Fell in der Schwärze der Nacht. Das Hermelin huschte von ihm fort und wandte ihm dann wieder seine roten Augen zu.

Du musst weiter. Sie suchen noch.

»Meine Schwester ...«

Die Schnurrhaare zitterten in der Luft.

Sie haben sie gefunden.

»Was ist passiert?«, bohrte Leonow nach und spürte wieder die Tränen hochkommen. Er quälte sich nur selbst. »Da war ein Schuss ...«

Das Hermelin senkte den Blick.

Du musst weiter.

Die Trauer schnürte ihm den Hals zu und doch mühte er sich auf die Knie. Nach Zarysin. Zu Fabergé.

»Zeigst du mir den Weg aus dem Wald? Nach Zarysin?«

Ja.

Das weiße Fell huschte schon zwischen die Schatten.

Leonow dachte nicht lange nach. Sie sind Blutsauger, hatte seine Schwester gesagt. Locken Kinder in die Tiefen des Waldes … Doch dorthin würde er sich ohne Hilfe sowieso verirren.

In der Dunkelheit kam er kaum voran und merkte dem Tier seine Ungeduld mit ihm an. Schließlich erreichten sie eine Uferböschung. Ein Seitenarm des Ryza, der sich durch den Wald schlängelte.

Flussabwärts, sagte die Stimme in seinem Kopf. *Die Hunde werden uns verlieren.*

Und Leonow ergab sich dem kalten Wasser des dunklen Stroms, das wie tausend Nadelstiche in seine Haut stach, und wünschte sich, es möge seine Erinnerung auslöschen.

III

LEONOW

Der Ryza floss quer durch das große Zarenreich, das sich von Sankt Petersburg im Norden bis hinunter nach Konstantinopel erstreckte. Zweimal wäre Leonow beinahe ertrunken, bevor das dunkle Wasser des Nebenarms ihn aus dem Wald trug und sich mit dem großen Strom vereinte. Beim zweiten Mal, als die Strömung ihn hinabriss, war er kurz davor, den Mund zu öffnen und sich zu ergeben. Der Lufthunger war so groß und das Rauschen des Wassers klang wie ein Schlaflied in seinen Ohren.

Doch der Biss der Hermelinzähne in seine Hand brachte ihn auch diesmal wieder zur Besinnung und er strampelte mit den Beinen und schlug mit den Armen, bis sein Kopf die Oberfläche durchstieß und er nach Luft schnappen konnte.

Hier drüben. Halt dich fest.

Seine Arme fanden den Ast, den der Weißpelz ihm vom Ufer heranzog, und legten sich kraftlos darüber. So überstand er den Weg aus dem Wald und bis zu einem Uferstieg, wo er sich an Land schleppte. Am Horizont konnte er den Schimmer der Stadt sehen. Rauchfahnen zogen im Sternenlicht von den Kaminen der Häuser in den Himmel. Die Nachtluft an seinem nassen Leib erinnerte ihn daran, dass immer noch Winter war.

»Mir ist kalt«, wimmerte er und schlang die Arme um sich.

In ihm herrschte Leere. Er hatte keinen Vater und keine Mutter. Seine Schwester war ihm beides gewesen. Jetzt war er allein auf der Welt, mit nichts als einer Stadt und einem fremden Namen auf den Lippen. Fabergé. Es klang nach flüssigem Gold.

Seine Eltern waren in Zarysin gestorben, das wusste er. Doch wann immer er von seiner Schwester hatte erfahren wollen, warum sie in die Arme des grausamen Gutsherrn jenseits des Waldes geflüchtet waren, hatte sie sich verschlossen. Es gibt keinen Ort für uns, diesen Satz hatte er oft gehört.

Es sind zwei Tagesmärsche zur Stadt. Die Stimme des Tieres in seinem Kopf war sanft, nicht unangenehm. *Ruh dich ein paar Stunden aus. Ich passe auf.*

»Hier?«

Unten am Uferstieg waren zwei Boote vertäut. Wenn sie Fischern gehörten, mochten diese kommen, noch ehe es hell wurde.

Nein. Komm mit.

Er folgte dem flinken Tier so rasch er konnte und trotz der Bewegung kroch die Kälte immer tiefer in seinen Körper. Seine Zähne klapperten unkontrollierbar, als sie eine Stelle mit hohem Ufergras erreichten.

Hier. Leg dich hin.

Leonow gehorchte. Der Boden war trotz der Nähe zum Ufer nicht feucht. Erst später im Frühjahr würde der Fluss über die Ufer treten und die Wiesen überschwemmen. Der Gutsherr auf der anderen Seite des Waldes schickte dann immer seine Arbeiter in den fruchtbaren Ackerschlamm hinaus, um für ihn zu pflanzen. Dieses Leben lag hinter ihm. Doch wie es aussah, würde er erfrieren, ehe er ein anderes erreichte.

Und dann spürte er das Fell des Hermelins, das ihm am Rücken unter das nasse Hemd kroch. Die Krallen der kleinen Pfoten ziepten auf seiner Haut, doch zugleich breitete sich eine Wärme von der weichen Berührung in seinem ganzen Körper aus, die ihn seine Muskeln entkrampfen ließ. Bis hinauf zu seinem Hals kroch das Tier und rollte sich dann unter seiner Brust zusammen.

Gemeinsam mit der wundersamen Erlösung von der Kälte wich das Gebell der Hunde aus seinen Ohren. Nur die Trauer blieb. Stille Tränen liefen ihm über die Wangen, bis die Erschöpfung ihn endlich in den Schlaf holte.

Statt zwei Tagesmärschen wurden es mehr. Erst am vierten Abend erreichten sie die Ausläufer der Stadt, die ihren eigenen Befestigungsmauern längst entwachsen war. So mussten sie auch kein Tor passieren, wie Leonow befürchtet hatte.

Hier musst du allein weitergehen.

Er hatte sie Minka genannt, weil sie ihm keinen Namen sagte. Falls sie es nicht mochte, hatte sie sich auch dazu ausgeschwiegen.

»Du willst ihn nicht mit mir suchen, oder?«, fragte er sie zaghaft. Ihr warmes, weiches Fell hatte ihm in den letzten Nächten ein zweites Mal das Leben und nicht zuletzt den Lebensmut gerettet.

Die Stadt ist kein Ort für mich, antwortete sie.

Leonow stellten sich die Nackenhaare auf. Es gibt keinen Ort für uns. Beinahe die Worte seiner Schwester. Sollte er sie fragen, ob er mit ihr gehen durfte, wo immer ihr Ziel lag? Er sehnte sich danach, doch zugleich wusste er, dass sie schon viel weiter weg von ihren Jägern wäre, wenn sie sich nicht an sein Tempo hätte anpassen müssen.

»Dann viel Glück«, seufzte er. »Und danke.«

Als er vor ihr in die Hocke ging, zwickte sie ihn mit ihren spitzen Zähnen in die Hand, wie sie ihn zweimal aus der Bewusstlosigkeit geholt hatte, und sprang dann in zwei großen Sätzen vom Weg in die Wiesenlandschaft rings um die ersten Häuser, wo sie verschwand.

Leonow blieb in der Dämmerung zurück und musste gegen

die erdrückende Last der Einsamkeit ankämpfen, die ihn sofort überkam.

Zarysin war die Stadt der Zaren, des Kaiserpaares, und bildete zugleich den Mittelpunkt zwischen Nord- und Südende des Reiches. Selbst in den Abendstunden war die Vorstadt voller beladener Pferdekarren und fluchender Fuhrleute. Beim Anblick der ersten Husarenuniformen erschrak Leonow noch und drückte sich in eine Gasse. Bald erkannte er jedoch, dass die Stadt voller Soldaten war und diese sich ebenso wie die Bauern und Bürger hauptsächlich um ihre eigenen Angelegenheiten kümmerten.

Trotzdem richtete er seine Frage lieber nicht an einen Uniformierten, als er sich nach dem Namen Fabergé erkundigte.

»In der Oberstadt«, knurrte der zusammenräumende Obsthändler ihn an, der sich eben noch weit freundlicher mit einer Marktfrau unterhalten hatte. Und nach einem abschätzigen Blick auf seine dreckige Kleidung fügte er hinzu: »Aber ich wüsste nicht, was du dort zu suchen hättest.«

»Wie komm ich da hin?«, bohrte Leonow weiter nach.

»Du folgst dem Gold«, lachte der Mann zu der Marktfrau hinüber, die bereits neugierig zu ihnen schielte. »Das meiste Gold in dieser Stadt verschwindet in seinen Schmelzen.«

»Und wenn's nach ihm ginge, wär's alles!«, stimmte die Frau zu.

Flüssiges Gold, daran hatte Leonow beim Klang des Namens denken müssen. War das ein Zufall?

Der Händler hatte Erbarmen mit ihm und gab ihm eine Wegbeschreibung und damit schlug er sich durch die vollen Straßen bis zu den bürgerlichen Vierteln durch. Mit dem Einbruch der Dunkelheit kam die Kälte und Leonow sehnte sich nach Minkas wärmendem, weichem Fell.

Die Menschen, die in den großzügigen Stadthäusern entlang der gepflasterten Straßen wohnten, verdienten ihr Geld in Handwerksstuben und Amtsräumen. Es gab Malereien an den Hauswänden, die die Berufe verrieten, ebenso wie kunstvolle Blumenornamente. Leonow staunte und fühlte sich doch schrecklich fremd. Dem Licht der Gaslaternen, die entlang der Häuser standen, wich er aus.

Als er das Haus am Ende der Straße erreichte, war es wie das plötzliche Eintauchen in einen Traum. Es besaß weite Glasfenster in allen drei Etagen, steinerne Tierfiguren wuchsen rund um die Fenstergiebel aus den Mauern und wirkten im spärlichen Licht der jungen Nacht fast lebendig. Auf dem Dachfirst thronte die Figur einer Schildkröte. Auf den Schuppen ihres Rückenpanzers spiegelten geschliffene Steine das Mondlicht im farblosen Schwarz der Dunkelheit. Das Gebäude überstrahlte selbst in dieser Nachbarschaft alles andere und brachte etwas in Leonow zum Klingen.

In schlafwandlerischer Zielstrebigkeit trat er auf den Eingang zu. Über der Tür baumelte ein schlichtes, gusseisernes Schild: *Fabergé – Gold- und Feinschmied*. Leonow streckte die Hand nach dem bronzenen Türklopfer aus. Die Stille auf das laute Pochen dauerte so lange an, dass Leonow die Hand schon ein zweites Mal nach dem Ring ausstreckte. Doch dann öffnete sich die Tür mit einem Ruck.

»Was soll das?«

Eine Gestalt mit schwarzem Haar streckte den Kopf zur Tür heraus und Leonow zuckte zurück. Etwas Groteskes ragte dem Mann von seinem rechten Auge weit nach vorn in die Luft. Es war eine Art optischer Apparat, den er sich umgebunden hatte.

»Ich … Ich bin Leonow«, brachte Leonow hervor und musste all seine Willenskraft aufbringen, nicht auf der Stelle davonzulaufen.

»Und ich bin Fabergé, und wenn du dich nicht auf der Stelle davonmachst, wirst du lernen, was Straßenjungen von dieser Adresse fernhält.«

Der Kopf verschwand schon wieder im Türausschnitt, doch so schnell gab Leonow nicht auf.

»H-Halt, bitte«, sagte er. »Ich ... Ich glaube, ich war schon mal hier. Meine Schwester Katja und ich. Sie hat mich hergeschickt.«

Die Tür verharrte und blieb mit einem Spalt offen stehen. Leonow zwang sich, ins Halbdunkel des Türausschnitts zu sehen. Die Miene des Mannes hatte sich verändert. Er wirkte – überrascht. In den Schatten sah das technische Gerät vor seinem Auge wie etwas aus, das zu seinem Körper gehörte. Sein linkes Auge dagegen schien selbst im Dunkeln fast zu leuchten. Es hatte die Farbe von Bernstein, mit einem goldenen Feuer darin, das Leonow noch bei keinem Menschen gesehen hatte.

»Wie war dein Name?«

Fabergé schien ihn zum ersten Mal wirklich anzusehen. Leonow beschlich das unangenehme Gefühl, dass es vor diesem Mann keine Geheimnisse gab.

»Leonow«, antwortete er verunsichert und doch zugleich voller Hoffnung, dass das dem Mann irgendetwas bedeutete.

»Und du bist allein?«

»Ja, meine Schwester ...«

Doch der Mann hatte ihm schon den Rücken zugekehrt und war in die Tiefe des Raums verschwunden. So viel Leonow durch den Türspalt erkannte, bestand das Erdgeschoss in seiner ganzen Breite aus einem einzigen, großen Raum. Wahrscheinlich war es der Verkaufsraum des Goldschmieds, denn er war vollgestellt mit Glasvitrinen und Schaukästen. Zwei schwache Gaslampen spendeten notdürftiges Licht.

»H-Hallo?« Leonow trat zögernd in den Türspalt und sah den Mann nach hinten durchlaufen.

»Schließ die Tür hinter dir«, sagte dieser, ohne sich umzudrehen, »du bist sicher hungrig.«

»Ja, stimmt«, bestätigte Leonow verwirrt.

Fabergé verschwand hinter einer Tür und Leonow hörte ihn einen Schrank öffnen und mit etwas klappern. Dann kehrte er mit einem Teller mit Brot und einem Glas Milch zurück.

»Hier. Wir reden morgen«, sagte er bestimmt, ehe Leonow eine seiner vielen Fragen stellen konnte.

»Im Keller kannst du schlafen und morgen werden wir sehen, was aus dir wird. Jetzt habe ich zu arbeiten.«

»Natürlich, ich ... vielen Dank!«, brachte er dem Rücken des Mannes noch entgegen, ehe dieser auf der Treppe nach unten verschwand. Und damit war Leonow wieder allein.

»Hijaaa!« Reiter im Wald.

Die bellende Meute.

Katja, die sich mit einem Messer ins Bein stach und dann humpelnd hinter ihm zurückblieb.

»Wenn sie mich kriegen, kannst du entkommen!«, rief sie ihm totenbleich zu.

Und der Gutsherr, der ihnen mit einem seltsamen Apparat vor dem rechten Auge seine riesigen Wolfshunde auf den Hals hetzte.

Als Leonow aufschreckte, wusste er nicht, was ihn aus seinen Albträumen geweckt hatte. Er wischte sich den Schweiß von der Stirn und spürte das trommelnde Herz in seiner Brust. Bis auf das Licht der beiden Lampen herrschte Dunkelheit. Es waren keine Gaslampen, wie er festgestellt hatte, sondern Glaskugeln, in denen ein verschnörkelter Draht schwach vor sich hin glomm. Etwas, das er noch nie gesehen hatte.

Er hörte ein Geräusch. Ein sacht schepperndes Klopfen. Ängstlich hob Leonow seinen Kopf vom Boden. Er erhob sich so weit, dass er über der Vitrinenreihe hervorspähen konnte, hinter der er auf dem harten Boden kauerte.

Fabergé hatte ihn angewiesen, im Keller zu schlafen, doch dort hatte er einen wahren Vorhof zur Hölle vorgefunden. Er war die Stufen vorsichtig hinabgestiegen, auf denen auch Fabergé verschwunden war. Ein Wummern und Rumoren war im Boden zu spüren gewesen. Die stählerne Tür unten trug eine Aufschrift, die er im Dunkeln nicht hatte lesen können, doch nachdem er sie aufgestoßen hatte, war er vor Schreck erstarrt. Ein Zischen,

Grollen und Stampfen herrschte dahinter. Hitze und Dampf und schwere Stahlmaschinen, die im Dunkeln einen grotesken Schattentanz aufführten. Er hatte gerade noch gesehen, wie unter einem weiteren Türspalt ein rotoranges Glühen hervordrang. Dann war plötzlich ein dunkler Schemen vorbeigehuscht und er hatte entsetzt die Flucht nach oben ergriffen.

Es klopfte erneut. Nicht an der Tür, sondern an einem der Fenster. Als Leonow weißes Fell im Mondlicht sah, war er sofort auf den Beinen. Er hastete zur Tür und musste erst den Schnappriegel suchen. Als die Tür endlich aufging, huschte Minka herein.

»Du bist zurückgekommen«, flüsterte Leonow gerührt und nahm sie auf den Arm, ohne darüber nachzudenken, ob sie das mochte. Sie ließ es sich gefallen und strich sogar mit dem Kopf um seinen Hals.

Sind wir hier sicher?

»Ich … Ich weiß nicht«, gab er zu und dachte an die Maschinen und den Schemen im Keller. Er hätte ihr gern etwas von dem Brot oder der Milch angeboten, doch er hatte am Abend noch alles bis auf den letzten Krümel und Tropfen verzehrt.

Es ist große Macht in diesem Haus.

»Wie meinst du das?« So ehrfürchtig wie die Worte in seinem Kopf klangen, meinte sie wohl nicht Fabergés Reichtum allein.

Minka hob den Kopf an und fixierte ihn mit ihren roten Augen.

Weißt du es nicht? Es ist ein Halbengel hier. Ein sehr alter.

»Fabergé?« Alles, was er über Halbengel wusste, hatte ihm seine Schwester erzählt. Dazu gehörte, dass die Leibwache der Zaren aus Halbengeln bestand und dass man sie manchmal von den Palastmauern aus aufsteigen sah.

Nicht alle Kinder Gottes tragen Flügel, hörte er Minkas Worte in seinem Kopf, als habe sie seine Gedanken gelesen. Und vielleicht hatte sie das ja sogar. *Du musst vorsichtig mit ihm sein.*

»Sollen wir weglaufen?«, fragte Leonow. Obwohl seine Schwester ihn hergeschickt hatte, hoffte er, dass sie Ja sagen würde.

Die Stadt ist voller Soldaten. Sie lauern uns überall auf.

»Warum jagen sie dich?«

Sie jagen uns schon immer. Aber seit ein paar Wochen sind es so viele … Dein Gastgeber weiß wahrscheinlich mehr darüber als ich. Aber schlaf jetzt weiter, du musst dich erholen.

Leonow brannten noch viele Fragen auf dem Herzen. Wie sie ihn gefunden hatte zum Beispiel und ob sie nun zusammenbleiben würden. Und was sie über Engel wusste.

Aber er sparte sie sich auf und legte sich wieder hin. Seine Albträume würden nun bestimmt nicht zurückkehren. Er war unendlich dankbar, nicht allein sein zu müssen, als Minka sich an seiner Brust zusammenrollte.

IV

EVELYN

Allein in Evelyns Straße starben in dieser Zeit fünf Erwachsene und zwei Kinder an der Schwindsucht. Es gab nichts, was die Menschen dagegen tun konnten, also lebten sie so gut es ging mit dem Tod Seite an Seite. Und trotzdem kamen Evelyn auch noch Monate nach der Beerdigung ihres Vaters von Zeit zu Zeit die Tränen.

»Heulst du jetzt wieder?«, fragte Milan und sah von den Glasmurmeln auf, die zwischen ihnen auf dem Boden lagen. Sie gehörten Milan und er hatte sie von seinem Großvater. Die Murmeln hatten alle Schattierungen, wunderschöne Facetten und manche von ihnen funkelnde Einschlüsse wie ein winziger, eingefangener Sternenhimmel. »Du musst mit den Mädchen spielen, wenn du nicht damit aufhörst. Die anderen Jungs ziehen mich sowieso schon auf.«

Milan hatte leicht reden. Seine Eltern waren beide quicklebendig und arbeiteten in derselben Fabrik wie Evelyns Mutter.

»Ich heul nicht, ich bin wütend!«, zischte sie. Es fühlte sich wie der größte Verrat ihres Lebens an, dass der Tod nicht sie, sondern ihren Vater geholt hatte. Wenn sie gestorben wäre, hätte er wieder fliegen können. Er hätte ein Leben vor sich gehabt. Sie war doch nur der Klotz an seinem Bein gewesen.

Milan beugte sich vor und sah ihr tief in die Augen und sie hielt sich mühsam vom Blinzeln ab, damit keine Träne loskullerte. Irgendwann rollte sie ihr von allein über die Wange.

»Du heulst«, triumphierte Milan. »Und überhaupt – glaubst du, du bist so besonders? Wir sind alle wütend! Arne hat drei Geschwister und ihnen ist der Vater genauso weggestorben. Und jetzt geht er schon mit in die Fabrik, weil sie sonst verhungern.«

»Aber seinen Vater haben sie nicht mit zwei Ketzern in ein Grab gesteckt«, schnaubte Evelyn und wischte sich zornig mit dem Ellenbogen übers Gesicht. Sie hatte keine Ahnung, wie Arnes Vater beerdigt worden war, aber das Begräbnis ihres Vaters hing ihr noch immer nach. Es war kein Geld für ein ordentliches Grab da gewesen. Wenn sie seinen Anhänger verkauft hätten, hätte es vielleicht gereicht, doch Evelyn war froh, dass ihre Mutter das nicht getan hatte.

Ohne das nötige Geld hatten sie ihren Vater zusammen mit zwei Sündern auf der Armenwiese des Zentralfriedhofs lassen müssen. Ihren Vater hatten die Kirchendiener zuerst in die Grube gelassen. Die Holzkisten der beiden anderen Toten waren verkehrt herum nachgeschickt worden. Ketzer wurden mit dem Gesicht nach unten begraben, damit sie am besten gleich ihren Weg in die Hölle fanden.

»Was ist, wenn er mit ihnen mitgegangen ist?«, erklärte Evelyn einen ihrer düsteren Gedanken. »Immerhin waren sie zu zweit. Woher soll er denn wissen, wo oben und wo unten ist?«

Milan lachte nur. »Du hast sie doch nicht alle. Glaubst du, die marschieren Hand in Hand aus ihrem Sarg, wenn keiner mehr hinschaut, und dann geht's halt Richtung Himmel oder Hölle?«

Evelyn stieß ihn mit der Hand vor die Brust, sodass er zwischen die Glasmurmeln fiel. Milan waren die Kugeln seines Großvaters heilig, doch er lachte trotz Evelyns Attacke noch immer über sie.

»Du hast doch selbst keine Ahnung!«, keifte sie ihn an. »Und wenn mein Vater vor Gott steht und gerichtet wird und Jesus wütend ist, weil er mit zwei Ketzern kommt, wer soll dann noch für ihn sprechen?«

Ein Jesiten-Priester hatte die Bestattung ihres Vaters angeleitet. Der Priester hatte den Namen von Prometheus als Fürsprecher der Toten nicht ein einziges Mal in den Mund genommen. Vielleicht beteten sie ja tatsächlich alle zum falschen Sohn Gottes.

»Hör bloß auf, den ganzen Jesus-Mist nachzureden!«, erwiderte Milan finster. Er hatte aufgehört zu lachen und sammelte jetzt seine Murmeln ein. »Die stecken doch unter einer Decke, die Jesuskirche und der Kaiser und alle. Die wollen uns nur Angst machen und uns klein halten.«

Evelyn half ihm beim Aufsammeln. Milan kläffte doch selbst nur nach, was ihm sein Vater zu Hause vorbellte.

»Dein Vater war in Ordnung«, sagte Milan in versöhnlicherem Ton. »Wenn Gott ihn in die Hölle schickt, dann schickt er uns eben alle in die Hölle. Dann werden wir ihm schon zeigen, was er davon hat!«

Evelyn wusste, dass ihr Vater ein frommer Mann gewesen war. Er und Evelyns Mutter waren nach Evelyns Geburt wegen ihrer Krankheit sogar extra hierher in die heilige Stadt gekommen. Sie hatte die beiden einmal nachts reden hören, als sie nicht schlafen konnte. Aber Evelyns Vater hatte hier nicht gefunden, was er suchte, das hatte er gesagt. Er musste wohl gemeint haben, dass Gott Evelyn auch hier nicht von ihrer Krankheit geheilt hatte. Und war das nicht der Beweis, dass Gott nicht auf die Gebete der Prometisten hörte?

Die Jesuskirche scherte sich wenig um die Arbeiterkinder und umgekehrt mieden Evelyn und ihre Freunde die Schule, wo die Jesiten-Pater großzügig mit dem Stock umgingen. Doch ein paar Wochen nachdem sie Milan in die Murmeln geschubst hatte, lockten die Jesiten sie plötzlich mit Geld. Erst war es nur ein Gerücht, das sich vom Stadtzentrum über Leopoldstadt und Margareten bis nach Erdberg verbreitete: Die Jesiten kaufen Streuner. Katzen, Hunde, alles, was sich in Wiens Straßen tummelt.

Sie wollten es nicht glauben, aber als Evelyn sich mit Milan und ein paar anderen Kindern aus dem Viertel einen Tag lang in der Nähe des Mariendoms herumtrieb, beobachteten sie einen Jungen mit zwei zappelnden Bisamratten in einem Netz, der zur Pforte des Küsters marschierte und dort eingelassen wurde. Es musste also irgendetwas an dem Gerücht dran sein.

Bisamratten gab es im sumpfigen Gelände bei den Docks zuhauf, doch erst einmal wollten sie wissen, ob sich die Sache lohnte. Vor allem, weil sich die Kinder um diese Jahreszeit normalerweise von den Docks fernhielten: Im Sommer legten dort die Schai mit ihren Hausbooten an, denen man besser nicht zu nahe kam.

Die Jungs wählten Evelyn aus, um bei den Jesiten vorzusprechen. Auch wenn sie sie gern spüren ließen, dass Evelyn als Mädchen unter ihnen nur geduldet war: Wenn es hart auf hart kam, dann schämten sie sich nicht, sie vorzuschicken. Evelyn weigerte sich aber, mit leeren Händen zu gehen. Wenn, dann sollte es sich zumindest für sie lohnen, denn Hunger hatten sie alle.

»Gestern lag 'ne tote Ratte bei uns vor'm Haus im Kanalgitter«, sagte der kurze Ben.

Die Ratten ertranken dort, wenn es heftig regnete und sich ein Strudel über den Gittern bildete. Er wurde losgeschickt und war schnell mit der Ratte zurück und so lief Evelyn damit über den Domplatz.

Den Schwanz der toten Ratte in der rechten Faust, pochte sie mit der Linken entschlossen an die niedrige Tür. Als der Küster öffnete, ließ sie sich von seinem dünnen Lächeln nicht täuschen. Sie wusste genau, dass die Jesiten mit demselben

Lächeln den Stock herausholten, wenn die Kinder fluchten oder sonst irgendwie Schuld auf sich luden.

»Tut mir leid, mein Kind.« Der Küster verzog keine Miene angesichts des am Schwanz baumelnden Kadavers, den Evelyn präsentierte. »Keine toten Tiere. Du musst mir schon etwas Lebendiges bringen.«

»Und …«, stockte Evelyn. »Wie viel gibt es?«

»Zwei Heller für alles, was größer ist als deine Ratte da«, entgegnete der Küster ungeduldig, ohne sein Lächeln aufzugeben. »Und wag es ja nicht, das tote Vieh auf dem Domplatz liegen zu lassen.«

Evelyns Botschaft verbreitete sich wie ein Lauffeuer unter den Kindern und in den nächsten Tagen entbrannten wahre Treibjagden in den Straßen Wiens und unten am Fluss. Evelyn war stolz, dass sie am zweiten Tag ebenfalls eine Bisamratte und am dritten einen lahmen Mischling am Museumsquartier erwischte. Über den Mischling war sie im Grunde per Zufall gestolpert, aber die Jagd nach der Bisamratte hatte Evelyns schwache Lunge fast in die Knie gezwungen und sie sah danach für ein paar Minuten überall schwarze Punkte tanzen. Dann machten sie sich schleunigst davon, um wieder auf Abstand von den Booten der Schai zu gehen.

Die Schai trieben von Frühjahr bis Herbst auf dem Fluss nach Westen. Im Herbst zogen sie ihre Boote aus dem Wasser und versahen sie mit Wagenrädern. Durch den Winter fuhren sie auf den Straßen zurück nach Osten. Entlang des Weges stahlen sie und raubten Kinder, das wusste jeder. Und sie hatten die Zungen von Schlangen und trugen das Gesicht voller Ringe und Schmuckperlen. Zum Glück sahen sie und Milan nur einen von ihnen mit seinem Nasenring aus der Ferne.

»Vielleicht ist die Jesitenkirche doch nicht so teuflisch«, meinte Evelyn, als sie beide mit ihren vier Hellern in der Tasche von der Pforte des Küsters weggingen. »Immerhin bezahlen sie uns dafür, die schwächsten Tiere zu ihnen zu bringen, um sie aufzupäppeln.«

»Das glaubst du ernsthaft?«, lachte Milan. »Die machen das doch nur, weil sie die Flohsäcke von ihren feinen Straßen weghaben wollen.«

»Und warum wollen sie sie dann nur lebendig?«, entgegnete Evelyn überlegen. »Sie könnten doch froh sein, wenn wir sie tot bringen. Dann würden wir ihnen die Drecksarbeit schon abnehmen.«

Darauf wusste auch Milan keine Antwort, doch es sollte nicht lange dauern, bis der kurze Ben, der die tote Ratte gebracht hatte, sie zur Lösung des Rätsels führte. Er fand Evelyn, Milan und die anderen zwischen den Güterwaggons des Verladebahnhofs, wo sie Völkerkrieg spielten: das erste Volk der Engel gegen das zweite Volk der Menschen. Die Gleise standen dicht, und während die Engel über die Dächer der Waggons schlichen, rannten die Menschen zwischen den Waggons umher, um die Engel zu locken. Wenn ein Engel hinabsprang, musste er dabei einen Menschen erwischen und mit sich zu Boden reißen. Gelang ihm das nicht, stürzten sich sofort drei oder vier Menschen auf ihn. Manchmal war es gruselig still, wenn die Menschen zwischen den Waggons und die Engel auf den Dächern schlichen, jeder auf den anderen lauernd. Doch meistens endete es so oder so in einer großen Keilerei.

»Vorm Dom stehen tausend Leute«, verkündete er ihnen. »Sie machen was mit Blitzkraft!«

»Bist du blöde?«, entgegnete Arne, der die Engel anführte, vom Dach herunter. »Blitzkraft ist Todsünde. Das machen die doch nicht auf dem Domplatz!«

»Dann bleib doch hier, wenn du's nicht sehen willst!«, entgegnete Ben und sauste schon wieder ab.

Natürlich bleib niemand zurück, doch bis sie den Domplatz erreichten, war es schon vorbei. Sie sahen nur noch einen verwaisten Bühnenaufbau mit einem großen Tisch und die letzten

Grüppchen einer zerstreuten Menschenmenge. In der Luft lag ein Geruch wie von verbranntem Haar.

Ben fand heraus, dass es nach der nächsten Messe wiederholt werden sollte, und so fanden sie sich wenige Tage später rechtzeitig wieder auf dem Domplatz ein. Diesmal standen bereits viele Leute vor der Bühne und verfolgten missbilligend die Ankunft der Prometistenkinder. Sie waren an ihren einfachen, schmutzigen Kleidern nicht schwer zu erkennen. Beinahe alle Arbeiterfamilien waren Prometisten und viele von ihnen lebten von der Hand in den Mund. Seit dem Tod ihres Vaters auch Evelyn und ihre Mutter.

Um den Platz herum standen Liktoren in voller Montur, die Ordnungswächter, die dem Stadtrat und der Jesuskirche gleichermaßen unterstanden.

Als die Glocken des Doms läuteten und die Menschen herausströmten, betraten drei Männer die Bühne. Einer trug einen feinen, dunklen Anzug, die anderen beiden weiße Prediger-Gewänder. Auf dem Tisch stand ein großer Kasten und daneben einige Apparate, von denen die Prediger vorsichtig Abstand hielten.

Evelyn sah immer wieder zum Himmel und wunderte sich, wie sie das mit der Blitzkraft ohne ein Gewitter anstellen wollten. Die beiden Ketzer, die mit ihrem Vater beerdigt worden waren, hatten mit Blitzkraft experimentiert. Sie wusste nur, dass der Tod darauf stand, weil es hieß, Blitzkraft sei ein Teil der Wunder, die Prometheus die Menschen gelehrt und die Jesus ihnen wieder verboten hatte.

Evelyn hatte sich immer vorgestellt, wie die beiden Ketzer einen Blitz aus dem Himmel fingen und in kleine Fläschchen abfüllten. Vielleicht konnte man den Blitz ja wieder entfesseln, wenn man das Fläschchen zerbrach.

»Gemeinde«, hob einer der Prediger an und die Gespräche verebbten. Es war trotzdem nicht leicht, seine Worte über den großen Platz mitzubekommen. »Jesus Christus ist der *ein-*

zig wahre Sohn Gottes unter den Menschen. Er hat uns in den Schoß seines Vaters geführt und ihm verdanken wir Gottes Gnade und einen Weg ins Himmelreich.«

Milan neben Evelyn zischte abfällig.

»Doch das ist nicht der einzige Grund, nach Jesus Geboten zu leben. Die Männer, die leichtfertig und eigenmächtig mit Gottes Werk hantieren, wollen uns glauben machen, sie könnten uns unser Leben erleichtern. Wir könnten vielleicht die gesamte göttliche Ordnung überwerfen und uns selbst zu Herrschern über die Schöpfung erklären.«

Die Menschen folgten der Aufregung in seiner Stimme und es gab Zwischenrufe.

»Ketzerei!«, war noch der harmloseste davon.

Jedes Experimentieren und Forschen stand immer unter dem Verdacht, gegen die göttlichen Gebote zu verstoßen. Es konnte mit dem Tod bestraft werden, ebenso wie der Besitz und die Beschäftigung mit den seltenen Relikten, die die Engel zurückgelassen hatten. Wunderdinge oder Himmelswerkzeuge wurden diese Relikte auch genannt und Evelyn wusste nicht, was sie sich darunter vorstellen sollte. Doch sie klangen aufregend, so wie alles, was die Jesitenkirche verbot. Allein die Dampfkraft, die die Lokomotiven und die nimmermüden Maschinen in den Fabriken antrieben, in denen ihre Eltern von früh bis spät arbeiteten, wurde von der Kirche geduldet. Vielleicht, weil so gar nichts Wundersames an ihr war.

»Seht selbst, was uns ihre Apparate bescheren!«

Mit einer dramatischen Geste hob der zweite Prediger den großen Kasten hoch und Evelyn erblickte erstaunt den Mischling, den sie selbst dem Küster gebracht hatte. Er sah mittlerweile noch schlechter aus. Mit eingezogenem Schwanz und hängenden Ohren blickte er zu dem Priester auf. Seine Pfoten waren mit Riemen auf eine Metallplatte gefesselt, und als der Mann in dem dunklen Anzug auf ein Nicken des Priesters einen

Hebel an dem Apparat auf dem Tisch umlegte, tat es einen Schlag und ein Summen erfüllte die Luft.

Der Hund jaulte auf und sein Körper bog sich durch. Evelyns Hand fand erschrocken Milans Arm und sie sah aus dem Augenwinkel, wie einige Eltern ihre Kinder zurückdrängten oder ihnen die Augen zuhielten. Ihr eigener Blick hing wie gefesselt an dem Tier fest, bis es tot auf der Platte lag und sein Henker den Hebel der Apparatur wieder zurückstellte.

»Die Schweine«, wisperte Evelyn atemlos und spürte, wie Milan seinerseits ihre Hand fasste.

Selbst nach diesem Erlebnis fingen ein paar Kinder noch weiter Tiere für den Küster. Entweder war ihr eigener Hunger zu groß oder sie wurden von ihren Eltern dazu gezwungen, um Geld nach Hause zu bringen.

Es geschah schleichend, doch die Zustände, unter denen die Menschen in Erdberg und den anderen Arbeitervierteln lebten, wurden immer schlimmer. Immer mehr Kinder mussten mit den Eltern in die Fabrik, während Evelyn und Milan und die anderen, die noch übrig waren, wie die Elstern stahlen. Sie stopften sich unters Hemd, was sie von den Karren am Markttag ergattern konnten, um irgendwie satt zu werden.

Die Händler hielten die Augen nach den Arbeiterkindern offen, und wen sie erwischten, der kam mit Schlägen manchmal nicht davon. Den kurzen Ben, der eines Tages mit einer prall gefüllten Börse in Evelyns Straße stolzierte und großzügig Münzen an die anderen Kinder verteilte, knüpften sie sogar auf. Die Liktoren kamen ihn holen, mit zweien ihrer pferdelosen Wagen und dazu Berittenen, um jede Gegenwehr im Keim zu ersticken. Wer immer ihn verraten hatte: Sie wussten genau, wo sie zu suchen hatten, und pflückten den armen Jungen aus dem Viertel.

Es war das erste Mal, dass Evelyn einen Angriff auf die Liktoren beobachtete. Die Mutter des kurzen Ben folgte ihnen aus dem Haus auf die Straße und versuchte in völliger Hysterie, ihnen den Jungen wieder zu entreißen. Ehe irgendjemand sie abhalten konnte, hatten zwei der Männer bereits die gegurteten dunklen Stöcke gezogen. Mit nur zwei brutalen Schlägen streckten sie die Frau zu Boden. Bens Mutter hatte dabei noch Glück, denn die Stöcke der Liktoren besaßen einen metallenen Sporn nahe des Kopfendes, lang und scharf wie der Schnabel eines Raben, und sie hatten ihn nicht benutzt.

Schon am nächsten Tag hing Ben. Sie taten es wohl zur Abschreckung, denn so schlimm traf es sonst keinen.

Evelyns Mutter schärfte ihr danach mit banger Miene ein, nicht zum Stehlen mitzugehen. Doch wenn sie tagsüber fort war, hatte Evelyn keine andere Wahl, als sich selbst etwas zu essen zu besorgen. Das wusste sicher auch ihre Mutter und nahm Evelyn trotzdem nicht mit in die Fabrik. Den Arbeitern dort ging es nicht besser, denn die Maschinen waren garstige, gierige Dinger und fraßen alle paar Wochen eine Hand oder einen Arm, wenn nicht gleich ein ganzes Kind.

Ein Flüstern wurde in diesen Tagen in den dunklen Winkeln von Evelyns Viertel geboren. Dort, wo die Verzweiflung der Familien am größten war. Es war ein Echo auf Erzählungen, die aus dem ganzen Reich kamen, und es wuchs mit jedem Tag des Hungers, jedem Opfer der Armut und jedem Wort, das sie von den Jesiten-Priestern auf den Beerdigungen ihrer Liebsten ertragen mussten. Und eines Tages erreichte das Flüstern auch Evelyn.

»Der große Mann kommt.« Milan strahlte. »Hast du's noch nicht gehört? Zu uns nach Wien!«

Evelyn erinnerte sich schwach, dass Milan schon mal von einem *großen Mann* gesprochen hatte. Aber das Gedächtnis wurde löchrig, wenn man ständig Hunger hatte.

»Mein Vater redet von nichts anderem«, ging Milan einfach über ihren Mangel an Begeisterung hinweg. »In der Fabrik muss er natürlich vorsichtig sein, aber – es gibt vielleicht einen Aufstand …«

Den letzten Satz flüsterte er fast.

»Gegen die Liktoren?« In Evelyns Bauch kämpften Aufregung und Angst. Sie musste an den kurzen Ben und dessen Mutter denken, die wahrscheinlich selbst nur knapp einem Todesurteil entgangen war.

»Natürlich gegen die Liktoren«, erwiderte Milan finster. »Gegen die Jesiten, den Stadtrat, vielleicht sogar gegen den Kaiser. Gegen alle, die uns wie Dreck behandeln!«

Sie saßen über den Dächern von Erdberg. Evelyn hatte herausgefunden, dass man über eine Luke im dritten Stock ihres Treppenhauses an eine Leiter außen an der Hauswand kam. Wahrscheinlich befand sie sich für den Rauchfangkehrer dort. Man konnte mühelos hinaufklettern und hatte von den Dachziegeln einen Blick bis zum alten Tor. Der Himmel war blau und es hätte ein schöner Tag sein können, wenn ihnen nicht schwindlig vor Hunger gewesen wäre. Evelyn konnte mittlerweile schon die Rippen zählen, die sich unter ihrer Haut abzeichneten, wenn sie ihr Hemd hochschob.

»Wenn das so einfach wäre«, entgegnete Evelyn, »warum ist er dann nicht schon früher gekommen?«

»Glaub bloß nicht, dass es einfach wird«, murmelte Milan und ihm war anzusehen, dass auch er Angst hatte. »Aber es sterben doch sowieso jeden Tag Leute von uns. Wenn wir kämpfen, sterben wir wenigstens *für* etwas.«

»Und für was? Für den großen Mann?«, murmelte Evelyn und der Name ließ sie aus irgendeinem Grund schaudern.

»Manche sagen, er wäre Prometheus selbst«, erklärte Milan.

»Du spinnst doch.«

»Wieso?«, erwiderte er heftig. »Prometheus ist schon einmal unter die Menschen gegangen, um ihnen zu helfen. Also warum nicht uns? Und außerdem hat er keine Flügel!«

»Ich hab auch keine Flügel«, erwiderte Evelyn trocken. So ziemlich alle, die sie kannte, hatten keine Flügel. Wenn Milan ihr beweisen konnte, dass der große Mann einmal welche gehabt hatte, dann war er Prometheus schon ein verdammt gutes Stück näher.

»Aber du hast keine Scharen von Anhängern!«, eiferte Milan. »Er war erst Wanderprediger und hat im ganzen Reich gepredigt. Aber die Menschen hören ihm nicht nur zu, sie folgen ihm! Er hat *unzählige* Anhänger und will die Jesiten vertreiben!«

Das war es, was Milan schon einmal erzählt hatte. Aber dass Menschen mit einem gingen, der ihnen große Versprechungen machte, das war kein Wunder in einer Zeit, wo sie sonst nur Hunger und Hoffnungslosigkeit kannten.

»Du musst ihn hören, wenn er da ist«, sagte Milan, unbeirrt von ihrer skeptischen Miene. »Du musst mitkommen!«

Evelyn konnte sich nicht vorstellen, dass irgendjemand aus Erdberg den großen Mann hören würde. Als sie klein gewesen war, hatte ihr Vater sie einmal zu einer Kaiserparade auf die Prachtstraße mitgenommen. Alles war voller jubelnder Menschen gewesen und man hatte den Kaiser und die Stadträte auf ihren großen Pferden nur von fern durch die Schneise in der Menge schreiten sehen.

Wenn der große Mann solche Scharen anzog, wie Milan behauptete, dann würden sie im besten Fall einen Blick auf ihn erhaschen.

»Okay«, sagte sie stattdessen zu Milan, weil sie nicht mit ihm streiten wollte, »und wann?«

»In vier Wochen«, sagte Milan eifrig. »Auf dem Flugfeld. Es ist doch kein Zufall, dass er hierherkommt, in die heilige Stadt! Bestimmt wird es der Anfang von allem.«

Auf dem Flugfeld – Evelyn hörte kaum, was Milan danach sagte. Sie war ohne ihren Vater nicht wieder dort gewesen. Ihre Augen wanderten sofort hinüber zum Himmelsanker, auf den man von hier oben einen guten Blick hatte. Vor ein paar Wochen waren noch Arbeiten daran durchgeführt worden. Mittlerweile starteten wieder Gleiter von dort oben, aber Evelyn tat es zu sehr weh, ihre Bahnen zu verfolgen.

»Fang bloß nicht an zu heulen«, sagte Milan, der ihren Blick lesen konnte. Doch es klang nicht böse und er legte ihr zum Trost unbeholfen die Hand auf die Schulter. Sie konnte den Blick nicht mehr von dem Fesselballon losreißen.

»Wenn er erst hier ist, dann wird alles anders!«

V

LEONOW

Als Leonow erwachte, sahen sechs dunkle Gestalten im Licht der Morgendämmerung auf ihn herab. Sein Herz machte einen Satz. Er war noch im Halbschlaf und hielt sie für Dämonen, die aus dem Höllenkeller Fabergés aufgestiegen waren. Doch als einer von ihnen sprach, erkannte Leonow einen Jungen mit vor Schmutz starrendem Gesicht.

»Ist das *dein* Tier?«, fragte der Junge sehnsuchtsvoll.

Die anderen lachten und die öl- und rußverschmierten Gesichter bekamen menschliche Züge. Minka kauerte reglos auf Leonows Brust und er spürte ihre Anspannung.

»Was meint ihr?«, fragte ein anderer. »Ist er einer von uns?«

»Das muss sich erst noch zeigen«, sagte der Älteste mit Nachdruck.

Leonow hielt Minka vor der Brust fest und rappelte sich in eine sitzende Haltung auf. Sein Herz klopfte immer noch von dem Schreck, den sie ihm eingejagt hatten.

»W-was soll das heißen?«, stammelte er.

»Wie heißt du?«, fragte der Älteste, statt zu antworten. »Und wie hast du hergefunden?«

»Ich heiße Leonow.«

Er musste sich erst einmal sammeln. Die Jungen, die ihn umringten, trugen kaum bessere Kleidung als er selbst und waren von Kopf bis Fuß verdreckt. Und trotzdem standen sie aufrecht und mit einer Ausstrahlung, als seien sie allesamt edler Herkunft, sodass Leonow sich für sein jämmerliches Erscheinungsbild schämte. Sie schienen allesamt älter als er. Nur der, der ihn nach Minka gefragt hatte, war wohl in seinem Alter.

»Leonow?«, griff ein anderer seine Antwort auf, als gefalle sie ihm nicht. »Wirklich?«

»Wenn er es sagt, wird es wohl so sein!«

Als Fabergés Stimme vom Treppenaufgang dazwischenging, fuhr ein Ruck durch die Jungen. Die Apparatur vor seinem Auge hatte er sich in die Stirn geschoben. Sein Gesicht war ebenmäßig, beinahe ohne Altersspuren, doch auf seinem schwarzen Haar lag ein Silberglanz, als wäre es mit einem Grafitstift gemalt. »Was haltet ihr Maulaffen feil? Holt euch euer Frühstück. Und dann nehmt den Jungen mit nach unten. Wir werden sehen, was aus ihm geworden ist.«

Sofort sprangen zwei der sechs in Richtung der Tür, wo Fabergé in der Nacht Brot und Milch geholt hatte.

»Und wascht euch gefälligst!«, setzte Fabergé hinzu.

Während er zwischen den Schaukästen herumlief und mal hier, mal dort genauer hinsah, blieb sein Blick nur für einen Moment an Minka auf Leonows Brust hängen.

Die Worte von Fabergé und den Jungen schienen Leonows Gefühl, als er das Haus gesehen hatte, zu bestätigen. Er *war* schon einmal hier gewesen. Aber wie lange war das her? Hatten seine Eltern noch gelebt?

»Ich bin Dawid«, stellte sich der Älteste Leonow vor. Dann deutete er auf den Jüngsten, der ihn und Minka weiter mit unverhohlener Neugier betrachtete. »Das hier ist Lyskom. Und das sind Grigor und Joscha. Die beiden, die gerade Frühstück holen, heißen Fjodor und Pjotr. Komm mit.«

Dawid half ihm hoch und Minka kletterte, von Lyskoms großen Augen begleitet, auf Leonows Schulter. Leonow war noch dabei, sich die Namen einzuprägen, als sein Blick auf die Auslage in den Schaukästen fiel. Er hatte bereits in der Nacht geahnt, dass er von Reichtümern umringt war. Doch der Anblick im Morgenlicht raubte ihm den Atem: Ringe und Spangen, Broschen und Schatullen so kunstvoll gearbeitet, wie sie dem Zaren angemessen schienen.

Er trat auf eine Vitrine zu, in der Tierfiguren standen. Sie waren aus glitzernden und matt schimmernden Steinen geschnitten wie Schnitzfiguren. Eulen und Libellen mit fast durchsichtigen Flügeln, Hunde, Fische und Fabelwesen wie geflügelte Pferde und Drachen. Die Maserung und Facetten der Steine gaben den kleinen Tieren als Schuppen- und Fellkleider ein so natürliches Aussehen, als seien es wirklich kleine Lebewesen, die mitten in der Bewegung erstarrt waren. Leonow spürte Minkas Krallen, als sie sich auf seiner Schulter vorbeugte. Sie hatte ein kleines Hermelin aus Silber entdeckt.

»Das ist nur Tand!«

Leonow erschrak, als plötzlich Fabergé hinter ihm war. Er sah zu dem Mann auf und hielt dem Blick der Bernsteinaugen kaum stand.

»Blendwerk. Du wirst erst noch wahre Schätze sehen … Und jetzt geh und iss, du kannst es brauchen!«

Hinter der Tür verbarg sich eine Stube mit einem langen Tisch, an dem die anderen bereits saßen. Sie löffelten einen dicken Haferbrei aus ihren Schüsseln, der sofort Leonows Begierde weckte. Als Leonow selbst seinen größten Hunger gestillt hatte, hielt er auch Minka einen Löffel davon hin, doch die sträubte sich nur und wandte den Kopf ab.

»Was frisst es denn?«, fragte der junge Lyskom, der sie nicht aus den Augen ließ.

»Sie jagt sich ihr Essen selbst«, antwortete Leonow. »Mäuse, kleine Vögel …«

Auf dem Weg in die Stadt hatte sie sogar einmal ein erbeutetes Kaninchen aus dem Feld gezogen.

»Und wie heißt es?« Die Frage kam von Joscha, dem Leonows Name vorhin nicht gefallen hatte.

»Minka«, antwortete Leonow. »Sie ist ein Weibchen.«

»Spricht sie zu dir?«, hakte er nach und sah Leonow forschend an.

»Nein«, antwortete Leonow, vielleicht eine Spur zu schnell. Minka hatte gesagt, sie müssten vorsichtig sein. »Tiere sprechen nicht.«

»Ich glaube doch«, feixte Joscha mit einem schiefen Grinsen und Lyskoms Blick auf Minka wurde noch andächtiger. »Manche Tiere sprechen, besonders die weißen. Und ich glaube, deines gehört dazu.«

»Lass ihn in Ruhe, Joscha«, mahnte Dawid. »Esst auf, wir haben zu arbeiten.«

Wie Leonow vermutet hatte, ging es in den Keller. Der Ruß und das schwarze Öl auf der Kleidung und in den Gesichtern der Jungen sprachen für sich. Einer von ihnen musste der Schemen gewesen sein, den Leonow in der Nacht in dem Maschinentanz hatte vorbeihuschen sehen. Er war dankbar, dass Minka bei ihm war, und versuchte, sich seine Angst vor dem, was hier unten lag, nicht anmerken zu lassen.

Diesmal konnte Leonow die merkwürdige Aufschrift auf der Stahltür entziffern, ehe Dawid sie aufstieß. *Ein Kraftwerk ist ein Heiligtum* stand dort.

»Ihr wisst, was zu tun ist«, erhob Dawid seine Stimme und die Jungen huschten durch die Tür, die er aufhielt, in das düstere Maschinengetöse. Als Leonow ihnen schon todesmutig hinterher wollte, hielt Dawid ihn zurück.

»Komm du mit mir.«

An manchen Stellen zischte es aus Dampfkesseln und in messingfarbenen Anzeigen zitterten die Nadeln. An anderen waren große Eisenräder halb im Boden versenkt und surrten vor sich hin, angetrieben von irgendeiner geheimnisvollen Kraft. Leonow entdeckte auch hier unten mehrere der Glaskugeln, in denen eine glühende Drahtschlange Licht spendete.

Dawid zog ihn durch eine weitere Stahltür in eine Kammer mit niedriger Decke, in der sich zwölf Pritschen aufreihten, jeweils sechs auf einer Seite.

»Heute Nacht kannst du auf einer von denen schlafen.« Er deutete auf die Liegen zu seiner Linken.

Leonow bezweifelte, dass er hier Schlaf finden würde. Das unheilvolle Wummern war allgegenwärtig und auch im Boden zu spüren.

»Was habt ihr vorhin geredet?« platzte es aus Leonow heraus. »Was heißt das, wenn ich einer von euch bin?«

Der Ältere schüttelte den Kopf.

»Du wirst es erfahren, wenn der Meister es für richtig hält«, antwortete er. »Es wäre gefährlich für uns beide, wenn ich dir zu viel verrate.«

»Ich ... weiß, dass er ein Halbengel ist«, sagte Leonow, um Dawid vielleicht doch noch etwas zu entlocken. Er spürte erneut Minkas Krallen in seiner Schulter, doch Dawid sah ihn nur an und nickte.

»Ich hoffe, du findest hier deinen Platz.«

Dawid gab ihm nicht die Gelegenheit, weiter nachzuhaken. Er nahm ihn auch nicht mit zu den anderen, sondern führte ihn weiter durch den Keller bis ans Ende einer großen Schütte, wo er Kohlen schaufeln sollte. Minka schnupperte in den Schacht über der Schütte und schien Frischluft zu riechen. Es musste eine Luke geben, über die die Kohle direkt von der Straße hier heruntergelangte. Minka sprang und kletterte an der schrägen Innenwand des Schachts nach oben, wahrscheinlich, um sich etwas zu essen zu fangen. Leonow sah ihr mit bangem Herzen nach. Dann begann er, Kohle in den großen Handwagen zu schaufeln, wie Dawid ihn angewiesen hatte.

Schon nach kurzer Zeit war die Luft voller Kohlestaub und

ihm wurde vom Husten und der schweren Arbeit schwindlig. Ab und zu kam einer der Jungen, holte den Wagen und brachte ihn nach kurzer Zeit leer wieder zurück. Sie klopften ihm alle auf die Schulter oder hatten eine Aufmunterung für ihn übrig, nur Joscha meinte stattdessen, wenn ihn das schon ins Schwitzen brächte, dann habe er in seinem Leben wohl noch nicht ordentlich gearbeitet.

Als es wohl Mittag war, brachte Lyskom ihm eine Schüssel Eintopf mit Gemüse und Speck. Es schmeckte großartig. Wie schon beim Frühstück konnte Leonow die Mahlzeit kaum schnell genug in den Mund schaufeln.

»Minka ist nach draußen«, erklärte er zwischen zwei Löffeln auf Lyskoms suchenden Blick hin.

»Oh ...« Der Junge war sichtlich enttäuscht. »Wie lange hast du sie schon?«

»Noch nicht sehr lange«, antwortete Leonow und fand, dass er Lyskom für seine Freundlichkeit etwas mehr schuldig war. »Wir haben uns gegenseitig das Leben gerettet. Sie war in einer Falle und ich hab ihr geholfen. Und später ist sie zu mir zurückgekommen, als ich mich im Wald verirrt habe.«

»Und ... spricht sie wirklich nicht mit dir?«

Leonow schüttelte den Kopf und wich seinem Blick aus. Es war nur halb gelogen. Seit Lyskom und die anderen ihn entdeckt hatten, war Minka verstummt. Leonow hoffte, dass sich das bald wieder ändern würde.

»Ich helf dir mit dem letzten Wagen. Wir müssen zu den anderen«, sagte Lyskom, als Leonow aufgegessen hatte.

»Ich bin fertig hier?«, fragte Leonow erleichtert. Der Kohleberg war kaum geschrumpft und er hatte schon damit gerechnet, dass er bis abends schaufeln würde.

»Ja. Für heute haben die Kessel genug gefressen!«, antwortete Lyskom.

Die Kraft des Jüngeren stand der von Leonow kaum nach und der Wagen war in Windeseile vollgeschaufelt. Dann stemmten sie sich gemeinsam gegen die Griffstange und brachten ihn ins Rollen.

Trotz des schummrigen Lichts beschleunigte Lyskom, bis sie laufen mussten. In der Dunkelheit um sie herum schnauften und ächzten die Maschinen. Lyskom warf sich mit seinem ganzen Gewicht nach links und rechts, um sie zu umsteuern, sodass der Wagen zeitweise dem Kippen nahe war. Leonow reagierte, so gut er konnte, und fragte sich zugleich staunend, wie groß das Kellergewölbe unter dem Haus sein mochte.

Das Hemd klebte ihm schweißnass am Körper und sein Herz klopfte wild, als sie bei den anderen ankamen. Die Jungen griffen sich sofort Schaufeln vom Boden und halfen beim Abladen. Ihr Ziel war die Feuerstelle unter einer großen Eisenpfanne, die an drei Ketten von der Decke hing. Auf einer Seite hatte die Pfanne einen Schnabel wie ein Ausguss. Leonow musste gleich an Ostern denken. Einmal im Jahr zu Ostern hatte der Gutsherr einen Hammel geschlachtet und auf einem Rost in ähnlicher Aufhängung die Stücke für das Gesinde braten lassen.

Der Feuerplatz unter der Pfanne war bereits voll getrocknetem Torf und darauf schaufelten die Jungen nun die Kohlen, dass es staubte.

»Hija!«, riefen sie mit jedem Schaufelwurf, wie die Soldaten zu Pferd im Wald gerufen hatten, und Leonow lief es kalt den Rücken hinunter. Der Schweiß spritzte und die Schaufeln führten einen wilden Tanz auf.

Erst als der Wagen leer war, kam Leonow zum Durchschnaufen. Dabei entdeckte er den kniehohen Hügel hinter der Pfanne. Er schimmerte matt im Schatten der Aufhängung: ein Berg aus goldenen Ketten und Geschmeiden, Kerzenleuchtern, Kreuzen und Armreifen, wie das Schatzlager eines kleinen Drachen. Schon stach Joschas Schaufel hinein. Dawids hinterher und die der anderen. Jeder lud eine Ladung Gold auf die Pfanne, bis sie ihn alle erwartungsvoll ansahen.

»W-was habt ihr damit vor?«

»Schmelzen! Was denkst du?«, entgegnete Joscha. »Jetzt lad schon auf, du fehlst noch!«

Leonow trat langsam hinüber, auf den Rest Gold zu, der am Boden lag. Es war noch genau eine Schaufel voll.

»Aber … warum zerstört ihr das alles?«, fragte er verwirrt.

Plötzlich gingen die Blicke der Jungen an ihm vorbei. Leonow spürte, dass Fabergé gekommen war, noch ehe der Meister anstelle der Jungen Antwort gab.

»Weil es Gotteslästerung ist. Schlechtes Handwerk, ohne Sinn und Verstand und ein Frevel am Material.«

Leonow wandte sich um und begegnete dem Bernsteinfeuer von Fabergés Augen.

»Gib deinen Teil dazu, Junge. Und dann wollen wir den Grundstoff für etwas *Wahres* schaffen.«

Gehorsam und mit einem entschlossenen Ruck brachte Leonow den Rest des Goldes auf sein Schaufelblatt. Er konnte sich nicht gegen den Gedanken wehren, was diese Schätze für Katja und ihn vor ein paar Wochen bedeutet hätten. Während sie aus Hunger wildern gegangen waren und dabei ihr Leben riskiert hatten, hätten schon die zwei Armreife auf der Schaufel ihnen eigenes Land kaufen können. Die Kette mit dem Anhänger hätte für eigene Schafe, der Ring wahrscheinlich immer noch für ein paar Hühner gereicht. *Es gibt keinen Ort für uns …* Warum hatte Katja nicht schon viel früher mit ihm gemeinsam hierherkommen wollen?

Es war ein seltsames Gefühl, als Leonow den Inhalt der Schaufel mit in die Eisenpfanne warf. Alle Reichtümer der Welt konnten Katja jetzt nicht mehr zurückbringen.

Die Bewegungen der Maschinen ließen im schummrigen Licht der Glühkugeln Schatten tanzen, während Fabergé vortrat und plötzlich Feuerstein in der Linken und einen Stahlring mit der Rechten hielt. Mit zwei schlagenden Bewegungen fiel ein Funke in den Torf, der sich sofort entzündete. Er musste mit Weingeist getränkt sein. Während die Flammen um sich griffen und an den Kohlestücken leckten, sprach Fabergé.

»Was ist der Wert von Gold, Leonow? Warum reißen sie es sich gegenseitig aus den Händen und vergießen ihr Blut dafür? Warum ist es das Letzte, wovon sie sich trennen, wenn sie schon hungern? Obwohl sie doch nichts damit anfangen können, außer es anzuglotzen?«

Die Kohlen bekamen weißlich orange Ränder und der Rauch des Torfs kratzte beim Atmen in Leonows Lungen. Er war unsicher, ob von ihm erwartet wurde zu antworten. Doch er hätte ohnehin keine Antwort gewusst und Fabergé sprach schon mit leiserer Stimme weiter.

»Es ist nur ein Echo seiner wahren Kraft, die sie spüren. Eine Erinnerung aus einer anderen Zeit. Und sie gieren danach, als verleihe es ihnen Bedeutung. Zaren, Kaiser, Könige, sie kommen von Staub und werden zu Asche. Nur ihr Gold bleibt und fällt dem Nächsten zu.«

Leonows Herz pochte noch immer von der harten Arbeit und die wirren Worte des Meisters taten ihr Übriges, dass ihm schwummrig wurde. Während immer mehr der Kohlestücke unter der Schmelzpfanne glommen und die Luft darüber zu flirren begann, konnte Leonow förmlich sehen, wie das Gold weich wurde. Die Dämpfe und der Rauch stiegen ihm zu Kopf.

»Stahl ist der Rohstoff irdischer Werkzeuge. Aus Gold sind die Werkzeuge des Himmels. Prometheus hat seine Kinder gelehrt, es zu gebrauchen. Und ich lehre euch.«

Das Gold glomm seinerseits nach und nach auf und wechselte die Farbe von sattem Gelb zu feurigem Bernstein. *Flüssiges Gold*. Woher hatte er gewusst, was hier auf ihn wartete?

Fabergés Augen wanderten von einem zum anderen.

»Sagt mir jetzt: Ist einer unter euch, der *sein* Gold hinzutun möchte?«

Keiner der Jungen antwortete und Leonow fragte sich verwirrt, was sich hier abspielte.

Während sie schwiegen, verloren die Formen des Goldes ihre Festigkeit. Muster lösten sich zu einer schillernden Fläche auf der Schmelzpfanne und Leonows Knie wurden weich. Das Wummern der Maschinen, bis eben noch im Hintergrund, dröhnte in seinen Ohren. Sein Blickfeld wurde immer enger und er war wie gebannt von den Schlieren, die sich durch den flüssigen Inhalt der Pfanne zogen, als die letzten festen Strukturen des Goldes darin aufgingen.

»Dann nicht«, sagte Fabergé brüsk. »An die Schmelzpfanne!«

Leonow spürte eine Berührung. Lyskom drückte ihm ein schweres Stück Blei in die Hand. Das Ritual war noch nicht vorbei. Fabergé zog an einer Kette, die hoch zur Aufhängung der Schmelzpfanne führte, und sie kippte in Richtung der Nase mit dem Ausguss. Von den Jungen hielt einer nach dem anderen mit ruhiger Hand seine Bleiform unter den Ausguss und das flüssige Gold füllte die tafelförmige Aussparung, ohne dass etwas danebenging. Auch Leonow streckte den Arm aus, als er an der Reihe war, und spürte die Hitze. Er bemühte sich, nicht zu zittern und das Gold zu verschütten. Die sieben Goldtafeln erkalteten schnell in den Bleiformen und der Meister nahm sie an sich.

»Und jetzt wascht euch, wie ich gesagt habe!«

Damit war er fort.

Schnell stand ein großer Waschbottich statt der Schmelzpfanne auf den glühenden Kohleresten und das Wasser, das die Jungen in Eimern herangeschafft hatten, heizte sich auf. Leonow legte wie die anderen seine Kleider ab. Dabei fielen ihm die Anhänger auf, die die Jungen besaßen. Sie hatten sie an Lederschnüren unter ihrer Kleidung getragen. Fjodor legte seinen neben Leonow ab und er sah, wie sich die drei Ringe, aus denen der Anhänger bestand, gegeneinander verdrehten. Sie waren aus Gold gearbeitet und die beiden inneren schienen von nichts an ihrem Platz gehalten zu werden, sondern dort frei zu schweben. Der kleinste Ring in der Mitte kippte in der Luft in die Waagrechte. Er war durch ein Kreuz mit vier gleich langen Armen verstärkt. Leonow fragte sich, ob sie die Anhänger vom Meister bekommen oder sogar selbst aus dem eingeschmolzenen Gold angefertigt hatten.

Die Jungen schrubbten sich die nackten Leiber, bis sie rot waren, und der Rauch im Keller mischte sich mit heißem Wasserdampf. Leonow spürte, dass sein Kopf glühte.

Grigor und Fjodor hatten plötzlich Birkenreisigbündel in der Hand und fielen johlend über die anderen her, um sie trocken zu schlagen. Den spaßigen Mienen der Geschlagenen nach war es nicht sehr schmerzhaft, aber Leonow trat dennoch verschreckt einige Schritte zurück von dem Bottich. Der Dampf war so dicht, dass er bald gar nichts mehr sah und nur noch die Stimmen der anderen hörte.

»Hijaa! Da! … Hijaaa!«

Leonow tapste mit Schwindelgefühl durch den Nebel. Er stieß gegen keine Maschinen und fand auch den Waschbottich nicht wieder. Stattdessen prallte er mit dem Knie gegen etwas, das vom Boden aufragte. Mit ausgestreckten Händen stürzte er auf den Waldboden. Nackt, wie er war, rappelte er sich auf und sah den liegenden Baumstamm, der ihn zu Fall gebracht hatte. Direkt neben ihm in der Deckung des Baumstamms kauerten Katja und … er selbst.

»Wohin ist der Weißpelz?«, tönte eine Stimme von der anderen Seite des Baumstamms.

Leonow sah die Umrisse eines Reiters zu Pferd im Nebel.

»Dort vorn! Wo bleiben die Hunde?«, antwortete die Stimme des Gutsherrn. Dann preschte er nach vorn. Leonow taumelte zurück, als das Pferd auf ihn zugaloppierte und über den Baumstamm hinwegsetzte. »Hijaaaa!«

Die anderen Pferde scherten um den Baumstamm aus. Der Boden bebte von dem Hufgetrommel.

»Komm«, zischte seine Schwester der Gestalt zu, die er selbst war. »Wir müssen zu den Fallen. Schnell!«

Leonow verfolgte wie in Trance die hastig gewechselten Worte und sah, wie seine Schwester und er sich aufrappelten und zwischen die Bäume schlugen.

Ohne zu wissen, was er tat, setzte er ihnen nach und beobachtete an der Senke, wie Katja zu Minka eilte. Sie packte das Tier in der Fallschlinge und zückte das Messer.

»Hijaa!«, tönten die Reiter im Wald. Oder waren es die Jungen, die sich um den Waschbottich jagten?

»Nein!«, stürzte der Leonow, der er nicht war, auf seine große Schwester zu und hielt ihren Arm fest. »Katja, nicht!«

Hundegebell. Donnernde Hufe.

»Zu der Böschung dort vorn!«, tönte die Stimme eines Reiters.

»Dummkopf«, keuchte Katja und durchtrennte die Schnur. Das Tier entschwand flink ins Unterholz und auch Katja und Leonow hasteten ins Dickicht.

»Hijaaa! Hija! Hija!«

Dazwischen Jungenlachen, das sich unter die Rufe mischte. Es war falsch. Es hätte Hundegebell sein müssen.

Leonow ging langsam, und bis er sich selbst und seine Schwester eingeholt hatte, lag sie bereits verletzt am Boden.

»Red keinen Unsinn und vergeude keine Zeit«, herrschte Katja das totenbleiche Spiegelbild seiner selbst an. »Geh nach Zarysin. Zu Fabergé!«

Und nach einem Moment des Zögerns erhob sich der Junge und taumelte weiter. Es war offensichtlich, dass er sich nicht mehr lang auf den Beinen würde halten können.

Der echte Leonow folgte ihm. Er fühlte sich nicht ganz Herr seiner selbst, doch allein die Vorstellung, bei Katja zu warten und mitzuerleben, wie sie gefunden wurde, war eine Qual.

Der fliehende Leonow brach vor ihm zusammen und wenig später kam Minka und brachte ihn mit ihren Bissen wieder zu

Bewusstsein. Nach einem kurzen Zwiegespräch, bei dem nur Leonows Wispern zu hören war, rappelte er sich mühsam wieder auf.

»Joscha? JOSCHA!«, tönte es durch den Wald und der Nebel waberte zwischen den Bäumen hervor, bis er alles verschluckte.

»Joscha!«

Leonow lag auf dem Boden. Über ihm stand der nackte Joscha mit nassem Haar und triumphierendem Grinsen. Seine Hände waren vor der Brust gekrümmt, als umfasse er einen Ball, und in dem Hohlraum dazwischen flirrte etwas mit goldenem Glanz. Die Lederschnur seines Anhängers lag um seinen Hals und führte von dort zwischen seine Hände.

»Das hättest du nicht tun dürfen!«, herrschte Dawid ihn wütend an.

Joscha achtete nicht auf ihn.

»Ich hab gewusst, dass dein Tier zu dir spricht«, sagte Joscha voller Genugtuung zu Leonow. »Ich hab gewusst, dass du lügst.«

VI

EVELYN

Am großen Mann schien in Wien bald kein Vorbeikommen mehr zu sein. Überall wurde über ihn gesprochen. Die Prometisten taten es im Ton der Verheißung, in den Jesitenkirchen dagegen wurde gegen ihn gepredigt wie gegen den Teufel selbst.

Als Evelyn und Milan endlich einmal wieder genug Kinder zusammenhatten, um Völkerkrieg zu spielen, platzte der große Mann selbst dort hinein. Einer der Jungs auf dem Boden kam auf die Idee, dass er der große Mann sei und daher auf die Waggondächer klettern dürfe, um die Engel herunterzuschubsen. Es hätte ja ein ganz lustiger Kniff werden können. Nur machten sich daraufhin alle Menschen zu großen Männern und das Spiel wurde vom Start weg eine einzige Rauferei, bei der sie sich gegenseitig von den Güterzügen schubsten. Als einer Evelyn erwischte, fiel sie auf den Rücken und bekam so lang keine Luft, dass sie schon blau anlief. Milan war bei ihr und danach selbst ziemlich blass. Auf dem Heimweg musste sie alle paar Schritte Pause machen, weil sie immer wieder Atemnot bekam. Immer dann, wenn Evelyn ihren Zustand eine Weile vergaß, geschah irgendetwas, das ihr die eigene Schwäche bewusst machte.

Am Morgen des Tages, da der große Mann kommen sollte, weckte Evelyns Mutter sie, ehe sie zur Fabrik ging. Evelyn erschrak, als eine Berührung sie aus dem Schlaf riss. Es war noch dunkel und die schmächtige Frau saß an der Kante von Evelyns Bett.

»Wirst du hingehen?«, fragte ihre Mutter.

»Ja«, antwortete Evelyn stur und rechnete damit, dass ihre Mutter ihr widersprechen würde.

Seit dem Tod von Evelyns Vater sprachen sie nicht viel miteinander. Ihre Mutter sah kaum Tageslicht, mit ihren Schichten in der Fabrik, und zugleich hatten sie untereinander nie die Verbindung gehabt wie ihr Vater zu beiden von ihnen.

Doch ihre Mutter nahm die Antwort hin.

»Sei vorsichtig«, flüsterte sie nur, strich Evelyn sanft durchs Haar und stand dann auf.

Evelyn suchte nach Worten, doch noch ehe sie welche fand, hatte ihre Mutter das Zimmer schon verlassen.

Bis zuletzt ging Evelyn davon aus, dass die Liktoren den großen Mann vor der Stadt abfangen würden. Doch am Mittag verbreitete sich die Nachricht, dass sein Tross am Flugfeld angekommen war. Niemand wusste so genau, was passieren würde und wann es anfing, deshalb machten Evelyn und Milan sich sofort auf den Weg. Noch auf der Gragenstraße reihten sie sich in die Ströme von Menschen ein, die es ihnen gleichtaten. Die Vorarbeiter in den Fabriken hatten gedroht, wer heute nicht zur Arbeit käme, bräuchte gar nicht erst wiederzukommen. Doch das schien die wenigsten zu kümmern. Etwas Großes stand bevor. Die Luft in der Stadt fühlte sich ganz anders an. Es war so deutlich wie das Bellen der Hunde vor einem Gewitter.

»Schau dir das an«, sagte Milan, als sie den Güterbahnhof erreichten. Das Flugfeld lag hinter den Gleisen und davor standen die Liktoren in zwei losen Reihen, durch die die Menschen passieren mussten. Sie trugen graue Uniformjacken, unter denen sich ihre stahlbewehrten Panzerwesten abzeichneten. Es hieß, dass sie damit selbst gegen Schüsse geschützt waren.

»Die werden uns auch nicht aufhalten«, murmelte Milan finster.

»Sie haben es versucht!«, drehte sich jemand zu ihnen um. »Am Morgen haben sie die Leute noch aufgehalten. Aber irgendwann wurden die Massen zu groß und sie haben den Weg freigegeben!«

Neben den Liktorenstöcken trug jeder zweite von ihnen ein kurzes Gewehr an einem Gurt, wie Evelyn noch keines gesehen hatte. Die Waffen hatten einen kurzen, dicken Lauf und waren komplett aus dunklem Metall gearbeitet. Die Gesichter der Liktoren unter den grauen Helmen waren von Tüchern verhüllt, die lediglich die Augen frei ließen.

Evelyn lief es kalt den Rücken hinunter, als sie den starren Säulenwald der Kirchensoldaten passierte. Zwischen den Gleisen und Waggons stauten sich bereits die Menschen und Evelyn wusste, dass sich der Zugang zum Feld hinter dem Bahnhof noch zu einem Tor verengte.

»Komm mit«, sagte sie und zog Milan mit sich durch die Menge. Sie kannte viele Wege auf das Flugfeld und dieser hier war nur einer davon.

Sie fand eine der Stellen, wo das Gestrüpp, das die weite Fläche umgab, passierbar war. Dort schlugen sie sich durch und betraten die Schotterebene.

Evelyn spürte nichts von der Trauer und Leere, die nach dem Tod ihres Vaters alles andere erdrückt hatten. Sie hatte befürchtet, dass sie all das wieder einholen würde, doch stattdessen war sie fast aufgeregt, wieder über die Ebene zu laufen, von der die Himmelsleiter in die Höhe ragte. Wahrscheinlich hätte es ihr sogar geholfen, früher hierherzukommen. Sie fühlte sich ihrem Vater ganz nah an diesem Ort.

»Verdammt!«, fluchte Milan im Laufen. »Schau dir das an!«

Über die Hälfte des Feldes war bereits mit Menschen gefüllt und es strömten stetig neue nach. Sie standen schon dicht gedrängt bis zu den Luftschiffhallen, die hinter der Himmelsleiter aufragten. Ein improvisierter Bühnenaufbau im Mittelpunkt der Massen stand noch leer, doch es war absehbar, dass sie hinter den Reihen um die Bühne keine Chance haben würden, irgendetwas zu sehen.

»Komm mit«, erwiderte Evelyn. Sie hatte eine Idee, die das aufgeregte Gefühl in ihrer Brust noch einmal befeuerte: Als sie beim Ende der Menschenmenge ankamen, zog Evelyn Milan weiter in Richtung Himmelsleiter.

»Da hoch? Bist du sicher?«, fragte er mit einem respektvollen Blick auf den Anker hoch oben.

»Ja!«, entgegnete Evelyn. »Nur so hoch, dass wir etwas sehen.«

Ihr Herz klopfte schon allein bei dem Gedanken, wieder dort oben zu stehen.

Im Näherkommen entdeckte sie an dem Fesselballon Details der Arbeiten vom Frühjahr. Die Plattform unter dem Ballon, zu der die Gleiterflügel hochgezogen wurden und von der aus die Piloten starteten, war nun von einem ringsum vorspringenden Zeltdach geschützt. Unter dem Dach hingen dunkle Schemen wie von riesigen, schlafenden Fledermäusen oder Geiern. Sie waren von hier unten kaum zu erkennen, doch Evelyn begriff, dass es die Fluggeräte sein mussten, die nun mit zusammengefalteten Flügeln dort oben untergebracht waren.

Nachdem sie das Absperrungsseil überwunden hatten, sah Evelyn, dass die untersten Sprossen der Leiter entfernt worden waren.

»Stütz mich«, forderte sie Milan auf, der sofort die Hände für ihren Fuß faltete.

Die Knoten in den Stahlseilen, wo die Sprossen sonst eingehängt waren, boten für ihre Kinderfüße genug Halt zum Abstützen. Sie und Milan waren außerdem leicht und im Klettern geübt, sodass sie es im ersten Anlauf bis hoch zu den ersten Streben schafften. Die gespannten Seile der Himmelsleiter, die bis hinauf zu dem Fesselballon führten, gaben unter ihrem

Gewicht nur minimal nach. Sie waren nicht gesichert, aber sie mussten ja nicht allzu hoch hinauf.

Als Evelyn einen Blick zurückwarf, sah sie das breite Grinsen auf Milans Gesicht. Schon nach wenigen Metern hatten sie einen perfekten Blick auf den Bühnenaufbau. Evelyn sah auch auf den Dächern der Luftschiffhallen Menschen und am Fuß der Leiter versuchten Neuankömmlinge, ihrem Beispiel zu folgen. Bislang scheiterten sie am ersten Stück.

Evelyn ließ den Blick über das Meer von Menschen schweifen. Es waren bei Weitem nicht nur Arbeiter gekommen. Sie entdeckte die bunten Seidenkleider von Frauen der Mittelschicht, ebenso wie Uniformen von den Schulen der besseren Viertel. Evelyn war schon von Kindern in solchen Uniformen mit Steinen beworfen worden. Entweder, es gab Prometisten, wo Evelyn sie nicht vermutet hätte, oder die Anziehungskraft des großen Mannes reichte selbst bis unter die Jesiten.

Innerhalb kürzester Zeit waren auch die Himmelsleiter und die Hallen von allen Seiten mit Menschen umschlossen. Evelyn ging in die Hocke, fädelte die Füße durch die Himmelsleiter und setzt sich auf die Sprosse. Gerade als Milan es ihr gleichtat, brandete Jubel unter den Menschen auf.

Eine Schneise bildete sich vom anderen Ende des Feldes her in Richtung Bühnenaufbau. Erst jetzt entdeckte Evelyn dort hinten einige weiße Pferde, die sogar auf die Entfernung noch riesig aussahen: größer als die Tiere der berittenen Liktoren. Es standen auch ein paar Wagen dort, aber mehr war nicht auszumachen. Zumindest hatte der große Mann wohl keine Armee mitgebracht, die Wien besetzen würde, wie die Kühnsten prophezeit hatten.

Die Schneise setzt sich fort und der Jubel steckte auch die Menschen an, die gar nicht sehen konnten, was dort hinten passierte.

Als Evelyn ein Rucken an der Himmelsleiter spürte, blickte

sie nach unten und sah, dass der Aufstieg nun auch einigen anderen gelungen war. Es war eine ganze Gruppe und die, die es geschafft hatten, halfen denen, die nachkamen.

»Klettert weiter«, forderte der erste Milan auf, als er ihn erreichte. »Wir wollen alle was sehen!«

Milan warf Evelyn einen unsicheren Blick zu, doch von unten kamen immer mehr nach. Ihnen blieb kaum etwas anders übrig, als über die schwankende Leiter weiter aufzusteigen.

Während sie weiterkletterten, traten mehrere Gestalten auf die Bühne und hinter Milan stockte der Aufstieg. Sie nutzten die Gelegenheit und nahmen wieder ihre Sitzhaltung auf der Leiter ein. Sie befanden sich nun bestimmt fast zwanzig Meter über dem Boden. Sehr viel höher war Evelyn mit ihrem Vater auch nie geklettert und da hatten sie immer Sicherungsgurte getragen.

»Da ist er!«, rief Milan und Evelyn blickte zur Bühne.

Es war nicht schwer zu erkennen, welche der Gestalten der große Mann war, denn er überragte die anderen wirklich um einen guten Kopf. Er war hager, trug einen hellen Mantel mit Kragen und Schulterteilen aus Schwanenfedern und stand wie eine Statue zwischen den beiden anderen, die einfache Priesterroben trugen. Sein langes, schwarzes Haar war hinter dem Rücken zusammengebunden und ein krauser Bart wucherte in seinem schmalen Gesicht. Er stand und überblickte die tosende Menge, die sich für ihn versammelt hatte.

Dann hob er die Hand und nahm etwas von seiner Brust. Er hielt es an seinem ausgestreckten Arm vor sich und schlug mit den Fingern der Rechten dagegen. Augenblicklich lag ein goldenes Flirren in der Luft. Der große Mann nahm die Hände von dem Flirren weg – und es blieb frei vor ihm schweben.

»Ein Relikt«, zischte Milan ihr von unten zu und ein Raunen ging durch die Menschen, die auf die Bühne sahen. »Er hat ein Relikt!«

Natürlich hatte Milan in seinem bisherigen Leben genauso wenig ein Engelsrelikt erblickt wie Evelyn selbst. Doch das Flirren hatte etwas Magisches an sich, wo immer es herkam, und damit war Milan mit Sicherheit nicht der Einzige in der Menge, dem dieser Gedanke kam.

Und dann sprach der große Mann und unterbrach damit Evelyns Gedanken, denn seine Stimme tönte laut wie die eines Riesen.

»Ihr seid gekommen …«, hallte es über die Ebene, wie keiner von ihnen es je zuvor erlebt hatte. Ein übermächtiger Jubel war die Antwort. Er schien schon mit den drei Worten, die über das Flugfeld reichten, ihre größte Erwartung erfüllt zu haben: Er *musste* mehr als ein Mensch sein. Und mit dieser Gewissheit blühten all die Hoffnungen auf, die sie in ihn setzten.

»… weil ihr betrogen worden seid«, setzte er seine Stimme mühelos noch über den Lärm, »um den Lohn eurer Arbeit, um euer Leben und um euren Glauben!«

Es war ein berauschendes Gefühl, oben in der Leiter zu schweben und die Begeisterung der Menschen für diesen Mann zu spüren.

»*Unser* Schöpfer hat *uns* die Werkzeuge für ein besseres Leben geschenkt! All den Wundern, die es auf der Welt gab, sollen wir entsagen? Weil es der Wille eines allmächtigen Gottes sei? Lügen! Diejenigen, die uns das erzählen, errichten hinter unseren westlichen Grenzen eine neue Welt mit allem, was sie uns vorenthalten. Und sie errichten diese Welt auf unsere gebeugten Schultern!«

Er warf die Hände in die Luft und das goldene Flirren schoss in die Höhe. Zugleich flatterten weiße Bänder von seinem Mantel in die Luft, als herrsche um ihn herum ein Wind oder vielmehr ein Machtfeld, das nur ihn beträfe. Die erhobenen Hände und die wallenden Stoffbahnen machten seine hagere Gestalt vergessen und ließen ihn noch größer erscheinen, als er ohnehin schon war.

Evelyn verfolgte das goldene Blitzen durch die Luft nach oben. Noch höher als sie und Milan auf der Leiter und direkt über dem großen Mann kam es zum Stehen und auf einmal rieselten golden glänzende Schlieren daraus hervor. Sie flossen durch die Luft nach unten und zu allen Seiten und bildeten dabei gerade und schräge Stufen wie ein merkwürdiger Wasserfall, der den Gesetzen der Natur trotzte. Und allmählich erkannte Evelyn die Konturen einer Stadt in dem Muster. Es war eine wundersame Stadt mit turmhohen Häusern, kunstvoll geschwungenen Brücken und einem Meer von Lichtern.

Das Bild zerfloss ständig und entstand wieder neu und schuf so Bewegung, als sähe man diesen Ort durch ein Fenster. Pferdelose Wagen fuhren in den Straßen und über allem thronte ein Turm wie aus gesponnenem Gold. Er stand auf vier mächtigen Füßen und verjüngte sich immer mehr bis hinauf zu einer filigranen Spitze, fein wie eine Nadel. Evelyn kannte diesen Turm. Das musste Paris sein. Ihr Vater hatte ihr davon erzählt. Dorthin und überall auf der Welt hatte er sie mitnehmen wollen, doch obwohl seine Hoffnung auf Evelyns Heilung in Wien enttäuscht worden war, waren sie hier gestrandet.

Und dann rutschte der Blick nach unten und nach und nach zerfloss die Stadt und gewaltige Räderwerke und Kraftmaschinen unter der Erde blitzten auf. Was oben filigran und kunstvoll ausgesehen hatte, war dort unten mächtig und schwerfällig. Evelyn hatte noch nie in ihrem Leben so große Maschinen gesehen.

Schließlich begann das goldene Flirren zu sinken und kehrte in die Hände des großen Mannes zurück, der es wieder vor sich in der Luft platzierte. Die Schlieren wurden zu Sand im Wind.

»Paris!«, tönte seine Stimme. »Mittelpunkt *ihrer* Welt. Und eine Stadt, wie es im Westen Dutzende gibt: London, Dublin, New York, Chicago und noch weiter im Westen: Los Angeles – die Stadt der Engel.«

Ein Raunen ging durch die Menge und auch Evelyn spürte die Wirkung dieses Wortes in ihrem Herzen: *Engel*. Es war das erste Mal, dass er es in den Mund nahm, auch wenn er nur über eine Stadt sprach, von der Evelyn noch nie gehört hatte.

»Was sie uns verbieten, darauf stützen sie selbst ihren ganzen Reichtum: Blitzkraft, Kraftwerke und Kraftstoff-Motoren. Tonnen von Stahl, den ihr in euren Fabriken zu Werkteilen gießt, ohne zu wissen, welchem Zweck sie dienen. Von eurem Verladebahnhof rollen täglich Hunderte volle Züge gen Westen und kehren leer zurück. Sie knechten uns alle! Sie lassen uns bluten! Und wir lassen es geschehen.«

Evelyn verstand nicht alles, was er sagte, aber sie spürte die eigene Verbitterung darüber hochkommen, dass sie gegenüber den Jesiten nur Menschen zweiter Klasse waren. So, wie ihre Mütter und Väter sich abmühten und zugleich ums Überleben kämpften, musste er doch recht haben. Sie waren betrogen worden. Und Evelyn spürte auch ohne die grollend zustimmenden Zwischenrufe, wie die Stimmung bei den Menschen unten kippte. Begeisterung wurde zu Zorn. Vielleicht hatte der große Mann gar keine Armee mitbringen müssen. Vielleicht hatte sie hier auf ihn gewartet.

»Die neue Welt mit ihren neuen Wundern wollen sie uns vorenthalten! Und es gab auch einmal eine alte Welt, die sie uns geraubt haben.«

Wieder schickte er das goldene Flirren in die Höhe und diesmal erschienen keine Häuserkonturen in den Goldschlieren. Diesmal waren es zwei Gestalten, die aus dem goldenen Fenster in der Luft auf sie zuliefen: eine Frau und ein Mann. Zur einen Seite segelte ein Schwan auf weiten Schwingen und mit langem Hals durch die Luft, zur anderen hastete ein Fuchs mit glänzendem Fell. Hinter ihnen schälten sich wundersame, menschlich anmutende Körper aus den Schlieren, die jedoch aus frei liegenden Knochen und Räderwerk zu bestehen schienen. Sie führten Kinder an der Hand und wurden geleitet von mächtigen Kolossen auf zwei und vier Beinen und mit mehreren Armen, vielleicht Golems – mechanische Diener aus Prometheus'

Werkstätten. Über den Schultern eines der Kinder erhoben sich plötzlich gespreizte Flügel. Das Mädchen nahm zwischen den anderen zwei Schritte Anlauf und sprang einfach in die Luft ab, um sich mit einigen Flügelschlägen in die Höhe zu schwingen.

Es war still, bis auf das Raunen der Menschen, und die Ruhe machte die Bilder fast noch eindringlicher.

Dann kam das Feuer aus der Tiefe des goldenen Fensters. Alles verzehrende Flammen aus den Waffen der frühen Liktoren. Jeder wusste, was Prometheus' Erbe in diesen Landen ausgetilgt oder in den Osten vertrieben hatte. Aber es zu sehen machte die alten Geschichten, die schon über Generationen gewandert waren, erst wahr.

Evelyn sah die Schlieren zerfließen, bis nichts als flüssiges Gold übrig war, und spürte beinahe die Hitze auf der Haut und die krallenden Finger der Angst in ihrer Brust, die die Vertriebenen empfunden haben mussten.

Und dann wandte sie in einer beiläufigen Bewegung den Blick zurück in Richtung des Verladebahnhofs, wo sie die Liktoren zuletzt passiert hatten, und erstarrte. Die Angst in ihrer Brust wurde Wirklichkeit und durchflutete ihren ganzen Körper. Dort auf der anderen Seite des Zugangs zum Flugfeld, für niemanden zu sehen außer für sie hier oben, scharten sich Hunderte, wenn nicht Tausende der grauen Kirchensoldaten. Und noch während Evelyn wie versteinert starrte, setzten sie sich in Bewegung, um das Feld zu stürmen.

»Milan«, schrie Evelyn, als sie ihre Stimme endlich wiederfand, und erhob sich aus ihrer sitzenden Haltung. »Milan!«

Gerade erst kehrte der Anhänger zu seinem Herrn auf der Bühne zurück und ihre Stimme war zumindest in einigem Umkreis zu hören. Nicht nur Milans Kopf drehte sich verwirrt zu ihr, doch schon sprach der große Mann weiter.

»Wenn wir zu lange warten, werden sie sich wappnen …«, sagte er gewichtig und ließ eine Pause.

»Die Liktoren«, keuchte Evelyn zu Milan hinunter. »Schau!«

Die ersten drängten bereits auf das Feld und scherten nach links und rechts aus, um die anderen nachrücken zu lassen. Ihnen voraus flogen vierbeinige Schatten über die Ebene. Hunde?

Milan sah in die Richtung, in die sie wies, und erlitt den gleichen Schock wie sie.

»... doch noch ist es nicht zu spät!«

Der große Mann stand erhöht und blickte genau in die Richtung der Soldaten. Sah er sie denn nicht kommen? Zumindest die, die nun auf das Feld rückten, musste er doch sehen. Doch er sprach einfach weiter.

»Wenn wir uns gemeinsam erheben, können wir die Fesseln sprengen, und die alte und die neue Welt vereinen, wie Prometheus es uns gelehrt hat. Aber ich werde eure Hilfe brauchen. Seid ihr bereit?«

Die Menge tobte. Ja, sie würden ihm folgen. Sie hatten nur auf diesen Mann gewartet, der ihnen Wunder zeigte und Hoffnung gab.

»Wir müssen hier weg!«, schrie Evelyn panisch.

Auch Milan war aufgestanden, doch sie steckten fest. Unter ihnen ging es zwanzig Meter in die Tiefe und der einzige Weg auf den Boden war durch Dutzende Menschen verstopft.

»Ihr müsst runter«, rief auch Milan denen unter sich zu. »Sie kommen! Die Wächter kommen!«

Ihr erster Nachfolger auf der Leiter sah auf und wirkte, als würde er die störenden Kinder am liebsten von der Leiter werfen. Dann blickte er doch zurück und sah die erste Welle der Liktoren, hinter der sich schon die zweite formierte. Die Vierbeiner hatten ihren Lauf verlangsamt und ließen die Wächter aufschließen. Es mussten Wolfsmischlinge sein, denn sie reichten den Soldaten bis zur Hüfte.

»Liktoren!«, rief Evelyn aus voller Kehle gegen den Jubel an. »Lasst uns runter!«

Am hinteren Rand der Menge bemerkten die Menschen

jetzt die Gefahr in ihrem Rücken. Über den Lärm waren ihre Schreie nicht zu hören, aber Evelyn sah, wie sich die Reihen auflösten und fluchtartig zur Seite wichen. Es war ein Wimmelbild der Panik und es gab kein Entrinnen, denn die Wächter kamen über die ganze Flanke. Wie auf ein Zeichen hoben sie alle gleichzeitig die Gewehre in den Anschlag.

»Wir werden gemeinsam kämpfen, wenn es Zeit ist«, übertönte der große Mann weiterhin alles, »und dann erinnert euch an diesen Tag!«

Und dann brachen Schüsse los und nach der ersten Verwirrung verbreitete sich die Panik wie ein Lauffeuer.

Endlich versuchten unten an der Leiter die Ersten den Abstieg. Doch die Menschen standen so dicht, dass die Herabsteigenden auf Köpfe traten und im Fallen andere zu Boden rissen. Es kam zu tumultartigen Szenen unter ihnen und die ganze Himmelsleiter bebte.

Evelyn klammerte sich fest.

»Evelyn«, wimmerte Milan und seine bleiche Miene war ein Spiegel ihrer Angst.

Auch auf den Hallendächern hatte sich die Panik ausgebreitet und dort kamen die Menschen über die halbrunden Hangardächer, die sich bis zum Boden zogen, leicht nach unten. Evelyn sah, wie sie sich gegenseitig niedertrampelten und miteinander rangen, wo immer mehr von oben herabdrängten und die unten stehenden keinen Platz machen konnten. Es war eine Todesfalle.

»Wir können nicht runter«, begriff sie und antwortete damit zugleich auf Milans hilfesuchenden Blick. »Wir sitzen fest!«

Die Ausschläge der Leiter wurden immer heftiger, denn die Menschen am Fuß wehrten sich nicht nur gegen die, die herabkletterten. Sie wollten selbst hoch und aus dem tödlichen Gedränge entfliehen.

Evelyn griff um die Stahlseile herum und schlang die Arme um die Leiter. Wenn sie den Halt verlor, gab es bei der Fallhöhe keine Zweifel, was geschehen würde.

Von unten drängten Menschen auf die Leiter. Wo sie sich gegenseitig behinderten, stießen und zerrten sie sich weg. Würden sie mehr Rücksicht nehmen, wenn sie bei ihnen oben ankamen?

»Wir müssen klettern«, rief sie Milan zu. »Wir müssen nach oben!«

Milan sah auf, sein Gesicht eine Maske der Furcht.

»Bist du verrückt?«, fragte er und Evelyn las es ihm mehr von den Lippen ab, als dass sie es in dem Lärm verstand.

Die Schreie der Menschen hämmerten auf sie ein und ließen sie kaum einen klaren Gedanken fassen. Die Soldaten kamen und die Menschen, die sie nicht sahen, spürten doch, dass sie in Lebensgefahr waren. Die Panik hatte längst eine tödliche Eigendynamik entwickelt. Sie musste irgendwie klar bleiben.

Bislang hatten sie nicht mehr als ein Viertel der Leiter erklommen. Doch als Evelyn nach oben blickte, entdeckte sie unterhalb des Ankers wieder die Schemen der Gleiterflügel. Vielleicht war sie wirklich verrückt, aber es gab eine Möglichkeit, der Todesfalle zu entkommen.

VII

EVELYN

»Sie kommen«, brüllte sie Milan an. »Milan, wir müssen da hoch. WIR MÜSSEN!«

Schüsse, Schreie und die wilden Zuckungen der Leiter, die sie beide umklammerten.

Milan war wie gelähmt. Evelyn sah in seinen Augen, dass er nicht konnte. Seine Arme hinter den klammernden Händen zitterten. Sie konnte sich erinnern, wie sie selbst derart gezittert hatte, als ihr Vater sie das eine Mal in die Sicherung hatte fallen lassen.

»Hör mir zu«, brüllte sie gegen den Lärm an. »Wir schaffen es zusammen. Ein Schritt nach dem anderen. Komm mit, Milan! Los!«

Mit allem Überlebenswillen, den sie in sich fand, löste sie ihren eigenen Klammergriff und riss sich mit den ersten beiden entschlossenen Schritten die Sprossen hinauf selbst aus der Ohnmacht. Als sie einen Blick zurückwarf, sah sie, dass Milan nicht nachkam.

»Milan!«, schrie sie erneut, doch er reagierte nicht. Stattdessen hing er wie erstarrt in der Leiter und sie wusste, wenn sie selbst den Moment nicht nutzte, würde es ihr ähnlich ergehen.

Mit Tränen in den Augen wandte sie den Blick ab und kletterte weiter. Sie versuchte, das Schlachtfeld der Massenpanik unter ihr ebenso zu verdrängen wie den Anblick von Milan in der Leiter. Schritt für Schritt arbeitete sie sich höher und bei jedem Ruckeln der Leiter, das sie aus dem Tritt brachte, sackte ihr Herz in die Knie.

Ihr Blick fiel auf den Bühnenaufbau dort unten und sie konnte nicht begreifen, was sie sah. Der große Mann stand seelenruhig und achtete nicht auf die verzweifelten Menschenwogen unter ihm. Die Seitenwände des Aufbaus waren glatt und ragten einen Meter über die Menge, sodass sich niemand auf die Insel retten konnte. Er sah einfach tatenlos zu, wie seine Anhänger im Chaos versanken und sich gegenseitig niedertrampelten. Er versuchte nicht einmal zu fliehen. Er stand einfach da und erwartete die brutal vorrückenden Liktoren.

Evelyn kämpfte sich weiter. So wollte sie nicht sterben. Sie richtete den Blick nach oben und kletterte. Ihre Arme schmerzten, aber sie konzentrierte sich nur auf ihren Atem. Wenn er schnell und flach wurde, zwang sie sich dazu, tief einzuatmen. Sie wusste, was geschehen würde, wenn das Brennen und Stechen in ihrer Brust erst losging. Wenn der Teufelskreis einsetzte, würde sie bald gar nicht mehr vom Fleck kommen. Die Schwankungen ließen nach, je höher sie kletterte, und irgendwann, als der Ballon bereits näher rückte, warf sie erneut einen Blick zurück.

Als sie in die gähnende Leere unter sich hinabsah, begriff sie, dass sie einen Fehler gemacht hatte. Das Schwanken der Leiter schien auf einmal doppelt so stark, verstärkt durch ihren Schwindel. Ihr Körper wurde überflutet von Angst und die klaren Gedanken waren fort. Wie Milan vorhin zog sie sich so nah wie möglich an die Leiter und spürte ihre Muskeln krampfen.

»Atme«, zischte Evelyn sich selbst zu. »Atme ruhig, verdammt!«

Sie sah, wie nach wie vor Menschen kletterten und aus immer größerer Höhe in die Menge zurückstürzten. Ebenso wie den geschlossenen Ring der Liktoren, die drängten und erbarmungslos schossen. Milan war aus dieser Höhe unmöglich auszumachen. Es waren alles nur noch gleichförmige Gestalten, weit weg.

Mit tiefen Atemzügen kämpfte sie die Panik Zentimeter für Zentimeter zurück. Ihr Vater hätte viel darum gegeben, vor seinem Tod noch einmal hier hinaufzusteigen. Als seine Tochter wollte sie ein besseres Bild abgeben als das klammernde Häuflein Elend an der Leiter. Wieder und wieder holte sie tief Luft und presste sie aus den Lungen. Einatmen, ausatmen. Und das Bild klärte sich.

Durch eine Schneise waren Wächter bis zur Bühne vorgedrungen. Der Aufbau war leer. Entweder war der große Mann irgendwie entkommen oder sie hatten ihn schon weggebracht.

Zwei Atemzüge, dann holte Evelyn Schwung aus den Knien und brach ihre Versteinerung. Im Aufstieg beschleunigte sie das Tempo noch. Sie wollte der Angst keine Gelegenheit geben zurückzuschlagen.

Als sie das nächste Mal den Blick von den Sprossen nach oben wandte, war der Ankerballon in greifbarer Nähe. Sie sah die Altersspuren an dem stählernen Ring der Plattform, von der die Gleiter seit jeher starteten. Schmale Schienenpaare führten oberhalb der Plattform wie angedeutete Sonnenstrahlen hinaus in die Leere. Sie ragten zu allen Seiten ein paar Meter über den Ring hinaus und waren so filigran, dass Evelyn sie von unten noch nie entdeckt hatte. Zu Beginn jedes Schienenpaares hing eines der Fluggeräte mit den heruntergeklappten Flügeln. Als sie ihre Ausmaße aus der Nähe sah, sank Evelyns Entschlossenheit. Sie waren riesig …

Evelyns Herzklopfen steigerte sich noch, als sie das letzte, starre Stück der Leiter erreichte und durch eine Luke nach oben stieg. Und dann war sie da. Direkt unter dem gigantischen Ballon auf dem Gitter der Plattform. Um sie herum hingen vielleicht zwei Dutzend der riesigen Flügelkonstruktionen. Und durch das Gitter sah sie rings um das Flugfeld die ganze Stadt.

Mit zitternden Knien trat sie zu dem Gleiter, der ihr am nächsten stand, und legte die Finger auf den Rahmen und den Flügelstoff. Es fühlte sich an wie das Segeltuch, aus dem ihr Vater im Herbst vor seinem Tod den Drachen für sie gebaut hatte. Das eingeklappte Gestell war aus Hartholz und feinen, stählernen Querrippen gefertigt.

Evelyn schritt von Gleiter zu Gleiter, bis sie meinte, den kleinsten ausgemacht zu haben. Sie ergriff das dünne Zugseil daneben und musste mit aller Kraft ziehen. Die Mechanik reagierte, wie Evelyn vermutet hatte: Die heruntergeklappten Flügelspitzen des Gleiters spreizten sich langsam nach außen.

Nach und nach überwanden die Flügel die Horizontale und richteten sich noch weiter auf. Sie reichten nun bestimmt drei Meter von Flügelspitze zu Flügelspitze. Schließlich spannte sich eine leichte Wellenlinie in das Flügelprofil und etwas an dem Fluggerät rastete hörbar ein.

Der Gleiter war mehr als der bloße Körper aus Holz, Metall und Segeltuch. Die Verbindung zwischen Pilot und Gleiter war etwas Geheimnisvolles, das die Menschen spürten, die die Bahnen der Aeronauten am Himmel beobachteten. So nah war Evelyn den Flügeln noch nie gekommen, und als sie auf das Pilotengeschirr zutrat, fühlte es sich richtig an.

Ohne auf ihr klopfendes Herz und den trockenen Mund zu achten – Anzeichen, dass ihr Körper sehr wohl wusste, dass sie sich gleich in einen bodenlosen Abgrund hinabstürzen musste, wenn sie es mit ihrem Plan ernst meinte –, legte sie die Gurte an. Natürlich war alles zu groß. In den meisten Riemen fehlten Löcher, um sie wirklich eng um ihre Brust, ihre Hüfte und unter ihre Schultern zu schnallen. Doch Evelyn befestigte sie, so gut sie konnte, und fand auch die Lederhandschuhe und Schnüre, mit denen sich der Gleiter steuern ließ. Als sie die fingerlosen Pilotenhandschuhe anlegte, spürte Evelyn eine Gänsehaut.

»Hilf mir«, murmelte sie und meinte damit ein bisschen den eigentlichen Piloten des Gleiters und ein bisschen ihren Vater, »bitte!«

Sie richtete den Blick nach oben und sah die Stahlseile, an denen der Gleiter über ihr eingehängt war. Sie führten zu den Schienen hoch, die vielleicht eine Art Startrampe darstellten, doch Evelyn hatte keine Idee, wie sie den Gleiter dort hinaufbekommen sollte. Schon gar nicht von ihrem Rücken aus.

Ihr Blick fand das Zugseil, das neben ihr herunterbaumelte, und sie nahm es in die Hände und zog erneut. Zu ihrem Erstaunen merkte sie, wie die Flügel an der Aufhängung nach oben ruckten. Irgendwo in der Mechanik über ihr mussten Flaschenzüge versteckt sein.

Evelyn verstärkte ihre Bemühungen und stand auf den Zehenspitzen, und dann – erhob sie sich, gehalten von den Gurten, in die Luft. Mit vier kräftigen Zügen, die ihr Stiche in die Brust bescherten, hatte sie sich selbst so hinaufgearbeitet, dass das Rückenteil des Gleiters in die Schiene einrastete. Sie hing nun in Bauchlage und spürte erst recht, dass die Gurte sie nur lose an die Gleiterflügel banden.

Ihr Herz schlug ihr bis zum Hals, doch sie rechnete noch längst nicht damit, dass es losging, als sie einen kleinen Widerstand an der Leine spürte und überwand. Plötzlich ruckte der Gleiter nach vorn und schien aus der Mechanik ausgehängt. Über die Schiene, die sich nach unten neigte, nahm sie Fahrt auf und beschleunigte dabei noch.

»Was … nein!«, entfuhr es ihren Lippen, doch schon hörte unter ihr der Boden des Stahlrings auf und nur die Schiene über ihrem Kopf trennte sie noch von der schwindelerregenden Tiefe. Sie konnte es nicht mehr aufhalten, noch ehe sie überhaupt den letzten Entschluss dazu gefasst hatte. Und als sie den Halt der Schiene über sich verlor und nach vorne in den Abgrund schoss, schrie sie sich die Lunge aus dem Leib.

Sie schoss so schnell nach unten, dass die Flügel ihren Absturz eher noch zu beschleunigen schienen, statt ihn zu bremsen. Dabei kippte sie immer weiter nach vorn, bis sie fast schon in Rückenlage geriet. Sie musste es aufhalten, begriff sie trotz der Panik, die sie im freien Fall erfasste und die alles in ihrem Körper auf eine Karussellfahrt zu schicken schien. Ihr Herz pochte in ihrem Kopf, ihr Magen hing irgendwo weit unten und die Luft presste sich ihr im Fallen wie ein Kissen auf Mund und Nase.

Hektisch bewegte sie die Arme, doch keine der Steuerungsleinen schien unter Spannung zu stehen. Während das Flugfeld näher kam, riss sie schließlich die Hände nach unten bis zu ihrer Hüfte und endlich spürte sie Widerstand. Die Flügel bauschten sich auf und das Bremsmanöver warf sie in die losen Gurte, die zum Glück hielten.

Noch immer war sie rasend schnell, doch sie schoss nicht länger nur abwärts, sondern auch nach vorn. Schon sah sie die Dächer Wiens und dahinter die Docks am Fluss mit den Booten der Schai. Für einen kurzen Moment mit dem Wind im Haar und berauscht von ihrer eigenen Geschwindigkeit spürte sie das, wonach ihr Vater sich bis zuletzt so sehr gesehnt hatte.

Dann wurde sie von einer Böe erfasst und hatte alle Mühe, nicht wieder ins Trudeln zu geraten. Sie wurde zurück über das Flugfeld getragen. Die Leiter mit dem Himmelsanker wirkte aus dieser Perspektive wie die Schnur an einem Luftballon, an die sich Ameisen klammerten. Immer noch kletterten und kämpften dort Menschen miteinander. Sie sah jemanden stürzen und betete, dass es nicht Milan war.

Am Boden knieten Liktoren mit ihren feuernden Gewehren im Anschlag. Dahinter standen sie in Reihen, die ebenfalls schossen oder die Menschen mit ihren Stöcken niederschlugen. An zahlreichen Stellen kämpften die Menschen in einem aussichtslosen Kampf dagegen an, doch es gab keinen Ausweg. Um sich nicht gegenseitig totzutrampeln, rannten sie immer wieder nach allen Richtungen gegen die geschlossenen Reihen der

Wächter an. Das Gewehrfeuer war wie ein donnernder Gewittersturm und die Menschen fielen scharenweise übereinander.

»Nein!«, schrie Evelyn schockiert, während sie tiefer und tiefer sank. Vielleicht noch dreißig Meter über dem Boden … dann fünfundzwanzig. Sie war viel zu schnell. Die Ebene raste unter ihr vorbei. Geradeaus hinter der Bühne entdeckte sie den Rand mit den dicht stehenden Bäumen, wo sie und Milan das Feld betreten hatten.

»FOLGT MIR!«, schrie sie den Menschen unter sich zu, so laut sie konnte, während sie versuchte, die Spannung der Steuerungsleinen in der Balance zu halten. Wenn sie alle in eine Richtung stürmten, dann mussten sie die Reihen der Wächter doch durchbrechen können. »MIR NACH!«

Es waren hoffnungslose Versuche. Ihr Blick schweifte über den Boden voller lebloser Körper und Verzweiflung krallte sich um ihr Herz. Wenige Menschen entdeckten sie am Himmel und rissen die Arme hoch. Vielleicht sahen sie in ihrem Todeskampf einen Engel in ihr.

Auch die ersten grauen Soldaten hatten sie entdeckt. Evelyn hatte vielleicht noch fünfzig Meter bis zu ihnen und keine zehn Meter Flughöhe mehr. Sie raste dahin und ihre einzige Hoffnung auf eine Landung, ohne sich sämtliche Knochen zu brechen, war der Grünstreifen, der die Ebene säumte.

Dann hörte Evelyn ein Zischen und spürte einen Luftzug. Im ersten Moment begriff sie gar nicht, dass auf sie geschossen wurde. Sie sah nur, dass tatsächlich Menschen mit hoffnungsvollen Blicken zu ihr aufsahen und ihrer Flugbahn folgten. Mit vereinter Kraft rannten sie gegen die Liktoren an, die sich zusammenzogen und mit ihrem Gewehrfeuer gegenhielten.

Das Donnern war allgegenwärtig und plötzlich spürte Evelyn einen heißen Schmerz quer über ihren Bauch. Ein zweiter Schuss traf sie beinahe zeitgleich an der Schulter. Evelyn schrie vor Schmerz und Überraschung und dann sackten die Flügel schon nach rechts weg. Noch im Trudeln verlor sie jegliche Orientierung und prallte gegen irgendetwas. Das letzte Geräusch, das sie hörte – ein Splittern und Krachen –, verriet ihr, dass der Gleiter zerstört war. Die Gurte schnitten sich in ihren Körper und ihr letzter Gedanke war, wie sehr es ihr um den Gleiter leidtat. Beim nächsten Aufprall war Evelyn bereits bewusstlos, und während sie auf dem Boden zum Liegen kam, brachen links und rechts von ihr Menschen durch die Bäume nach draußen. Es waren wenige, die entkamen, und so viele, die an diesem Tag ihr Leben verloren.

VIII

LEONOW

Joscha war in seinen Kopf eingedrungen. Während Leonow noch versuchte, dieses erschreckende Erlebnis irgendwie zu begreifen, schien es, als habe Joscha damit auch in den Augen der anderen eine rote Linie überschritten. Die Jungen deckten zum Nachtmahl nicht für Joscha auf und zeigten ihm die kalte Schulter, wenn er versuchte, am Gespräch teilzuhaben. Leonow selbst aß kaum. Er war noch immer zittrig, und sosehr sich die anderen auch auf seine Seite schlugen, fühlte er sich doch fremd in ihrer Mitte. Was verband ihn mit diesen Jungen? Und was waren sie überhaupt? Kohlenjungen? Hexerlehrlinge?

Fabergé war nicht wieder aufgetaucht, seit er das Gold an sich genommen hatte, und Dawid würgte das Gespräch immer wieder ab, wenn es seiner Meinung nach in eine falsche Richtung abdriftete. Wohl um zu verhindern, dass Leonow weitere Fragen stellte.

Die Nacht war eine Qual. Immer wieder wachte er verschwitzt und stöhnend auf und hörte das Gebell der Hundemeute. Das Erste, was er am Morgen tief enttäuscht feststellte, war, dass Minka noch immer nicht zu ihm zurückgekehrt war. Langsam machte er sich Sorgen, dass sie ihn doch zurückgelassen hatte.

Vor ihren Betten lagen Bündel frischer Kleidung. Zu seiner Überraschung war seines nicht aus dem groben Stoff der Arbeitersachen gemacht, sondern aus feinem Tuch.

»Du hast uns kaum schlafen lassen«, trat Fjodor auf ihn zu, der ebenfalls feine Sachen trug. »Heute sind wir oben, das wird dich auf andere Gedanken bringen. Wir beide und Lyskom.«

»Ist ja keiner Wunder, dass du Albträume hattest.« Lyskom zog gerade sein Hemd über und Leonow erhaschte einen Blick auf seinen Anhänger. Er sah genug davon, um zu erkennen, dass er nicht ringförmig war wie die der anderen.

»Ach«, mischte sich Joscha ein, »wenn er vor ein paar Hunden Angst hat, ist er hier falsch. Und außerdem hat *er* doch mit dem Lügen angefangen!«

Die anderen ignorierten ihn weiter, doch in Leonows Bauch regte sich trotzdem Wut. Er hätte dem Ekel Joscha seine heimtückische Attacke am liebsten heimgezahlt. Wenn er bloß nicht so wehrlos gewesen wäre … aber was sollte er gegen solche Kräfte schon ausrichten? Also blieb er still.

Nach dem Frühstück führten Fjodor und Lyskom ihn zum ersten Mal in den ersten Stock hinauf. Leonow war überrascht, dass die Jungen und Fabergé nicht die einzigen Arbeiter in dem Haus waren. In großen, lichtdurchfluteten Räumen im Obergeschoss saßen ausschließlich junge Frauen an Tischen und Arbeitsbänken voller Werkzeug. Es waren über ein Dutzend Arbeitsplätze und um diese Zeit noch nicht alle besetzt.

Fjodor und Lyskom gingen unbefangen zu den Frauen und scherzten mit ihnen. Sie nahmen Werkstücke entgegen und Leonow staunte, dass es sich um Schmuckstücke und Figuren handelte, wie sie im Erdgeschoss verkauft wurden. Er selbst hielt sich hinter den beiden anderen und zog neugierige Blicke auf sich.

»Hier«, gab Lyskom Leonow schließlich eine flache Kiste und er und Fjodor legten die Sachen hinein.

Auf Leonow wirkten sie nicht weniger prächtig und kunstvoll als die in den Vitrinen.

»Sind die für unten?«, fragte Leonow verwirrt. »Wird das alles hier gemacht?«

»Klar«, erwiderte Fjodor. »Denkst du, die Sachen wachsen in den Glaskästen?«

»Aber ... Ich dachte, das wären Fabergés Arbeiten.«

Fjodor schnaubte belustigt. »Fabergé beschäftigt sich mit anderem. Und er verkauft seine Stücke nicht.«

»Gibt auch nicht viel zu verkaufen ...«, fügte Lyskom hinzu und Fjodor warf ihm einen strengen Blick zu.

»Sei bloß vorsichtig.«

Leonow hätte den Frauen gerne bei der Arbeit zugesehen. Er fühlte sich besser im Tageslicht und der frischen Luft hier oben. Doch Fjodor und Lyskom nahmen ihn auch nicht gleich wieder mit in den Keller, sondern blieben mit ihm im Verkaufsraum. Sie sortierten die neuen Sachen in die Vitrinen und erklärten Leonow, worauf er dabei zu achten habe. Den ganzen Vormittag über bedienten sie Kunden. Fjodor und Lyskom holten die Stücke hervor, die sie sehen wollten. Manchmal nahmen sie auch Bestellungen für größere Stückzahlen entgegen oder fertigten kleine Skizzen nach den Beschreibungen der Leute an. Fjodor war nach Dawid der älteste der Jungen und wickelte allein das Geschäftliche ab, doch auch Lyskom war geschickt im Umgang mit den reichen Leuten.

Besonders die Zeichnungen, mit denen die Jungen innerhalb von Augenblicken die Vorstellung der reichen Herrschaften trafen und zu kleinen Kunstwerken ausgestalteten, zogen Leonow in ihren Bann. Die beiden Jungen zeichneten so lebensecht und das innerhalb kürzester Zeit. Leonow wünschte, er hätte das ebenfalls lernen können.

Auch darüber, wie viele Menschen es zu geben schien, die sich solche Kostbarkeiten leisten konnten, staunte er. Wann immer die Tür hinter den Kunden zufiel, machten sich Fjodor und Lyskom über sie lustig und äfften ihr Gehabe nach.

Am Nachmittag kam schließlich ein Mann, der alten Goldschmuck anbot, wie sie ihn am Vortag eingeschmolzen hatten. Fjodor feilschte mit ihm, bis er mit den Zähnen knirschte, aber er ließ das Gold da und nahm das Geld.

Erst jetzt fiel Leonow auf, dass im gesamten Verkaufsraum nicht ein goldener Schimmer zu finden war. In dem Funkeln und Glitzern überall fiel es gar nicht so sehr auf, aber es waren Silber und Edelsteine, emaillierte Glasmalereien und Prägungen an den Arbeiten, die ihren Prunk ausmachten. Gold war nirgends zu finden. Was hatte Fabergé beim Schmelzen gesagt? *Aus Gold sind die Werkzeuge des Himmels.*

»So, genug!«, sagte Fjodor am Abend, als er die Gewinne des Tages ins Kassenbuch eingetragen hatte. Er verschloss die Tür und nahm das Säckchen mit dem Gold, das sie am Nachmittag angekauft hatten. Der Meister war noch immer nicht wieder aufgetaucht und Leonow staunte, dass er so viel Vertrauen hatte. Sie hätten mit dem Gold und dem, was sie an diesem Tag eingenommen hatten, einfach hinausspazieren können. Es war eine verlockende Vorstellung, dieses seltsame, unheimliche Haus mit den Taschen voller Geld zu verlassen. Er würde sich so schnell keine Sorgen darüber machen müssen, satt zu werden. Doch er wollte auch wissen, was die Jungen hier noch alles lernten und was sein Platz in dem Ganzen war. Vielleicht musste er ja nicht so wehrlos bleiben, wie er Joscha gegenüber gewesen war. Und ohne Minka wollte er ohnehin nicht fortgehen.

Dawid und die anderen warteten im Keller auf sie. Sie waren schon wieder schwarz verdreckt und auch für Leonow und die beiden anderen lagen nun Arbeitersachen am Bett. Die drei legten ihre feinen Kleider ab und dabei erhaschte Leonow einen weiteren Blick auf Lyskoms Anhänger. Er meinte fast, eine Figur zu erkennen, wie sie sie den ganzen Tag über der Kundschaft gezeigt hatten.

»Los, Joscha«, sagte Dawid, als sie sich umgezogen hatten.

Joscha trat auf einmal auf Leonow zu und blickte stur zu Boden.

»Ich entschuldige mich«, brachte der Ältere über die Lippen und sah dann mit düsterem Blick auf. »Wenn es nach den anderen geht, kannst du anscheinend lügen, wie du willst.«

Leonow war überrumpelt. Er hatte mit keiner Entschuldigung gerechnet.

»Schon gut«, erwiderte er unbehaglich, weil das wohl von ihm erwartet wurde. Er traute Joscha kein Stück mehr als zuvor, doch Dawid nickte zufrieden.

»Dann wollen wir die Sache vergessen.«

Sie aßen an der Stelle, wo sie am Vortag das Gold geschmolzen hatten. Die Feuerstelle war leer, doch ein paar Kohlen glühten noch, also hatten die Jungen wohl auch heute hier gearbeitet. Grigor holte die Schüsseln und Fjodor brachte Wein, der Leonow nach dem zweiten Becher zu Kopf stieg. Der Meister zeigte sich den ganzen Abend nicht, nur das Glimmen unter der Tür zu seiner Werkstatt war zu sehen und einmal hörte Leonow einen Wutschrei, dass er zusammenzuckte.

Die anderen warfen sich vielsagende Blicke zu, gingen aber nicht darauf ein. Sie sangen abwechselnd Lieder, manche heiter, manche traurig. Fjodor machte die reiche Kundschaft noch einmal so gekonnt nach, dass auch Leonow lachen musste. Als es an Lyskom war zu singen, wurden alle still. Er hatte eine schöne, klare Stimme und sang eine traurige Melodie über eine Schwanenmutter, die ihre Kinder verlor und der der Kummer darüber das Gefieder schwärzte. Noch ehe er zur zweiten Strophe ansetzen konnte, unterbrach ihn Dawid unwirsch.

»Es ist spät. Geht zu Bett, morgen haben wir wieder zu arbeiten.« Er warf einen Blick in die Gesichter der Jungen. Leonow bemerkte erstaunt, dass Grigor und Lyskom sich sogar Tränen aus den Augen wischten.

»Und hört auf, euch wie Kinder zu benehmen. Vergesst nicht, wer ihr seid!«

Dawids Worte verwirrten Leonow nur noch mehr. Und später, als die anderen schon schliefen, fand er lange nicht zur

Ruhe. Wenn er die Augen schloss, sah er wieder Joschas nackte Gestalt über sich aufragen und das goldene Flirren zwischen Joschas Händen, das ihm Zutritt zu Leonows Erinnerungen gewährt hatte.

Welche Mächte gingen in diesem Haus um, und was war seine Rolle darin?

Als Leonow die sanften Bisse an seiner Hand spürte, meinte er zunächst, wieder im Wald zu sein, wo er auf der Flucht zusammengebrochen war. Die Bisse wurden fester und er tauchte allmählich aus der Tiefe seiner Träume auf. Dann erst begriff er und ein Gefühl des Glücks durchströmte ihn.

»Du bist wieder da«, flüsterte er. Vielleicht lag es an dem Wein, aber er brauchte eine Weile, ehe er sich orientieren konnte. Die ruhigen Atemzüge der anderen lagen in der Luft, ebenso wie ein leises Sirren.

Still. Komm mit, er hat jemanden da. Und duck dich.

Leonow rappelte sich vorsichtig auf und erkannte plötzlich einen Umriss, der inmitten des Schlafraumes schwebte und das sirrende Geräusch verursachte. Er schrak heftig zusammen.

Vorsicht. Er will nicht, dass jemand lauscht. Komm mit.

Nach und nach offenbarte der Umriss immer mehr Einzelheiten. Leonow dachte sofort an das Flirren zwischen Joschas Händen, doch das hier war viel komplizierter gearbeitet und zudem weit größer als die einfachen Ringe der Jungen: Das Geflecht und Gespinst aus Golddraht besaß etwa die doppelte Größe eines Tellers und es war in ständiger, zitternder Bewegung. Ein sehr schwaches, bernsteinfarbenes Glimmen ging davon aus, das wohl nur in der Dunkelheit zu sehen war.

Leonow stieg mit klopfendem Herzen von seiner Pritsche und duckte sich zu Boden. Dann huschte er hinter Minka aus dem Schlafraum.

»Was war das?«, flüsterte er, während sie durch den dunklen Keller schlichen.

Eins seiner Konstrukte. Es sollte dafür sorgen, dass keiner von euch aufwacht. Komm raus an die Treppe, aber leise.

Die Tür zur Treppe war zu. Leonow drückte die Klinke herunter, so vorsichtig er konnte, dann zog er sie in Zeitlupe auf. Er hörte bereits die Stimme des Meisters und wollte kein Quietschen der Stahltür riskieren. Als der Spalt ausreichte, schlüpfte Minka hindurch. Danach wagte es auch Leonow und drückte sich auf die andere Seite.

»*Nichts?*«, fuhr Fabergé gerade auf. »Du hast *nichts* für mich? Der Zar mordet sich durch sein ganzes Reich und ihr findet *nichts* dabei?«

»Die Zeiten haben sich geändert. Du wirst dich damit anfreunden müssen, dass manche der Blutlinien mitsamt ihrem Erbe verloren sind.«

Sein Besuch sprach leiser und war schwerer zu verstehen. Es war eine Männerstimme.

»So, werde ich das?«, lachte der Meister. »Den Gerüchten nach näht sich dein Herr einen Mantel aus Weißpelzen. Er ist wahnsinnig geworden und ich schicke ihm noch die Soldaten für seine Leibwache, ohne etwas dafür zu bekommen? Wir hatten eine Abmachung …«

»Die Zeiten haben sich geändert«, antwortete der Besucher nur wieder, »und du solltest vorsichtig sein.«

Etwas fiel klirrend zu Boden.

»Du bist hier, um mir zu drohen?«, polterte Fabergé. »Dann hör gut zu: Der Zar hat nicht die leiseste Ahnung, was auf ihn zukommt, wenn er mich in die Arme seiner Feinde drängt.«

Minka war einige Stufen nach oben geklettert, um einen Blick ins Erdgeschoss zu werfen, und Leonow folgte ihr vorsichtig. Er verstand nicht die Hälfte von dem, was sie redeten, aber wie Fabergé über den Zaren sprach, *musste* ihm den Kopf kosten, wenn der Herrscher davon erfuhr. Und der Gast schien einer seiner Diener zu sein …

»Welche Feinde sollen das sein? Du hast gesehen, was passiert, wenn du deine Finger nach Westen ausstreckst. Glaubst du, der Zar ist blind für das, was in Wien passiert ist? Hast *du* deinen Zögling auf seine größenwahnsinnige Mission und auf die Spuren irgendwelcher alter Märchen geschickt?«

»Warte nur ab«, entgegnete Fabergé. »Er ist klüger als du und der Zar und ihr alle zusammen. Und er hat genug Anhänger gesammelt, dass sie die heilige Stadt für ihn stürmen können. Alles, was es noch brauchte, war ein Funken.«

»Jetzt sitzt er erst mal hinter Gittern. Und wenn du glaubst, du bekämst noch so viel wie einen goldenen Fingerhut vom Zaren, wenn du ihn so zum Narren hältst, dann bist du verrückt.«

Leonow wagte nicht, sich zu rühren, obwohl er gern einen Blick auf Fabergés Gast erhascht hätte.

»Wir hatten eine Abmachung«, beharrte der Meister. »Und wir können eine neue machen, sobald Wien gefallen ist. Der Zar weiß nichts mit den Relikten anzufangen, die er vor mir verheimlicht, aber ich *brauche* sie für meine Schüler.«

»Und es werden jeden Tag mehr, was?«, hakte der Besucher ein. »Du hast einen neuen.«

Leonow spitzte die Ohren. Minka wandte ihm von oben an der Treppe den Kopf zu. Ihre dunklen Augen glänzten zwischen dem weißen Fell.

»Woher weißt du das?«, fragte Fabergé misstrauisch.

Der Besucher lachte leise. »So wenig bekommst du hier mit? Er hat heute verkauft. Ist er ein Rückkehrer? Oder suchst du schon selbst nach den verlorenen Linien?«

Fabergé schnaubte. »Das geht dich nichts an.«

»Na und? Ich erzähle dir eine Menge, die dich nichts angeht. Du solltest mich nicht vergrätzen, Fabergé, denn du hast wenig Freunde unter denen, die du in den Palast verschacherst, nur weil sie *dir* nichts wert sind. Also was ist mit dem Jungen? Ist er dir entlaufen?«

»Er hing noch am Rockzipfel seiner Mutter, als sie sich in der

Nacht davongestohlen hat«, grollte Fabergé. »Es war also kaum aus freien Stücken.«

Leonow lauschte mit angehaltenem Atem. Katja hatte ihm nur erzählt, dass sie hier in der Stadt zu Waisen geworden waren.

»Hast du sein Gold noch hier? Und – willst du ihn behalten oder in die Verbannung schicken?«

»*Sein* Gold? Wir werden sehen, ob es ihm zusteht. Er ist schwach und hat schon viel verpasst. Sie hat ihn selbst wieder hierhergeschickt, kannst du das glauben?«

»Sie muss verzweifelt gewesen sein«, erwiderte der Gast.

»Jetzt ist sie tot. Und sie hat ihm nie etwas verraten. Sie hat behauptet, sie wäre seine Schwester.«

Die Worte überliefen Leonow wie ein Eisschauer. Es war gelogen. Was Fabergé da erzählte, *konnte* nicht stimmen.

»Sie hat ihm nicht gesagt, dass sie seine Mutter ist?«

»Nein … Sie war immer schon ein ängstliches Ding. Und jung, vielleicht zu jung.«

Leonow spürte, dass seine Beine zitterten, als er auf die nächste Treppenstufe stieg. Er wollte sehen, dass dort oben Joscha stand und ihm den nächsten Streich spielte. Stufe für Stufe schritt er hinauf.

»Du bist ein Dreckskerl«, murmelte Fabergés Besucher.

Leonow erreichte das Gitter, das den Treppenabgang sicherte, und hielt sich mit einer bebenden Hand daran fest. Zwei Gestalten standen inmitten der Vitrinen. Es war nicht heller als vor zwei Nächten, als er hier Zuflucht gesucht hatte. Die eine war Fabergé, unschwer zu erkennen an seinem Apparat auf der Stirn. Die andere Gestalt warf einen grotesken Schatten. Leonow begriff nicht gleich, was den Mann so unförmig machte, bis er sich zur Tür bewegte und Leonow die zwei gefalteten Schwingen erkannte, die ihm aus dem Rücken wuchsen. Die hellen Federn setzten sich auch im spärlichen Licht von seinem grauen Mantel ab.

»Ich bin der Grund, warum unsere Linie noch *nicht* verloren ist. Es gibt nicht mehr viele von uns.«

Die Gestalt drehte sich noch einmal um. Er war ein junger Mann mit kantigem Gesicht und schulterlangem, dunklem Haar.

»Vergiss deine Abmachung, Fabergé, und vergiss Wien. Zeig dem Zaren deine Loyalität, sonst hilft dir auch dein altes Blut nicht mehr.«

»Ich bin schon lange auf dieser Welt«, entgegnete Fabergé heftig, »und ich werde noch lange nach dem Zaren hier sein, dummer Junge. Scher dich weg!«

Als die Tür ins Schloss fiel, fluchte Fabergé wüst vor sich hin und Minka huschte an ihm vorbei nach unten.

Komm mit. Schnell!

Leonows Gedanken rasten. Seine Hand klammerte sich um die Geländerstäbe, dass die Knöchel weiß hervortraten. Er versuchte, irgendwie einzuordnen, was er gehört hatte, doch es reichte nicht. Er musste mehr wissen. Für einen Moment war er kurz davor, Fabergé hier und jetzt zur Rede zu stellen. Doch dann fasste er einen anderen Entschluss. Er ließ das Geländer los und schlich, so schnell er konnte, die Treppe hinunter. Vielleicht hatte er nicht viel Zeit.

»Kannst du aufpassen, ob er kommt?«, zischte Leonow Minka zu, als sie beim Schlafraum ankamen. Wie schnell würde Fabergé sein Konstrukt holen kommen, wie Minka es genannt hatte?

Wie meinst du das? Was hast du vor?

Leonow antwortete nicht. Er drückte sich ins Zimmer und duckte sich vorsichtig unter dem sirrenden Goldgespinst hindurch. Seine Augen hatten sich so weit an die Dunkelheit gewöhnt, dass er alle sechs Jungen ausmachen konnte. Joscha, Fjodor, Dawid, nein … bei keinem von ihnen glaubte Leonow, dass er Antworten bekommen würde. Er tappte bis vor Lyskoms Pritsche und streckte die Hand aus.

Nicht! Er wird uns verraten.

Minka war mit ihm hereingehuscht.

»Ich glaube nicht«, entgegnete Leonow und hoffte, dass er recht hatte. Wenn doch, würden sie eben weglaufen müssen, wie Katja es wohl schon einmal mit ihm getan hatte. Seine Mutter – etwas in seinem Innersten verkrampfte sich bei dem Gedanken.

Leonow legte die Hand auf Lyskoms Brust und rüttelte sacht hin und her.

»Lyskom«, zischte er ihm zu. »Lyskom, wach auf!«

Minka kletterte auf Leonows Schulter und trippelte nervös auf ihren Krallenpfoten.

Auch Lyskoms Schlaf war tief. Es dauerte, bis er sich überhaupt regte, und noch länger, bis er endlich blinzelnd und verwirrt die Augen aufschlug.

»L-Leonow? Was ist denn? Oh …« Er lächelte verschlafen. »Minka ist zurück?«

»Still«, flüsterte Leonow. »Fabergé will, dass wir schlafen. Siehst du?«

Leonow deutete auf den schwebenden Umriss im Raum und Lyskom brauchte eine Weile, bis er es erkannte. Dann schien er kaum überrascht.

»Aber wie – Hat sie dich geweckt?«, staunte er und deutete auf Minka.

»Ja. Ich habe Fabergé belauscht. Er hat mit einem Halbengel aus dem Zarenpalast gesprochen. Er hatte Flügel. Sie haben über mich geredet, Lyskom, und Dinge behauptet …«

Lyskom setzte sich im Bett auf und sein Blick huschte nervös über die Schlafenden.

»Du hättest mich nicht wecken sollen. Wenn die anderen aufwachen …«

»Das werden sie nicht. Minka sagt, es hält sie im Schlaf.«

Lyskom blickte ehrfürchtig zwischen ihm und Minka auf seinen Schultern hin und her. Dann, nachdem Lyskom offensichtlich keine Anstalten machte zu schreien, kletterte Minka über Leonows Arm auf die Pritsche und huschte über den Boden zur Tür.

»Sie wird uns warnen, wenn Fabergé kommt.« Leonow wusste nicht, wie viel Zeit er hatte. »Sie haben gesagt, meine Mutter ist mit mir von hier geflohen. Und dass Gold von mir hier liegt. Was heißt das? Was ist mit *euren* Familien?«

Lyskom seufzte. Statt zu antworten, griff er unter sein Hemd und zog den Anhänger hervor, dessen goldene Farbe im Dunkeln nur zu erahnen war. Leonow hatte sich getäuscht: Es war kein Anhänger in dem Sinne wie die Ringe der anderen. Tatsächlich war es eine kleine Figur wie die in den Vitrinen, oben im Erdgeschoss. Ein junger Fuchs, in seinen Details so perfekt, dass er Leonow trotz seiner Angst und Verwirrung in seinen Bann zog. Das Tier saß und hatte den Schwanz um die Beine gelegt. Sein Kopf war leicht geduckt und lag schief, wie als überlege er, ob er näher kommen oder davonlaufen sollte. Und Lyskom hatte ihn so mit einer Lederschnur festgebunden, dass er ihn tragen konnte wie die anderen ihre Anhänger.

»Das ist das Gold, von dem sie gesprochen haben«, flüsterte Lyskom. »Den Fuchs hat meine Mutter für mich gemacht. Aber für dich muss es auch etwas geben, das er unter Verschluss hält, seit deine Mutter mit dir abgehauen ist.«

»Was heißt das? Warum?«, antwortete Leonow ungeduldig.

»Lass mich doch ausreden«, erwiderte Lyskom. »Die Frauen oben, bei denen wir heute waren. Deine Mutter war eine von ihnen, meine auch. Genauso wie die von Dawid, Joscha, den anderen und noch anderen vor uns, ich weiß nicht wie viele. Sie haben jede eine einzige Figur aus Gold gearbeitet, als sie uns im Bauch trugen. Gold, das der Meister ihnen gab. Und als wir alt genug waren, mussten sie fortgehen.« Lyskoms Stimme hörte sich plötzlich seltsam an. »Und nur die Figur blieb.«

Leonows Blut fühlte sich wie Eis in seinen Adern an.

»Was ist mit unseren Vätern?«, hörte er sich fragen und wusste die Antwort schon.

»Wir haben denselben Vater«, murmelte Lyskom mit gesenktem Blick. »Ich weiß nicht, warum es bei mir ein Fuchs ist und ob die Figuren noch eine andere Bedeutung haben. Aber Fabergé will, dass wir uns von unseren Müttern lösen und ganz an ihn binden, bevor die Lehre richtig beginnt. Hast du gehört, wie er beim Schmelzen nach unserem Gold gefragt hat? Er hat meinen Fuchs gemeint. Ich war der Letzte von uns, bevor du kamst. In dem Augenblick, wo du deine Figur zum Schmelzen dazugibst, vergisst du deine Mutter und alles, was mit ihr zusammenhängt. Ich glaube, Fabergé macht das. Er zwingt keinen dazu. Er will, dass wir uns aus freien Stücken nur ihm zuwenden ... Und ich kann es nicht.« Auf einmal liefen Tränen Lyskoms Wangen hinunter. »Ich will sie nicht vergessen. Ich hab sie doch schon verloren.«

Leonow nahm ihn in den Arm und hätte am liebsten mitgeweint, doch stattdessen fühlte er sich nur leer und fassungslos. Plötzlich hörte er von draußen das Geräusch der Stahltür zur Treppe und fuhr auf. Minka kam fast im selben Moment hereingehuscht.

Er kommt. Legt euch hin, schnell!

Er musste es nicht für Lyskom aussprechen. Sie warfen sich auf die Pritschen und Minka drängte sich an Leonows Bauch. Hastig zog er die löchrige Leinendecke über sie beide.

Es dauerte nur wenige Augenblicke, dann hörte Leonow ein leises Ächzen der Schlafraumtür. Er imitierte so gut er konnte die langsamen Atemzüge der anderen und wagte nicht, sich zu bewegen. Er spürte an Lyskoms leichtem Zittern, wie schwer es ihm fiel, das Schluchzen zu unterdrücken. Merkte Fabergé es auch? Ein klickendes Geräusch von Metall auf Metall und das Sirren hörte auf. Eine Weile war es ganz still und Leonow glaubte schon, Fabergé habe das Zimmer lautlos verlassen. Er atmete weiter tief und schließlich hörte er doch zwei leise Schritte hinaus.

Es dauerte lang, bis er sich traute, wieder zu sprechen.

»Ich hab Angst«, flüsterte er Lyskom zu. »Er hat gesagt, ich sei schwach, und der andere hat von Verbannung geredet. Ich will weg hier.«

»Nimm mich mit«, wisperte Lyskom zurück.

»Hört auf zu flüstern und schlaft«, raunte Fjodor von der anderen Seite und jagte Leonow einen Schrecken damit ein.

Der künstliche Tiefschlaf war von den anderen abgefallen.

Sie gehorchten und sprachen kein Wort mehr, aber Leonow fand trotzdem nicht in den Schlaf. Erst nach und nach begannen all die Dinge, die er gehört hatte, in seinem Kopf ihren Platz zu finden. Wenn es stimmte, was Lyskom behauptete, dann trugen sie alle in diesem Raum das Blut eines Halbengels in sich. Wie hatte Katja ihm nichts von alledem erzählen können? So lange hatte er sein Gedächtnis nach irgendeiner Erinnerung an seine Eltern zermartert. Dabei hatte er seine Mutter, ohne es zu wissen, die ganze Zeit bei sich gehabt. Und vor seinem Vater waren sie geflohen ...

Am Morgen fühlte sich Leonow wie erschlagen. Zu allem Übel war Minka schon wieder fort und Leonow fragte sich, wie er ihr Bescheid geben sollte, wenn sie wirklich davonliefen. Die Jungen, die hoch zum Verkauf geschickt wurden, wechselten von Tag zu Tag. Heute waren es Grigor, Joscha und Dawid, die sich wuschen und feine Sachen anzogen. Fjodor behielt Leonow im Keller und sie trennten Schmucksteine aus dem Gold, das sie gestern angekauft hatten. Fjodor zeigte ihm außerdem die unterschiedliche Färbung der Stücke und dass dem Gold andere Metalle wie Kupfer und Silber beigemischt waren, um es widerstandsfähiger zu machen.

»Was wir gestern geschmolzen haben, waren drei Teile Gold und ein Teil andere Metalle«, erklärte Fjodor und zeigte ihm einen Armreif, »so wie das hier. Der Meister braucht reines Gold, um es selbst zu mischen und zu verarbeiten. Deshalb müssen wir es vom Rest trennen, aber das wirst du noch sehen.«

»Wo wird das gemacht?«, hakte Leonow nach.

»In seiner Werkstatt«, bestätigte Fjodor Leonows Vermutung. Leonow schielte durch das Zwielicht zum Umriss der Tür hinüber, unter der jede Nacht das rote Glühen hervordrang. Es war der Rückzugsort des Meisters. Dort musste er doch auch die Goldfigur aufbewahren, die Katja vor seiner Geburt für ihn gemacht hatte. Seit er Lyskoms Fuchs gesehen hatte, fragte sich Leonow, was es sein mochte.

Erst als sie zu Mittag aßen, bekam Leonow wieder eine Chance, mit Lyskom zu sprechen. Lyskom schaufelte heute an der Kohleschütte und Leonow bot sich an, ihm sein Essen zu bringen.

»Du darfst dir gegenüber den anderen nichts anmerken lassen«, schärfte Lyskom ihm ein, während er aß. »Besonders gegenüber Joscha. Er wird uns verraten.«

»Werd ich nicht«, erwiderte Leonow hastig. Er wollte möglichst viele Antworten bekommen. »Fabergé ... wenn er unser Vater ist, was bedeutet das?«

»Er sieht uns als Kämpfer für seine Blutlinie. Wir sind Halbengel.«

Leonow erinnerte sich, dass diese Blutlinien auch zwischen Fabergé und seinem Gast zur Sprache gekommen waren.

»Manchen seiner Kinder wachsen Flügel, aber uns nicht. Wenn man es sieht, schickt der Meister sie zum Zarenpalast.«

»Sein Besucher hatte Flügel.«

»Ja«, nickte Lyskom. »Für Fabergé sind sie weniger wert. Sie können nicht lernen, was wir lernen. Im Palast werden sie zu Leibwächtern und Soldaten ausgebildet.« Lyskoms Miene verdunkelte sich. »Es ist nicht schön, wenn er sie fortschickt. Jeder von uns hatte selbst Angst davor.«

Leonow konnte das kaum glauben. Er hatte immer Ehrfurcht empfunden, wenn er etwas über die Flügelsoldaten des Zaren gehört hatte.

»Sie haben über *Relikte* gestritten«, wiederholte er das fremde Wort, das er gehört hatte, »und über eine Abmachung.«

Lyskom nickte. »Du hast Joschas Relikt gesehen.«

»Was meinst du?«

»Die Ringe. Die Anhänger der anderen. Sie stammen vom ersten Volk. Fabergé hat sie dem Zaren abgekauft.«

Leonow kam nicht mit. »Das erste Volk? Was heißt das alles?«

Lyskom seufzte und versicherte sich, dass niemand in der Nähe war.

»Ich kann dir das nicht alles so schnell erklären. Du wirst doch von Prometheus und Pandora wissen, von den Engeln!«

Leonow nickte. »Natürlich.«

»Sie waren das erste Volk und wir Menschen sind das zweite. Prometheus ist nach dem ersten Krieg zwischen den Völkern unter die Menschen gegangen. Wir Halbengel sind seine Nachfahren, verstehst du? Es gibt verschiedene Blutlinien und verschiedene Ausprägungen. Manche Menschen wissen nicht mal davon. Wenn sie wie du und ich und die anderen sind, dann brauchen sie das passende Relikt, die passenden Goldringe, um ihre Kräfte zu entfalten.«

Himmelswerkzeuge, dachte Leonow.

»Wenn sie keines oder das falsche haben, dann können sie auch nichts tun. Und dann bekommen sie vielleicht plötzlich ein Kind, dem Flügel wachsen, wenn es die andere Ausprägung hat …«

Leonow verstand, dass das ein Schock sein musste. Noch dazu, wenn die Flügel bedeuteten, dass man verstoßen wurde, so wie Fabergé es offenbar jedes Mal tat. War seine Mutter geflohen, als er noch so klein gewesen war, weil sie genau davor Angst gehabt hatte?

»Fabergé versucht, selbst neue Relikte herzustellen. Er arbeitet seit einer Ewigkeit daran, weil er nicht für jeden von uns die passenden Goldringe hat. Aber es schlägt immer wieder fehl. Es ist zu viel Wissen seit Prometheus verloren gegangen. Alles, was er zustande bringt, sind Verstärker und Maschinen, die er mit der Energie aus seinem eigenen Relikt betreibt.«

»Was passiert, wenn es kein passendes Relikt für einen von uns gibt? Müssen wir dann in die Verbannung?«

Leonow hatte sein Essen noch kaum angerührt. Verbannung, dieses Wort von Fabergés Gast hallte noch immer unheilvoll in seinem Kopf nach.

»Ja«, nickte Lyskom düster. »Ich weiß auch nicht, ob er eines für mich hat. Wenn nicht, dann bin ich nutzlos für ihn und muss fort. Und es ist noch schlimmer als bei denen, die er zum Zaren schickt, denn er kann in deinen Kopf eindringen und machen, dass du alles vergisst, was du hier erlebt und gesehen hast.«

Leonow dachte mit einem Schaudern daran, wie Joscha in seinen Erinnerungen gewühlt hatte.

»Du bist erst ein paar Tage hier«, fuhr Lyskom fort, »aber ich war sonst nirgends. Wenn er mir das alles hier nimmt, dann bin ich gar niemand mehr.«

»Das ist grausam«, murmelte Leonow.

Lyskom nickte verbittert. »Iss jetzt auf! Du musst zurück zu den anderen.«

Sie hatten beide noch fast volle Schüsseln vor sich. Lyskom redete ja die ganze Zeit und Leonow hing an seinen Lippen. Er hatte noch so viele Fragen, aber Lyskom hatte recht. Besser, wenn die anderen gar nicht auf den Gedanken kamen, sie könnten zu viel reden.

Sie schlangen ihr Essen hinunter und stellten die leeren Schüsseln auf den Handwagen, der bereits beladen war. Während sie erneut die Feuerstelle ansteuerten, wurde Leonow nervös. Die Schmelzpfanne hing wieder an den Ketten und die anderen hatten sich schon versammelt. Das Ritual wiederholte sich: Jeder legte eine Schaufel Gold auf die Eisenpfanne.

Leonow war mit wachsendem Unwohlsein der Letzte und dann kam Fabergé. Er trat aus der Tür, die zu seiner Werkstatt führte, als habe er nur auf den Moment gewartet, und Leonow erhaschte einen kurzen Blick auf das, was dahinterlag. Dünne Rinnsale von Goldströmen flossen scheinbar in der Luft, Zahnräder aus verschnörkelten Formen arbeiteten sich im Hintergrund aneinander ab. Dann fiel die Tür wieder zu.

Fabergé trug neben seinem Okular auf der Stirn auch eine Art Handschuh aus Goldsegmenten an der rechten Hand, der seinen Fingern und seinem Unterarm angepasst war.

Der Meister schwieg, während sie das Gold schmolzen und der rauchende Torf den Keller erneut einnebelte.

Als er wieder die Frage stellte, ob einer von ihnen sein Gold hinzugeben wolle, bemerkte Leonow die Blicke der anderen Jungen auf Lyskom. Dieser starrte nur zu Boden.

Das Gold schmolz und Leonow erkannte dank Fjodors Unterricht sofort, dass es diesmal weniger rein war. Mit den Bleiformen fingen sie es auf, und als Leonow schon dachte, es sei vorbei, nickte der Meister ungehalten in Richtung seiner Werkstatt.

»Dann kommt«, forderte er sie auf, »es ist Zeit.«

IX

LEONOW

Grigor und Fjodor tauschten grinsende Blicke und folgten dem Meister zur Tür der Werkstatt. Dawid wandte sich Leonow zu und nickte auch ihm bestätigend zu, als habe er sich auf irgendeine Art und Weise bewiesen. Wie schon beim letzten Mal machte ihm der Torfrauch im Keller zu schaffen und er fühlte sich wacklig auf den Beinen. Als Fabergé die Tür öffnete, sank der eindringende Rauch in der Werkstatt sofort zu Boden und verteilte sich dort, ohne wieder aufzusteigen.

Leonows Blick war gefesselt vom Innenleben in Fabergés Allerheiligstem. Der restliche Keller war düster und schwarz, dreckig von Kohlestaub und gefüllt mit klobigen Kesseln und Maschinen, deren Kolben ölverschmiert auf- und abmarschierten. Hier drinnen strahlte das allgegenwärtige Gold so hell, dass Leonow im ersten Moment geblendet war. Das Gold, das er vorhin durch die Luft hatte fließen sehen, rann aus bauchigen Tiegeln in ihren Aufhängungen hinab in flache Schalen, in denen es spiegelnde Oberflächen bildete.

In der Tiefe des Raumes liefen Zahnräder ineinander, ohne dabei das geringste Rattern oder die kleinste Unruhe in ihrem Lauf zu verursachen. Eines von ihnen war groß wie ein Mühlrad und verschwand zu einem Drittel im Boden. Außen herum fanden sich alle Durchmesser bis hin zu kleinen Rädern, die in etwa die Größe ihrer Frühstücksnäpfe hatten.

Vor dieser Wand, die in ständiger Bewegung stand, befand sich der Arbeitstisch des Meisters. Eine dunkle, gusseiserne Oberfläche, über die eine Vielzahl feiner Goldadern verlief. Es war flüssiges Gold, wie Leonow an dem bernsteinfarbenen Glühen erkannte, und es floss in stetem Strom durch Rillen und Mulden wie ein goldener Fluss durch die Landschaft eines Miniaturschlachtfelds, das der Meister auf seinem Tisch nachstellte.

Zwei kleine Ambosse mit Werkzeugen, wie für einen Puppenschmied, standen an dem Arbeitsplatz und dazwischen lag ein verschnörkeltes goldenes Gitterwerk und Geflecht, an dem er wohl gerade arbeitete.

Das Prinzip der Ringe, die sich gegeneinander verdrehen ließen, nach dem auch die Anhänger der anderen Jungen funktionierten, fand Leonow überall in der Werkstatt wieder. Und ähnlich wie die Zahnräder gab es auch die Ringe und Schwungscheiben in den unterschiedlichsten Größen: Klein wie Murmeln, standen sie in filigranen Ständern gelagert auf dem Werktisch, andere waren so groß, dass Leonow sie mit beiden Armen nicht hätte umfassen können. Sie bestanden alle aus den drei Ringen und bei den meisten von ihnen waren die Ringe untereinander mit Scharnieren verbunden. Doch Leonow entdeckte auch wenige Exemplare, bei denen die Ringe frei ineinander zu schweben schienen wie bei den Anhängern der Jungen, die Lyskom Relikte genannt hatte.

Er mühte sich, all diese Eindrücke so schnell wie möglich zu verarbeiten und zu sortieren, denn dazwischen suchte er nach irgendeinem Anhaltspunkt, einem Anzeichen von dem, was *ihm* zustand. Doch da waren keine Figuren und auch keine verschlossenen Schränke oder Truhen. Nichts, was auf ein Versteck hindeutete.

»Joscha!« Fabergé bedeutete dem Angesprochenen vorzutreten.

Durch den Teppich aus Rauch und Dampf am Boden wirkte es, als stünden die sieben Jungen und der Meister auf einer Gewitterwolke inmitten goldenen Sonnenglanzes.

»Und Leonow!«

Leonow durchfuhr es wie ein Blitz. Furchtsam erwiderte er den Blick aus Fabergés Bernsteinaugen.

»W-was?«

»Schweig!«, bellte dieser. »Und tritt vor.«

Leonow machte wie Joscha einen Schritt aus der Reihe der anderen Jungen nach vorn. Wusste Fabergé, was zwischen ihnen vorgefallen war?

»Es ist keine Strafe, was jetzt kommt«, sagte der Meister in ruhigerem Tonfall zu ihm, »verstehst du?«

Leonow nickte ängstlich, auch wenn er nicht die geringste Ahnung hatte, was Fabergé damit meinte. Es war heiß in der Werkstatt und er schwitzte bereits.

»Du bist von meinem Blut«, fuhr Fabergé fort, »aber du hast zwei Seelen in dir, wie alle meine Schüler. Alle hier außer dir waren immer in meiner Nähe. Ich konnte sie schützen und ihren Weg begleiten.« Sein Blick wanderte über die aufgereihten Jungen und blieb an Lyskom hängen. »Ich *kenne* sie …«

Dann wandte er sich wieder Leonow zu. »Nur du warst fort. Und ich muss genau wissen, was passiert ist.«

Fabergé hob die Hand und Joschas Hemd wölbte sich vor, bis der Anhänger am Kragen hervorrutschte und vor ihm in der Luft schweben blieb. Joscha hob wie auf Kommando die Hände und die Ringe begannen sofort zu kreiseln.

»Ich will wissen, wer du bist, Leonow. Joscha: Zeig es uns!«

Die Ringe drehten sich schneller und schneller, bis sie zu einer flirrenden Kugel verschwommen, und Joscha hob den Blick auf Leonow. Es lag weder Häme noch Hass darin. Er hatte die Stirn in Falten gelegt und biss sich mit den Zähnen auf die Zungenspitze, als sei Leonow nur eine schwere Aufgabe, die es zu lösen gelte.

Leonow hob die Hände und wich vor Joscha zurück. Böen peitschten aus dem schwebenden Anhänger durch die Luft und zerzausten Joschas Haar.

»N-nein! Hör auf! Nicht!«

Und dann schoss der Rauch vom Boden in die Höhe und Fabergés Werkstatt verschwand.

Leonow schlug die Augen auf, gebeutelt von einem Hustenanfall, den er nicht hörte. Er lag am Boden und war taub bis auf ein hohes Fiepen in seinem Ohr. Dawid kam in sein Sichtfeld. Er kniete neben ihm und starrte ihn mit verbissener Miene an. Der Ältere öffnete den Mund und schien etwas zu rufen, ohne den Blick dabei von ihm abzuwenden. Leonow verstand kein Wort.

Als er sich bemühte, den Kopf vom wummernden Boden zu heben, wurde ihm schwindlig davon, und er ließ ihn wieder sinken. Alles tat weh: sein Nacken, seine Schultern, die Arme und Hände. Auch in Kopf und Brust pochte der Schmerz mit jedem Herzschlag. Er fühlte sich wie gelähmt. Fabergé tauchte über ihm auf und blickte ihn mit steinerner Miene an.

Langsam legte sich das Fiepen und ließ Platz für Worte.

»W-was ist passiert?«, fragte Leonow und schaffte es diesmal mit großer Anstrengung, den Kopf zu heben. Das Letzte, woran er sich erinnern konnte, war Joschas konzentrierter Blick.

Fabergé antwortete nicht. Er machte eine Geste mit seiner Hand und der Rauch sank zu Boden. In der Luft schwebte Fabergés Konstrukt, das in der Nacht in ihrem Schlafzimmer gewesen war, und dahinter baumelte einer der Goldtiegel unkontrolliert in der Luft und vergoss seinen Inhalt auf dem Boden. In einer schillernden Pfütze lag die dazugehörige, zerschlagene Schale.

Leonows Blick wanderte zu den großen Schwungscheiben in ihren Lagern oder eher was davon übrig war. Manche waren verbogen und verbeult, andere gar gebrochen. Die wenigen, die noch intakt waren, standen still, doch irgendetwas sagte ihm, dass sie eben noch geflirrt hatten wie Joschas Anhänger. Und wo Joscha gestanden hatte, knieten nun die anderen Jungen in einer Traube und beugten sich über etwas am Boden.

»Ich denke, das reicht«, sagte der Meister plötzlich und seine Bernsteinaugen gaben nichts von dem preis, was er dachte. »Raus mit euch.«

Und als nicht sofort jemand reagierte, kehrten die steilen Falten auf seiner Stirn zurück. »Raus!«

Dawid zog Leonow unsanft auf die Beine. Er kannte das Gefühl in seinem Körper von den ersten Tagen beim Gutsherrn, der ihn das Soll eines Erwachsenen hatte erfüllen lassen: leer gebrannt und zugleich schwer wie Blei. Aus dem Augenwinkel sah er, dass die anderen einen von ihnen zwischen sich trugen, während Dawid ihn hinausschob. Joscha?

»Was ist denn los?«, fragte Leonow hilflos, als sie draußen waren, »was ist passiert?«

»Verdammt, das sollten wir dich fragen«, war Dawids seltsame Antwort.

Er brachte Leonow zu den Schlafpritschen und setzte ihn auf seine Liege. Als sie Joscha hereinbrachten, hörte Leonow ihn zaghaft stöhnen. Sie legten ihn ebenfalls auf seine Pritsche und scheuten es dabei, Leonow in die Augen zu sehen. Seine Angst, dass etwas Schreckliches passiert war, stieg.

»*Du*«, brach es aus Dawid hervor, als Leonow ihn nur furchtsam ansah. »Du hast ihn fast umgebracht! Hast du dich nicht im Griff?«

Leonow starrte ihn nur an.

»W-was … Ich hab doch nicht …« Er brach ab, und als er zu den anderen hinübersah, fing er Lyskoms Blick auf. Auch ihm war der Schrecken anzusehen.

»Ich weiß nicht, was passiert ist«, fand Leonow seine Worte wieder. »Ich hatte Angst, aber ich würde niemals …«

Was würde er nicht? Ja, er hatte es Joscha heimzahlen wollen. Aber er hätte doch gar nicht gewusst, wie?

»Du bist keiner von uns«, sagte Dawid und seine abweisende Miene dazu ließ die Worte zu einem Peitschenhieb werden. »Du bist gefährlich. Halt dich bloß fern, wenn du es nicht kontrollieren kannst.«

Damit ließ Dawid ihn sitzen und ging zu den anderen hinüber, wo Joscha gerade zu sich kam.

Als Leonow vorsichtig aufstand und mit einer Hand an der Wand nach draußen ging, spürte er ihre Blicke im Rücken.

Er setzte sich unweit von ihrem Schlafraum an eine der Maschinen, die gerade nicht arbeiteten, und lehnte sich mit dem Rücken daran. Leonow war verzweifelt. Er ging in sich, um irgendwie in die Schwärze vorzudringen, die alles verschlungen hatte, nachdem Joschas Ringe zu kreiseln begonnen hatten.

Hör auf!, hatte er geschrien, aber Joscha hatte es ignoriert. Er war in Leonows Kopf eingedrungen, genau wie beim letzten Mal. Er hatte Erinnerungen zutage zerren wollen, aber Leonow hatte sich gewehrt.

Was immer dann passiert war, wie konnten sie *ihm* die Schuld dafür geben? Sie hatten doch gesehen, wie Fabergé Joscha auf ihn angesetzt hatte, um dort weiterzumachen, wo er aufgehört hatte. Wenn etwas passiert war, dann, weil der Meister es darauf hatte ankommen lassen!

Wenn wenigstens Minka hier wäre. Leonow warf einen Blick zurück zur Tür, hinter der der Schlafraum lag. Niemand schien sich darum zu kümmern, wohin er verschwunden war, nicht einmal Lyskom. Er spürte, wie ihm die Tränen kamen, und wäre am liebsten in diesem Moment ins Erdgeschoss hinaufgestiegen und abgehauen. Leonow glaubte nicht, dass ihn jemand aufgehalten hätte. Es musste spät am Abend sein und vermutlich schon dunkel. Doch er brachte es immer noch nicht über sich. Wohin sollte er sich auch wenden?

Er war zu ängstlich, um Fabergé in seiner Werkstatt noch einmal zur Rede zu stellen, und er wollte auch nicht in den Schlafraum zurück, um zu erleben, wie sie dort zusammensaßen und verstummten, wenn er hereinkam. Also blieb er einfach in der drückenden Wärme sitzen. Das Rumoren der Maschinen und der Zustand seines Körpers gaben ihm irgendwann den Rest und er dämmerte in einen fiebrigen, unruhigen Schlaf.

Als er aufschreckte, hatte er kein Gefühl dafür, wie viel Zeit verstrichen war. Ein Geräusch hatte ihn geweckt. Er hörte es noch in seinem Kopf nachhallen: ein gedämpftes Splittern von Glas. Leonow sah sich zu der Tür um, die zur Werkstatt des Meisters führte. Die Glühdrähte in den Glaskugeln an der Decke gaben noch weniger Licht als sonst, aber er entdeckte den Umriss in den Schatten. Das Licht unter dem Türspalt war erloschen.

Leonows Nacken schmerzte von der Haltung, in der er geschlafen hatte, aber die bleierne Schwere war aus seinem Körper gewichen.

Ein Krachen, wieder begleitet von splitterndem Glas, ließ ihn zusammenzucken. Es kam nicht von hier unten, sondern von oben aus dem Erdgeschoss.

Als er sich aufrappelte, stieß sein Fuß gegen etwas am Boden. Er streckte tastend die Hand aus und fand einen kleinen, harten Gegenstand, der genau in seine Faust passte. Als er ihn betrachtete, meinte er, Lyskoms Goldfuchs zu erkennen. War das ein Zeichen? Hoffnung stahl sich in sein Herz, dass er noch nicht den letzten Freund hier verloren hatte. Lyskom konnte nicht weit sein, so viel wie ihm die Figur seiner Mutter bedeutete.

»Lyskom? Wo bist du?«, zischte er in die Dunkelheit.

Wieder ein Schlag ... ein zweiter ... und erneutes Splittern.

Leonow rappelte sich hastig auf und schlich hinüber zum Schlafraum, Lyskoms Fuchs in der rechten Faust.

Die Tür stand offen und ein Gewirr aus Decken lag am Boden. Die Pritschen selbst waren leer. Leonow stand wie erstarrt. Wo waren die anderen hin?

Der Lärm oben wurde lauter. Krachende Schläge und weiteres, splitterndes Glas. Das konnten nur die Vitrinen sein. Wer trieb dort sein Unwesen?

Leonows Herz pochte. Er löste sich vom Anblick der leeren Schlaflager, machte kehrt und stürmte auf die Tür von Fabergés Werkstatt zu. Auf der Treppe waren stampfende Schritte zu hören.

»Meister«, raunte er und pochte mit der Faust gegen den Stahl. Als sich nichts regte, drückte er die Klinke herunter und öffnete die Tür. Vor ihm lag ein kalter, dunkler Raum. Kein goldenes Funkeln, nicht die kleinste Glut. Schon beim ersten Schritt hinein stieß Leonow gegen etwas am Boden und ein leerer Tiegel rollte scheppernd zur Seite. Die Werkstatt war in chaotischem Zustand verlassen worden.

Auf der anderen Seite des Kellers flog die Tür zur Treppe auf und Leonow schrak zusammen.

»Fabergé«, rief jemand herrisch in die Dunkelheit hinein. »Komm raus, wenn du leben willst. Deine Schüler genauso. Macht keine Dummheiten oder ihr werdet den Zorn des Zaren spüren!«

In Leonows Kopf jagte ein Gedanke den anderen. Fabergés Gast hatte ihn letzte Nacht vor dem Zaren gewarnt, aber so schnell? Und trotzdem sah es danach aus, als sei der Meister geflohen. Und seine Schüler hatte er mitgenommen – alle bis auf ihn.

Leonow wollte sich von der Tür wegschleichen und zog den Fuß zurück. Dabei stieß er gegen das nächste Gefäß am Boden und es schepperte wieder.

»Da vorn!«, rief die Stimme und sofort krachte eine Schusssalve. Der Lärm, der noch von den Kellerwänden zurückgeworfen wurde, war ohrenbetäubend. Dicht neben Leonows Kopf lenkte die Stahltür der Werkstatt die Kugeln ab und sie wurden zu Querschlägern.

Leonow ließ sich zu Boden fallen. Nur ein Gedanke blieb hängen, als sein Verstand aussetzte: Raus hier!

Von der Treppe her kamen sie, also krabbelte er nach hinten in die Tiefen des Kellers und rappelte sich dabei wieder auf. Seine Verfolger machten sich keine Mühe zu schleichen. Sie stampften durch den Keller und ließen noch zwei Schüsse fallen. Dabei riefen sie ihn nicht mehr, sondern blafften sich gegenseitig kurze Kommandos zu.

Leonow hörte nicht darauf. Er folgte dem Weg, den er mit Lyskom zweimal mit dem Handwagen gefahren war, wobei dieser die Maschinen umkurvt hatte wie ein Wahnsinniger. Leonow prallte in der Dunkelheit mehr als einmal schmerzhaft mit Schulter oder Schienbein gegen Maschinenteile im Weg, doch er rannte nur noch schneller weiter.

Als er den Kohlehaufen erreichte, stopfte er sich die Goldfigur in seiner Faust kurzerhand in den Mund und sprang in vollem Lauf ab. Er krallte die Finger in das Lochblech der Schütte, die von der Decke hing, und konnte einen erstickten Schmerzlaut nicht zurückhalten, als sein Gewicht an seinen Händen hing. Das Blech schnitt sich tief in seine Finger. Dennoch verstärkte er seine Anstrengung und zog sich nach oben. Als seine Füße endlich Halt fanden, begann er sofort, nach oben zu klettern, wie Minka es schon getan hatte. Der Durchmesser der Schütte war groß genug, dass er sich mit Händen und Füßen abstützen und nach oben arbeiten konnte.

»Wo ist er?«, rief ein Mann viel zu nah. »Wo ist er hin?«

»Nach oben, da! Schießt ihn runter, bevor er entkommt!«

Leonow krallte und stemmte sich weiter nach oben, Stück für Stück. Ein Blick zurück zeigte ihm ein Muster von Federn unter der Schütte. Ein Flügel auf dem Rücken eines Soldaten, der Platz machte. Dann ratterte eine weitere Schusssalve los und Leonow presste sich an die Wand der Schütte.

Er spürte die Einschläge im Blech und hätte kaum sagen können, ob er selbst getroffen worden war. Doch als die Schüsse für einen Augenblick verstummten, krabbelte und kletterte er weiter, bis er mit dem Kopf gegen etwas stieß. Er stemmte sich dagegen, doch kam nicht durch. Zweimal, dreimal rammte er den Kopf nach oben, so heftig, dass ihm schwummrig wurde. Die Klappe gab ein Stück nach und damit einen Spalt frei, doch nicht mehr.

»Ich hör ihn da oben. Hilf mir.«

Die ganze Schütte bebte und stöhnte, als einer der Soldaten sich mithilfe des anderen hineinzwängte, um Leonow nachzukommen.

Sie hatten ihn fast. Verzweifelt duckte er sich ein Stück zurück und wollte eben mit aller Kraft vorschießen, um durchzustoßen oder sich den Schädel bei dem Versuch zu brechen. Doch da schwang die Klappe nach innen. Vor dem Nachthimmel blickte er in rote Knopfaugen vor weißem Fell und zwängte sich hastig durch die schmale Öffnung nach draußen.

Ich wollte dich warnen. Sie kommen.

Leonow spuckte die Figur in seinem Mund aus.

»Sie sind schon hier«, erklärte er unnötigerweise und konnte seine Dankbarkeit, dass sie gekommen war, nicht in Worte fassen.

Doch es war noch nicht vorbei. Er hob Lyskoms Fuchs auf, dann rannten sie in die Nacht hinaus. Sie rannten durch Gestrüpp und Gassen, verließen die reiche Oberstadt und Leonow verlor komplett die Orientierung. Seine Lunge brannte wie Feuer und das Seitenstechen biss sich in seinen Bauch. Er spürte etwas Nasses an seinem rechten Oberarm und fasste mit der Linken hin, doch seine Hände waren bereits blutig vom Klettern an dem Blech und er wusste nicht, ob er schlimmer verletzt war.

Schließlich stolperte er Minka hinterher zwischen ein Gebüsch am Straßenrand und sank keuchend zu Boden. Minka huschte zu seinem rechten Arm und besah die Stelle, wo das Hemd zerrissen war. Darunter blutete eine oberflächliche Wunde, vielleicht ein Streifschuss. Leonow hatte von den Strafen des Gutsherrn weitaus schlimmere Verletzungen davongetragen.

Nach Atem ringend versuchte er zu sortieren, was passiert war.

»Sie sind gekommen, um ihn zu holen«, keuchte er.

Ich weiß. Ich hab den Palast beobachtet und hab sie aufsteigen sehen.

Der Zar hatte Fabergé verhaften oder sogar erschießen lassen wollen. Und Fabergé hatte es entweder kommen sehen oder war in der Nacht noch einmal gewarnt worden. Wenn er es schon seit seinem Besuch gewusst hatte – vielleicht hatte er dann die ganze Szene mit Joscha veranstaltet, um zu entscheiden, ob er Leonow mitnahm?

Doch mit seinem Verschwinden hatte Fabergé keinen Zweifel daran gelassen, dass es für Leonow keinen Platz mehr unter seinen Schülern gab.

»Sie haben mich einfach zurückgelassen«, murmelte Leonow. Nicht nur das: Nicht einmal gewarnt hatten sie ihn. Es war ein Wunder, dass er überhaupt noch lebte.

Minka erwiderte nichts.

Schließlich öffnete Leonow die verkrampfte rechte Faust und nahm die Figur in Augenschein. Obwohl Wolken den Nachthimmel verhingen, sah er auf den zweiten Blick, dass es nicht Lyskoms Fuchs war. Die Figur war länglich, in aufgerichteter Pose, mit kleinem Kopf und kurzen, runden Ohren. Wäre sie aus Silber gewesen, hätte es fast die Figur sein können, die Minka am ersten Morgen in der Vitrine entdeckt hatte. Vielleicht waren sogar beide von denselben Händen gefertigt worden – Katjas Händen. Was er in der Hand hielt, war ein kleines, goldenes, unglaublich fein gearbeitetes Hermelin.

X

EVELYN

Eine Zeit lang war vollkommene Dunkelheit um Evelyn. Sie hätte nicht sagen können, wie lang diese Dunkelheit währte. Minuten? Stunden? Vielleicht auch Tage. Irgendwann bekam die Dunkelheit Zähne und Klauen. Sie füllte sich mit dem Echo der Schreie, dem pfeifenden Wind in ihren Ohren, und je mehr sie preisgab, desto mehr wünschte sich Evelyn die teilnahmslose Stille zurück.

Sie hörte leise Stöhnlaute, ohne zu begreifen, dass sie von ihr selbst kamen. Eine Zeit lang gab es nichts als diese Laute und die Schmerzen. Dann kamen Stimmen dazu. Evelyn konnte sich nicht daran erinnern, dass die Stimmen angefangen hatten. Sie waren einfach da.

»Holzgeschosse. Schau dir das an, sie ist voller Splitter.«

»Ich hatte schon ein paar vor ihnen. Ein Drittel stirbt an den Blutungen, das zweite an den Infektionen.«

»Und das letzte jagt uns aus der Stadt, sobald ihr großer Mann befreit ist.«

Plötzlich ein Schmerz, der wie eine rote Lanze aus der Dunkelheit kam. Als stäche ihr jemand langsam eine Nadel in den Bauch, bis sie fast zur Gänze darin verschwunden war. Dann ein Ziehen, bis sie wieder aus ihrem Körper war.

»Das glaubst du wirklich?«

»Es heißt, da draußen formieren sich Hunderttausende. Bald holen sie ihn aus seiner Zelle und setzen ihm eine Krone auf.«

Die zweite Nadel stach zu, Zentimeter von der ersten, wo der Schmerz immer noch nachklang.

»Gib ihr was. Ihre Lider zucken, siehst du?«

Eine Berührung. Ein Stück Stoff wurde ihr über Mund und Nase gelegt. Zwei Tropfen fielen darauf und dann fraß sich ein beißender Gestank durch ihre Nase in den Kopf.

»Mein Gott, die Splitter sind ihre geringste Sorge. Siehst du das?«

»Gebrochen«, antwortete der andere.

»Die Hüfte. Und schau, wie sie liegt. Ich will gar nicht wissen, wie der Rücken aussieht. Gib ihr gleich noch mehr. Wenn sie nicht mehr aufwacht, dann wird es eine Gnade sein.«

Als das Tuch wiederkehrte, verlor die Dunkelheit ihre reißenden Zähne. Die Stimmen verschwanden zusammen mit ihren Folterwerkzeugen. Stille.

Evelyn hatte wirre Träume. Stöhnen, Schmerzen und manchmal wusste sie nicht, ob sie wachte oder träumte. Einmal fühlte sie sich ganz leicht, fast so, als sie geflogen war. Sie rechnete schon damit, dass es zu Ende ging. Doch dann veränderte sich die Welt um sie herum. Sie spürte es durch die geschlossenen Augen: Gold und Bernstein in der Dunkelheit. Ein Flirren in der Luft, wie die Flügel eines Insekts, das auf einer Stelle verharrte. Und weitere Schmerzen, schlimmer als je zuvor. Immer wieder Schmerzen in ihrem ganzen Körper. Sie wusste weder wer noch was sie war. Sie war einmal ein Mädchen gewesen, das wusste sie. Und dass es eine Welt hinter der Dunkelheit gab. Doch an irgendeinem Punkt kippte das. Die Dunkelheit erschien ihr wirklich und die Welt dahinter wie ein Traum, den sie einmal geträumt hatte. Und je ferner dieser Traum entschwand, desto unwahrscheinlicher erschien ihr, dass es ihn je gegeben hatte.

Irgendwann kehrte die Welt zurück: mit rollenden Steinen. Sie kullerten über die Dachziegel nach unten. Milan und sie hatten jeder so viele davon im Hemd gesammelt, wie sie tragen konnten. Durch die Luke und über die Leiter waren sie hoch zum Dachfirst gestiegen. Sie ließen die Steine abwechselnd über die Schräge nach unten rasseln und hörten ihnen dabei zu.

»Evelyn, wo sind wir?«, fragte Milan.

Evelyn, das war sie. Wie lange saßen sie schon hier oben?

Der nächste Stein rollte los, dann der nächste. Ihre Hände wurden niemals leer. Das Rasseln setzte nur kurz aus, wenn die Steine vom Dach fielen.

»Evelyn?«

Als sie Milan den Blick zuwandte, sah sie, wie bleich er war. Totenbleich. Und er saß nicht neben ihr, sondern schien sich an etwas in der Luft zu klammern. Eine Leiter zum Himmel.

»Es ist alles gut«, sprach sie ihm Mut zu, obwohl ihre Stimme zitterte.

Der nächste Stein rasselte das Dach hinunter. Sie hatte ihn nicht losgeschickt. Sie saß auf gar keinem Dach. Sie war in der Dunkelheit, die wieder Zähne hatte. Ihr ganzer Körper war ein einziger, quälender Schmerz, und was geblieben war, waren die rasselnden Geräusche in der Finsternis. Irgendwann hörten auch sie auf oder wurden nur von der Schwärze überdeckt. Was machte es schon für einen Unterschied?

Es dauerte eine lange Zeit, bis sich zwei waagrechte Schlitze in die Dunkelheit schnitten und schmerzhaft helles Licht auf sie eindrang. Ihre Lider rutschten wie von selbst nach oben und erweiterten die Schlitze zu einem Blick auf die Wirklichkeit.

Nach all dem Halbdämmern und der Besinnungslosigkeit konnte sie kaum begreifen, was sie sah: Es war der verschwommene Blick in einen Raum voller Betten. Kein Gold oder Bernstein, kein Flirren. War auch das nur ein Traum gewesen?

Nach und nach klärte sich ihre Sicht und sie erkannte in der Ecke einen Tisch aus dunklem Holz, auf dem sich braune Glasfläschchen drängten und Papiere auslagen. Ihre Schmerzen waren so groß, dass die Wirklichkeit sofort wieder von Tränen verzerrt wurde. Sie spürte, wie sie ihr aus den Augenwinkeln rannen und in die Ohren liefen. Eine Gestalt kam herein, nahm etwas von dem Tisch und ging von Bett zu Bett. Eine Frau in Weiß, mit weißer Haube und weißem Tuch vor dem Mund. Sie kam auch zu Evelyns Bett und Evelyn wollte ihr Fragen stellen:

Wo bin ich? Was ist mit Milan passiert?

Doch ihre Lippen bewegten sich kaum und ihrer Kehle entwichen so erbärmliche Laute, dass sie schnell wieder aufhörte.

Die Schwester legte ihr ein Tuch über Mund und Nase und hob ein braunes Fläschchen über ihr Gesicht. Ein Tropfen fiel herab auf das Tuch. Der beißende Gestank raubte Evelyn wie immer fast den Atem (Wie oft hatte sie ihn nun schon gerochen? Es kam ihr *sehr* oft vor), doch sie sog dennoch tapfer die Luft ein. Sie wusste, dass ihre Schmerzen verschwinden würden und dass die Schwärze sie fortholen würde. Und so geschah es auch.

»Sie erholt sich langsam … Sie haben in Aspern ein Wunder an ihr vollbracht, das sage ich Ihnen.«

Es war dunkel und die Steine rasselten wieder über das Dach. Nein, das war falsch. Sie war noch immer in dem Zimmer. Das Rasseln kam von anderen Betten. Es kam von Menschen, auch wenn das Geräusch ihrer mühevollen Atemzüge im Schlaf nichts Menschliches an sich hatte.

»Die Verletzungen von damals sind schlecht verheilt. Sie hatte Schussverletzungen und Brüche. Ihr Rücken war zerschmettert. Wahrscheinlich wurde sie niedergetrampelt. Sie hatte Glück, dass sie in das Programm aufgenommen wurde, vor allem bei ihrer schlechten Gesamtverfassung.«

»Wissen Sie, wie lange ich gesucht habe?« Die zitternde

Stimme ihrer Mutter. »Ich war hier in diesem Haus, vor mehr als *zwei Jahren*! Und *niemand* wollte mir sagen, wo meine Tochter ist!«

»Wir bekommen keinerlei Auskunft über Patienten, die im Rahmen des Programms behandelt werden. Aber Sie können sicher sein, dass Ihre Tochter ohne die zusätzlichen Behandlungen bereits tot wäre.« Es klang barsch.

»Was für Behandlungen?«, fragte ihre Mutter, nicht minder schroff. »Was haben Sie in dieser Anstalt in Aspern mit ihr gemacht? Sie können nicht einfach so Menschen verschwinden lassen!«

»Was bilden Sie sich ein? Ich habe Ihnen schon gesagt, dass Ihre Tochter tot sein müsste. Sie werden da draußen genug Mütter finden, die sich ihre Kinder zurückwünschen.« Die Stimme seufzte theatralisch. »Sie wurde vor eineinhalb Jahren aus Aspern hierher zurückverlegt. Erst seit ein paar Tagen regt sie sich plötzlich wieder. Sie muss unter den Ersten in Aspern gewesen sein und Sie sollten dankbar sein.«

Evelyn versuchte die Bedeutung von dem zu ergreifen, was sie hörte, aber die Worte entglitten ihr immer wieder. Nur eins echote in ihrem Kopf und ließ sich entschlüsseln: Jahre. Sie lag seit Jahren in Krankenbetten.

Evelyn hätte ihrer Mutter gern gezeigt, dass sie wach war, doch sie fühlte sich zu schwach, um es überhaupt zu versuchen.

»Sie braucht Ruhe. Aber wenn sie sich weiter gut erholt, können Sie sie bald mit nach Hause nehmen.«

Evelyn spürte nichts in ihrem Körper als die Schmerzen, die unter einem Mantel der Benommenheit alles überstrahlten. Sie konnte sich kaum mehr daran erinnern, wie sich ihr Körper ohne den ständigen Wechsel aus Schmerzen und Betäubung angefühlt hatte.

»Wie lange hat sie noch?« Die Stimme ihrer Mutter zitterte wieder. »Wie viel Zeit bleibt uns, wenn ich sie mitnehme?«

»Was wollen Sie damit sagen?«

»Ihr Herz, ihre Lungenschwäche. Wie viel schlimmer ist es mit ihren Verletzungen geworden?«

»Ich habe nichts dergleichen in ihren Unterlagen und ihre Erholung verläuft normal. Ich muss sie jetzt bitten zu gehen. Ihre Tochter ist nicht die einzige Patientin hier. Zu den Besuchszeiten können Sie selbstverständlich wiederkommen.«

Noch ehe Evelyn entschlüsseln konnte, was über sie geredet wurde, kehrte die Dunkelheit zurück und nahm sie fort.

ZWEITER
TEIL

I

KURT

Kurt spielte nervös mit dem Glasfläschchen in seiner Tasche. Er hielt es zwischen Daumen und Zeigefinger und spürte, wie die vier kleinen, weißen Pillen darin hin und her rasselten, wenn er es mal in die eine, mal in die andere Richtung kippen ließ.

Er wollte das Zeug eigentlich gar nicht bei sich haben. Fatso hatte ihm das Fläschchen mit einer gönnerhaften Miene in die Tasche gesteckt, als ob er Kurt zeigen wolle, wie gut er es mit ihm meinte. Kurt hätte die Pillen am liebsten heute Morgen schon in seinem Versteck untergebracht, wo er sich vorerst keine Gedanken darüber zu machen brauchte. Doch auf dem Weg dorthin hatte er Arne auf der Straße entdeckt, der mit ihm beim Jung-Heer gewesen war, und er hatte sofort ein komisches Gefühl bekommen. Kurt war sehr vorsichtig, wenn es um das Versteck ging, also hatte er sich umentschieden und war direkt hierhergekommen. So wertvoll waren die Pillen längst nicht, dass er dafür die Schätze im Versteck riskiert hätte.

Auf den Schienen des Verladebahnhofs, wo zersprengte und ausgebrannte Waggontrümmer ein wahres Labyrinth bildeten, zog er sein Halstuch über Mund und Nase. In der Stadt gab es ein Vermummungsverbot, und wer es missachtete, erhielt mindestens eine Tracht Prügel. Hier draußen in der Sperrzone galt es natürlich genauso, aber hier erkannt zu werden, war noch gefährlicher. Ein Grund, warum die meisten von ihnen nur nachts loszogen.

Über die Gleisanlagen gelangte er zum Elefantenfriedhof. So nannten er und Evelyn das Flugfeld, auf dem die Stahlgerüst-Monstrositäten der fliegenden Festungen wirklich so etwas wie eine Grabstätte bildeten. Die Gerippe der Luftschiffflotte, die von einem feindlichen Überfallkommando auf dem falschen Fuß erwischt worden war, lagen hier noch völlig unberührt von den Enttrümmerungsarbeiten. Die Arbeiterkolonnen würden noch lange brauchen, bis sie sich aus dem Zentrum und den Wohnvierteln bis hierher vorgearbeitet hatten. Zu holen gab es auf dem Feld trotzdem nichts mehr: Ungeachtet der vielen Dutzend Blindgänger von Spreng- und Brandbomben, die überall verstreut lagen, hatten die Nightrunner das Gelände längst abgegrast.

Kurt lief auf den Treffpunkt zu, wo einige stählerne Luftschiffrippen aus dem Feld ragten. Sie waren überspannt von mattweißer Segelplane und sahen aus wie die riesige Hälfte eines Brustkorbs. Dort angekommen, stellte er sich in den Schatten und wartete.

Nightrunner, dieses Wort hatten ihnen die Amerikaner verpasst. Nachtläufer – immer auf der Flucht und auf der Suche zugleich. Sie waren Waisenkinder, Deserteure, Kriegsflüchtlinge, die in den Trümmern nach verborgenen Schätzen suchten. Mit etwas Glück würden sie von dem Erlös den nächsten Winter überleben. Alles von Wert ließ sich über den Schwarzmarkt in Rationen oder harte Währung verwandeln. Und für Dokumente oder technisches Gerät aus den unterirdischen Kriegswerkstätten zahlten sämtliche Nationen auch jenseits des Schwarzmarkts gutes Geld. Die Soldaten bauten sogar ganze Fabrikanlagen ab und verluden sie auf Dampfzüge oder Frachtschiffe, um sie in ihre Heimatländer zu transportieren.

Fatso hatte ihm das erzählt, denn er prahlte gern mit seinem Wissen. Kurt war dagegen vorsichtig, was er dem Hehler anvertraute. Fatso wusste zum Beispiel bei Weitem nicht, was Kurt schon alles in seinem Versteck zusammengetragen hatte. Das wusste kein Mensch auf der Welt, außer Evelyn.

Das Glasfläschchen wog schwer in seiner Tasche. Pervitin – es hatte die Soldaten im Krieg unempfindlich für Angst und Schmerz machen sollen. Angst und Schmerz gab es auch in der Nachkriegswelt genug und so waren die Pillen zu einer begehrten Währung auf dem Schwarzmarkt geworden. Das Gefühl, wie sie in dem Glasfläschchen klickerten und kullerten, ließ ihn dennoch schaudern. Als liefe jemand über sein Grab, ging der Spruch nicht so? In dieser Welt hatte der Satz seine Bedeutung verloren. Wenn man starb, warfen die Menschen vielleicht zwei Schaufeln Schutt über einen und trampelten am nächsten Tag darüber weg.

Kurt sah aus dem Augenwinkel eine Bewegung und blickte auf. Er stand mittig an dem Wrackteil, das einige Meter in die Höhe ragte. Über das ganze Flugfeld erstreckten sich kleinere und größere Überreste der fliegenden Festungen. Die Bewegung bei einer zerbombten Passagiergondel in der Nähe hatte er mehr erahnt, als dass er sie gesehen hatte.

»Evelyn?«, rief er, doch niemand antwortete und nichts regte sich.

Alarmiert ging er in die Hocke und duckte sich hinter eine aufragende Stahlrippe. Was hatte er auch gleich losbrüllen müssen wie der größte Esel … Vielleicht war es ein Jagdkommando der Besatzer. Evelyn und er waren erst vor ein paar Tagen am Bahnhof knapp entkommen. Plötzlich war die Luft vom Knattern der Schüsse und Zischen der Kugeln erfüllt gewesen. Mit mehr Glück als Verstand hatten sie Deckung hinter einem Waggon gefunden und sich davonmachen können.

Die Besatzer machten regelrecht Jagd auf die Nightrunner. Und wen sie lebendig in die Finger bekamen, den schafften sie in ihre befestigten Anlagen. Die Amerikaner hatten ihr Lager auf dem ehemaligen Heldenplatz aufgeschlagen. Die Husaren hatte es auf die andere Seite des Flusses gezogen, nach Aspern, wo sich den Gerüchten nach noch immer unerforschte Bunkeranlagen unter der Erde befanden.

Kurt beobachtete die abgerissene Steuergondel, von der mehrere Streben nach oben ins Nichts ragten. Er konnte sich an das Inferno erinnern, als das Flugfeld getroffen worden war. Die wenigen Giganten, die sich unter dem Bombenhagel noch in die Luft erhoben hatten, waren wenig später als aufflammende Feuerbälle über Wien zu sehen gewesen. Im Niedergang hatten sie dann die angrenzenden Viertel in Brand gesetzt – Margareten und Erdberg.

Als sich bei der Gondel nichts tat, wagte Kurt sich aus der Deckung und schlich mit klopfendem Herzen rückwärts. Er wollte nicht dort bleiben, von wo er gerufen hatte. Als er die letzte Stahlrippe hinter sich erreicht hatte, drückte er sich hastig um die Außenhaut des Luftschiffwracks herum. Halb rechnete er damit, dass dahinter ein kampfbereiter Soldat auf ihn wartete – doch nichts.

Kurt blieb geduckt und hastete die Hülle entlang wieder nach vorn. Er wollte wissen, was er gesehen hatte. Einem Blindgänger, der schief im Boden steckte, wich er aus. Es war eine Stabbombe, deren schweres Ende mit dem Zünder in die Luft ragte. Etwas musste sie im Flug ins Trudeln gebracht haben, sodass sie mit dem Heck aufgekommen war, ohne zu detonieren.

Am vorderen Ende der Barriere angekommen, legte Kurt sich flach auf den Boden und robbte über die verkohlte Erde so weit vor, dass er die Gondel wieder sah. Von hier war sie keine zehn Schritte mehr entfernt. Nichts tat sich dort drüben. Als er schon daran zweifelte, ob er überhaupt etwas gesehen hatte, hörte Kurt plötzlich leise Stimmen, die Deutsch sprachen.

»Er ist weg.«

»Ist er nicht«, kam die unwirsche Antwort. »Er versteckt sich nur, der kleine Schisser. Ihr habt doch gesehen, wie er hinter die Hülle geschlichen ist.«

Der Wind stand günstig, sodass Kurt gut verstand, was sie sagten. Und war da nicht eine Stimme dabei, die er kannte?

»Denkst du, er ist allein?«, zischte der Erste wieder.

»Wir sind ihm doch gefolgt, Dumpfbacke, war er da etwa nicht allein?«, gab der Zweite zurück und Kurt erkannte am herrischen Ton, wer da sprach: Johannes Bruch. Und damit war es sicher kein Zufall, dass er Arne über den Weg gelaufen war.

Hannes und Arne waren beim Jung-Heer beide in Kurts Gruppe gewesen. Hannes hatte es dort sogar zu einigem Ruhm gebracht. Er hatte damals im Waisenhaus gewohnt, doch Hannes war eines der seltenen Waisenkinder gewesen, die ab und an noch Besuch von ihrem Vater bekamen.

Hannes Mutter war wie auch Evelyns Vater schon vor Jahren an der Schwindsucht gestorben. Weil Hannes' Vater aber ein glühender Anhänger des großen Mannes gewesen war – von der ersten Stunde an, wie Hannes jedem erzählte, der es hören wollte –, hatte er seinen Sohn ins Heim gegeben, als der Heeresführer die Bevölkerung zu den Waffen rief.

Als Hannes selbst mit vierzehn Jahren alt genug für das Jung-Heer gewesen war, hatte er nicht minder begeistert bei deren Übungen geglänzt. So schafften sie es später bei einem Heimaturlaub von Hannes' Vater sogar als »Vater und Sohn – Helden zweier Generationen« gemeinsam in die Zeitung. Wenig später war Hannes' Vater irgendwo in der Nähe von Paris in Kriegsgefangenschaft geraten. Kurts Vater war damals schon tot gewesen.

Beim Jung-Heer hatte die meiste Zeit aus irgendwelchen sportlichen Übungen bestanden. Beim Boxen waren sich Hannes und Kurt die einzigen ebenbürtigen Trainingspartner gewesen. Auch beim Hochsprung waren irgendwann nur für die beiden noch weitere Höhen aufgelegt worden. Die Gruppenführer achteten auf solche Dinge und ließen bei Soldatenspielen stets einen von ihnen die Gruppe mit roten, den anderen die Gruppe mit blauen Binden am Arm kommandieren, um den Hügel des jeweiligen Gegners zu erstürmen. Große Soldatenlaufbahnen hatte man ihnen beiden prophezeit und sie waren an sich respektvoll miteinander umgegangen, doch Freunde waren sie nie geworden.

Seit der Auflösung des Jung-Heers im Kriegschaos hatte Kurt keinen Gedanken mehr an Hannes und sein Gefolge verschwendet.

»Mach dir bloß nicht in die Hosen«, fuhr Hannes fort. »Wenn jemand bei ihm ist, dann höchstens dieses Mädchen, das ihm ständig solche Kuhaugen macht.«

Kurt hörte Gelächter als Antwort und es kam zumindest von zwei Stimmen. Er konnte kaum glauben, dass sie auch von Evelyn wussten. Direkt nach dem Einmarsch der Truppen war er noch allein auf seine ersten Streifzüge gegangen. Evelyn hatte ihm hier draußen in der Sperrzone den Hals gerettet, als er ins Visier von ein paar Deserteuren geraten war. Sie hätte gut und gern selbst ihr Leben dabei verlieren können, doch sie waren gemeinsam entkommen und zusammengeblieben. Evelyn hatte weiß Gott Mut und schnell war sie auch. Wären beim Jung-Heer Mädchen erlaubt gewesen, hätten sie ihre Freude an ihr gehabt.

Kurt fasste sich ein Herz und zog das Tuch von Nase und Mund herunter.

»Was wollt ihr von mir?«

Niemand antwortete. Kurt sah Arne einen raschen Blick aus der Gondel werfen, ehe sein Kopf wieder verschwand.

»Bist du blöd? Vielleicht ist er bewaffnet«, zischte Hannes.

»Sind wir auch«, höhnte eine dritte Stimme.

Kurt fluchte innerlich. Die Waffen, die man in den Trümmern aufsammeln konnte, waren für den Träger so gefährlich wie für sein Gegenüber. Aber es passte zu den Maulhelden, dass sie es darauf ankommen ließen.

»Wir wissen, dass du einen Haufen Dinge gefunden hast, die nicht dir gehören, Kurti.«

Er gab dem Satz eine kleine Pause, damit er wirken konnte, und tatsächlich spürte Kurt augenblicklich die Nervosität. Er hatte einen guten Ruf unter den Runnern und er wusste, dass das auch gefährlich sein konnte. Er wäre nicht der erste von ihnen, der spurlos verschwand.

»Und dass du und deine Mutter euch mit den Amerikanern herumtreibt, wissen wir auch … Kurti …«

»Lasst mich in Ruhe«, rief er bemüht souverän. »Versucht doch selbst euer Glück als Runner, wenn ihr scharf auf Beute seid!«

»Als *Runner*? Habt ihr das gehört, Jungs?«, wiederholte Hannes verächtlich. »Schämst du dich nicht? Diese Bastarde haben meinen Vater gefangen und deinen umgebracht. Und die Väter und Mütter von Hunderttausenden anderen. Und du benutzt ihre Sprache? Und bringst ihnen, was von deinem Vaterland übrig ist, wie ein Hund seinem Herrn das Stöckchen?«

»Das tu ich nicht!«, protestierte Kurt.

Kurt tauschte nur alltägliche Funde gegen Rationen ein. Die Glaskugeln der Blitzkraft-Lampen in den Bunkertunneln zum Beispiel, Waffenteile oder Aktenordner und technische Skizzen aus den Schwermaschinen-Werkstätten. Alle Fundstücke, die ihm wirklich wertvoll erschienen, bewahrte er auf. Als Runner bekam man ohnehin nur Krümel von den Schwarzmarkthändlern und den Ankäufern der Besatzer. Wer etwas für seine Zukunft tun wollte, der musste auf bessere Zeiten und bessere Preise hoffen.

»Wir beschlagnahmen hiermit alles, was du noch hortest!«, verkündete Hannes großspurig. »Und dann bringen wir es den letzten Kämpfern im Untergrund. Für den großen Mann!«

»Es ist vorbei!«, rief Kurt. »Der Krieg ist aus! Schaut euch doch um, ihr Hornochsen!«

Die letzten Kämpfer, die Gefallenen, es gab viele Märchen um irgendwelche Menschen oder Kreaturen, die in den Bunkern auf Beute lauerten oder gar in den Diensten des großen Mannes den Gegenschlag vorbereiteten. Kurt war bislang weder auf untote Soldaten noch auf funktionierende Kriegsmaschinen gestoßen, doch es gab immer Dummköpfe, die sich jedes Gerücht zurechtbogen, bis es in ihr Weltbild passte.

»Nichts ist vorbei!«, triumphierte Hannes. »Sie sind direkt unter der Nase der Husaren, in Aspern! Golems, Menschmaschinen, die Vorbereitungen laufen!«

Kurt machte sich nicht einmal die Mühe zu antworten. Er kannte nur einen Menschen, der während des Krieges in den unterirdischen Versuchsanstalten des großen Mannes in Aspern gewesen war und noch lebte, um davon zu erzählen, und das war Evelyn. Kurt glaubte ihr hauptsächlich deshalb, weil sie keine Geschichten von fantastischen Relikt-Waffen oder *Menschmaschinen* auftischte. Sie hatte im Grunde nichts zu erzählen, außer ihrer Heilung von einer Krankheit, die sie schon vor dem Krieg gehabt hatte, und ein paar merkwürdigen Träumen dazu.

»Was ist, willst du es sehen? Wir nehmen dich mit und zeigen's dir!«

Kurt hatte wenig Mühe, sich die dümmlich grinsenden Gesichter der drei vorzustellen angesichts Hannes' Versuch, ihn zu übertölpeln.

»Du kannst ihnen was ausrichten«, entgegnete er. »Sag deinen letzten Kämpfern, sie können kommen und selbst um meine Sachen bitten.«

»Oh, das müssen sie nicht.«

Hannes zischte etwas, das Kurt nicht verstand. Dann traten Arne und der andere plötzlich zeitgleich links und rechts hinter der Gondel hervor und suchten sofort die nächste Deckung. Einen Augenblick später hasteten sie erneut zeitgleich weiter und verschwanden links und rechts im Trümmerfeld. Kurt überlegte fieberhaft. So verblendet sie waren, sie kannten ihren Drill. Sie würden ihn einkreisen und dann würde Hannes ihn stellen, wenn es keinen Ausweg mehr für ihn gab.

Kurt und er hatten so viele Militärübungen mit drei, mit fünf, mit zwanzig Jungs gegeneinander geplant und ausgeführt, dass er wusste, in welchen Schwierigkeiten er steckte. Wenn er einfach losrannte und sie wirklich Waffen trugen, konnten sie ihn auf die Entfernung von den Beinen holen. Bei den Jung-Landsern hatten sie alle ganz ordentlich Schießen gelernt.

Hastig kroch er entlang der Deckung rückwärts.

»Sieht nicht so aus, als hättest du was zum Schießen, Kurti …«, rief Hannes. »Alles, was du tust, zögert es nur hinaus.«

Hannes konnte Kurt ebenso lesen wie umgekehrt.

»Wir müssen doch keine Feinde sein«, fuhr er fort. »Komm zu dir, Kurt, was soll das? Wir holen uns unser Land zurück und schicken sie alle dahin, wo sie hergekommen sind!«

Arne und der andere hielten den Mund. Unzählige Übungen des Jung-Heers gaben ihnen genau vor, wie sie sich nun zu verhalten hatten. Hannes fühlte sich hörbar wie der Gewinner. Doch in dieser Welt hier kannte sich Kurt besser aus.

Er spürte es, auch ohne sich umzusehen, als er die Höhe des Blindgängers erreicht hatte, der aus der Erde ragte. In seiner Tasche fand er sein Werkzeug, eingewickelt in ein Tuch. Duplex-Dreher in verschiedener Größe, Dietriche für Riegel- und Magnetschlösser und zuletzt spürte er den Stößel, der nichts weiter war als ein kaputtes Okular. Leider waren die Linsen darin blind und der Lumière-Stein als Lichtverstärker gebrochen, sonst wäre es als Schatz in seinem Versteck gelandet. Aber es lag gut und schwer in der Hand und erfüllte genau den Zweck, zu dem Kurt es jetzt brauchte.

Als der Blindgänger neben ihm auftauchte, fasste Kurt entschlossen den Stößel mit der Faust und stieß ihn mit Schwung auf das schwere Ende der Stabbombe. Sofort brannten fünf kleine Funkenlanzen unterhalb der Kappe Löcher in die Seiten des Fünfkantstabs, der ungefähr die Länge und Stärke von Kurts Unterarm hatte. Drei Sekunden, bis der Zünder sich zur Ladung vorgefressen haben würde. Er wollte sie nicht umbringen, auch wenn er bezweifelte, dass sie dieselbe Rücksicht gezeigt hätten. Sie waren in Deckung und er glaubte ... hoffte ..., dass es sie nicht allzu schlimm erwischen würde. Kurt sprang auf und sprintete los.

1

»DA IST ER!« Die aufgeregte Stimme des Dritten. »Er rennt! SCHIESS DOCH, ARNE!«

2

Es war der kritische Moment. Kurt wartete im Vollsprint auf den Schuss und darauf, ob Arne treffen würde. Einen Haken konnte er sich nicht leisten. Zu knapp, bis die Bombe zünden würde. Doch aus irgendeinem unerklärlichen Grund blieb der Schuss aus. Vielleicht war die Waffe von vornherein unbrauchbar gewesen.

»Halt ... GEHT IN DECKUNG!«

Hannes hatte das Zischen gehört. Oder er hatte begriffen, an was für einem Ort sie sich befanden.

3

Die Sprengladung, die dazu gedacht war, das Ziel aufzubrechen, detonierte mit einem ohrenbetäubenden Schlag. Die Druckwelle ließ Kurt straucheln, doch er hielt sich mit rudernden Armen auf den Beinen, weil er wusste, dass er sonst Gefahr lief, von der folgenden Flammenwalze erfasst zu werden.

Ohne sich umzudrehen, hatte Kurt die Teilladungen vor Augen, die von der ersten Detonation nach allen Seiten in die Luft geschleudert wurden. Er hörte das reißende Geräusch in der Luft, als sie zündeten und einen Bereich von etwa zehn Metern in ein flammendes Inferno verwandelten. Das Geräusch weckte Assoziationen von verbranntem Haar, kreischenden

Sirenen und unbändiger Angst, die einem den Hals zuschnürte und die Glieder lähmte.

Die Hitzewelle überkam Kurts Rücken und Flammen, die an der Zeppelinwand hinter ihm hochloderten, überstrahlten die Mondlandschaft vor seinen Füßen mit gleißendem Licht und schufen harte Kontraste. Er hörte einen Schrei über den Lärm, doch es war allenfalls ein Schmerzens-, kein Todesschrei. Kurt hatte genug davon gehört, dass er den Unterschied kannte. Er unterdrückte dennoch die Schuldgefühle. Sie hatten ihn gegen die Wand gedrängt, erinnerte er sich selbst, nicht umgekehrt.

Die Waffe war eine Duplex-Bombe mit Spreng- und Brandladung gewesen. In einem Wohngebiet, über denen sie zu Hunderttausenden abgeworfen worden waren, ebenso diabolisch effektiv wie über einem Flugfeld voller Luftschiffe. Der große Mann mit seinem heiligen Prometheus hatte immer behauptet, die wundersamsten neuen Waffen und Technologien zu besitzen. Er hatte Menschmaschinen – Kreaturen der Zukunft – in die Schlacht schicken wollen … Doch wenn es sie überhaupt jemals gegeben hatte, so hatten sie doch nicht den Krieg entschieden. Der Bombenteppich, den ihre Feinde über die Städte gelegt hatten, war weit effektiver gewesen. Und die Jesitenkirche hatte dem Inferno bei der Bekämpfung der Prometisten ihren Segen gegeben.

Während hinter Kurt weitere Explosionen von Munition und Krach von berstendem Material ertönten, sah er zu seiner Linken in einiger Entfernung eine Bewegung. Noch ein verirrter Runner, den er mit seinem Manöver aufgescheucht hatte? Kurt kümmerte sich nicht darum, sondern tauchte hastig ins Labyrinth der Güterwaggons ein. Er war nur froh, dass Evelyn nichts von Hannes Gerede mitbekommen hatte. Vielleicht lag es an ihrer Heilung, aber alles, was mit Aspern und den vielen Legenden zusammenhing, die sich um diesen Ort rankten, weckte ihre Neugier. Und sie hatte weit mehr Neugier, als für einen Nightrunner gesund war.

II

EVELYN

Die Schlangen arbeiteten sich im Akkord in die Schuttlandschaft vor. Menschen mit Blech- und Ledereimern sammelten vorne am Kopf der Schlange Trümmer auf und gaben die Eimer über Dutzende und Hunderte Hände weiter bis nach hinten zu den Klopfern, die am Ende der Schlange bearbeiteten, was die Eimer hervorbrachten. Neben den Klopfern türmten sich ganze Ziegelwände aus losen Steinen entlang der Straße, die vom Mörtel befreit waren und einmal zu neuen Häusern, Schulen, Kirchen aufgebaut werden sollten. Margareten, Erdberg, Leopoldstadt und die meisten anderen Gegenden Wiens waren vom Krieg in einer Ekstase der Zerstörung verwüstet worden. Und die Männer, die vor Wochen noch von ihren Luftschiffen über der Wolkendecke aus Spreng- und Brandbomben hatten regnen lassen, standen nun Spalier entlang der Arbeiter und beaufsichtigten die Aufräumarbeiten.

Für Evelyn, die den gefühlt tausendsten Ziegel des Tages von Mörtelresten befreite, war das alles immer noch so unbegreiflich wie an dem Tag, als ihre Mutter sie aus dem Krankenhaus geholt hatte. Das Letzte, was sie hier draußen erlebt hatte, war der Auftritt des großen Mannes auf dem Flugfeld vor gut drei Jahren gewesen. Während ihrer langen Zeit in

Krankenbetten war seine Vision Wirklichkeit geworden und in einem Feuersturm wieder vernichtet worden.

Auf einmal rutschte sie mit dem stumpfen Messer von dem Ziegel ab, den sie gerade bearbeitete, und schrammte sich über den Daumen.

»Au, verdammt!«

Evelyn steckte sich den blutenden Finger in den Mund. Die Trümmerarbeit war eine schreckliche Vergeudung von Lebenszeit. Längst bereute sie es, dass sie sich nicht schon am Morgen aus dem Staub gemacht hatte, bevor ihre Mutter sie zum Arbeitsantritt hatte mitnehmen können.

Sie warf einen Blick zurück und entdeckte ihre Mutter in der Schlange. Diese blickte kurz zu Evelyn auf, ehe sie den nächsten Eimer entgegennahm. Statt Evelyn wie vor dem Krieg ihr Leben leben zu lassen, schien ihre Mutter nun plötzlich beschlossen zu haben, ihr Grenzen aufzuzeigen. Evelyn wollte ihr zwar nicht noch mehr Kummer machen, als sie schon hatte ertragen müssen, aber zugleich wollte sie ihre zurückgewonnenen Kräfte nutzen. Und beides ließ sich nur selten unter einen Hut bringen.

Sie besah den aufgeschrammten Daumen, der noch immer blutete.

»Fuck«, wiederholte sie einen Fluch, den sie von den Soldaten gehört hatte, und schielte nach ihrem Bewacher. Der amerikanische Soldat schaute überrascht auf und grinste sie an. Als er ihren verletzten Finger sah, kramte er mit der Hand in der Jackentasche und warf ihr ein Taschentuch zu. Evelyn drückte es auf die blutende Stelle, als plötzlich ein Raunen durch die Trümmerarbeiter ging.

»Schaut«, rief jemand und Evelyn hörte am Tonfall, wohin sie den Blick zu richten hatte.

Der Himmel über Wien hing voller Wolkenfetzen, doch die kräftigen Flügelschläge des Halbengels waren dennoch gut zu erkennen. Seine Spannweite war enorm. Es war ein majestätischer Anblick, egal, über wie viele Generationen das Blut der Engel in den Menschen auch verwässert worden war. Der Halbengel ging in den Gleitflug über und näherte sich ihnen dabei. Er war der zweite, den Evelyn über der besiegten Hauptstadt sah.

»Da drüben!«

Noch ein Umriss kreiste deutlich höher über der Stadt, doch Evelyns faszinierter Blick kehrte schnell zum ersten zurück. Sie erkannte die grauen Deckfedern der Flügel, die nach außen hin dunkler wurden. Sie konnte sogar die roten Längsstreifen an der Hose seiner Husarenuniform erkennen. Eine tiefe Sehnsucht regte sich in ihr, die sie vielleicht von ihrem Vater geerbt hatte. Ihr Wunsch war ein bisschen wahnwitzig angesichts dessen, wie ihr letzter Flug verlaufen war, und doch erinnerte sie sich gut an das Gefühl, als sie den Gleiter unter Kontrolle bekommen hatte und ihre Steilkurve geflogen war. Sie hätte sich kaum etwas Schöneres vorstellen können, als wieder zu fliegen.

Nachdem die Engel verschwunden waren, holte Evelyn sich lustlos einen neuen Ziegel. Das Staunen war vorüber und die Verbitterung kehrte auf die Gesichter der Menschen zurück.

Im Zarenreich waren die Prometisten in der Mehrheit. Vor langer Zeit hatte es den Kindern und Geschöpfen von Prometheus Zuflucht geboten und allem Anschein nach lebten ihre Nachkommen dort bis heute und stellten die Elitesoldaten des Zaren. Die unterdrückten Prometisten in Wien hatten immer mit Wehmut nach Osten geschaut. Sie alle hatten die Husaren des Zarenreichs im Krieg zur Seite des großen Mannes gezählt: Prometisten gegen Jesiten, so hatte es doch angefangen. Doch ausgerechnet die Husaren waren ihnen schließlich von Osten her in den Rücken gefallen und hatten ihnen den Todesstoß versetzt.

»Hey!«, rief der Amerikaner plötzlich.

Evelyn sah auf und folgte dem Blick des Soldaten. Ihre Aufseher waren eine gemischte Truppe aus Amerikanern und Husaren. Auch wenn sie Evelyns Heimat gemeinsam überrannt hatten, so waren sie sich untereinander doch spinnefeind.

»Hey! Komm gefälligst hier runter, wenn du etwas zu melden hast!«

Bei dem Husaren, der die Schlange bewachte, stand ein jüngerer Soldat in Haltung. Auf den Befehl des Amerikaners hin trottete er missmutig zu ihm herunter. Die Rang-Hierarchie galt selbst unter gemischten Wachtrupps, auch wenn das immer wieder zu Streit führte.

Evelyn musterte den jungen Husaren und blieb an dem Emblem auf seinem schlichten Militärmantel hängen: Engelsflügel vor den gekreuzten Blitzen der Flügelhusaren.

Kurt hatte ihr beigebracht, die verschiedenen Militärs auseinanderzuhalten, und dieses hier hätte sie unter Tausenden erkannt. Die Flügel kamen von den Halbengeln, die in dieser Einheit dienten: Es war das Zeichen der Truppen, die dem Zaren am nächsten standen, und dabei war dieser Soldat hier vielleicht gerade so erwachsen und höchstens zwei Jahre älter als Evelyn selbst.

Sie lauschte seinen Worten, doch sie verstand zu wenig von seiner Sprache. Erst, als der Amerikaner mit fragendem Blick wiederholte, horchte sie auf.

»Mole«, hatte er gesagt: Maulwurf.

Evelyn zögerte nur eine Sekunde. Als Maulwürfe gebrauchten die Soldaten oft Kinder oder zierliche Frauen, die durch Engstellen unter die Trümmer geschickt wurden. Wenn der erste Maulwurf nicht zurückkam, wurden weitere hinterhergeschickt. So lange, bis einer brachte, was gefordert war.

»Mole«, brach es aus Evelyn hervor, zunächst ohne dass die beiden Soldaten sie beachteten.

»Mole«, sagte sie lauter, »ich kann ein Maulwurf sein!«

Die Köpfe ruckten herum und Evelyn stand auf und stemmte demonstrativ die Hände in die Hüften, um zu zeigen, dass sie schmal genug war.

Der Amerikaner, der ihr eben noch sein Taschentuch geliehen hatte, betrachtete sie mit einer Mischung aus Faszination und Unverständnis. Es war selten, dass sich jemand widersetzte, wenn er zu solchen Spezialaufträgen eingeteilt wurde. Immerhin konnte einem die Arbeitskarte entzogen werden, wodurch die Rationen, die einem zustanden, drastisch kleiner ausfielen. Aber es kam *nie* vor, dass sich jemand freiwillig dazu meldete.

Evelyn spürte die Blicke aus der Schlange im Rücken und konnte den Impuls, sich umzuwenden, nicht unterdrücken. Ihre Mutter sah gerade erst auf und entdeckte Evelyn im Zentrum der Aufmerksamkeit. Mit hektischen Handbewegungen bedeutete sie ihr, an ihren Platz zurückzukehren. Sie gestikulierte, bis der junge Husar auf Evelyn zutrat. Als ihre Mutter begriff, dass es bereits zu spät war, erbleichte sie.

»Dann komm«, forderte der Soldat sie in kantigem Deutsch auf.

Ja, ihre Mutter würde sich wieder Sorgen machen, aber es war die perfekte Gelegenheit, von der sinnlosen Arbeit hier wegzukommen. Unter dem bedauernden Blick des Amerikaners nahm der Husar sie fest am Arm und schob sie auf die Schotterpiste, die zwischen den Trümmerbergen hindurchführte.

»Nein«, hörte Evelyn ihre Mutter hinter sich protestieren und verkrampfte.

Evelyn drehte sich um und sah noch, wie die Arbeiter links und rechts von ihrer Mutter ihr zuredeten und sie von weiteren Dummheiten abhielten. Zum Glück schienen weder der Amerikaner noch der Husar, der die Schlange bewachte, auf den Protest ihrer Mutter einzugehen. Arbeitern wurden schon wegen kleinerer Nichtigkeiten Rationskarten entzogen und Schläge erteilt.

Mit nagend schlechtem Gewissen wandte sich Evelyn ab. Es würde alles gut gehen und bald konnte sie ihre Mutter wieder beruhigen. Es war höchste Zeit gewesen. Kurt würde nicht mehr lang auf sie warten, wenn sie nicht kam.

Kurt war gut. Er hatte eine Ausstrahlung wie die Helden auf den Propagandaplakaten, ohne einer dieser fanatischen Idioten zu sein. Wenn Evelyn je einen Menschen getroffen hatte, von dem sie der Überzeugung war, dass trotz fehlender Flügel noch etwas Engelsblut in ihm fließen müsse, so war es Kurt. Und dass sie ihre Gesundheit zurückbekommen und wenig später Kurt getroffen hatte, erschienen ihr wie zwei Geschenke des Schicksals auf einmal in ansonsten ziemlich düsteren Zeiten.

Evelyn warf einen Seitenblick auf den jungen Soldaten, der sie führte. Wahrscheinlich war er der Sohn irgendeines reichen Gefolgsmanns des Zaren und frisch nach Ende des Krieges nach Wien entsendet worden, um sich noch ein paar militärische Sporen zu verdienen. Das war zumindest eine Erklärung, warum jemand, der so jung war, einen so hohen Rang bekleidete und trotzdem nur für Botengänge zuständig schien.

Der Weg führte die einstmalige Prachtstraße hinab, die nun als Schneise zwischen den Trümmeranhöhen verlief. Die Staatsoper, das Museumsquartier, die Nationalbibliothek oder das Parlament, nichts davon hatte dem Krieg widerstanden. Evelyn würde schnell Deckung brauchen, um ihrem Bewacher zu entkommen, und Deckung war spärlich: Sie liefen wie durch ein gewaltiges, ausgetrocknetes Flussbett, an dessen Rand nur vereinzelte Gebäudereste aufragten.

Evelyn entdeckte einen Stahlgolem zwischen den Trümmern zu ihrer Rechten, der zur Vorbereitung der Aufräumarbeiten Mauerreste einriss. Soldaten und Zivilisten standen gleichermaßen um die Arbeitsmaschine herum, darunter Frauen in Arbeiterkleidung, wie sie die ehemaligen Fabrikarbeiterinnen trugen. Sie mussten ihn irgendwie wieder flottgemacht haben, denn bei der Verteidigung von Wien hatte es keine funktionierenden Golems mehr gegeben.

Zu ihrer Linken wuchs ein Stück Fassade in die Höhe, massive Mauer ohne Fenster und genug Deckung, um das Weite zu suchen. Noch während Evelyn sich ihre Fluchtroute überlegte, schob der Soldat sie plötzlich links von der Straße hinunter auf den Schutt.

Kurz entschlossen brach Evelyn noch in dem Richtungswechsel zur Seite aus und ruckte mit aller Kraft an dem Arm, den der Husar festhielt. Ihre Schulter protestierte und der Soldat gab einen überraschten Laut von sich, doch schon spürte sie triumphierend, wie sie ihm entglitt. Passanten sahen erstaunt auf, was da passierte. Die meisten von ihnen waren Flüchtlinge mit ihren Karren voller Hausrat. Evelyn wollte sich fangen und sofort das Weite suchen, doch sie bekam ihren Schwung nicht gebremst und musste sich zunächst mit den Händen am Boden abstützen. Als sie sich aufrappelte, hielt der Soldat plötzlich eine Art silbern glänzendes Szepter mit zwei Stacheln in der Hand. Ansatzlos und ohne die Miene zu verziehen, stieß er ihr die Waffe in die Schulter.

Evelyn schrie auf, mehr vor Schreck als vor Schmerzen, denn die Stacheln waren kurz und drangen nicht tief in die Haut ein. Dann aber hörte und spürte sie einen Summton von dem Szepter ausgehen, der innerhalb von Sekundenbruchteilen zu einem Fiepen anstieg und sie erstarren ließ. Das war eine Blitzkraft-Waffe. Im Moment der Erkenntnis fuhr ein Schlag durch ihren Körper, der ihre Muskeln krampfen und sie die Kiefer aufeinanderschlagen ließ. Ihre Knie gaben unter ihr nach und sie riss noch im Fallen die rechte Hand hoch zu der Stelle, wo sich die Spitzen von ihr lösten und nun alles taub war. Ihre Kiefermuskeln krampften und so drangen nur erstickte Laute aus ihrer Kehle.

Ein furchtbarer Gedanke blitzte in ihrem Kopf auf: Starb sie nun? Man sagte, Blitzkraft-Waffen konnten das Herz im Körper zum Explodieren bringen. Der große Mann hatte diese Energie im ganzen Reich zu einem Netz ausbauen lassen, das Laternen und Maschinen gleichermaßen versorgte. Doch die Menschen trauten ihr noch immer nicht.

Der Soldat riss sie wortlos wieder auf die Beine. Sie begegnete dem leeren Blick eines Schaulustigen, der sie weiter anstarrte. Niemand machte Anstalten, sich einzumischen.

»Los.«

Damit versetzte er ihr einen Stoß in die Richtung, in die sie hatte fliehen wollen: auf das Fassadenstück zu. Das taube Gefühl in ihrer Schulter war einem Kribbeln wie von tausend Ameisen gewichen. Der Schmerz in ihren Muskeln blieb heftig, doch sie spürte mit Erleichterung, dass ihr Herz hämmernd weiterschlug.

Das Mauerstück vor ihr bildete mit der Fassade des Gebäudes zusammen ein liegendes L. Als sie hinter die Deckung kamen, in die sie hatte flüchten wollen, erkannte sie mit klammem Gefühl, dass es ohnehin sinnlos gewesen wäre: Sie waren am Ziel angekommen. Fünf weitere Männer in Husarenmänteln warteten dort auf sie.

Zwei von ihnen saßen in der Hocke bei einem Trümmerhaufen, wenige Schritte von einer gähnenden Türöffnung zur Straße hin. Über ihnen zogen sich noch bruchstückhaft zwei Geschossdecken durch das L wie Spinnennetze. Die restlichen drei Soldaten standen beisammen und unterbrachen ihr Gespräch, um ihnen mit mürrischem Gesichtsausdruck entgegenzublicken.

»Da lang.«

Evelyn spürte etwas im Rücken und zuckte in Erinnerung an die Blitzkraft-Waffe zusammen. Doch es war nur die Hand ihres Bewachers, der sie vorwärts zu den beiden drängte, die dort über einem Loch im Boden kauerten. Evelyn erkannte Treppenstufen und vermutete, dass es der ehemalige Kellerabgang war.

»Du musst da runter«, befahl ihr Bewacher.

Mit klopfendem Herzen trat Evelyn an das Loch heran. An dem Schuttrand über den Stufen ließ sich erkennen, wie viel tiefer der ursprüngliche Fußboden des Hauses gelegen hatte. Das Treppenhaus war durch Trümmer stark verengt und ein

Stahlträger blockierte den Abstieg auf halber Höhe zusätzlich. Der Stahlgolem draußen hätte ihn vielleicht herausbekommen können, aber dann wäre der ganze Beton- und Mauerbruch wohl in das Loch gestürzt und hätte den Abgang verstopft.

Angesichts der schieren Überzahl der Soldaten schien ihr fürs Erste nichts übrig zu bleiben, als zu gehorchen. Ihre Chancen davonzukommen hatten sich in den letzten Minuten erschreckend verschlechtert. Als sie Anstalten machte, auf die erste Stufe hinunterzusteigen, wichen die beiden Soldaten zurück.

»Was soll ich suchen?«, wandte sie sich zu ihrem Bewacher um.

»Das Mädchen«, antwortete er, ohne die Miene zu verziehen. Evelyn meinte zunächst, sich verhört zu haben. »Wahrscheinlich sind die anderen schon tot. Bring das Mädchen zu uns hoch!«

Sie hielt kurz inne, doch die ungeduldige Miene des jungen Mannes ließ keinen Platz für Rückfragen. Also tastete sie sich verunsichert an dem Stahlträger vorbei nach unten. Mit der Hüfte kam sie einigermaßen durch die Engstelle. Mit ihren Schultern hatte sie Schwierigkeiten. Sie vermied es, dem Soldaten noch einmal ins Gesicht zu blicken, bevor auch die rechte Schulter am Stahl entlang nach unten schrammte. Ein Mädchen. Evelyn bezweifelte, dass sie an einem *Rettungs*einsatz beteiligt war.

III

LEONOW

Leonow überblickte die Trümmerlandschaft und wollte nicht glauben, dass er am Ziel angekommen war.

Wo ist die Stadt?

Minka war auf seine Schulter geklettert, um einen besseren Blick zu bekommen. In dem Flusstal vor ihnen ragten höchstens noch Mauerreste und aufgerissene Gebäude in die Höhe. Grundpfeiler und Betonskelette mit nackten Geschossdecken, mehr hatte den feindlichen Bombenhagel nicht überstanden. Leonow hatte viel Zerstörung auf seinem Weg hierher gesehen, manche davon, noch während sie passiert war. Doch das hier war eine andere Dimension. Als er aus Zarysin aufgebrochen war, da war Wien noch eine stolze Hauptstadt gewesen. Nun war sie dem Erdboden gleichgemacht.

»Er hat gesagt, die Stadt liegt hinter der nächsten Biegung«, antwortete Leonow. »Mehr ist wohl nicht davon übrig.«

Sie waren auf dem letzten Stück des Weges einem Lumpenhändler begegnet. Minka hatte sich versteckt gehalten, doch Leonow war froh gewesen, den Mann mit dem Handkarren anzutreffen. Für seine Uniformjacke hatte er ein halbwegs brauchbares Hemd und eine zerschlissene Hose von ihm bekommen. Der Mann hatte zunächst auch seine Husarenhose haben wollen.

»Wer kauft mir die Jacke ohne Hose dazu ab?«, hatte er gemault.

Doch dort an Ort und Stelle hatte Leonow sie ihm nicht geben können und so hatte der Mann sich zu Leonows Erleichterung mit der Jacke zufrieden gegeben.

Er sah sich nach allen Seiten um. Schutz vor fremden Blicken hatten sie auf der Anhöhe kaum, aber er nahm dennoch die Umhängetasche von der Schulter und ließ sich in den Schneidersitz sinken. Die Tasche hatte er noch in Zarysin gekauft und sie wurde mittlerweile mehr von gutem Willen als von Leder zusammengehalten.

Zeichnest du wieder?

»Ja«, erwiderte Leonow. »Ich brauch nicht lang. Später sind wir froh über jede Hilfe, wenn wir uns in dem Chaos da unten zurechtfinden müssen.«

Wie du meinst. Ich passe auf, ob jemand kommt.

Damit huschte sie los.

Normalerweise sah sie ihm gern zu, wenn er seine Skizzen machte, aber sein Wunsch, nach Wien zu gehen, hatte sie von Beginn an nervös gemacht.

In Zarysin war es immer schwieriger geworden, sie zu verstecken, also hatten sie zunächst nur den Plan gefasst, nach Westen zu entkommen: vorbei an den Fronten dieses Krieges, irgendwohin, wo sie keine Angst mehr haben mussten. Sich den Soldaten des Zaren anzuschließen war zunächst nur eine verrückte Idee gewesen. Doch es war mit Sicherheit die schnellste Möglichkeit, nach Westen zu gelangen, und nicht einmal die gefährlichste. Natürlich hatte Minka die Tagesmärsche von Leonows Einheit aus der Ferne begleiten müssen und vielleicht hatten sie einfach nur Glück gehabt, doch sie waren unbehelligt bis hierher gelangt.

Sie hatten unnötigen Gefahren eigentlich aus dem Weg

gehen wollen und die umkämpfte Hauptstadt Wien war ohne Frage ein gefährliches Pflaster. Doch von dem belauschten Gespräch bei Fabergé wusste Leonow, dass der Halbengel sich nach seiner Flucht aus Zarysin wahrscheinlich hierher gewandt hatte. Und je mehr seine Kameraden von der Erstürmung der heiligen Stadt geträumt hatten, desto klarer war Leonow geworden, dass er nicht einfach so mit Minka würde weiterziehen können, wenn sie hier ankamen. Es gab zu viele offene Fragen, die ihm auf der Seele brannten, und vielleicht war es doch noch nicht ganz zu spät, um Antworten darauf zu finden. Wenn, dann lagen sie vermutlich hier, in der ehemaligen Hauptstadt des großen Mannes, von dem Fabergé gesprochen hatte wie von einem engen Freund.

Leonow überblickte die Umrisse der Stadt und führte den Kohlestift über das Papier. Er war noch immer längst nicht so geschickt im Zeichnen, wie er es bei Grigor und Lyskom gesehen hatte, als sie gemeinsam im Verkaufsraum gestanden hatten. Aber sie hatten ihn bei der Armee zu den Pionieren eingeteilt und von ihnen wurde erwartet, ein Auge fürs Gelände und mögliche Stellungen zu haben. So hatte er sich angewöhnt, grobe Umgebungsskizzen anzufertigen, wann immer er einen geeigneten Aussichtspunkt fand, und diese Skizzen ähnelten der tatsächlichen Aussicht vor seinen Augen von Mal zu Mal mehr.

Er zeichnete die große Ebene am Fuß der Anhöhe, auf der er Wracks von Luftschiffen erkannte. Die Waggonketten eines Verladebahnhofs trennten das Feld von der Stadt und zu seiner Linken ragten vier große, runde Türme aus Backsteinziegeln auf, vielleicht Gasspeicher. Wahrscheinlich war die Übersicht von dort oben noch deutlich besser, doch Leonow hätte den Aufstieg nicht gewagt. Ihre Außenmauern waren von Bombeneinschlägen zerklüftet.

Eine Bewegung im Gestrüpp sagte Leonow, dass Minka zurückkehrte.

»Hast du was gesehen? Ich muss mich noch um die Hose kümmern.«

Die goldene Hermelinfigur, über die er bei seiner Flucht aus Fabergés Werkstatt gestolpert war, drückte im Saum der Husarenhose gegen seine Seite. Er hatte sie noch in Zarysin zur Sicherheit, dass niemand sie entdeckte, in die Uniform eingenäht.

Wir sollten weiter, drängte Minka. *Hier oben sieht man dich aus allen Richtungen. Ich kann nicht überall gleichzeitig sein.*

»Dann gehen wir runter auf das Flugfeld«, schlug Leonow vor. »Zwischen den Wracks finden wir leicht ein Versteck.«

Genauso wie jeder andere, der dort Neuankömmlingen auflauert.

Leonow hatte Mühe, nicht die Geduld zu verlieren. »Wir haben extra einen Umweg von fünf Meilen in Kauf genommen, damit wir den ganzen Flüchtlingen aus dem Weg gehen. Ich versteh ja, wenn du nicht mit mir in die Stadt willst. Dann warte hier eine Woche auf mich und zieh weiter, wenn ich nicht zurückkomme. Aber ich gehe.«

Das Hermelin-Weibchen würdigte ihn nicht mal einer Antwort. Es huschte einfach voraus in Richtung Flugfeld.

In Deckung der Luftschiff-Stahlgerüste wagten sie sich voran. Es war still auf dieser Seite der Stadt und Leonow war froh, als Minka ein geeignetes Versteck auftat: Sie lotste ihn zur abgesprengten Nase eines Zeppelins, die sich wie eine kleine Kuppel vom Boden in Richtung Himmel wölbte, und Leonow kroch unter die aufgerissene Hülle des Luftschiffs.

»Das ist perfekt«, atmete er auf und kramte sein Messer aus der Ledertasche. »Ich brauch nicht lang.«

Er setzte eben dazu an, die versteckte Naht an seiner Hose aufzutrennen, als Minka plötzlich die Ohren spitzte.

Stimmen.

Leonow erstarrte und lauschte selbst. Zunächst war da nicht mehr als das entfernte Rumoren einer Stadt in kollektiven Aufräumarbeiten. Doch dann schallte plötzlich ein Ruf über das Trümmerfeld. Es klang nicht nach Soldaten.

»Das ist ein ziemlich gutes Versteck«, flüsterte Leonow. »Wenn wir still sind, findet uns hier keiner.«

Er wollte zumindest das mit der Hose erledigen, denn er konnte nicht länger mit einer halben Uniform herumlaufen.

Auf den Überland-Straßen, die derzeit niemandem zu gehören schienen, war es nicht verkehrt, in einer Husarenuniform zu reisen. Doch wenn er nun die besetzte Stadt betrat und eine Husarenpatrouille ihn aufgriff, konnten sie ihn leicht als Deserteur enttarnen. Und für flüchtige Soldaten galt offiziell auch nach dem Krieg immer noch die Todesstrafe.

Du sitzt in der Falle, wenn dich jemand entdeckt.

»Kannst du draußen Wache halten?«, bat er Minka. »Ich beeil mich.«

Minka widersprach nicht wieder, sondern fügte sich und huschte hinaus.

Die Stimmen lieferten sich dem Klang nach so etwas wie einen Schlagabtausch. Leonow hatte einen Kameraden gehabt, der ihm ein wenig Deutsch beigebracht hatte, und während der letzten Wochen, in denen er allein unterwegs gewesen war, war er immer geübter darin geworden. Doch die Stimmen waren zu weit weg, als dass er auch nur ein Wort verstanden hätte.

Er hielt den Hosenbund von seiner Hüfte weg und fuhr erneut mit dem Messer unter den grob vernähten Faden. Die Schneide durchtrennte gerade die ersten Stiche, als die Rufe sich plötzlich im Ton veränderten. Und dann ließ ein ohrenbetäubender Knall Leonows Herz aussetzen. Mit dem dumpfen Nachhall bebte der Boden: ein Sprengkörper – viel zu nah.

»Minka!«

Leonows Schrei verlor sich in der reißenden Zündung der zweiten Ladung: eine Brandbombe.

Auf Knien und Händen kroch er nach draußen und spürte noch die Hitzewelle in der Luft. Er sah sich gehetzt um und entdeckte die Stelle, wo die Flammen hochschlugen und schwarzer

Rauch zum Himmel quoll. Sie war weiter weg, als er geschätzt hätte.

Nicht schreien. Komm, schnell!

Minkas weißer Kopf kam zwischen einem Gewirr aus rostenden Stahlteilen zum Vorschein. Ohne sich um die Tasche mit seinen Zeichensachen oder die Lumpenhose hinter ihm zu kümmern, rannte er ihr nach. Leonow hatte Soldaten sterben sehen, weil sie aus irgendeinem Grund noch einmal kehrtgemacht hatten. Und wo eine Bombe zündete, konnten schnell weitere folgen.

Er hörte Schmerzens- und Wutschreie aus der Richtung der Explosion und verfluchte sich, während er versuchte, mit Minkas Tempo mitzuhalten. Ihr Instinkt hatte sie schon oft besser gewarnt als sein Verstand. Er hätte ihr ungutes Gefühl nicht so leichtfertig abtun sollen.

Als er den Kopf hob, sah er, dass Minka auf die Gleise und das Gewirr aus Waggons zusteuerte. Von der Anhöhe aus hatte Leonow gesehen, in was für ein chaotisches Labyrinth der Bahnhof sich unter den feindlichen Bombardements verwandelt hatte. Minka würde in den Waggons sicher schnell ein neues Versteck finden, in dem sie durchatmen konnten.

Und trotzdem fragte Leonow sich mit einem Mal, ob sie nicht besser in die Richtung hätten fliehen sollen, aus der sie gekommen waren, um ihren Weg nach Westen fortzusetzen. Er hatte viel Zeit gehabt, sich zu überlegen, wie er seine Suche in Wien mit größter Vorsicht beginnen konnte. Und es hatte nicht mehr als einen Augenblick am falschen Ort gebraucht, um ihm zu zeigen, was seine Vorbereitungen wert waren.

IV

EVELYN

Evelyn erreichte das Ende der Treppe und wäre fast gestolpert. Es gab kaum Licht hier unten. Staub schwebte in der Luft und kratzte bei jedem Atemzug in ihrem Hals.

»Hallo?«, murmelte sie in die Finsternis und bekam keine Antwort.

Überall waren Schutt und Trümmer, auch Deckenteile waren eingestürzt. Der Keller mochte einmal geräumig gewesen sein, aber jetzt blieben nur enge Durchgänge wie im Bau eines Tieres.

»Siehst du sie?«, ertönte die Stimme von oben.

In der zerklüfteten Dunkelheit hätte sich mühelos eine ganze Schulklasse vor ihr verstecken können.

»Nein«, rief sie zurück.

Und wenn sie jemanden fand, was dann? Was wollten die Männer von dem Mädchen?

»Dann such!«

Evelyn schnaubte und tastete sich vorsichtig vorwärts von der Treppe weg. Die Bunkeranlagen hier in der Innenstadt waren so unübersichtlich ausgebaut worden, dass es unmöglich war zu sagen, ob es einen zweiten Ausweg gab. Wenn der Keller eine Sackgasse war, würde sie vielleicht wenigstens einen brauchbaren Blindgänger finden, den sie hinauswerfen konnte, um dann zu fliehen. Dank Kurt wusste sie, wie sie mit den meisten von ihnen umzugehen hatte.

Irgendwo hörte sie Wassertropfen und ein fernes Rumoren, wahrscheinlich von dem Golem bei seiner Abrissarbeit. Evelyn dachte an die Bombennächte in den letzten Wochen im Krankenhaus zurück, wo sie mit über hundert anderen Menschen in Kellerräume eingepfercht gewesen war und die Explosionen draußen alles zum Beben gebracht hatten.

»H-hallo?«, fragte sie noch einmal. »Ich bin keiner von denen.«

Nichts als das Geräusch der Wassertropfen. Sie ertastete eine Mauersäule im Weg, gegen die sie fast geprallt wäre. Zur Linken schien der Durchgang von Trümmern versperrt. Die Decke war dort komplett heruntergestürzt. Evelyn machte einen Schritt nach rechts an der Säule vorbei und sah im letzten Moment unter sich die Gestalt, die dort in der Dunkelheit an der Säule lehnte. Mit einem erschrockenen Laut stolperte sie zurück.

»Oh Gott«, schnaufte sie mit rasendem Herzen.

Die Gestalt rührte sich nicht. Sie saß vollkommen steif da und zunächst hielt Evelyn sie für einen der Toten, von denen der Soldat gesprochen hatte. Doch der Kopf lag nicht auf der Brust, sondern war aufrecht.

»Hey.« Wesentlich vorsichtiger schritt Evelyn erneut auf das Mädchen zu. Sie konnte nur wenig von seinem Gesicht erkennen, doch einzelne Punkte darin glänzten wie von Schmuck: zwischen den Augen, über der Lippe und auf den Wangen.

»Du … du bist eine Schai«, sagte Evelyn erstaunt. Es waren die einzigen Menschen, von denen sie so etwas kannte.

Sie musste vorsichtig sein. Jeder wusste, dass die Schai, die dem Lauf des Flusses mit ihren Hausbooten folgten, gefährlich waren.

Aus der Nähe hörte Evelyn ihre Atemgeräusche. Durch

die Nase, ein und aus, so schnell wie Evelyn früher, wenn ihre Lunge sie im Stich gelassen hatte. Auf Evelyns Anwesenheit schien sie gar nicht zu reagieren. Sie starrte weiter ins Leere und nur ihre Lippen bewegten sich leicht, als murmelte sie stimmlos irgendwelche Worte.

»Hey«, versuchte Evelyn erneut, sie aus ihrer Trance zu wecken. »Da draußen sind Soldaten, die dich in die Finger kriegen wollen. Gibt's einen Weg hier raus?«

Evelyn schrak erneut zurück, als das Mädchen plötzlich aufsah. Sie sah nur die großen Augen, die sie plötzlich durch die Dunkelheit fixierten. Milan hatte immer behauptet, die Augen der Schai seien grün wie die von Schlangen und Schlangenzungen hätten sie auch.

»... Ich ... ja.« Die Stimme klang heiser und gebrochen. Das Mädchen holte tief Luft, wohl, um seine Atmung in den Griff zu bekommen.

»Hast du sie gefunden?«, tönte der dumpfe Ruf des Husaren von draußen, doch Evelyn antwortete nicht darauf. Hier herunter würde er ihr nicht folgen können. Und sie wollte wissen, was mit dem Mädchen los war.

»Was wollen sie von dir?«, fragte sie die Schai. »Wie bist du hier gelandet?«

Ihr Gegenüber kämpfte noch immer mit tiefen Atemzügen. Dann schüttelte die Schai den Kopf und murmelte ein paar unverständliche Worte. Sie schien vollkommen neben sich zu stehen.

»Wo ist der Ausweg?«, fragte Evelyn eindringlich und sah sich weiter im Raum um. »Warum versuchst du nicht rauszukommen?«

Doch das Mädchen reagierte nicht mehr.

Das Wassertropfen kam von einem rostigen Rohr ein Stück weiter, das mit Metallschellen an der Decke befestigt war. Massive Wände geradeaus und zu ihrer Rechten. Sackgasse. Evelyn tapste durch die Dunkelheit zurück und hatte Angst, über die

Leichen zu stolpern, die hier noch liegen mussten. Stattdessen fiel sie über einen Haufen Geröll am Boden und schlug der Länge nach hin.

»Au«, entfuhr es ihr. »Scheiße, sag schon! Wo geht's raus?«

Sie war noch auf keinen Blindgänger gestoßen und hoffte auch nicht mehr darauf. In dieser Dunkelheit und Enge hätte sie sich sowieso nur selbst in die Luft gesprengt. Evelyn rappelte sich wieder auf und sah die Treppe, wo ein schmaler Lichtfleck von oben durchfiel. Und dann entdeckte sie die Wand dahinter und staunte. Von allen Wänden hier unten war diese noch im besten Zustand, und sie war über und über bemalt: Gesichter, Gestalten, in allen Farben und schillernd vor Gold. Plötzlich wusste Evelyn, wo sie waren.

»Bring sie hoch!«, tönte es von oben. »Du hast drei Minuten.«

Evelyn sah sich nach dem Mädchen um, das sich noch immer nicht vom Fleck bewegt hatte. Auf was wartete es?

Die Wand vor ihr war voller Symbole der Jesitenkirche, die mit Goldfarbe gemalt waren. Dazwischen kauerten nackte Frauen, Gnome, Menschen mit Flügeln und weiße Tiere: Schlangen, Füchse, Vögel. Alles wurde überschattet von einem lang gezogenen Tod, der in einem weißen Hemd unter der Decke die ganze Wand entlang reichte. Goldene Flammen schlugen aus den Symbolen der Kirche und verschlangen alles, was da floh.

Evelyn war vor Jahren schon einmal hier gewesen. Als sie für die Jesiten auf die Jagd nach Straßenhunden und -katzen gegangen waren, hatten sie die Stadt bis in den letzten Winkel durchstöbert. Die Katze, der sie hier herunter gefolgt waren, war ihnen durch einen Türspalt in einen Tunnel entwischt. Es *gab* einen zweiten Ausgang. Sofort begann Evelyn damit, fieberhaft jedes intakte Stück Wand nach der Tür abzusuchen.

Noch immer tropfte das Wasserrohr, doch etwas in der Geräuschkulisse hatte sich verändert. Evelyn war zu konzentriert, um darauf zu horchen, sonst hätte sie bemerkt, dass das Rumoren des Stahlgolems aufgehört hatte.

»Ha!«, triumphierte sie leise, aber voller Genugtuung, als ihre Hand über glatten Stahl strich, und pochte mit der Faust dagegen, dass die Tür dumpf grollte. Keine hölzerne Kellertür wie damals, als sie die Spur der Katze fluchend in der Dunkelheit verloren hatten. Es war feuerfester Stahl, wie er in den Kriegsvorbereitungen verwendet worden war, um verbundene Bunkeranlagen gegeneinander abzusichern.

»Sie ist versperrt ...«, murmelte plötzlich eine heisere Stimme in Evelyns Rücken. Sie zuckte zusammen. In ihrer Konzentration hatte sie das Schai-Mädchen fast vergessen.

»Mach Platz«, zischte Evelyn und das Mädchen gehorchte.

Ein dumpfes Pochen ließ sie innehalten. Nach einer kurzen Pause kam es wieder. Staub rieselte von der Decke, als es das dritte Mal zu spüren war.

»Der Golem«, begriff Evelyn mit Schrecken.

Sie wandte sich hastig wieder zur Tür um und ertastete mit fahrigen Bewegungen die Klinke. Doch als sie rüttelte und zerrte, bewegte sich das Türblatt keinen Millimeter. Sie tastete weiter und fand einen Schnappriegel mit einem ziemlich massiv wirkenden Hängeschloss.

»Letzte Chance!« Die Stimme klang nüchtern, nicht wütend. »Bring sie hoch.«

Evelyn warf einen Blick zurück zu der Schai, die hinter ihr stand und ins Schwarze starrte, als könne sie dort Geister sehen.

»Das Mädchen ist tot«, rief Evelyn, um Zeit zu kaufen. »Hier muss irgendwo ein Blechkasten sein«, zischte sie der Schai zu, »mit Werkzeug.«

Noch vor dem ersten Luftschiff-Angriff war in jedem Bunkerkeller ein Notfall-Blechkasten deponiert worden mit einer Handaxt mit umseitigem Hammerkopf und einem Klapp-Spaten, um der Bunker-Todesfalle bei Verschüttung zu entkommen. Das Porträt des großen Mannse mit den Worten *Einer für alle* waren darauf abgebildet gewesen.

Wenn die Schai von dem Ausgang wusste, dann vielleicht auch von dem Werkzeug. Evelyn betete, dass noch kein Runner hier gesucht und geplündert hatte.

»Durchsuch die Leichen«, rief der Soldat. »Nimm, was sie bei sich haben, und bring es hoch!«

Evelyn hörte die Worte nur am Rande ihrer Wahrnehmung. Sie wollte nicht zurück in die Arme der Soldaten. Sie wollte ihnen auch nicht das Mädchen ausliefern, sei es nun eine Schai oder nicht. Und am allerwenigsten wollte sie hier unten nach irgendwelchen Toten suchen.

»Das Werkzeug!«, zischte sie das Mädchen verzweifelt an und packte es an den Schultern. Wenn sie ganz allein in den Trümmern suchen musste, würden sie nicht lebend hier rauskommen. Der nächste Golemschritt klang nah. Irgendwo klackerte Geröll herunter. »Die Tür ist da! Willst du hier raus oder nicht?!«

»Es … ist verschüttet«, brachte das Mädchen hervor und nickte nach vorn in die Schwärze, in die sie die ganze Zeit starrte. Dort lagen die Trümmer der eingestürzten Decke.

Evelyn stürzte sofort hinüber und ging auf die Knie. Es war zu dunkel, um irgendwelche Umrisse zwischen den Betontrümmern zu erkennen. Sie steckte einfach die Arme in jeden Hohlraum, jede Lücke, die sie finden konnte. Ihre noch immer von dem Blitzschlag schmerzende Schulter ächzte unter den Verrenkungen, die sie ihr zumutete. Die Finger und Arme waren zwischen den rauen Betonbrocken sofort blutig gekratzt.

Es gab keine Vorwarnung mehr. Als der Golem über ihnen den Stahlträger anpackte, der die Treppe blockierte, stöhnte das Material auf und der Schai hinter ihr entfuhr ein Angstlaut.

Evelyn hätte sie am liebsten angeschrien. Warum hatte sie nicht selbst schon längst nach dem Notwerkzeug gegraben? Wollte sie unbedingt sterben?

Schutt rauschte die Treppe hinab und Staubwolken wirbelten in die Luft auf. Evelyn zog sich hastig das Tuch über Mund und Nase, mit dem sie sich sonst bei ihren Beutezügen mit Kurt in der Sperrzone maskierte. Sie kämpfte gegen den Hustenreiz, doch er war zu stark. Mit geschlossenem Mund krampfte ihre Lunge, dann bellte sie los. Früher hätte der kurze Anfall gereicht, um ihre Mühen zu beenden. Doch jetzt machte sie mit doppelter Anstrengung weiter.

Vor ihr befand sich ein Stahlgitter dicht über dem Boden, das wohl einmal Teil der Decke gewesen war. Das Gitter lag auf einigen Betonbrocken auf. Darüber türmte sich der Schutt.

Erneut stemmte sich der Golem über ihnen gegen den verkeilten Stahlträger, der sich ächzend wehrte. Neuer Schutt. Die Soldaten riskierten, dass das Untergeschoss einstürzte, und würden dann ihre leblosen Körper ausgraben müssen. Es würde länger dauern und schmutziger werden, aber sie hatten wohl keine Geduld mehr, weitere Maulwürfe nachzuschicken.

Da stießen Evelyns Finger plötzlich auf etwas aus Metall, das unter ihrer Berührung über den Boden rutschte. Ihr Herz machte einen Satz, doch sie wusste gleich, dass es nur der Deckel des Kastens war. Er war zu flach und zu leicht … Ihre Hand suchte unter dem Spalt weiter und berührte etwas anderes, Haariges. Sie zuckte von der Stelle zurück und zwang sich doch, die Hand in dem Spalt zu belassen.

Ein noch lauteres Stöhnen ging Evelyn durch Mark und Bein und der Stahlträger an der Treppe gab hörbar nach. Begleitet wurde das Beben, das er auslöste, von einer weiteren Geröllawine, die den Treppenabgang verschloss. Alles wurde schwarz.

Evelyn konnte einen zweiten Hustenanfall unterdrücken und wehrte sich gegen die Panik, die ihren Körper überschwemmte. Sie waren eingeschlossen. Jeden Moment konnte der Rest der Kellerdecke einstürzen. Ein dumpfer Aufschlag verriet, dass der Stahlträger beiseite geschafft war. Schon begann das Rumoren, als der Golem sich dem Geröll zuwandte.

»Hilf mir doch suchen!«, schrie Evelyn blind, doch es kam keine Reaktion.

Evelyn tastete nach vorne über die Stelle, wo sie den Metalldeckel unter dem Gitter gespürt hatte. Sie begann, ebenso wie der Golem zwei Meter über ihr, Schutt abzutragen. Ihre aufgerissenen Fingerkuppen wurden dabei erst nass vom Blut und dann taub.

Schimpfend und fluchend schaffte sie Geröll beiseite, so lange, bis sie spürte, dass sie das Stück des Gitters vor sich freigelegt hatte, unter dem der Kasten lag.

Evelyn kniete sich aufs Gitter, stieß mit den Händen hindurch und fand den Blechdeckel wieder. Ihre Fantasie brachte allerlei Spinnen- und Nagetiere zu der haarigen Berührung von vorhin hervor, doch sie zwang sich, mit der Hand über den Boden zu streichen – und fand einen Holzstiel.

Mit hektischen Bewegungen riss sie ihn nach oben und verhakte ihn dabei zweimal im Stahlgitter. Als es beim dritten Mal klappte, griff sie sofort ans Ende des Stiels. Es war die Handaxt mit dem Hammerkopf auf der anderen Seite. Mit derselben Heftigkeit wie die Panik zuvor durchströmte sie das Triumphgefühl und sie wandte sich noch im Aufstehen nach links, um die Stahltür wiederzufinden. In ihrer Bewegung war so viel Schwung, dass ihre Schulter gegen die Wand krachte. Sie sah nichts in der vollkommenen Dunkelheit, doch sie ertastete den Schnapper mit dem Schloss.

»VORSICHT«, schrie sie und vertraute darauf, dass die Schai Platz machen würde, wenn sie im Weg stand.

Evelyn holte mit der Axt aus und schlug mit deren Hammerkopf zu. Das Werkzeug drang neben der Tür ins Mauerwerk ein. Drei Schläge brauchte sie, um das Schloss endlich zu treffen, und zwei weitere, ehe etwas brach. Evelyn rüttelte sofort an der Klinke. Die Tür bewegte sich noch immer nicht.

»Verdammter Mist!«, schrie sie frustriert und hörte die Panik in ihrer eigenen Stimme.

Am Treppenhaus rumpelte Gestein und es wurde wieder heller. Evelyn tastete nach dem Schloss und fand die Bruchstelle, wo der ganze Riegel heruntergerissen war. Die Tür musste sich doch öffnen lassen! Weiter fluchend riss Evelyn mit ihrem ganzen Gewicht an der Klinke, doch nur am oberen Ende des Türblatts tat sich etwas. Unten steckte es im Geröll fest.

»Hilf mir!«, schrie sie erneut nach hinten. »In Gottes Namen, hilf mir doch!«

Endlich kam auch die Schai hinzu und riss an ihrer Stelle an der Klinke.

Evelyn warf den Kopf herum, um zu sehen, ob die Soldaten bereits herunterstürmten. Die Treppe war noch immer weitgehend verschüttet, doch oben unter der Decke verbreiterte sich durch die Arbeit des Golems ein schmaler Streifen, wo Licht von draußen hereinfiel. Es beleuchtete die abschüssige Geröllhalde und die Säule, an der das Mädchen zuvor gesessen hatte. Links davon lag das Stück Stahlgitter frei, unter dem Evelyn die Handaxt hervorgeholt hatte. Sie konnte den Blechdeckel mit dem zerkratzen Aufdruck *Einer für alle* erkennen. Daneben den Klappspaten aus dem Kasten – und die Oberkörper zweier Leichen.

Es war grotesk: Der Spalt maß nur wenige Zentimeter und doch lagen dort zwei Körper übereinander. Sie lagen beide mit dem Gesicht nach unten und Evelyn war froh darum, auch wenn sie im Krankenhaus viele entstellende Verletzungen gesehen hatte. Das Haarige, das sie mit ihren Fingern berührt hatte, war der Kopf der Frau. Der Mann hatte wohl über ihr gekauert, als die Decke eingestürzt war, und das Werkzeug lag dort, weil sie es zuvor gefunden hatten.

Den ganzen Eindruck nahm Evelyn innerhalb eines Sekundenbruchteils auf. Und als unter weiterem Getöse der Stahlgolem den Spalt erweiterte und Evelyn sich zu der Schai umwandte, die aus großen Augen auf die beiden Toten starrte, konnte Evelyn sogar erkennen, dass die Frau und das Mädchen dasselbe, dunkle Haar hatten.

Evelyn besann sich und hackte mit der Axt in den Boden. Jetzt, wo sie sah, was sie tat, traf sie die Stellen, die die Tür blockierten. Evelyn riss am Türblatt und bekam es weit genug auf, dass es reichen würde. Ihre Ohren waren beinahe taub von dem ganzen Lärm, aber sie spürte es, als das Rumoren nachließ. Als sie sich umwandte, kamen in dem Lichtspalt zuerst Stiefel, dann Soldatenbeine zum Vorschein.

Evelyn packte die Schai, die noch immer ihre toten Eltern anstarrte, und drängte sie auf den Türspalt zu.

»Lauf, hau ab! Schnell!«

Der Soldat, der sie hergebracht hatte, kam am Fuße des Schuttabhangs an, der einmal die Kellertreppe gewesen war. Er wandte sich zu ihr um und holte bereits wieder das Blitzkraft-Szepter unter dem Mantel hervor. Als er auf sie zustürzte, schrie Evelyn ihm entgegen.

»Lass uns in Ruhe!«

Sein Stoß mit dem Blitzkraft-Gerät war fahrig. Seine Augen mussten sich wohl erst noch an das Zwielicht gewöhnen. Evelyn duckte sich darunter weg, warf sich gegen seine Beine und er taumelte. Im Auftauchen schlug sie seine Hand weg, die die Waffe hielt, und das Gerät flog in die Dunkelheit davon. Ehe er sie erneut packen konnte, wandte sie sich hastig um und quetschte sich durch die Stahltür aus dem Keller.

Den Gang dahinter erkannte Evelyn als Teil einer öffentlichen Bunkeranlage. Zu ihrem Glück schien er zudem in weit besserem Zustand als der eingestürzte Keller hinter ihnen. Es gab sogar noch ein paar funktionierende Blitzkraft-Kugeln, die schwaches Licht spendeten.

Die Schai hatte ihre Lebensgeister wiedergefunden und war schon ein gutes Stück voraus. Evelyn setzte ihr nach. Wenige Augenblicke später hörte sie erneut die Stahltür, zusammen mit den aufgeregten Rufen ihrer Verfolger, die sie nicht verstand.

Sie waren noch längst nicht entkommen und trotzdem spürte Evelyn ihr Selbstvertrauen langsam zurückkehren. In den muffigen Tunneln fühlte sie sich mittlerweile fast mehr zu Hause als in den zerstörten Straßen Wiens über ihren Köpfen. Der Gang besaß zudem genug Biegungen und verengte Durchgänge, dass die Soldaten erst gar nicht versuchten, sie mit Schüssen zu stoppen.

Mit einiger Mühe schloss sie zu dem Schai-Mädchen auf, und als sie die nächste Tür passierten, riss Evelyn sie im Vorbeirennen auf. *Notabort* stand darüber und es war natürlich eine Sackgasse, aber vielleicht ließen sich ihre Verfolger zumindest zu einem Blick hinein hinreißen. *Gasschleuse – Rauchen verboten* stand an der nächsten Tür, mit der Evelyn ebenso verfuhr.

Die Rufe der Husaren rissen nicht ab. Sie blieben ihnen dicht auf den Fersen. Drei Türen weiter, und als sich bereits das erste Seitenstechen bemerkbar machte, fand Evelyn endlich die Art Aufschrift, auf die sie gewartet hatte.

Bunkerkeller Gefechtsturm V

»Hier lang«, keuchte sie der Schai atemlos zu und zog sie mit sich. Die Dunkelheit und Kühle meterdicker Betonwände empfingen sie hinter der Tür.

»Weiter, weiter«, zischte sie der Schai zu, als diese in der Schwärze abbremste.

Sie hatten den Keller von einem der riesigen Geschütztürme erreicht, die im letzten Kriegsjahr zur Abwehr der Luftschiffe erbaut worden waren. Die Türme waren noch nicht einmal alle einsatzbereit gewesen, als die Stadt bereits in Schutt und Asche gelegen hatte. Jetzt schliefen Kriegsflüchtlinge in den neun Stockwerken aus stahlbewehrtem Beton. Evelyn wusste das so genau, weil die Gefechtstürme zu den ersten Anlaufstellen eines Runners gehörten. Sie gaben keine wertvollere Beute als Kupferschrott aus Kabeln und Rohren her, aber dafür waren sie auch ein verhältnismäßig ungefährliches Pflaster. Es sei denn, man kam den Bewohnern in die Quere, die selbst davon lebten, ihre Türme auszuschlachten.

»Nach oben«, keuchte Evelyn und rannte zielstrebig auf die Treppen zu, die die ganzen neun Stockwerke hinaufführten.

Zwei Stufen auf einmal nehmend waren sie bereits fast im Erdgeschoss angekommen, als Evelyn wieder die Soldaten hinter ihnen hörte. Sie trieb die Schai bis in den ersten Stock hinauf. Die Bewohner würden ihren Fluchtweg sicher an die Husaren verraten, wenn sie sie entdeckten. Kurt kannte ein paar von ihnen, aber Evelyn mochte sich nicht darauf verlassen, dass die sie schützen würden.

Am Wendepunkt der Treppe klaffte ein Fensterloch in der Betonwand. Darunter hatte jemand ein tanzendes Skelett an die Wand gemalt. Es warf die Hände in die Luft und hätte ebenso auf der Flucht sein können. Manche Nightrunner wählten die Schatzsuche zwischen den Trümmern vor allem, um am Leben zu bleiben. Andere taten es, um dem Tod dabei möglichst nahe zu kommen. Der Runner, der hier sein Zeichen hinterlassen hatte, gehörte vermutlich zur zweiten Sorte.

Evelyn packte den Arm des Mädchens und bremste es auf den letzten Stufen ab.

»Jetzt leise!«, flüsterte sie. »Wir müssen durchs Fenster und dann schnell in Deckung, verstanden?«

Ohne eine Reaktion abzuwarten, stieg Evelyn in den Fensterausschnitt hinauf. Nach einem raschen Blick in die Tiefe sprang sie mit einem Satz von der Mauer weg und ließ sich die drei Meter nach unten fallen.

Es gab immer das Risiko, unglücklich im Schutt aufzukommen und sich irgendetwas in den Fuß zu rammen oder auf andere Art zu verletzen. Manche Runner trieben ihre Fluchten über die Gefechtstürme zudem bis hoch über den zweiten, dritten oder vierten Stock und schafften es irgendwie, sich auf dem Weg nach unten nicht den Hals zu brechen.

Evelyn traf den Boden gut mit beiden Füßen und rollte sich nach vorne ab. Sie mussten jetzt schnell Deckung finden. Ein Laufduell mit den Soldaten auf offener Fläche würden sie kaum gewinnen.

Die Schai kam hinter ihr auf dem Boden auf und gemeinsam hasteten sie weiter. Evelyn zwang ihre Beine noch einmal zu Sprinttempo. Sie spürte, dass ihre Muskeln das nicht mehr lange mitmachen würden, doch das mussten sie auch nicht. Sie erreichten die noch halbwegs erkennbaren Häuserzeilen von Laimgrube, noch bevor einer ihrer Verfolger sich vor dem Gefechtsturm blicken ließ.

V

EVELYN

Die Straße, die sie betraten, war belebt, denn im Gegensatz zum benachbarten Stadtteil Margareten waren die Menschen in Laimgrube während der Bombenangriffe noch vergleichsweise glimpflich davongekommen. Die Findigen unter ihnen hatten früh begonnen, in ein paar heil gebliebenen Wohnzimmern Alkohol auszuschenken.

Nicht nur die Kriegsverlierer tranken sich hier um den Verstand, auch Soldaten kamen, um einheimische Frauen kennenzulernen. Und diese Frauen mussten nicht länger in den Trümmern arbeiten, um über die Runden zu kommen. Kurt und seine Mutter wohnten hier und Kurts Mutter hatte sich nach allem, was Evelyn mitbekam, ebenfalls an ihre neue Lebenslage angepasst.

Evelyn rang mit sich, während sie sich durch die Menschen schlängelten. Es wäre ein Leichtes für sie gewesen, die Schai einfach abzuhängen, um keine weitere Zeit auf dem Weg zu Kurt zu verlieren. Aber sie brachte es nicht über sich. Anstatt sich in dem Treiben davonzustehlen, lotste Evelyn sie in den verwaisten Hinterhof des Hauses, in dem Kurt wohnte. Ringsum reckten sich Schornsteinreste steil in die Höhe und in der Luft lag überall der Staub, den die vielen Menschen draußen aufwirbelten. In dem Hof konnten sie kurz durchatmen.

»Wie heißt du?«, fragte Evelyn, die Hände auf die Knie gestützt, um ihren Brustkorb zu entlasten.

Sie stand dem Mädchen, dem sie zur Flucht verholfen hatte, zum ersten Mal bei Tageslicht gegenüber.

»Maria«, antwortete die Schai. »Sind wir sie los?«

Sie hatte einen harten Akzent, ähnlich dem der Husaren, und war etwas älter als Evelyn. Sie wäre sicher hübsch gewesen, mit ihren großen, braunen Augen und dem dunklen Haar. Aber sie sah furchtbar ausgehungert aus.

»Erst mal schon, glaub ich«, sagte Evelyn. »Wir sind in Laimgrube. Weißt du, wo das ist? Hast du jemanden, zu dem du kannst?«

Evelyn musterte den Ring in ihrem linken Nasenflügel. Ein weiterer befand sich in ihrer rechten Augenbraue. Außerdem steckten kleine Kügelchen auf ihren Wangen und ein schillerndes Plättchen auf ihrer Stirn zwischen den Augen. Doch das alles wirkte im Hellen weit weniger befremdlich, als Evelyn es sich in dem dunklen Keller vorgestellt hatte.

Maria schüttelte den Kopf.

»Nein, ich …« Sie suchte nach Worten, fand aber keine. »Nein.«

Evelyn seufzte. Kurt würde nicht begeistert sein, wenn sie eine Schai mitbrachte, von der sie kaum etwas wusste. Aber wohin sollte sie das Mädchen sonst schicken?

»Was wollten sie von dir?«

Maria schien kurz zu zögern. Dann steckte sie die Hand in die Tasche ihrer viel zu weiten Stoffhose, die von einem Stoffstreifen als Gürtel am Platz gehalten wurde. Unten war die Hose einfach in die Stiefel gestopft.

»Sie wollen das hier«, antwortete sie und zog die Hand hervor. Etwas Goldenes an einer Kette kam darin zum Vorschein und Evelyn stockte der Atem, als sie den Anhänger ihres Vaters erkannte. Drei scheinbar schwebende Ringe und der Innerste durch ein Kreuz verstärkt.

»Wo hast du den her?«, fragte sie, bemüht, sich ihre Überraschung nicht allzu deutlich anmerken zu lassen. Sie spürte das Blut in ihren Ohren rauschen.

Maria steckte den Anhänger dennoch schnell wieder ein und Evelyn musste sich zurückhalten, sie nicht daran zu hindern.

»Gefunden«, sagte Maria knapp und mit argwöhnischem Blick. »Meine Eltern wollten ihn verkaufen.«

Evelyn hatte den Anhänger schon für verloren gehalten, schließlich wusste sie, dass ihre Mutter ihn in ihrer Not letztlich doch verkauft hatte. Obwohl buchstäblich die Welt untergegangen war, während sie im Krankenhaus gewesen war, hatte der Verlust ihres wichtigsten Erinnerungsstücks an ihren Vater sie am härtesten getroffen. Sie konnte sich schon vorstellen, wie die Schai an den Anhänger gekommen war.

»Ihr habt ihn also gestohlen?«, vermutete Evelyn abschätzig. »Von den Husaren? Und deshalb sind sie hinter euch her?«

Auf Marias Gesicht machte sich Empörung breit.

»Willst du damit sagen, wir sind selbst schuld?«, ereiferte sich das Mädchen mit einer Zornesfalte auf der Stirn.

»Nein … vergiss es«, beschwichtigte Evelyn, doch zu spät.

»Du siehst, dass ich eine Schai bin, und denkst, du weißt schon alles über mich?«, empörte sich Maria. »Du hast doch keine Ahnung, was ich alles durchgemacht habe!«

»Leise«, zischte Evelyn und sah sich nach den Fenstern von Kurts Wohnhaus um. »Hör auf damit, sonst stecken wir gleich wieder in Schwierigkeiten.«

»Sag mir einfach, wo ich damit hingehen kann.« Die Wut ließ Marias Stimme zittern und den Akzent stärker werden. »Es gibt doch einen Schwarzmarkt, wo ich keine Angst vor den Soldaten haben muss?«

Einen Moment lang wusste Evelyn nicht, worauf Maria hinauswollte.

»Du willst ihn verkaufen?«, stutzte sie.

Der Anhänger war aus Gold und es gab kaum Vergleichspreise dafür auf dem Schwarzmarkt. Aber Evelyn wusste, dass auch in Kurts Versteck ein paar Stücke aus Gold lagen, und Evelyn wäre bereit gewesen, alles davon herzugeben, um ihn zu bekommen.

»Ja«, murmelte Maria. »Und dann weg hier.«

»Pass auf – ich muss sowieso einen Freund treffen«, sagte Evelyn behutsam. »Wenn du willst, kannst du mitkommen. Wir könnten dir etwas für den Anhänger tauschen, das du leichter verkauft kriegst. Die Hehler machen dir nur Ärger.«

Evelyns Herz pochte ihr bis in den Hals, und als Maria skeptisch dreinschaute, wurde sie selbst langsam wütend. Immerhin hatte sie dem Mädchen das Leben gerettet. Und die Warnung vor den Hehlern der Stadt war berechtigt: Sie waren eine Bande opportunistischer Halsabschneider und sie hatten schon manchem Runner eine Falle gestellt. Sei es im Auftrag der Besatzungsmächte oder weil sie selbst etwas in die Finger bekommen wollten.

»Es ist aus Gold«, sagte Maria, als sei Evelyn blind.

»Ich weiß«, antwortete sie beherrscht. »Du musst es nicht machen, wenn wir nichts Passendes zum Tauschen haben. Aber da mach ich mir keine Sorgen.«

Und endlich nickte Maria zögerlich.

Mit wachsamen Augen führte Evelyn die Schai in Richtung Flugfeld. Sie spürte den Sprint von vorhin in den Beinen, aber Maria ließ sich nichts von den Strapazen anmerken und Evelyn wollte sich vor ihr auch keine Blöße geben. In ihrem Kopf wirbelten die Gedanken umher. Was war das für ein seltsamer Zufall, dass der Anhänger ihres Vaters so plötzlich in der Hand dieser Schai auftauchte, die von Husaren gejagt wurde …

»Wir haben ungefähr die halbe Strecke«, erklärte sie, als sie die letzten Ruinen von Laimgrube hinter sich ließen.

»Du kommst von hier, oder?«, fragte Maria.

»Ja.« Tatsächlich kam sie sogar aus dem Viertel, das nun zerstört unter ihren Füßen lag. Erdberg.

»Und … ist deine Familie …«

»Meine Mutter lebt noch«, erwiderte Evelyn, »mein Vater ist tot. Aber er ist schon vor dem Krieg gestorben.«

Sie erklommen mühsam eine Trümmeranhöhe, die einmal ein ganzer Straßenzug voller Wohnhäuser gewesen war.

»Wir haben nie gestohlen!«, brach es plötzlich aus Maria hervor. »Vor dem Krieg am allerwenigsten. Das sind dumme Geschichten, die sich die Menschen über uns ausgedacht haben.«

»Okay«, erwiderte Evelyn einfach. Was hätte eine Schai auch anderes sagen sollen?

Vom Scheitel der Anhöhe aus waren die zerbombten Silhouetten der riesigen, zylinderförmigen Gasometer zu sehen. Sie waren zu Kriegsbeginn für die neuen Blitzkraft-Werke errichtet worden. Links davon klaffte die Schneise des Verladebahnhofs in der Landschaft und dahinter begann das Flugfeld. Evelyn merkte sofort, dass etwas nicht stimme. Da lagen Rauchschwaden in der Luft. Kaum mehr als ein paar Fetzen, die sich über dem Flugfeld verloren, aber genug, dass Evelyn sicher war.

»Komm, schnell!«, trieb sie Maria zum Laufschritt an und rannte den Abhang hinunter, ohne ihre protestierenden Oberschenkelmuskeln zu beachten.

Rauch konnte alles bedeuten, von einem harmlosen, detonierten Blindgänger bis zu einem Heckenschützen-Nest, wo Soldaten mit den großen Waffen spielten. Es herrschte kaum ein Überblick über die Granatwerfer, Maschinengewehre und Mörser in den Arsenalen der Soldaten, zumindest hatte Fatso Kurt das erzählt.

»Was ist denn los?«, keuchte Maria im Rennen. »Ist deinem Freund was passiert?«

»Ich weiß es doch nicht«, gab Evelyn zurück und sprang am

Fuß der Steigung über die ersten Gleise. Die meisten von ihnen führten nirgendwo mehr hin, außer unter die Schuttlandschaft. Sie horchte auf Schüsse, Schreie, irgendetwas, doch es war still.

Wenn auf dem Flugfeld etwas passiert war, versteckte Kurt sich wahrscheinlich hier auf dem Verladebahnhof. Sie hatten schon vor Wochen einen der Waggons als Notfalltreffpunkt festgelegt.

»Warte hier auf mich«, zischte sie und drückte sich durch einen Spalt, wo die ersten entgleisten und umgekippten Waggonketten den Weg blockierten. Mit klopfendem Herzen kämpfte sie sich Stück für Stück durch das Labyrinth. Nach Kurt zu rufen wagte sie nicht. Als sie meinte, Stimmen zu hören, hielt sie kurz inne. Doch die Geräusche klangen weit weg und vielleicht waren es auch nur Vogelschreie.

Langsam schlich Evelyn an einer Reihe Güterwaggons vorbei, auf denen großflächige Kriegspropaganda prangte. *Abram – Schutzautomat* war neben der Darstellung eines Golems wie dem zu lesen, der den Keller über ihr und Maria zum Einsturz gebracht hatte. *Eva – Menschmaschine* stand auf dem Waggon daneben, zusammen mit den Konturen einer Frau, die Maschinenteile am Körper hatte: ein Okular statt dem rechten Auge, ein rechter Arm, der aus Gestänge zu bestehen schien und in einer Art Kanone statt einer Hand mündete, und klobige Panzerstiefel, aus denen Flammen nach unten schossen, als könne sie damit fliegen. Es gab Gerüchte, dass sich in den Bunkern unter dem Husarenquartier in Aspern noch eine Art letzte Widerstandszelle für den großen Mann versteckt hielt, zusammen mit allen möglichen Wunderwaffen. Doch die Husaren ließen nichts von dem, was in Aspern passierte, nach außen dringen, und bislang hatte kein Soldat je eine *Eva* auf dem Schlachtfeld gesehen.

Was in Aspern vorgehen mochte, faszinierte viele Runner. Doch bei Evelyn steckte mehr dahinter. Noch immer träumte sie nachts manchmal von dem bernsteinfarbenen Licht, das während ihrer Zeit im Koma durch ihre geschlossenen Lider gedrungen war. Es war eines der wenigen Dinge, an die sie sich noch erinnerte. Was immer in Aspern mit ihr passiert war, Evelyn war sich ziemlich sicher, dass es keine normalen Ärzte gewesen waren, die sie dort behandelt hatten.

Unten auf den Waggons las Evelyn im Ducken einen Firmennamen, auf den man in den Kriegswerkstätten unter der Erde öfter stieß. *Umbra Schwermaschinenbau.*

Evelyn erhaschte einen Blick zwischen den Waggons hindurch auf die andere Seite. Dort befand sich der rot lackierte Kohlenwaggon, der mit der Öffnung in ihre Richtung gekippt lag – und in seinem Schatten stand Kurt.

Voller Erleichterung wollte Evelyn gerade zwischen den Waggons hindurchschlüpfen, als sie bemerkte, dass Maria ihr nachkam. Das Mädchen huschte in gebückter Haltung zwischen den Waggons hervor und schloss zu ihr auf.

»Ich hab gesagt, du sollst warten«, zischte Evelyn. Sie hatte Kurt vorbereiten wollen, bevor sie ihm Maria präsentierte.

»Und ich hab mich dagegen entschieden«, erwiderte diese kühl und riskierte ebenfalls einen Blick zwischen den Waggons hindurch. »Ist er das?«

»Ja«, erwiderte Evelyn, ohne den Hickhack fortzuführen. Sie war zu froh darüber, Kurt zu sehen. »Komm mit.«

Als Kurt Evelyn entdeckte, schien auch ihm ein Stein vom Herzen zu fallen.

»Hey«, begrüßte er sie. »Warum hast du so lange gebraucht? Und wer ist das?«

»Maria«, antwortete Evelyn für die Schai. »Meine Mutter hat mich zum Klopfen mitgenommen und die Husaren haben mich geholt, um sie aus einem Keller hochzubringen. Aber wir sind geflohen.«

Kurts besorgter Blick wanderte sofort in die Richtung, aus der sie gekommen waren.

»Wir haben sie abgeschüttelt«, versicherte Evelyn, »beim Flakturm. Was ist hier passiert?«

»Ach, ein paar Typen haben mir aufgelauert«, erklärte Kurt düster. »Ich hatte Glück, dass ich sie mit einem Blindgänger losgeworden bin, aber sie sind bestimmt noch hier. Ich hab nur noch auf dich gewartet.« Sein Blick sprang zwischen ihnen hin und her und er wusste offensichtlich nicht so recht, wie er mit der Gegenwart der Schai umgehen sollte. »Was … habt ihr vor?«

»Maria hat einen Goldanhänger, den sie loswerden will. Wahrscheinlich sind die Husaren scharf darauf und ich hab gesagt, wir können ihr was dafür geben, was sie leichter verkauft kriegt.«

Kurt sah sie verwirrt an.

»Wir sind keine Hehler.«

»Ich weiß«, erwiderte Evelyn, doch ehe sie ihm einen Hinweis darauf geben konnte, dass es nicht *irgendein* Anhänger war, hörte sie wieder die Rufe. Es waren definitiv keine Vögel.

»Das sind sie«, erklärte Kurt. »Es sind Spinner, mit denen ich beim Jung-Heer war, und sie sind bestimmt stinksauer. Kommt mit!«

Während Kurt zwischen den Militärwaggons hindurch den Weg einschlug, den sie gekommen waren, spitzte Evelyn die Ohren. Die Stimmen kamen näher.

»Halt ihn gut fest!«, rief einer.

»Was machen wir jetzt mit ihm, Hannes?«

»Wir lassen ihn bluten. Der kommt gerade recht.«

Evelyn folgte den beiden anderen hastig zwischen den Waggons hindurch und hielt Kurt zurück.

»Warte. Was passiert da?«, zischte sie. »Wen haben sie?«

»Sie müssen den Deserteur gefunden haben«, gab Kurt mit unbehaglicher Miene zurück. »Ich hab ihn vorher auf dem Flugfeld gesehen, als der Blindgänger ihn aufgescheucht hat, und dann noch mal zwischen den Waggons. Wahrscheinlich wollte er sich da verstecken, aber sie haben ihn wohl entdeckt.«

»Was ist, bist du stumm?«, tönte es aus einiger Entfernung.

»Da!« Es folgte ein Laut wie von einem Schlag, doch kein Aufschrei.

Evelyn blickte sich schon nach einem Aussichtspunkt um.

»Tu's nicht«, sagte Kurt eindringlich. »Er ist selbst schuld, wenn er so unvorsichtig ist. Hannes hasst die Besatzer.«

»Ich schau nur mal, ob ich einen Blick auf sie kriege«, erwiderte Evelyn und wandte sich zurück zu dem Waggon mit dem abgebildeten Golem.

»Sei vorsichtig!«

Sie fand Halt an einem angeschraubten Griff und einem der Verstärkungsstreben des gepanzerten Güterwagens. Als sie über das Dach hinweglugte, sah sie zunächst niemanden.

»Hier hast du noch eine!«

Ein zweites Klatschen schallte zwischen den Waggons hervor und Evelyn meinte, die Richtung erkannt zu haben. Sie zog sich vollends auf das Dach und schlich geduckt nach vorn.

»Evelyn«, zischte Kurt von unten, doch sie achtete nicht darauf. Weglaufen konnten sie immer noch und vielleicht gab es ja sogar etwas, das sie für das Opfer tun konnten. Immerhin hatte sie Kurt kennengelernt, indem sie ihm aus einer ganz ähnlichen Lage geholfen hatte.

Vorsichtig stieg sie hinab auf den nächsten Waggon, der umgekippt war. Ein Gleiter mit montierten Maschinengewehren war auf der Seitenwand zu sehen, die sich nun obenauf befand. *Ikarus – Rächer der Lüfte*. Noch ein Umbra-Wagen. Von hier aus entdeckte Evelyn Gestalten an einer gepanzerten Güterlok.

Ein Junge von Kurts Größe und Statur ballte eben die Faust. Ihm gegenüber hielten zwei den Deserteur gepackt, den Kurt gemeint haben musste. Und oben auf der mattschwarzen Lok, an deren Seite sie ihn festhielten, huschte ein kleines Wiesel mit schneeweißem Fell hektisch umher und blickte dabei zu ihr herüber. Es stellte sich sogar auf die Hinterbeine und reckte den langen Körper, als versuche es abzuschätzen, was Evelyns Auftauchen bedeutete.

Die Faust schoss vor und traf das Gesicht des Deserteurs. Er konnte sich nicht schützen, denn sie hielten ja seine Arme hinter den Schultern zurück. Evelyn spürte Wut in ihrem Bauch aufflammen. Jetzt wollte sie erst recht nicht mehr einfach abhauen und das Opfer den Schlägern überlassen.

»Geh hoch und halt ein Auge offen«, nickte der Schlagende einem seiner Gehilfen zu, während er die Hand ausschüttelte. »Das kann ein bisschen dauern.«

Der junge Deserteur wand sich, kam aber nicht los, während der Angesprochene behände die schlüpfrige Außenwand der Güterlok erklomm.

Das Wiesel huschte vom Waggon und auch Evelyn kroch hastig rückwärts, um nicht entdeckt zu werden. Die Gestalt richtete sich zwischen den flachen Dampf- und Rauchlöchern der Lok auf. Es war ein Junge in ihrem Alter. Seine Kleidung sah ziemlich mitgenommen aus, Kurt hatte von einem losgegangenen Blindgänger gesprochen, und auch sein Gesicht war schmutzig.

»Evelyn«, rief Kurt plötzlich erschrocken und laut vernehmlich und der Kopf des Jungen ruckte herum.

Ein Zischen raste aus der Luft heran und ein Schatten glitt erst über sie, dann über Waggons und Erde hinweg und schließlich über den Jungen dort drüben. Und ehe sie begriff, was geschah, donnerten schon die Schüsse los. Ihr Gegenüber zuckte ein paar Mal und brach dann auf dem Waggon zusammen, wie eine Marionette, deren Fäden jemand durchgeschnitten hatte.

VI

LEONOW

Runter! Auf den Boden!

Leonow zögerte keine Sekunde, als er Minkas Warnung hörte. Mit seinem ganzen Körpergewicht ließ er sich zu Boden fallen und der Kerl hinter ihm stolperte nach vorn. Leonows Arme verdrehten sich im Haltegriff hinter seinem Rücken, bis seine Schultern vor Schmerz brannten. Doch es war nichts gegen das Pochen in seiner rechten Gesichtshälfte, wo der andere ihn mit der Faust geschlagen hatte. Was für eine Schande, dass ihn diese Jung-Heer-Fanatiker in die Finger bekommen hatten.

Die krachenden Schüsse aus der Luft ließen Leonow ebenso wie seinen Hintermann zusammenzucken. Doch dank Minkas Warnung fing sich Leonow schneller wieder und riss sich mit aller Kraft los. Noch im Fallen drehte er sich auf den Rücken und starrte in den Himmel, gebannt von dem, was er dort sah: Drei Meter über ihm stand ein Halbengel in der Luft. Seine Flügel waren gespreizt, um seinen Sturzflug abzufangen, und vom Sonnenlicht geblendet sah Leonow ihn nur als schwarze Kontur mit leuchtend durchscheinenden Federn. Die Maschinenpistolen in seinen Händen schwiegen nur kurz, nachdem er den Jungen auf dem Waggon niedergestreckt hatte. Schon sah Leonow die Bewegung, als er die Waffen zu ihnen herunterschwenkte und erneut feuerte.

Leonow riss sich zusammen und warf sich zur Seite. Er spürte die Erschütterungen, als die trommelnden Schüsse in den Boden einschlugen. Kriechend und krabbelnd versuchte er, nur irgendwie wegzukommen. Leonow hörte Schreie, darunter seltsamerweise auch die Stimme eines Mädchens. Auf seinem Weg hierher hatte er ein paar Schlachtfelder erlebt – den Lärm, den Geruch der feuernden Waffen und den metallischen Geschmack von Panik auf der Zunge –, doch er glaubte nicht, dass man sich daran gewöhnen konnte.

Steh auf! Jetzt!, drang Minkas Stimme in seinen Kopf, und Leonow rappelte sich hoch. Die Schüsse dröhnten erneut. Weiter! Er musste in die Deckung des umgekippten Waggons kommen.

»EVELYN!«, brüllte eine weitere Stimme aus der Richtung, in die er sich gerade wandte. Wie viele Leute steckten denn noch zwischen den Zügen?

Ein zweiter Schatten schoss über Leonow hinweg. Noch ein Halbengel in der Luft? Die Schüsse ratterten schon weiter.

Über den Waggon! Das Mädchen, folg ihm!

Minka hatte offensichtlich einen besseren Überblick über die Situation. Leonow sprang und krallte sich an der Oberseite des Panzerstahlwaggons fest. Er zog sich hoch und erblickte auf der anderen Seite gerade noch jemanden, der sich zwischen der nächste Wagenreihe hindurchdrückte und verschwand.

Hinter ihm gellten Todesschreie und Leonow sprang vom Wagen, rollte sich auf der Erde ab und sprintete weiter. Minka war schon an seiner Seite und huschte unter den Waggons hindurch voraus.

Beeil dich, sie sind schnell!

Wo kamen die Elitesoldaten des Zaren plötzlich her? Sie hatten es doch wohl kaum auf diese Wiener Halbstarken abgesehen?

Leonow drückte sich zwischen Waggonketten hindurch und sprintete. Er sah nichts mehr von den Flüchtenden, denen er folgte, doch Minka war ihm voraus und gab die Richtung vor. Mit zusammengebissenen Zähnen quetschte er sich durch Engpässe und sprang in vollem Lauf über Hindernisse – bis es schließlich nicht mehr weiterging. Leonow stoppte abrupt vor einer krummen Reihe aus zusammengeschobenen Wagen, die beim Entgleisen Wand an Wand aufeinandergepresst worden waren. Minka huschte fieberhaft von einem zum anderen, doch nicht einmal für sie gab es einen Spalt darunter, der groß genug zum Durchhuschen war.

Sie sind hier reingelaufen … wo sind sie hin?

Die Schüsse hinter ihnen waren verstummt. Leonow sah nach oben und entdeckte die zwei Flügelträger, die gerade mit kräftigen Flügelschlägen in den Himmel aufstiegen, um über dem Gelände zu kreisen. Sofort presste er sich an die Waggonwand hinter ihm. Wenn sie nicht ohnehin wegen ihm hier waren, hatten sie in jedem Fall bemerkt, dass jemand geflohen war. Und in dieser Sackgasse würden sie ihn mühelos einkesseln, sobald sie ihn erspähten.

»Wir müssen zurück«, zischte er Minka zu und wollte schon über die Gleise den Rückweg antreten, um sich so schnell wie möglich ein Versteck zu suchen.

»Ssst, hier lang!«, ertönte plötzlich die Stimme eines Jungen.

Ehe Leonow verstand, was geschah, reagierte Minka bereits. Eine abgerissene Stahlplatte hatte sich leicht vom Boden angehoben und darunter kam eine Stirn voll kurzer, struppiger Haare und ein Paar Augen zum Vorschein.

Minka huschte darauf zu und verschwand unter der Platte. Leonow stürzte ebenfalls auf das Loch zu, das darunter verborgen gewesen war. Die beiden Soldaten am Himmel schienen ihn noch nicht entdeckt zu haben. Als der Junge den Weg freigab, kroch Leonow rückwärts in die Dunkelheit hinab und schloss die Klappe über sich.

Sie sind zu dritt. Es ist ein Tunnel, wahrscheinlich mit einem zweiten Ausgang.

Minka war wie immer seine Augen und Ohren in der Dunkelheit, doch Leonow musste erst einmal tief durchatmen. Sein Herz trommelte gegen seine Brust und sein Hemd klebte ihm schweißnass am Körper.

»Du gehörst nicht zu ihnen, oder?«, fragte der Junge, der ihn heruntergelotst hatte, mit deutlicher Furcht in der Stimme.

»Nein«, antwortete Leonow wahrheitsgemäß und war froh um seine Deutschkenntnisse. »Ich bin als Soldat hergekommen ... aber ich bin keiner mehr.«

»Weißt du, was sie hier wollen?«, hakte der Junge weiter nach. »Was war das für ein Angriff?«

Ehe Leonow etwas erwidern konnte, antwortete eine Mädchenstimme von weiter vorn.

»Sie waren hinter mir her.« Sie klang, als hätte sie Mühe, nicht die Beherrschung zu verlieren. »Bitte, wir müssen weiter!«

Der Junge zögerte kurz, dann gab er schließlich nach. »Okay, hier lang.«

Leonow kroch hinter ihnen her und Minka kam bald wieder an seine Seite. Es war so eng, dass Leonow auch auf allen vieren immer wieder mit dem Kopf anstieß und ihm Erde in den verschwitzten Nacken rieselte.

Weiter vorn wird es besser. Es ist wirklich ein Ausweg.

»Was ist das für ein Gang?«, fragte Leonow.

»Wir wissen nicht, wer ihn gegraben hat«, erwiderte der Junge vor ihm, »aber wir benutzen ihn oft. Er ist eine Verlängerung der Wartungsgräben im Flugfeld, die sie für die fliegenden Festungen gebaut haben. Sie sind alle von Trümmern verschüttet, aber es gibt Ausgänge.«

Der Untergrund wechselte bald von Erde zu rauem Beton und der Tunnel schien sich auszuweiten, doch es ging weiterhin nur kriechend vorwärts. Licht fiel durch enge Spalte in der

Trümmerdecke über ihren Köpfen und Leonow sah zumindest Umrisse im Dunkeln.

»Pass auf, dass du dir nicht an irgendwas die Hände aufschneidest«, riet ihm sein Führer. Dann rief er nach vorne. »Evelyn, warte!«

Die beiden anderen ließen sie aufschließen.

»Alles okay?«, erwiderte die Stimme eines Mädchens. Die zugehörige Gestalt taxierte Leonow in der Dunkelheit.

»Ja«, antwortete der Junge, »schaut oben erst, ob die Luft wirklich rein ist.«

»Und nehmen wir ihn dann mit zum ...«

»Nein«, schnitt er ihr nervös das Wort ab. Offensichtlich wollte er nicht, dass Leonow zu viel hörte. »Nur so weit, dass wir in Ruhe reden können.«

Sie kletterten nacheinander an einer Reihe Metallstangen in einen Betonschacht hoch, der wie ein Strohhalm durch die Trümmerdecke an die Oberfläche führte. Minka erreichte das Tageslicht vor ihm.

Nichts am Himmel. Wir sind ihnen entkommen.

Leonow war erleichtert, als auch er der Luke auf dem verwüsteten Flugfeld entstieg. Seit Fabergés Keller konnte er es nur schwer ertragen, unter der Erde eingesperrt zu sein.

»Weiter«, bat das Mädchen, das behauptet hatte, die Halbengel hätten es auf sie abgesehen. »Wir sind noch nicht weit genug.«

Seinem Gesichtsschmuck nach schien es aus dem Flussvolk zu stammen, das im Frühjahr oft bis nach Zarysin vordrang. Leonow selbst hatte ein paar Mal ihre Musik aus der Ferne gehört, aber der Gutsherr hatte jeden verprügeln lassen, der ihnen zu nahe kam. Zwischen ihrem verwahrlosten Haar und all dem Schmuck blieb er an ihren Augen hängen. Sie waren groß und dunkel und es lag eine Rastlosigkeit darin, die Leonow nur zu gut kannte.

Das zweite Mädchen war etwas jünger und hatte wirres, rotbraunes Haar und ein Tuch um den Hals, wie es auch der Junge trug.

»Da lang«, zeigte dieser in Richtung der großen Türme, die Leonow schon von der Anhöhe aus entdeckt hatte. Der Junge war als Letzter aus der Luke gestiegen und verschloss sie gerade, sodass sie sich ähnlich unsichtbar in die Trümmerlandschaft fügte, wie der Tunneleingang zwischen den Waggons.

Minka kam zurück an Leonows Seite, während sie auf die großen, zylinderförmigen Türme zuliefen. Ihre Ausmaße wurden immer größer: Die vier Stumpen ragten gewiss über fünfzig Meter in die Höhe, waren dabei aber so breit gebaut, als hätten es zweihundertfünzig Meter werden sollen. Ihre Dächer waren kuppelförmig und aus grün angelaufenem Metall gefertigt. Ganz oben und mittig auf den Kuppeln thronte jeweils ein Glas-Rondell wie die Spitze eines Leuchtturms.

Das Mädchen mit dem wirren Haar legte ein strammes Tempo vor, aber der Junge rannte irgendwann zu ihr nach vorn und bremste sie. Noch bevor sie die Türme ganz erreicht hatten, machten sie Halt im Schatten einer langen Reihe von Ziegelstapeln, säuberlich aufgeschichtet von Trümmerarbeitern.

Das Mädchen sank zu Boden, um sich zu erholen. Auch Leonow musste erst mal wieder zu Atem kommen. Er ertappte sich, wie er dabei wieder das Flussmädchen betrachtete, und wandte hastig den Blick ab.

Was ist mit dir? Was hast du?

Leonow schüttelte nur rasch den Kopf und sank in die Hocke, sodass Minka leichter auf seine Schulter klettern konnte. Die drei anderen beobachteten es fasziniert.

»Was war das eben?«, wandte der Junge sich dem Flussmädchen zu. »*Die* haben euch gejagt?«

»Nein«, erwiderte das rothaarige Mädchen vom Boden aus. »Sie hatten keine Flügel und wir hatten sie abgeschüttelt. Ganz sicher.«

»Es tut mir leid«, sagte das Flussmädchen. Es war ganz bleich und wirkte ohnehin, als habe es seit Wochen keine richtige Mahlzeit bekommen. »Sie sind hinter mir her. Wahrscheinlich haben sie uns aus der Luft gesucht.«

»Warum?«, mischte Leonow sich ein. »Wer seid ihr alle?«

Streng genommen ging es ihn nichts an. Sie hatten ihm den Ausweg gezeigt und nun schienen sie vorerst in Sicherheit zu sein. Er hätte sich also ebenso gut verabschieden können. Aber er wollte wissen, warum die Elitekämpfer des Zaren hinter diesen drei her waren.

Maria begegnete nur zögerlich seinem Blick und er erkannte mit mulmigem Gefühl den Argwohn in ihren Augen. Sicher lag es an der verdammten Militärhose, die er noch immer trug.

»Ich bin kein Soldat mehr«, versuchte er unbeholfen zu beschwichtigen. »Sie hätten mich auch getötet, wenn ihr mir nicht geholfen hättet. Ich heiße Leonow, das ist Minka.«

»Wir sind Runner«, erwiderte Kurt frei heraus und deutete auf das rothaarige Mädchen. »Evelyn und ich.«

Leonow hätte es sich denken können. Nicht nur wegen der Tücher, sondern auch, weil sie sich so gut in diesem Sperrgebiet auskannten. Runner gab es überall in den zerbombten Städten und zwischen den hastig aufgegebenen Schützengräben. Die Husaren hatten einen weniger schmeichelhaften Namen für sie als die Amerikaner. Sie nannten sie *Krysy* ... Ratten ...

»Maria glaubt, dass die Soldaten sie wegen einem Anhänger verfolgen«, erklärte Evelyn, als das Flussmädchen weiter schwieg.

»Ich *weiß* es«, stellte Maria richtig und warf ihr einen verärgerten Blick zu.

Dann griff sie in die Tasche und holte etwas golden Glänzendes hervor. Als sie die Hand öffnete, traute Leonow seinen Augen nicht und der Gedanke, die drei zu verlassen, verschwand so schnell, wie er gekommen war.

Als Leonow den Reliktanhänger erkannte, wurde ihm sofort wieder das leichte Drücken der kleinen Hermelinfigur an seinem Bauch bewusst. Minka fuhr auf seiner Schulter aufgeregt ihre Krallen aus.

»Darf ich?«, fragte Kurt im Aufstehen und Maria streckte bereitwillig die Hand aus.

Auch Evelyn rappelte sich auf. Als Kurt den Anhänger an der filigranen Kette von Marias Handfläche hob, klappte der mittlere Goldring in die Waagrechte und der innerste mit dem verstärkenden Prometheus-Kreuz pendelte sacht hin und her.

Leonow stand wie vom Donner gerührt. Er war seit seinem Aussetzer bei Fabergé keinem der Anhänger mehr so nahe gewesen.

»Und du willst ihn tauschen?«, fragte Kurt Maria mit einem Stirnrunzeln.

»Vielleicht könnten wir dir zwei oder drei kleinere Sachen dafür geben, die wir gefunden haben«, bot Evelyn sofort an. »Die kannst du leichter verkaufen.«

»Na ja«, sagte Maria zögerlich. »Es … es ist mehr als nur Schmuck, glaube ich.«

»Was meinst du?« Im Gegensatz zu Kurt war Evelyns Aufregung spürbar. »Wo hast du es genau her?«

In Leonows Kopf rasten die Gedanken. Jetzt ahnte er, worauf es die Flügelträger abgesehen hatten. Welcher von Fabergés Schülern hatte seinen wertvollsten Besitz verloren? Und wie war dieses Mädchen, Maria, daran gelangt?

Maria wich der Frage aus. »Ich … es ist auch nicht so wichtig«, tat sie ihren Satz ab und machte einen nervösen Schritt von Evelyn zurück. »Wenn ihr mir kleine Goldsachen dafür gebt, ist das okay.«

Minka wuselte unruhig hinter Leonows Nacken auf seine andere Schulter. Leonow holte tief Luft. Er entschloss sich, etwas zu riskieren, bevor dieser Handel über die Bühne ging, ohne dass er irgendetwas damit zu tun hatte.

»Wisst ihr überhaupt, was das ist?«, unterbrach er das Gespräch der drei. »Das ist ein Relikt – der Anhänger eines Halbengels.«

Evelyn blickte ihn an, als hätte sie eben erst bemerkt, dass er noch da war.

»Nicht so wie die, die uns aus der Luft angegriffen haben«, sprach Leonow einfach weiter. »Es gibt auch Halbengel ohne Flügel. Ich kenne sie aus Zarysin. Wenn sie wirklich wissen, dass du es hast, Maria, dann seid ihr nirgendwo sicher.«

»Ein Relikt?«, fragte Kurt fasziniert. Er betrachtete die schwebenden, goldenen Ringe. »Und was tun sie damit?«

»Wenn ihr wollt, dann zeig ich's euch«, bot Leonow an und streckte mit klopfendem Herzen die Hand danach aus.

Im selben Moment begannen die Ringe zu Leonows eigener Überraschung, sich gegeneinander zu drehen. Erst langsam, wie von einem Windhauch bewegt, doch sie beschleunigten rasant und Kurt machte große Augen.

»Nein!« Maria riss Kurt die Kette des Anhängers aus der Hand und ging auf Abstand zu Leonow. »Du – du bist einer von ihnen!«

Leonow hob in einem verzweifelten Beschwichtigungsversuch die Hände. »Ihr habt's doch gesehen. Ich bin kein Soldat mehr.«

Er hatte selbst nicht mit der Reaktion des Anhängers gerechnet. Hatte Lyskom ihm nicht damals erzählt, jeder Halbengel könne nur mit dem für *ihn* bestimmten Relikt etwas anfangen?

Maria stand das pure Entsetzen ins Gesicht geschrieben und Leonow verfluchte sein überhastetes Vorpreschen.

»Dann erklär uns, was das war«, verlangte Kurt stirnrunzelnd. »Wer bist du wirklich?«

»Ich hab so etwas schon mal gesehen«, warf Evelyn verwirrt ein. »Beim großen Mann auf dem Flugfeld, als er verhaftet worden ist. Du warst nicht dort, Kurt, oder?«

»Nein«, antwortete dieser. »Ich hab davon gehört ... aber das hier hat doch nicht dem großen Mann gehört, oder?«

Kurt sah Leonow skeptisch an.

»In Zarysin gab es einen Halbengel«, holte Leonow aus und richtete seine Worte vor allem an Maria, die noch immer zur Flucht bereit schien. »Er war reich und mächtig und hatte Schüler mit solchen Anhängern. Daher kenne ich sie.«

»Darf ich?«, drängte Evelyn Maria und diese gab ihr tatsächlich die Kette mit dem Goldring.

Evelyn nahm ihn beinahe andächtig entgegen und bewegte vorsichtig die Feinmechanik der drei Goldringe. Sie wirkte dabei verloren wie in einem Traum. Als sie den mittleren Ring anschlug, kreiselte er kurz, wurde langsamer und kam dann wieder zum Stehen. Sie sah auf und schien fast enttäuscht. Leonow setzte eben dazu an, etwas zu sagen, doch er kam nicht mehr dazu.

»Nein!« Das Entsetzen war zurück auf Marias Zügen und Leonow folgte ihrem Blick.

Von der anderen Seite der Ziegelstapel, noch etwa fünfzig Meter von ihnen entfernt, kam ein Soldat auf sie zu. Er trug einen Militärmantel und ging gemessenen Schrittes, als wüsste er, dass es diesmal kein Entkommen für sie gab. Und aus dem Himmel schossen links und rechts von ihm die beiden Halbengel herab.

Maria rannte los, ungeachtet dessen, dass der Anhänger noch immer in Evelyns Händen lag.

»Nicht!«, rief Leonow, aus Angst, dass die Soldaten sofort das Feuer auf sie eröffnen würden.

Dieses Mal wurde er nicht vom Gegenlicht geblendet und er sah die Stellen, wo die mächtigen Schwingen den Männern über den Schulterblättern aus dem Rücken wuchsen. Er sah, wie sich die Federn an den Flügelspitzen aufspreizten und im Wind flatterten.

Die Flügelträger schossen nicht, doch sie würden sie in Sekunden erreichen.

»Runter«, brüllte Kurt und riss Evelyn mit sich.

Leonow stand wie erstarrt. Sein Blick kehrte zu dem Soldaten im Mantel zurück und seine Lippen bewegten sich fast ohne sein Zutun: »Lyskom …«

VII

EVELYN

Evelyn warf sich mit Kurt hinter die Ziegel. Maria rannte, doch es würde ihr auf der offenen Ebene kaum etwas nützen. Nur Leonow blieb einfach stehen. Das Wiesel huschte von seiner Schulter, doch der Junge aus dem Zarenreich, der ihr immer größere Rätsel aufgab, schien wie versteinert.

Schon hörte Evelyn das Rauschen der Flügel, das sofort die Todesangst aus dem Verladebahnhof zurückbrachte. Als die Soldatenstiefel auf der Mauer aufsetzten, bröckelten Ziegel auf sie in ihrer gebückten Haltung herunter. Dann wurden sie gepackt, in die Höhe gezerrt und zurückgeschleudert.

Sie wollte sich aufrappeln, doch ein Tritt in die Seite warf sie wieder zu Boden. Nach Luft schnappend krümmte sie sich zusammen. Der Soldat, der vorhin ohne Vorwarnung die Jungen zwischen den Waggons niedergeschossen hatte, stand mit einem triumphierenden Gesichtsausdruck über ihr und Wut und Verzweiflung durchströmten sie gleichermaßen.

»Lyskom«, rief Leonow irgendetwas in seiner Muttersprache. Der zweite Halbengel war zu Maria weitergeflogen, um sie einzufangen. Sie kreischte und wehrte sich, doch es half alles nichts. Er schleifte sie einfach mit sich zurück.

»Lyskom!«, rief Leonow erneut und schob einen ganzen Satz nach.

Evelyn verstand kein Wort, aber ihrem Bewacher schien es nicht zu gefallen, denn er trat zu Leonow herüber und schlug ihm die Maschinenpistole ins Gesicht. Leonows Kopf flog zurück und er riss die Arme zum Schutz hoch.

In diesem Moment tauchte der Dritte hinter der Ziegelmauer auf, der die letzten Meter im Laufschritt überwunden hatte. Es war der Soldat, der Evelyn vom Trümmerdienst geholt und zu Maria in den Keller hinuntergeschickt hatte. Maria hatte recht gehabt. Es *waren* ihre Verfolger.

»Leonow«, brachte der junge Soldat erstaunt hervor und Leonow redete trotzig weiter, obwohl seine Nase und Lippe blutverschmiert waren, als er die Arme vom Gesicht nahm.

Der zweite Halbengel war mittlerweile mit Maria zurück und schubste sie neben Evelyn zu Boden. Auch er mischte sich in das Gespräch ein und bedrohte Leonow mit der Waffe.

»Hey …«, keuchte Evelyn und wünschte sich, sie hätte die Sprache ihrer Besatzer verstanden. Was das anging, hatte Kurt ihr zumindest ein klein wenig voraus. »Was reden sie?«

»Sie kennen sich«, erwiderte Maria atemlos an Kurts Stelle. »Er ist einer von ihnen, wie ich gesagt habe. Aber sie streiten.«

Nicht nur Leonow, auch die Soldaten untereinander stritten immer heftiger, so lange, bis der Jüngere, den Leonow die ganze Zeit über ansprach, dem Flügelträger direkt ins Gesicht schrie. Er teilte mit der Rechten seinen Mantelkragen und griff demonstrativ nach etwas, das unter seinem Uniformhemd verborgen sein musste, ohne es zu offenbaren.

Evelyn war erstaunt über seinen Mut. Sie hatte ihn zu Anfang noch für einen unerfahrenen Sprössling aus gutem Haus gehalten, doch der Halbengel spießte ihn förmlich mit seinen Blicken auf, und der Jüngere ließ sich nicht einschüchtern. Er erteilte in ruhigem Ton einen Befehl und Leonow meldete sich wieder zu Wort. Er klang ängstlich.

»Sie wollen uns mitnehmen«, erklärte Maria verzweifelt, »zu ihren Befehlshabern ins Husarenquartier.«

»Nach Aspern?«, erwiderte Evelyn erschrocken.

Maria nickte unheilvoll.

»Dann können sie uns auch gleich hier erschießen«, stöhnte Kurt.

Einer der Halbengel bückte sich gerade nach ihm und zerrte ihn wieder auf die Beine. Die Furcht krallte sich in Evelyns Brust, als sie begriff, dass es nichts mehr gab, was sie dagegen tun konnten. Sie hatte immer den Drang verspürt, nach Aspern zu gehen und herauszufinden, was dort mit ihr geschehen war. Doch egal, ob als Nightrunner, der sein Glück in den verworrenen Bunkern auf die Probe stellen wollte, oder als Gefangener, verschleppt von den Husaren in ihr Hauptquartier: Wer nach Aspern ging, kehrte nicht zurück.

»Sie *wollten* euch erschießen«, antwortete Leonow selbst mit erschöpfter Stimme. »Es tut mir leid ... Lyskom hat versucht, uns zu helfen.«

Evelyn begriff, dass das der Name des jungen Soldaten sein musste. Sie verstand nur nicht, warum Leonow Hoffnungen in ihn gesetzt hatte. Sie selbst hatte vor Kurzem mit einer Blitzkraft-Waffe zu spüren bekommen, dass er nicht weniger rabiat mit Gefangenen umging als seine Kameraden. Evelyn stützte sich auf, um hochzukommen, ehe die groben Halbengel sie auf die Beine zerren konnten. Dabei spürte sie zum ersten Mal wieder bewusst den Anhänger, den ihre Hand noch immer umklammert hielt. Als Maria ihn ihr gegeben hatte, hatte sie schnell gemerkt, dass es nicht der ihres Vaters war. Obwohl sie sich glichen wie ein Ei dem anderen. Ein Relikt – hatte ihr Vater gewusst, was er da besaß?

»Was ist, wenn wir ihnen geben, was sie wollen?«, fragte sie hoffnungsvoll. »Vielleicht lassen sie uns dann laufen?«

»Es hat keinen Zweck«, schüttelte Leonow den Kopf.

»Versuch es doch wenigstens«, flehte Evelyn, doch der

Halbengel vor ihr machte schon einen drohenden Schritt auf sie zu und hob die Hand.

»Haltet endlich den Mund«, blaffte er sie in ihrer Sprache an und Evelyn wich zurück.

Sie bemerkte dabei eine Bewegung zwischen den Ziegeln vor ihnen. Es war der kleine, weiße Wieselkopf von Leonows Tier, der dort hervorlugte. Der Halbengel folgte ihrem Blick, doch das Wiesel hatte sich schon wieder versteckt.

»Rühr dich nicht«, knurrte er dennoch und ging auf die Ziegel zu.

Evelyn dachte sich nichts dabei. Wenn der Soldat es entdeckte, war es für ihn doch nicht mehr als irgendein Tier zwischen den Trümmern. Aber als sie den Kopf zu Leonow wandte, sah sie, wie er erbleichte. Der Halbengel stieß mit dem Stiefel einen der hüfthohen Ziegelstapel nach dem anderen um. Stapel für Stapel bröckelte herunter und gleichzeitig wurde der Anhänger in Evelyns Faust plötzlich heiß und begann zu vibrieren.

Erschrocken hob sie die Faust und sah ein Glimmen, das orangerot zwischen ihren Fingern durchschien. Der Halbengel rief plötzlich etwas und klang aufgeregt. Evelyn dachte schon, er hätte ihre leuchtende Faust bemerkt. Doch als sie den Kopf hob, sah sie Leonows Tier, das zwischen den Steinen hervorgesprungen war. Es hastete bereits über die Ebene davon und der Halbengel hob die Waffe.

»Hey … hey, was …«, rief Kurt und Leonow schrie noch viel lauter in seiner Muttersprache. Er stürzte in Panik auf den Zielenden zu. Evelyn wusste nicht, was sie tun sollte. Die Situation geriet völlig außer Kontrolle und zugleich zitterte schon ihr ganzer Arm von den Vibrationen des Anhängers.

Auch der junge Soldat im Mantel trat mit abwehrender Geste zu dem zielenden Halbengel, doch der zweite packte ihn und Leonow kurzerhand von hinten und hielt sie beide zurück. Mit einem triumphierenden Grinsen visierte sein Kamerad unbeirrt das flüchtende Tier an und krümmte den Zeigefinger am Abzug seiner Waffe.

In diesem Moment brachen Leonows Schreie abrupt ab und gleichzeitig schoss der Anhänger in Evelyns Faust in die Höhe. Als ihr Arm nicht weiter folgen konnte, sprengte das Schmuckstück einfach ihren Griff. Sie spürte den schmerzhaften Ruck bis hinunter in die Schulter. Etwa zwei Meter über ihr flirrte der Anhänger so rasant in der Luft, dass sie sogar Windstöße spüren konnte, die davon ausgingen.

»Evelyn«, hörte sie Kurts hilflosen Ruf durch den tosenden Lärm und noch mehr Stimmen, die durcheinanderriefen.

Ihr Blick hing wie gefesselt an dem Flirren dort oben, das sie schon einmal nicht weit von hier auf dem Flugfeld bezeugt hatte. Und dann stoppten alle drei Ringe über ihr plötzlich mitten in ihrer stürmischen Bewegung ab, als würden sie in einen unsichtbaren Widerstand einrasten, und entluden ihre Energie in einem ohrenbetäubenden Krachen. Evelyn spürte nur noch, wie sie von einer unbändigen Kraft getroffen und niedergeschmettert wurde. Dann verlor sie schlagartig das Bewusstsein.

Als sie wieder erwachte, merkte sie sofort, dass etwas nicht stimmte. Sie hatte die Augen noch nicht aufgeschlagen und meinte, die Ziegelstapel müssten über ihr zusammengebrochen sein und auf ihre Brust drücken. Sie konnte kaum atmen unter der Last, doch als sie die Lider hochbekam, sah sie nur den Himmel hinter einem Glasdach. Sie waren im Versteck.

Die Enge in ihrem Brustkorb war so beklemmend, dass sie die quälenden Schmerzen, die von ihrem Rücken in ihre Schulterblätter ausstrahlten, zunächst kaum wahrnahm. Zudem brannte jeder Atemzug, den sie sich erkämpfte, wie Feuer in ihren Lungen. Sie kämpfte gegen den Gedanken an, doch sie *kannte* diese Schmerzen. Kurts Gesicht erschien über ihr.

»Gut«, sagte er erleichtert und lächelte müde. »Du bist wach.«

Evelyn wollte antworten, doch ihr fehlte die Luft dazu und Tränen der Verzweiflung sammelten sich in ihren Augen. Es konnte nicht sein, versuchte sie sich zu beruhigen. Sie machte sich nur verrückt. Was immer dort draußen geschehen war, mochte sie verletzt haben, aber es konnte doch nicht eine Krankheit in ihren Körper zurückgeholt haben, die bereits geheilt gewesen war.

Als sie um Luft rang, hörte sie das rasselnde Geräusch, das sie so sehr hasste.

»Schhh«, machte Kurt. »Du musst dich erst mal erholen.«

Evelyn spürte, wie eine ihrer Tränen über die Schläfe in ihre Haare rollte.

»Was ist passiert?«, bekam sie mit viel Mühe die ersten, krächzenden Worte heraus.

»Du warst komplett weg. Zuerst dachte ich ...« Er musste es nicht aussprechen. »Als der Anhänger explodiert ist, oder was immer das war, kannst du dich daran erinnern?«

»Ja.«

»Du standst ihm am nächsten. Es hat uns alle erwischt und wir waren alle ohnmächtig, aber dich hat es am schlimmsten getroffen. Lyskom, der Soldat, hat mich wach gerüttelt. Leonow war schon bei Maria und sie ist auch wach geworden. Nur die Halbengel und du lagen noch da und ich war fix und fertig.«

»Was ist mit den Halbengeln?«, krächzte Evelyn und spürte trotz ihrer Schmerzen ein Flattern im Bauch angesichts seiner Sorge um sie.

»Sie sind tot«, antwortete er mit einer Miene, als könne er es selbst nicht glauben.

»*Tot?*«, wollte Evelyn in ihrer Überraschung erwidern, doch es wurde ein Hustenanfall daraus. Ohne dass sie sich rühren konnte, krampfte sich ihr Brustkorb bellend zusammen.

»Schhh«, machte Kurt erneut.

Evelyn versuchte, ihre Lunge wieder zu normalen Atemzügen zu zwingen und den Gedanken fortzudrängen, ob sich der Anfall wie früher anfühlte. Die Halbengel – wie sollten sie tot sein? Sie waren *mehr* als Menschen.

Als Kurt weitersprach, wirkte er so erschöpft, wie sie ihn noch nie zuvor erlebt hatte.

»Wir sind in irgendwas Großes hineingeraten, Evelyn. Leonow hat zugegeben, dass er selbst einer ist. Ein Halbengel. Und Lyskom ist auch einer.«

Evelyn wollte schnauben, doch ihre Lunge war so schwach, dass Kurt es nicht einmal bemerkte. Lyskom und Leonow hatten nichts mit den erhabenen Gestalten gemein, denen sie fast zum Opfer gefallen wären.

»Du musst es von ihnen selbst hören. Ich glaube ihm. Deshalb konnte er auch das mit dem Anhänger machen.«

Evelyn sah aus dem Augenwinkel Gestalten an der Glaswand stehen, die das Versteck umgab. Sie befanden sich auf der metallenen Kuppel von Turm D, einem der vier Gasometer-Türme. Den Weg hier hinauf, über Wartungsschächte und Treppen und an Bombenlöchern vorbei, hatte Kurt schon vor Monaten gefunden. Es hatte gedauert, bis er Evelyn so weit vertraut hatte, sie hier hochzubringen. Und jetzt standen da diese drei: eine Schai, ein rätselhafter Deserteur und der Husar, der sie schon einmal fast mit einem Golem unter einer einstürzenden Decke begraben hätte, Lyskom.

»Ihr habt ihn einfach mitkommen lassen?«, krächzte Evelyn und war froh, dass die Worte hörbar waren. »Er hat uns angegriffen!«

»Die Dinge haben sich geändert.«

Evelyn wollte protestieren, doch Kurt legte seine Hand auf ihre und sie ließ es bleiben. Die Schmerzen wurden mit jeder Minute schlimmer und der Schweiß stand ihr auf der Stirn. Wie hatten die Dinge nur so schnell zum Teufel gehen können?

Evelyn spürte plötzlich eine Berührung an der Seite und das weiße Wiesel von Leonow sprang leichtfüßig auf ihre Brust. Es sah sie unerschrocken aus seinen rötlich dunklen Knopfaugen an und rollte sich dann auf ihr zusammen. Augenblicklich ließ das Rasseln von Evelyns Atemzügen nach und eine merkwürdige Ruhe breitete sich in ihr aus, die selbst die Schmerzen dämpfte. Kurt nickte ihr aufmunternd zu. Er hatte ja keine Ahnung.

Dann fielen ihr die Augen zu.

VIII

LEONOW

Leonow behielt Kurt aus dem Augenwinkel im Blick, als er sich zu Evelyn hinabbückte. Es ging ihm durch Mark und Bein, dass das Mädchen sich nach wie vor kaum rührte. Er hatte es nicht im Griff, das hatten Fabergé und die anderen schon damals gewusst. Und dieses Mal hatte er sogar gespürt, wie er die Kontrolle verlor, noch während es passiert war. Die beiden Soldaten waren tot – und Evelyn mehr tot als lebendig … aber sie hätten Minka erschossen, wenn er nichts getan hätte.

»Du warst bei der Armee?«, fragte Lyskom mit Blick auf Leonows Hose.

Sie standen an der Glaswand über der Kuppel des Gasometers, der tatsächlich einen atemberaubenden Blick über die Stadt gewährte. Maria sah hinaus und hielt Abstand zu ihnen, was Leonow noch niedergeschlagener stimmte. Er hatte ihre Miene schwer deuten können, als er versucht hatte, ihnen zu erklären, was dort unten geschehen war. Wahrscheinlich hielt sie sich nun erst recht von ihm fern, nachdem er für das Chaos und die Toten verantwortlich war.

»Ja«, erwiderte er abwesend. »Minka und ich wollten nach Westen. Das war der schnellste Weg.«

Lyskom lächelte schief. »Aber nicht der ungefährlichste.«

Leonows Blick blieb bei Kurt und Evelyn. Kurt schien bemüht, sie zu beruhigen. Sicher war sie wütend, dass Leonow sie verletzt hatte. Er war froh, als Minka zu ihr ging und ihre Schmerzen linderte.

»Wolltest du uns finden?«, fragte Lyskom.

Leonow nickte stumm.

»Ich weiß nicht, ob das eine gute Idee war«, seufzte Lyskom. »Aber jetzt ist es sowieso zu spät.«

»Was soll das heißen?«, wandte sich Leonow zu ihm um.

»Sie sind tot. Fabergé und alle anderen.«

Leonow starrte ihn an und konnte es nicht glauben.

»Ein Teil der Bunker-Werkstätten ist bei einem Bombenangriff eingestürzt«, erklärte Lyskom tonlos. »Ich war nicht dort, als es passiert ist.«

Leonow fand keine Worte. Die Suche sollte zu Ende sein, noch ehe sie richtig begonnen hatte?

»Aber was hast du dir überhaupt erhofft?«, fuhr Lyskom fort. »Glaubst du, er hätte dich mit offenen Armen empfangen?«

»Was willst du damit sagen?«

»Nach allem, was passiert ist …«, erwiderte Lyskom, »du bist noch gut weggekommen, weißt du?«

»Ihr habt mich den Soldaten überlassen«, fuhr Leonow zornig auf. »Sie hätten mich umgebracht, wenn Minka nicht rechtzeitig zurück gewesen wäre.«

»Aber Fabergé hat dir nicht genommen, wer du bist. Ich hab dir gesagt, was er mit denen tut, die für ihn keinen Wert mehr haben. Stell dir vor, er hätte dir deine Erinnerungen genommen und dich als Waisenjunge ohne Vergangenheit sitzen gelassen. Es wäre nicht das erste Mal gewesen.«

»Also soll ich dankbar sein?«, fauchte Leonow. »Was hab ich überhaupt Falsches getan? Er hat mich in die Ecke gedrängt und Joscha auf mich gehetzt. Und *keiner* von euch hat mir geholfen!«

»Du verstehst es nicht«, beschwor ihn Lyskom leise und Leonow merkte, dass Kurt bereits stirnrunzelnd zu ihnen herübersah.

»Dann erklär es mir!«, verlangte Leonow in gedämpftem Tonfall. Sein Gesicht pochte. Es schmerzte noch immer von den Schlägen, die er abbekommen hatte.

»Es ist gut, dass wir jetzt zusammen sind«, erwiderte Lyskom. »Aber was du damals gemacht hast, hätte nicht sein dürfen. Genauso wie das vorhin.«

Leonow schüttelte verständnislos den Kopf. »Bei Joscha war es doch nicht anders. Und Fabergés Konstrukt im Schlafraum …«

»Nein, das meine ich nicht. Ich hab dir doch erklärt, wie sich jeder von Fabergés Schülern seine Kräfte erkaufen und auf ein Relikt hoffen musste. Und wer kein Glück hatte, der wurde weggeschickt, allein und ohne sich an etwas zu erinnern. Noch nie hat jemand diese Grenze überwunden, verstehst du? Du hattest selbst keins, aber du hast Joschas Relikt einfach *gegen* ihn gebraucht, zusammen mit all den Verstärkern in Fabergés Werkstatt. Wir hatten Angst! Zuerst dachten wir, du hättest Joscha getötet! Und wahrscheinlich hat nicht viel gefehlt …«

»Doch nur, weil Fabergé ihn auf mich gehetzt hat«, protestierte Leonow.

»Na und?« Lyskom zog die Augenbrauen hoch. »Du konntest dich hinterher doch nicht einmal daran erinnern, was du getan hattest. Du bist gefährlich, solange du nicht damit umzugehen lernst.«

Leonow wollte weiter widersprechen, doch dort drüben lag Evelyn mit Minka auf der Brust und schien alles, was er vorbringen konnte, Lügen zu strafen.

»Vielleicht ist es besser, dass du Fabergé nicht gefunden hast«, bekräftigte Lyskom noch einmal. »Aber wir beide sollten dankbar sein, dass *wir* uns gefunden haben.«

Leonow sah Lyskoms hoffnungsvollen Blick, doch was sollte

er ihm sagen? Er wusste ja noch nicht einmal, ob er Lyskom wirklich trauen konnte.

»Lass mich kurz«, murmelte er Lyskom zu und wandte sich von ihm ab. Er ging zurück zu den Kisten, auf denen sie nach ihrer Ankunft gesessen hatten. Lyskom hielt ihn nicht auf.

Auf dem provisorischen Tisch in der Mitte lag noch immer der Anhänger, den Leonow am Ort des Geschehens aufgesammelt und hier abgelegt hatte. Nach kurzem Zögern nahm er ihn in die Hand. Er war kalt und glatt, wie die Haut einer Schlange.

»Hey.«

Leonow zuckte zusammen, als plötzlich Maria neben ihm stand, und legte den Anhänger hastig wieder hin.

»Tut mir leid«, sagte er in Erinnerung daran, wie sie hatte verhindern wollen, dass er ihn bekam. »Es ist deiner.«

»Nein …«, sagte sie in Lyskoms Muttersprache. »Schon okay. Du hast uns damit gerettet, oder?«

Sie wirkte nicht verängstigt, eher verwirrt, und das brachte das seltsame Gefühl zurück, das sie vom ersten Moment an in ihm geweckt hatte. Es war ganz anders als all die anderen Regungen, die in ihm um die Vorherrschaft stritten, doch kaum weniger bedrohlich.

»Ich weiß nicht.« Eben noch hatte Lyskom ihn eine Gefahr für jeden genannt, der ihm zu nahe kam. »Nicht so ganz.«

Sie folgte seinem Blick auf Evelyn und schien unbeeindruckt. »In Aspern hätte es uns alle schlimmer getroffen …«

Dann nickte sie verstohlen zu Lyskom hinüber. »Was ist mit ihm? Er hat mich bis hierher gejagt. Ist er jetzt auch ein Deserteur, wie du?«

»Ich weiß es nicht«, antwortete Leonow ehrlich. »Wahrscheinlich kann er so oder so nicht einfach zurück. Er müsste ihnen erst mal die zwei toten Halbengel erklären.« Ihm lief es kalt den Rücken hinunter bei dem Gedanken, dass die Begegnung zwischen Lyskom und den anderen wohl mit deutlich mehr Toten geendet hätte, wenn er nicht dabei gewesen wäre.

Lyskom schien keine Scheu davor zu haben, über Leichen zu gehen. Und Leonow hätte gern gewusst, ob unter seinem Hemd noch sein kleiner Goldfuchs hing oder ob er die Figur seiner Mutter mitsamt seiner Erinnerung an sie aufgegeben hatte, um sein Relikt zu empfangen, das so viel mehr Macht versprach.

»Ich hab nicht alles verstanden, was du gesagt hast«, holte Maria ihn aus seinen Gedanken zurück. »Du sagst, du bist einer von ihnen. Ein Halbengel.« Sie sprach dieses für sie fremde Wort mit ihrem hübschen Akzent aus, doch ihre Miene verdüsterte sich dabei. »Aber warum hilfst du uns dann? Sie sind Monster …«

»Wieso denkst du das?«, fragte Leonow verwirrt. »Wegen Lyskom?«

Sie sah ihm tief in die Augen, wie um zu erkennen, ob er sich verstellte, und Leonow bekam ganz weiche Knie davon.

»Du weißt nicht, was hier passiert ist, oder?«, fragte sie. »Was sie getan haben?« Leonow schüttelte den Kopf.

»Ich war nicht lange bei Fabergé. Erst, seit meine Mutter tot ist … und sie haben mich zurückgelassen, bevor sie hergekommen sind.«

»Dafür solltest du dankbar sein«, murmelte Maria.

»Erzählst du mir, was passiert ist?«, fragte Leonow behutsam, um sie nicht erneut zu verprellen. »Wie bist du ihnen begegnet?«

»Fabergé«, wiederholte sie den Namen von Leonows Vater. »Er ist der mit den goldenen Augen, oder?«

Leonow nickte. »Lyskom sagt, dass er tot ist. Und die anderen auch.«

Maria zeigte kaum eine Regung. Sie starrte einen Moment ins Nichts, dann schien sie zurückzufinden.

»Du solltest den Anhänger nehmen«, sagte sie bestimmt. »Vielleicht musst du uns wieder damit helfen.«

Seine Frage überging sie. Wo immer sie auf Fabergé getroffen war, vielleicht war sie noch nicht bereit, darüber zu reden, und Leonow beschloss, für den Moment nicht weiter nachzubohren.

Evelyn erwachte so schnell nicht wieder. Auch dann nicht, als Minka schließlich zu Leonow zurückkehrte. Kurt brachte ein paar Vorräte zum Vorschein, amerikanische Feldrationen, und sie stillten ihren Hunger. Leonow hatte den Anhänger an sich genommen, aber noch keine Gelegenheit gehabt, ihn genauer zu untersuchen. Irgendetwas hielt ihn davon ab, es vor Lyskom zu tun.

»Wir können nicht mehr lange hierbleiben«, drängte dieser beim Essen. »Wenn sie die Leichen von Rasben und Thrajon unten finden, dann werden sie Soldaten schicken, um die Gegend auf den Kopf zu stellen.«

»Evelyn muss sich erst erholen«, widersprach Kurt sofort.

Niemand entgegnete etwas darauf. Sie waren nun bestimmt seit drei Stunden hier und Evelyn machte nicht den Eindruck, als würde sie schnell wieder auf die Beine kommen.

»Sie könnten jeden Moment kommen.« Lyskom stand auf und ging hinüber an die Glaswand. Die riesige Kuppel des Turms unter ihren Füßen verdeckte viel von der Ebene, auf der die Gasometer standen, auch die beiden Toten waren nicht zu sehen. Doch zumindest bislang hatten sie niemanden entdecken können, der nach den Halbengeln suchte.

»Du wolltest uns umbringen«, erinnerte Maria mit heiserer Stimme. »Wer sagt, dass du uns nicht nur aus dem Versteck scheuchen willst, um uns an deine Kameraden zu verraten?«

»Woher kennt ihr euch überhaupt, Leonow und du?«, sprang Kurt ein, ehe Lyskom etwas auf Marias Anschuldigungen erwidern konnte.

»Wir sind Halbbrüder«, antwortete Lyskom von der Glaswand aus.

Maria wandte sich überrascht zu Leonow um. Es klang so falsch wie nur irgendetwas in seinen Ohren, aber er hatte recht:

Sie hatten denselben Vater, auch wenn es sich ebenso falsch anfühlte, Fabergé seinen Vater zu nennen.

»Ich hab euch doch von dem Halbengel in Zarysin erzählt«, erklärte Leonow widerstrebend. »Fabergé … Lyskom und ich waren zwei seiner Schüler und wir waren alle seine Söhne.«

»Die Soldaten haben mich erst vor ein paar Wochen in die Hände bekommen«, übernahm wieder Lyskom, vielleicht, um Leonow weitere Erklärungen zu ersparen. »Sie zwingen mich dazu, ihnen alles zu zeigen, woran wir hier gearbeitet haben.«

»Woran habt ihr denn gearbeitet?«, wollte Kurt sofort wissen.

»Waffen«, antwortete Lyskom vage. »Neue Waffen für den Krieg.«

Leonow beobachtete Maria, doch es war wieder schwer zu sagen, ob sie überhaupt richtig zuhörte.

»In Aspern?«, fragte Kurt.

Lyskom nickte. »Ja, unterirdisch. Das Oberkommando des Zaren schickt jeden Tag Leute zur Erkundung dort hinunter. Viele davon kommen nicht zurück, aber es ist ihnen egal. Sie wollen nur schneller sein als die Amerikaner und mehr von hier mitnehmen. Dieser Krieg ist vielleicht vorbei, aber irgendwann geht er woanders weiter. Die Fronten sind schon da.«

»Du sagst, sie hätten dich gezwungen«, sagte Kurt. »Aber es hat nicht so gewirkt, als wärst du ihr Gefangener.«

»Du hast doch gesehen, wie sie mich festgehalten haben«, entgegnete Lyskom. »Die geflügelten Soldaten des Zaren hassen uns. Es liegt daran, wie sie von unserem Vater verstoßen werden, während wir bleiben dürfen. Der Zar stachelt sie noch zusätzlich an. Sie hätten keinen von euch so gern umgebracht wie mich, aber der Zar will erst alles herausfinden, was ich weiß.«

Kurt ließ sich nicht beirren. »Jetzt bist du doch frei. Warum bist du dann noch hier?«

Lyskom blickte sich zu Leonow um.

»Leonow und ich werden nie irgendwo sicher sein – egal wohin wir fliehen. Und Maria und ihr auch nicht. Der Zar ist besessen von allem, was mit uns Halbengeln zu tun hat. Zusammen haben wir bessere Chancen als jeder für sich alleine. Aber wenn ihr mich loswerden wollt – dann gehe ich.«

Die Blicke der anderen wandten sich Leonow zu und er wusste, dass es an ihm war, etwas zu sagen. Sie wirkten müde und abgekämpft und draußen dämmerte es bereits.

»Was wäre denn dein Plan?«, fragte er Lyskom. »Sind wir hier in der Stadt überhaupt irgendwo vor ihnen sicher?«

Lyskom nickte in Richtung der schlafenden oder vielleicht auch bewusstlosen Evelyn. »Sie ist mit der Schai aus dem Keller entkommen. Und zwischen den Gleisen hattet ihr auch einen Ausweg. Ihr seid doch Runner, also habt ihr doch sicher noch irgendeinen Unterschlupf?«

»Keinen, in dem wir es lange aushalten könnten«, widersprach Kurt. »So funktioniert das nicht. So viele Vorräte haben wir auch nicht. Nicht einmal hier.«

Leonow glaubte nicht, dass ihre Chancen dort draußen besser standen als hier oben. Zumindest, solange Evelyn in ihrem Zustand noch eine zusätzliche Bürde darstellte. Solange noch die Chance bestand, dass sie sich erholte, sollten sie sie nutzen.

»Ruhen wir uns aus«, sagte er. »Nur ein paar Stunden. Wir haben es nötig.«

Lyskom widersprach sofort. »Wenn sie die Leichen finden, dann sind die Gasometer hier das Erste, was sie auf den Kopf stellen.«

»Dann müssen wir sehen, dass sie die Leichen nicht so schnell finden. Wir verstecken sie. Und nach ein paar Stunden Schlaf können wir immer noch aufbrechen, bevor es wieder hell wird.«

Kurt nickte zustimmend und auch Maria hatte nichts einzuwenden, also fügte sich Lyskom.

Kurt sah noch einmal nach Evelyn, dann führte er Leonow

und Lyskom auf dem wackligen Weg nach unten. Maria schien ohnehin nicht in der Verfassung für weitere körperliche Anstrengungen und blieb bei dem Mädchen.

Das Innere des Ziegelturms wurde fast zur Gänze von der metallenen Behälterglocke ausgefüllt. Es verblieb nur ein schmaler Zwischenraum zur Außenmauer für die Wartungsstege und -stiegen. Noch dazu wies Kurt sie ständig auf fehlende Stufen oder wacklige Verbindungen hin, die leicht zu einem Sturz in den Tod hätten führen können. Leonow war froh, als sie nach einiger Mühe endlich den Erdboden unter den Füßen hatten.

Über einen schmalen Durchgang traten sie nach draußen und Minka sprang von Leonows Schulter. Der Verladebahnhof und das Flugfeld dahinter boten einen weiten Blick auf den rot glühenden Horizont.

»Da vorn«, deutete Kurt auf eine Stelle an den aufgeschichteten Ziegeln, die sich weit über die Ebene zogen. Leonow hätte sie nie so schnell wiedergefunden.

Während sie sich geduckt näherten, achteten sie auf Bewegungen, Geräusche, irgendetwas. Doch es war still, als wären die Tagelöhner der Stadt bereits in ihren Löchern verschwunden, während die Gestalten der Nacht noch die Dunkelheit abwarteten.

Sie sind hier.

Minka hatte sich auf einem Ziegelstapel aufgerichtet und schnupperte in der Luft nach Gefahrenquellen. Im Näherkommen entdeckte auch Leonow die umgestoßenen Stapel, wo einer der Flügelträger Minka entdeckt hatte. Die Konturen der Toten lagen hinter der Mauer im rotblauen Abendlicht. Zwei leblose Wesen, denen man im Gegensatz zu Lyskom und ihm deutlich ansah, dass sie nur halb Mensch gewesen waren. Hier lagen sie als Feinde, aber irgendwann einmal mussten sie Jungen bei Fabergé gewesen sein. In welchem Alter hatten sich die ersten Ansätze ihrer Flügel gezeigt? Mit acht? Mit zwölf? Oder noch später? Und Fabergé hatte sie achtlos in den Zarenpalast weitergegeben.

»Wir werden es nicht schaffen, sie weit zu bewegen«, sagte Lyskom.

»Dann bedecken wir sie hier mit Ziegeln«, schlug Kurt vor und sie stimmten zu. Zumindest in der Nacht würden sie so schwer zu finden sein.

Lyskom trat hinter den ersten der beiden Toten und griff unter dessen Kopf an den Kragen seiner Uniform. Leonow nahm eine der Schwingen vom Boden und faltete sie näher zum Körper. Die Federn fühlten sich hart unter seinen Fingern an und er spürte, wie sie unter seinem festen Griff abknickten.

Dann nahmen Kurt und er die Leiche unterhalb der Schultern und zu dritt zogen sie sie nah an ein intaktes Stück Mauer. Es war schon anstrengend genug, ihn über den Boden zu schleifen. Sie hätten ihn niemals weit tragen können.

Mit dem zweiten Leichnam verfuhren sie genauso. Dann stießen sie die Mauerstapel hinter den Leichen um, sodass die Ziegel über die Toten fielen. Sie holten sich noch zusätzliche Ziegel und stießen entlang der Mauer weitere Stapel um, damit die Stelle nicht so auffällig war. Als sie aus der Ferne Schüsse hörten, schreckten sie auf. Doch die Geräusche klangen weit entfernt. Irgendwo wurde immer geschossen.

»Das reicht«, sagte Lyskom irgendwann, als sie in der Dunkelheit ohnehin kaum noch etwas sahen.

Der Aufstieg wurde zu einer echten Zitterpartie. Leonow hatte keinen Gedanken darauf verwendet, dass sie auf dem Weg nach oben kaum Licht haben würden. Trotz Kurts Bemühungen, sie an den gefährlichen Stellen zu warnen, kam Leonow dem Absturz mehr als einmal ziemlich nahe. Zum Glück hatte er Minka als zusätzliche Lotsin.

»Hier kommt uns in der Nacht keiner nach«, sagte Leonow verschwitzt, als sie die letzte Treppe zur Kuppel hinauf erreichten.

Lyskom wollte etwas erwidern, doch Minka spitzte plötzlich die Ohren und auch Lyskom hielt alarmiert inne. Sie tauschten einen Blick und hasteten die Stufen hinauf, ohne ein weiteres Wort zu verlieren. Auch Leonow hörte nun das leise Jammern und Stöhnen und seine Fantasie ließ Bilder dazu vor seinem inneren Auge entstehen: das zerbrochene Glas der Kuppel und Soldaten mit Flügeln auf dem Rücken, die über den beiden niedergestreckten Mädchen standen. *Bitte nicht*, flehte er innerlich. Minka hätte doch früher etwas hören müssen, wenn es einen Kampf gegeben hätte?

Es *war* Evelyns Stimme, doch kein Halbengel, sondern Maria, die über ihr kauerte. Kurt war der Schnellste von ihnen. Er stürzte sofort auf sie zu und drängte das Flussmädchen zur Seite.

»Evelyn, hey, schhhh!«, redete er ihr zu, doch das Stöhnen hörte nicht auf. Ihre Augen waren geschlossen und ihre Gesichtszüge verkrampft.

»Was hast du gemacht?«, fragte er Maria vorwurfsvoll.

»Nichts!«, wehrte sich diese sichtlich erschrocken und setzte dann wütend nach. »Ich wollte ihr helfen, was denkst du denn?!«

Kurt strich Evelyn über die Stirn, doch das Jammern hörte nicht auf.

»Schhhh«, machte er und musste nach dem Spurt erst einmal wieder zu Atem kommen. »Ich dachte … tut mir leid …«

Maria starrte ihn nur weiter zornig an.

»Wie lang geht das schon?«, fragte Leonow betroffen, als Evelyn zuckte und ihren Lippen wieder ein Stöhnen entwich.

»Noch nicht lang«, erwiderte Maria »keine fünf Minuten.«

Kurt versuchte weiter, Evelyn zu beruhigen oder wach zu rütteln, erst sanft, dann immer vehementer. Doch es half nichts und jeder Schmerzenslaut des Mädchens machte Leonows Gewissensbisse schlimmer. Als Kurt ihm schließlich einen hilflosen Blick zuwarf, fühlte er sich nur elend.

»Könnt ihr nichts tun?«, fragte Kurt. »Mit euren Kräften?«

Leonow warf einen Seitenblick auf Lyskom, doch der hob abwehrend die Hände. »Wir wissen ja nicht mal, was sie hat.«

Leonow hatte keine Ahnung, was mit dem Anhänger möglich war, und Lyskoms Warnung, er sei gefährlich, hallte in seinem Kopf nach. Er wollte nicht riskieren, es schlimmer zu machen.

»Können wir nicht einen Arzt holen?«, versuchte er zu helfen. »Oder einen Sanitäter? Kennt ihr niemanden?«

»Warum fragst du nicht deinen Halbbruder?«, antwortete Kurt mit einem seltsamen Gesichtsausdruck.

»Das wäre keine gute Idee«, gab Lyskom zu.

»Warum nicht?«, wollte Leonow wissen.

»Weil es nur eine weitere ihrer Fallen ist«, brach es aus Kurt hervor. »Wer als Runner Hilfe sucht, verschwindet. Zahlt ihr den Ärzten ein Kopfgeld für uns?«

»Blödsinn«, widersprach Lyskom, aber sein Unbehagen war ihm deutlich anzusehen. »Es gibt kein Kopfgeld.«

»Was passiert dann mit ihnen?«

»Ich hab's euch doch gesagt. Sie holen Leute nach Aspern.«

»Zwangsarbeiter«, murmelte Maria, und als Leonow in ihre leeren Augen blickte, wusste er endgültig, dass sie aus Erfahrung sprach: Im Krieg hatten alle Nationen so viel Arbeitskraft wie möglich mobilisiert. Seien es die Bewohner der eroberten Gebiete oder Außenseiter wie die Flussmenschen. Und scheinbar unterschieden sich die neuen Methoden nicht so sehr von den alten.

»Was hab ich denn damit zu tun?«, wehrte sich Lyskom. »Ich bin keiner von denen, wie oft soll ich euch das noch erklären? Hier, ist es *das*?« Er knöpfte sein Uniformhemd auf und zog es über den Kopf.

Leonows Blick suchte sofort den Anhänger, doch Lyskom trug noch ein Unterhemd an seinem muskulösen Oberkörper, das ihn verbarg.

»Jetzt ist es nur noch die Hose. Hilft euch das?«

Niemand antwortete ihm und Leonow verstand nicht, warum er so eine Szene machte. Lyskom hatte sie gejagt, vor allem Evelyn und Maria, und egal, aus welchen Gründen er es getan hatte, *natürlich* misstrauten sie ihm.

»Ihr wolltet euch ausruhen«, sagte Lyskom verdrossen. »Also ruht euch aus. Ich wecke einen von euch, wenn ich Wachablösung brauche.«

Sie verteilten sich über die Kuppel, doch Evelyns Wimmern verfolgte Leonow auch, als er sich hinlegte. Minka rollte sich auf seiner Brust zusammen und sah ihn aus wachen Augen an.

Er verbirgt etwas.

»Lyskom?«, flüsterte Leonow und sah sein Bauchgefühl bestätigt. »Ja, wahrscheinlich hast du recht.«

Warum hast du es nicht den anderen gesagt?

Er strich ihr mit den Händen durchs Fell.

»Sie hätten ihm nicht erlaubt zu bleiben«, wisperte er.

Wenn sie Lyskom davongejagt hätten, hätte er sich entscheiden müssen, bei wem er blieb. Er wollte diese Entscheidung nicht treffen. Aber damit brachte er die anderen schon wieder in Gefahr.

Er strich erneut durch Minkas Fell und war dankbar, dass sie ihn nicht spüren ließ, wie recht sie gehabt hatte. Ein Tag in Wien und schon am Morgen würden sie vermutlich zu den Meistgesuchten in der Stadt gehören. Das Gefühl verschwamm mehr und mehr zu den wirren Bildern einer Flucht, und als Minkas Zähne am Handgelenk ihn weckten, konnte er sich nicht erinnern, dass er eingeschlafen war.

Es war noch dunkler geworden. Am Himmel waren weder Mond noch Sterne zu sehen. Leonow hörte ein Rascheln in der Dunkelheit zu seiner Rechten, wo Maria sich zurückgezogen hatte.

Sie ist wach.

Leonow streckte die Arme durch und betastete sein Gesicht. Die rechte Seite pochte immer noch und fühlte sich geschwollen an. Die Schmerzen erinnerten ihn an Evelyns Wimmern und er stellte erleichtert fest, dass nichts mehr zu hören war.

»Evelyn ist ruhig geworden«, flüsterte er.

Ja, noch nicht lang.

Minka trat neben seinem Kopf unruhig von einer Vorderpfote auf die andere.

»Willst du dich unten umsehen?«, flüsterte er ihr zu.

Ja, folgte prompt die Antwort. Sie musste hungrig sein, denn von den Armeerationen hatte sie nichts abbekommen und wahrscheinlich war das überhaupt der Grund, warum sie ihn geweckt hatte. Nachdem sie bei Fabergé zweimal in der Nacht ohne ein Wort verschwunden war, hatte er ihr das Versprechen abgenommen, dass sie das nicht wieder tun würde.

»Sei vorsichtig …«

Als sie fortgehuscht war, setzte sich Leonow auf. Er konnte sich nicht an Einzelheiten seines Traums erinnern, nur dass ihn etwas verfolgt hatte. Und an Fabergés Bernsteinaugen in der Dunkelheit. In seiner Tasche drückte Marias Anhänger. Leonow holte ihn leise hervor und fuhr mit seinen Fingerkuppen über die Ringe. Am liebsten hätte er auch die kleine Hermelinfigur hervorgeholt, die noch immer in seiner Hose eingenäht war. Doch vielleicht war sie im Moment dort am besten aufgehoben, wo sie sich befand.

Als er den innersten Ring sacht berührte, begann dieser, sich zu drehen. Die Bewegung erfasste die anderen beiden Ringe und Leonow spürte erschrocken die Energie, die sofort davon ausging. Er konzentrierte sich darauf, sie im Zaum zu halten, und es gelang ihm. Er hatte eine Verbindung zu den Schwingungen und dem Eigenleben in dem Artefakt und mit einem Mal bestürmte eine Bilderflut sein inneres Auge.

Wie im Flug glitt Leonow durch einen Tunnel unter der Erde, der sich mit anderen kreuzte und von Hunderten von Menschen bevölkert wurde. In unnatürlicher Schärfe erblickte er einzelne Gesichter. Es waren hoffnungslose, ausgemergelte Gestalten. Arbeiter, die im Dreck gruben und Geröll wegschafften. Leonow sah Funken fliegen, wo Metall geschweißt wurde, und dann blendete die Szene um.

Gänge aus Licht, gläserne Apparate und Behälter und in der Luft golden flirrende Konstrukte. Es ging alles zu schnell und verschwamm vor seinen Augen. Leonow erkannte kaum Zusammenhänge. Und dann war da plötzlich Fabergés Werkstatt in Zarysin, zunächst als Schauplatz der Zerstörung, doch Schwungräder fügten sich zusammen und goldene Rinnsale flossen zurück in die Schalen, als würde er sich rückwärts in der Zeit bewegen. Auch das verging so schnell, wie es gekommen war, und Leonow sah stattdessen Reiter im Wald und das bleiche Gesicht von Katja neben sich. Er musste sich beherrschen, um keinen Laut von sich zu geben. Seine Finger zuckten und der kreiselnde Anhänger entglitt ihm und fiel mit einem Klirren zu Boden. Leonow meinte, den Aufprall zu spüren, und die Bilderflut riss ab. Mit wild klopfendem Herzen fand er sich in der Dunkelheit wieder.

»Leonow?«, hörte er Maria flüstern. Sonst regte sich nichts.

»J-ja«, antwortete er und atmete tief durch, um sich zu beruhigen. Beim Anblick der Waldszene war seine erste Angst gewesen, der Anhänger greife durch die Verbindung plötzlich nach ihm statt umgekehrt. Doch das stimmte nicht. Der Anhänger hatte nur gezeigt, was er schon einmal offenbart hatte. Damals, als Joscha damit in Leonows Kopf eingedrungen war …

Als der Mond eine Lücke in der Wolkendecke fand, erkannte Leonow Marias Schemen, der sich aus der Schwärze schälte.

»Ich hab nur gehört, dass du wach bist«, erklärte sie leise. »Sollen wir Lyskom ablösen? Ich kann es auch allein machen.«

»Nein, ich komme«, antwortete Leonow schnell und rappelte sich auf. Noch immer schlug sein Herz heftig in der Brust.

Als Maria sich erneut bewegte, fiel etwas Licht auf sie. Leonow erkannte, dass sie nur ihr Unterhemd trug, das mehr von ihrem dünnen Körper zeigte, als es verdeckte. Rasch wandte er den Blick ab.

»Hast du ein bisschen schlafen können?«, fragte er.

»Ja, schon«, nickte sie und hob ihr Hemd, das sie wohl als Kopfkissen benutzt hatte, vom Boden auf.

Sie streifte es über.

»Und?«, fragte sie, als er noch immer unschlüssig herumstand. »Dann sollten wir ihm auch Bescheid sagen, oder?«

»Ja, stimmt«, lächelte Leonow unbeholfen.

Sie fanden Lyskom an derselben Stelle, wo er sich vorhin über ihr Misstrauen beschwert hatte. Das Mondlicht war geblieben, offenbarte aber kaum mehr als flüchtige Schatten.

»Es ist noch nichts passiert«, begrüßte er sie und Leonow fragte sich, ob er wirklich nichts von seiner Beschäftigung mit dem Anhänger mitbekommen hatte. »Evelyn ist ruhig und ich glaube, Kurt schläft auch. Aber lang würde ich nicht mehr warten, bevor wir hier abhauen.«

»Ruh dich ein bisschen aus«, erwiderte Leonow. »Wir wecken euch, bevor es wieder hell wird, und dann sehen wir, wie es Evelyn geht.«

»Minka ist vorhin nach unten?«, fragte Lyskom, bevor er sie allein ließ, und Leonow bejahte.

»Minka ist kein normales Tier, oder?«, hakte Maria nach, als Lyskom mit der Dunkelheit verschmolzen war.

»Nein«, bestätigte Leonow. »Sie kann sprechen. Ich höre ihre Worte in meinem Kopf.«

Maria schien nicht überrascht, aber das Flussvolk kam auch weit herum. Leonow vermutete, dass sie mehr von der Welt gesehen hatte als sie alle hier.

»Wie nennt ihr sie?«

Leonow verstand ihre Frage nicht.

»Bei uns heißen sie Seelentiere. Ohne Farbe und Geruch – nicht ganz von dieser Welt.«

Ohne Geruch? Leonow konnte tatsächlich nicht sagen, ob

Minka einen eigenen Geruch hatte. Vielleicht war das etwas, das sie zusätzlich vor Jägern schützte?

»Wir nennen sie nur Weißpelze oder Prometheustiere. Hast du schon andere gesehen?«

»Einem Cousin von mir ist eine weiße Taube zugeflogen. Er hat nie darüber gesprochen, aber alle wussten, dass sie sein Seelentier war. Hat sie dir verraten, woher sie kommen?«

Leonow glaubte nicht, dass Minka selbst viel mehr über den Ursprung ihrer Art wusste.

»Bei uns sagt man, die ersten Engel hätten sie erschaffen. Prometheus und Pandora.«

Maria nickte. »Du hast Glück, dass ihr euch gefunden habt.«

Sie setzten sich nebeneinander an die Glaswand, auch wenn es unmöglich war, dort draußen irgendwelche Einzelheiten zu erkennen.

»Hast du noch Familie?«, frage sie unvermittelt, »außer Lyskom?«

»Nein«, schüttelte Leonow den Kopf. »Wir sind Halbbrüder, aber ich habe ihn erst nach dem Tod meiner Mutter das erste Mal gesehen, als ich zu Fabergé gekommen bin.«

Fabergé mochte sein Vater sein, aber Familie, wie Maria es meinte, war er sicher nicht.

»Meine Eltern sind auch tot«, erwiderte Maria. »Wir sind alle verschleppt worden, die ganze Bootsgemeinschaft. Der Krieg war schon ausgebrochen.«

»Der große Mann?«, fragte Leonow.

»Ja. Sie haben unsere Boote angezündet und uns weggebracht.«

»Ihr musstet arbeiten?«, fragte Leonow vorsichtig.

Maria nickte. »Monatelang durften wir nicht ans Tageslicht. Und Fabergé und deine Halbbrüder haben sich immer wieder Opfer unter uns gesucht, die nie zurückgekommen sind.«

»Das tut mir leid.« Es klang furchtbar leer in seinen Ohren, aber er musste irgendetwas sagen.

Maria wandte sich zu ihm und schüttelte kaum merklich den Kopf. »Du bist nicht wie sie. Und du kannst nichts dafür, was sie getan haben.«

Leonow hatte einen Kloß im Hals. »Wie hast du dich befreien können?«

»Wir haben uns versteckt«, erklärte Maria. »Als der Krieg zu Ende ging, wollten sie uns alle umbringen. Ich weiß nicht, wie viele außer uns entkommen sind.«

Als sie sich mit der Hand übers Gesicht fuhr, begriff er, dass sie weinte. Er wollte sie trösten, nur wie?

»Ein paar Tage später war der Krieg vorbei, aber mein Vater war überzeugt, dass wir immer noch gejagt werden. Und er hatte recht. Es waren andere Uniformen, aber die Männer darin waren genauso gnadenlos. Eins unserer Verstecke ist eingestürzt. Meine Eltern haben noch versucht, einen Ausweg zu finden. Ich hab um Hilfe gerufen, daher wussten die Soldaten draußen, dass ich noch am Leben war ...«

Sie drehte den Kopf zu ihm und sah ihn an.

»Sie liegen immer noch dort.«

Mondlicht schimmerte auf ihrem Haar und warf Schatten über ihr Gesicht und die Schmuckperlen. Sie war so schön, dass Leonow keinen klaren Gedanken zustande bekam. Einem hilflosen Impuls folgend hob er zögerlich die Hand, um ihr durch die dunklen Haarsträhnen zu streichen.

In diesem Moment brannte ein helles Licht draußen auf und sie erschraken beide. Eine weiße Flamme leuchtete unten auf dem Boden und ließ hellen Rauch zum Himmel aufsteigen. Leonow kannte diese Lichter aus den Husarenbeständen: eine Magnesiumfackel.

»Wacht auf«, rief er nach der ersten Schrecksekunde in die Kuppel hinter sich. »Schnell, wacht auf! Sie sind da!«

IX

KURT

Kurt fuhr sofort hoch, als er Leonows Stimme hörte, und doch begriff er die Situation nicht gleich. Die reglose Evelyn neben ihm brachte die Erinnerung schnell zurück.

»Was ist los?«, fragte er benommen, als Leonow auf ihn zugelaufen kam.

»Wir müssen runter, sofort! Sie suchen unten mit Fackeln und hier sitzen wir in der Falle.«

Kurt wurde schwindlig, als er sich aufrappelte, aber Leonow gab ihm Halt.

»Wie geht es ihr?«, fragte er.

»Sie ist vorhin ziemlich wach gewesen«, antwortete Kurt hoffnungsvoll.

In Wahrheit hatte sie vor lauter Schmerzen kaum ein klares Wort herausbekommen. Ihr Zustand schien immer schlimmer zu werden und er hatte nur ein Wort verstanden, das sie wieder und wieder gemurmelt hatte: Aspern … Vielleicht träumte sie von damals. Sie hatte ihm erzählt, dass sie das manchmal noch tat.

»Jetzt wäre ein guter Zeitpunkt, dass du sie wach kriegst«, sagte Leonow. »Sonst müssen wir sie irgendwie anders nach unten bekommen.«

Sie hatten sie bewusstlos hier hinaufbekommen, also würden sie Evelyn auch irgendwie nach unten bekommen. Aber es würde Zeit brauchen. Zeit, die sie nicht hatten.

»Evelyn«, rüttelte Kurt an Evelyns Schulter und ihr entfuhr augenblicklich wieder ein Stöhnen. »Wir müssen weg hier. Wir müssen uns in Sicherheit bringen, verstehst du?«

Maria und Lyskom kamen von der Glaswand hinzu und Kurt spürte Panik aufkommen. Er musste noch ihre Fundstücke und die letzten Vorräte zusammenpacken. Er hätte all das längst vorbereiten können – aber Evelyns Verfassung hatte ihn komplett den Überblick verlieren lassen.

»Evelyn!« An ihren Armen zog er ihren schlaffen Oberkörper hoch und sie röchelte, als sie scheinbar keine Luft mehr bekam. »Du musst jetzt wach werden.«

Ihre Schmerzlaute schwollen an, und als ihre Lider zuckten, begann sie wieder zu wimmern. Es zerschnitt ihm das Herz, aber er machte trotzdem weiter. Zugleich wühlte er mit der Faust in der Hosentasche und fand, was er seit dem Morgen mit sich herumtrug: Fatsos Glasfläschchen mit den vier Pillen.

»Wir müssen hier weg, hörst du?«

Lyskom kam, um zu helfen. Er trat hinter Evelyn und hielt ihren Oberkörper aufrecht.

»Siehst du was?«, rief er Maria zu, die zurück zur Glaswand gelaufen war.

»Es sind schon drei Fackeln!«, antwortete sie.

»Sind sie schon bei den Leichen?«, fragte Lyskom. »Siehst du, wie viele Soldaten unten sind?«

»Ich weiß es nicht … Nein, ich seh nur die Leuchtfeuer.«

Kurt fasste Evelyns Gesicht mit den Händen. Ihre Lider öffneten sich einen schmalen Spalt, doch es war nur das Weiße zu sehen. Er drückte ihr den rechten Daumen in die Mulde zwischen Schulter und Schlüsselbein. Er musste fest hineinbohren, bis sie schließlich aufschrie und ihre Augen noch etwas weiter aufmachte. Kurt nestelte sofort eine der Pillen aus der Tasche und steckte sie mit zwei Fingern tief in ihren Mund. Dann drückte er ihr Mund und Nase zu. Er kam sich schlecht vor, während er es tat, doch er merkte, wie sie die Pille schluckte.

»War das ...?« Leonow klang perplex, doch er und Lyskom waren Soldaten. Sicher wussten sie, was er ihr verabreichte.

»Pervitin. Hilf mit«, bat er. »Es wirkt bestimmt gleich.«

Gemeinsam richteten sie die wimmernde und zitternde Evelyn auf und Leonow und Lyskom griffen ihr anschließend unter die Schultern.

»Bringt sie die Treppe runter«, wies Kurt die beiden an. »Ich bin gleich bei euch.«

»Was soll das heißen?«, protestierte Lyskom, doch Kurt achtete nicht auf ihn.

In Windeseile stürzte er zu den Kisten, auf denen sie gesessen hatten. Sie waren vernagelt und er hatte keine Zeit, daher hob er eine nach der anderen auf und schmetterte sie mit aller Kraft zu Boden. Maria sah sich erschrocken nach ihm um, doch Leonow und Lyskom riefen sie schon zur Treppe.

Kurt sammelte zwischen dem geborstenen Holz ein, was er in die Finger bekam, und stopfte sich die Taschen voll. Nicht alle Stücke in seinen Händen erkannte er in der Dunkelheit, doch der goldene Brieföffner mit dem Schwanenkopf war dabei. Ebenso wie einige Orden und Schmuckanhänger und Notizbücher, die technische Skizzen und irgendwelche Formeln enthielten.

Es war noch viel zu wenig, als die anderen bereits nach ihm riefen, aber es half nichts. Er schnappte sich nur noch die Umhängetasche mit dem Rest der Rationen – zumindest die hatte er wieder eingesammelt, nachdem sie gegessen hatten – und stürzte den anderen nach.

»Beeil dich«, rief Lyskom, als Kurt schon die Treppe hinuntersprang, drei Stufen auf einmal nehmend.

Selbst im Dunklen war nicht zu übersehen, dass die Pervitin-Tablette bereits Wirkung zeigte. Evelyn wurde nur noch von Lyskom gehalten und atmete heftig. Kein Schmerzenslaut kam über ihre Lippen.

»Hier lang!«, wies Kurt den Weg.

»Aber vorhin sind wir …«

»Kommt!«, schnitt Kurt Lyskom das Wort ab. »Das hier ist schneller!«

Durch die Bombenlöcher in der Ziegelmauer flackerte der fahle Lichtschein der Magnesiumfackeln ins Innere des Gasometers. Waren die Husaren schon auf dem Weg zu den Türmen? Sobald sie hier ankamen, war der einzige Fluchtweg versperrt.

Kurt duckte sich unter dem Treppengeländer durch, das die Wartungsstiege gegen den Abgrund absicherte, und nahm seine abgewetzten Handschuhe aus der Tasche. Dann bückte er sich nach dem Seil, das er selbst hier oben für den Notfall festgemacht hatte.

»Ihr müsst euch ein Stück Stoff um die Hände wickeln«, erklärte er. »Sonst verletzt ihr euch.«

»Was … wir sollen da runter?«, fragte Leonow entgeistert.

Evelyn hielt sich neben ihm benommen am Treppengeländer fest. Sie stand aber auf eigenen Beinen, was angesichts ihres Zustands vor wenigen Minuten einem Wunder gleichkam.

»Ihr habt gesagt, wie haben keine Zeit. Macht eine Schlaufe in das Seil und fädelt es durch einen der Karabiner hier. Bremst euch mit den Schuhen, okay? Lyskom, du zuerst.«

Zu spät kam ihm der Gedanke, dass Lyskom sie verraten mochte, wenn sie ihn als Erstes hinunterließen. Er schien die logische Wahl, nachdem er muskulös genug war, um unten zu helfen. Lyskom hakte sich mit Kurts Hilfe ein und rauschte, ohne zu zögern, in die Tiefe. Kurt zählte langsam und kam bis zwölf, ehe Lyskom unten aufsetzte und das Geräusch von den Wänden widerhallte. Er hielt den Atem an. Das war die perfekte Gelegenheit für Lyskom, die Falle zuschnappen zu lassen – doch es blieb ruhig.

»Leonow, du als Nächstes«, entschied Kurt und auch das klappte reibungslos.

Evelyns Bewegungen wirkten fahrig, als er sie zu sich zog, und Kurt sah ihre Beine unter ihrem Körper zittern.

»Du hast mir was gegeben«, brachte sie hervor, als er sie einhakte.

»Ja«, gestand er. »Tut mir leid, aber wir müssen hier weg. Die Husaren sind hinter uns her, weißt du noch?«

»Ja …«, murmelte sie, »… ist gut … ich schaff es. Bringst du mich nach Aspern?«

Damit erwischte sie Kurt auf dem falschen Fuß. Sie wollte zurück? Er wollte ihr nicht darauf antworten, aber sie hielt sich an seinem Arm fest, und wer wusste, was mit diesem Zeug im Blut in ihrem Kopf vorging.

»Bitte«, verlangte sie, »versprich es mir!«

»Ja«, murmelte er, nur, damit sie endlich hier wegkamen. Vermutlich würde sie sich später ohnehin nicht daran erinnern.

Sie ließ los und Kurt fühlte sich, als würde er sie in den Tod gleiten lassen. Der Aufprall unten war laut, lauter als bei den anderen, aber es folgten keine Rufe oder Schreie darauf.

Maria bekam den letzten Karabiner von ihm und rauschte nach unten. Kurt musste es also ohne schaffen. Er ließ das Seil über seine Schulter und unter seinem Oberschenkel hindurchlaufen, um den Abstieg kontrollieren zu können. Es brannte wie Feuer, als es dort über seinen Körper rieb, und er wurde immer schneller und schneller, doch irgendwie schaffte er die Landung ohne größere Blessuren.

»Sie haben die Leichen noch nicht entdeckt«, empfing ihn Lyskom. Die anderen standen bereits an dem schmalen Torbogen, durch den fahles Licht nach drinnen fiel. »Sie verteilen sich über die Ebene. Es sind schon zwölf Fackeln. Hinten am Flugfeld tun sie dasselbe.«

Kurt ging mit ihm und sah es mit eigenen Augen: In exakt

gleichen Abständen zueinander brannten die Magnesiumfackeln und leuchteten so nach und nach immer mehr Fläche aus. Noch war die Entfernung zu ihnen beträchtlich.

»Sie bleiben mit den Fackeln stehen?«, fragte Kurt verwirrt. »Sie suchen nicht?«

»Wahrscheinlich suchen sie aus der Luft«, erwiderte Lyskom und Kurt hob den Blick zum unheilvoll schwarzen Nachthimmel.

»Sie werden den Steinhaufen bald finden, wenn nicht sowieso jemand am Boden darüberstolpert.«

»Wie viele von den Flügelträgern sind in der Stadt?«, fragte ihn Leonow.

»Alle«, erwiderte Lyskom. »Der Zar hat ihre ganze Einheit hierher befohlen. Es waren zwölf, jetzt sind es noch zehn.«

Kurt stellte sich vor, dass zehn Halbengel über ihnen am Himmel ihre Kreise zogen, um Jagd auf sie zu machen, und die Angst schnürte ihm den Hals zu.

»Also – wohin?«, fragte Lyskom Kurt mit Nachdruck.

Die anderen schauten ihn erwartungsvoll an. Nur Evelyn starrte noch immer hinaus, als sehe sie dort draußen noch weit mehr als die weißen Leuchtfeuer, die die Nacht zurückdrängten.

»Nach Laimgrube«, murmelte Kurt.

»Da werden Soldaten sein«, runzelte Lyskom die Stirn.

»Betrunkene Soldaten«, ergänzte Kurt. »Zusammen mit einer bunten Mischung aller möglichen Gestalten. Außerdem kenne ich mich ganz gut dort aus.«

Lyskom nickte, auch wenn die Mienen von Leonow und Maria nicht unbedingt große Zuversicht ausstrahlten. Was hatten sie erwartet? Natürlich konnten sie unter die Erde in die Bunker gehen, aber das beste Versteck würde ihnen nichts nutzen, wenn sie sich dort nicht versorgen konnten. So wie Lyskom geklungen hatte, würden die Husaren die Suche nach ihnen so schnell nicht aufgeben.

»Dann los«, trieb Lyskom sie an.

Das Licht der Leuchtfeuer erreichte die Gasometer noch nicht und trotzdem klopfte Kurts Herz bis zum Hals, als er an den anderen vorbei nach draußen trat. Noch während seiner ersten Schritte aus dem schützenden Versteck entzündeten sich zwei weitere, gleißende Fackeln und weißer Rauch quoll in Richtung Himmel. Wenn Kurt nicht alles täuschte, hatten sie nun die Höhe der Ziegelstapel erreicht.

Er rannte los über die Ebene und versicherte sich, dass die anderen ihm nachkamen. Evelyn schien gut mithalten zu können. Zu ihrer Linken ragten die restlichen Gasometer als schwarze Riesen in die Höhe. Es war ein Umweg, aber Kurt wandte sich trotzdem in ihre Richtung, um die Deckung mitzunehmen. Nahezu geräuschlos huschten sie als fünf Schatten durch die Dunkelheit und nur der Inhalt von Kurts Taschen klirrte bei jedem Schritt ein wenig.

Plötzlich erschallten Rufe und die Lichter gerieten in Bewegung.

»Schneller«, raunte Lyskom hinter ihm und Kurt rannte, was seine Beine hergaben.

Alle paar Schritte warf er einen gehetzten Blick nach rechts und erkannte, dass sich einige der Fackeln zusammendrängten. Er war jetzt sicher: Es war die Stelle, wo sie die Leichen unter den Ziegeln begraben hatten.

Einer nach dem anderen verschwanden sie im Sichtschutz des zweiten Gasometers und Kurt ließ die anderen aufschließen.

»Kommt ihr klar?«

»Es geht schon«, antwortete Leonow. Evelyn kämpfte an seiner Seite verbissen um jeden Schritt.

Als sie wieder hinter dem Turm hervorkamen, sah Kurt, dass die Abstände der Fackeln sich vollkommen aufgelöst hatten. Dafür erleuchteten sie nun die Ziegelmauer über eine Strecke von hundert Metern taghell. Kurt entdeckte die Steinhaufen und die Husaren, die sich dort drängten. Es waren über ein Dutzend.

»Sie haben sie gefunden«, zischte Lyskom.

Doch es schien ihrer Flucht sogar zu helfen. Die Fackeln waren zur Mauer abgezogen und die Nachtschwärze kehrte zurück auf die Ebene. Nur ein paar Sterne leuchteten über ihnen am Himmel, der vorhin noch wolkenbedeckt gewesen war.

Kurt wollte die anderen gerade ermutigen, als er stutzte. Das waren keine Sterne. Sie leuchteten zu hell – zu nah – und sie schienen vom Himmel herabzufallen. Es mussten Fackeln sein! An zwei davon konnte Kurt sogar einen Rauchschweif erkennen, den sie hinter sich herzogen. Die Panik erfasste seinen ganzen Körper wie eine Welle.

»Schnell!«, rief er den anderen zu. »Schnell, sie kommen!«

Als Lyskom und Leonow nur verwirrt zu ihm aufsahen, lief er selbst an Evelyns Seite.

»Am Himmel!«

Er zog sie mit sich nach links auf die Trümmer von Erdberg, um zumindest von den Husaren am Boden wegzukommen. Die fallenden Lichter kamen immer näher und Kurt meinte, Schwingen im Flug zu erkennen. Jetzt begriffen auch die anderen endlich und rannten mit ihm auf die Trümmerlandschaft. Hinter ihnen zwischen den Türmen kam die erste Wurffackel auf dem Boden auf und in der Luft entflammten bereits neue. Keine Rufe oder Kommandos waren zu hören, nur das Zischen der Fackeln, und Kurts Fantasie machte Flügel daraus, die die Nacht durchschnitten.

»Weiter«, keuchte er Evelyn zu, die schwer atmete und sich immer stärker auf ihn stützte.

Die Fackeln erleuchteten längst einen weiten Bereich um sie herum, und je heller es am Boden wurde, desto undurchdringlicher schien die Schwärze am Himmel. Evelyn kam ins Straucheln, und als Kurt den Grund suchte, sah er, dass Leonow zu ihrer Linken den Anhänger hervorgeholt hatte.

»Bringt euch in Sicherheit«, sagte er entschieden. »Ich beschäftige sie.«

Kurt wollte widersprechen, doch die golden blitzenden Ringe kamen bereits in Bewegung, ohne dass der Halbengel sie berührte.

»Wie willst du uns wiederfinden?«, keuchte Kurt den ersten dummen Gedanken, der ihm einfiel.

Leonow lächelte zaghaft. Sie wussten beide, wie unwahrscheinlich es war, dass es dazu kommen würde.

»Minka wird euch finden.«

Damit wandte er sich um und Kurt taumelte mit Evelyn an seiner Seite Lyskom und Maria nach. Die Welt war in das gleißende Licht und die Rauchschwaden der Magnesium-Fackeln getaucht.

X

EVELYN

Evelyn begriff wenig von dem, was um sie herum geschah. Mit der ungestümen Energie, die Kurt ihr eingeflößt hatte, war alles zu einem dumpfen Wirbel aus Geräuschen, Stimmen und Eindrücken verschmolzen. Sie lief, wohin sie gezogen wurde, und versuchte dabei, so viel wie möglich von ihren eigenen Kräften zusätzlich zu mobilisieren. Das stärkste Gefühl in ihr war Dankbarkeit, dass die Schmerzen für den Moment zurückgedrängt waren. Sie hatten alles, was Evelyn noch von früher in Erinnerung gehabt hatte, in den Schatten gestellt. Ihr Rücken hatte sich angefühlt, als wäre mit Eisenstangen darauf herumgeprügelt worden. Sie wusste, dass sie dort nach ihrem Sturz schlimme Verletzungen gehabt hatte. In einem Spiegel hatte sie nach der Entlassung aus dem Krankenhaus die grässlichen Narben entdeckt. Dazu kam der unmenschliche Druck auf ihrer Brust und das Gefühl des Ertrinkens bei jedem Atemzug. Was immer das Leid aus ihrer Vergangenheit so plötzlich zurückgebracht hatte, es schien keine Gnade mit ihr zu kennen. Ihre einzige Hoffnung lag in Aspern. Nicht dem Teil davon, den die Husaren nun besetzten, sondern dem darunter. Dort hatten sie es schon einmal aufgehalten, und vielleicht fand sich dort ja noch immer irgendjemand oder irgendetwas, das ihr helfen konnte.

»Kannst du schneller?«, keuchte Kurt neben ihr und Evelyn holte alles aus sich heraus. Sie rannten durch ein Trümmerfeld, das in unnatürlich weißes Licht getaucht war, und in der Luft hing weißer Dampf wie aus heißen Quellen. Wie waren sie hierhergekommen?

»Wir müssen schneller sein«, raunte Kurt verzweifelt. »Hier, nimm noch eine.«

Evelyn spürte, wie er ihr die Pille in die Hand drückte und die Finger zur Faust schloss, und sie steckte sie in den Mund. Der bittere Geschmack war gut. Er hatte schon im Krankenhaus Linderung bedeutet und sie schluckte bereitwillig.

Kurt wandte sich im Laufen ständig um. Einmal hielt er sogar inne, doch da waren nur ein paar Schüsse. Für Evelyns Gefühl lagen sie weit genug zurück. Nach und nach spürte sie neue Energie und flog nur so über die Bruchsteine. Ihr ganzer Körper lief geschmeidig wie eine Maschine, die weder Schmerz noch Ermüdung kannte, solange man sie nur unter Strom hielt. Irgendwann warf Kurt sich in eine Deckung und zog Evelyn mit sich zu Boden. Vielleicht hatte sie eben erst die zweite Pille bekommen, vielleicht liefen sie auch schon seit einer Ewigkeit, Evelyn konnte es nicht sagen. Aber der Dampf war fort und die Dunkelheit zurück.

»Wo ist er?« Der aufgebrachte Lyskom redete auf Kurt ein. »Wo ist Leonow?«

»Er ist zurückgeblieben«, keuchte Kurt, »um uns Zeit zu verschaffen.«

»Und du hast ihn gelassen? Bist du verrückt? Glaubst du, er hat auch nur den Hauch einer Chance?«

»Achtung …«, unterbrach Maria die beiden. »Still!«

Erst jetzt bemerkte Evelyn, dass sie tatsächlich nur zu viert waren, aber der Gedanke war flüchtig. Ihr Wille weiterzulaufen war drängender. Sie wollte laufen, solange sie dazu fähig war, denn sie musste dorthin kommen, wo man ihr helfen konnte.

Evelyn löste sich von Kurt und rappelte sich auf.

»Nicht!«, hielt dieser sie erschrocken zurück und riss sie wieder zu Boden. »Gleich …«

Die drei anderen verharrten mit bangen Blicken in den Himmel und schienen auf irgendetwas zu warten. Wie auf ein Kommando sprangen sie dann plötzlich wieder los und Evelyn rannte mit. Sie spürte das schnelle Pochen ihres Herzens von der Brust bis hinauf in die Schläfen und musste sich vollständig darauf konzentrieren, auf dem unebenen Untergrund nicht ins Stolpern zu geraten. In einiger Entfernung fielen immer wieder weiß leuchtende Flammenbälle vom Himmel, doch Evelyn war sich nicht sicher, wie weit sie ihren Sinnen überhaupt trauen konnte.

Plötzlich war der Untergrund ein anderer: eine Schotterpiste, wie sie die Gebiete verband, die bereits wieder erschlossen waren.

»Was habt ihr's denn so eilig?«

Als Evelyn aufsah, blickte sie in das neugierige Gesicht eines Mannes mit blutunterlaufenen Augen und wild wucherndem Bart. Kurt zog sie weiter. Der Mann starrte ihr grinsend nach und es war nur einer von vielen Menschen um sie herum.

»Was … wo sind wir?«, stammelte Evelyn. Sie sah Lyskom und Maria, die zu zweit mit etwas Abstand zu ihnen liefen.

»Laimgrube«, erwiderte Kurt. »Wir verstecken uns im Keller und überlegen, wie es weitergeht.«

Evelyn musste nicht überlegen, welchen Keller er meinte. Unterhalb des Wohnhauses, in dem er mit seiner Mutter ein Zimmer hatte, gab es einen Bunkerkeller, in den sich niemand mehr verirrte. Evelyn wollte nicht dorthin. Es war Zeitverschwendung und sie hatte keinen Überblick, wie lange ihr Aufbruch schon her war. Wie viele Pillen mochte Kurt noch in der Tasche haben?

»Wir müssen weiter«, widersprach sie und verlangsamte ihre Schritte. »Du hast es versprochen, Kurt!«

»Schhhh«, machte Kurt, »nicht jetzt, Evelyn. Komm mit!«

»Ich kann nicht …« Sie hörte ihren eigenen weinerlichen Tonfall und mochte sich selbst nicht leiden, doch der Gedanke an die Schmerzen raubte ihr jede Würde. »Ich halt es nicht noch mal aus, Kurt … Du hast es versprochen!«

»Ja«, zischte Kurt, »Ja, ich vergesse es nicht! Jetzt komm!«

Und zumindest für den Moment gehorchte sie.

XI

KURT

Trotz aller Sorge um sie fühlte sich Kurt erleichtert, als Evelyn auf dem Kellerboden zurück in ihren Schlafzustand fiel. Die Pillen ließen sie offensichtlich nicht klar denken und er wusste nicht, wie lang er sie noch hätte hinhalten können. Eigentlich hätte die Dosis ausreichen müssen, um sie die nächsten drei Nächte wachzuhalten, doch was immer in ihr steckte und sie krank machte, musste stärker sein. Schon auf den letzten Metern hatte er sie mehr und mehr stützen müssen und die Treppen hatte Kurt sie im Grunde hinuntergetragen.

»Und was jetzt?«, platzte es aus Lyskom heraus, der in dem kargen Keller mit den rissigen Betonwänden ebenso nervös auf und ab lief, wie er es schon auf dem Gasometer getan hatte. Nur dass es hier keine Glaswand gab, durch die er Ausschau halten konnte. »Wenn er nicht schon tot ist, dann nehmen sie ihn gerade mit. Wie konntet ihr …«

»Sei endlich still!«, unterbrach ihn Kurt, der nicht bereit war, sich auch nur ein weiteres Wort aus Lyskoms Mund gefallen zu lassen. »*Er* hat sich dazu entschieden, ich weiß nicht warum. Aber du solltest aufhören zu schimpfen und ihm dankbar sein, denn ohne ihn hätten wir es sicher nicht da rausgeschafft.«

Kurt war in Fahrt. Er wollte Lyskom schon fragen, was ihn

denn davon abgehalten hatte, seinem Freund zu Hilfe zu kommen. Aber ein Blick in dessen Gesicht hielt ihn davon ab. Der Husar war einfach nur verzweifelt.

»Weißt du, was sie mit ihm anstellen werden, um uns zu finden?«, klagte er.

Leonow wollte es sich nicht vorstellen. Er hatte nicht gesehen, wie Leonow überwältigt worden war, aber der flirrende Glanz des Anhängers in der Luft war noch lange zu sehen gewesen und irgendwann erloschen. Die fliegenden Soldaten waren danach wieder ausgeschwärmt, aber sie waren den Leuchtfackeln ausgewichen und hatten es irgendwie geschafft, das Ende des Trümmerfelds zu erreichen und im Gedränge von Laimgrube unterzutauchen.

»Ich muss noch mal raus«, murmelte Kurt. »Bevor sie alles dichtmachen.«

Er wollte sich nicht noch einmal von der Beharrlichkeit der Husaren überraschen lassen. Diesmal wollte er vorsorgen.

»Du lässt uns allein?«, sah Maria plötzlich auf. Sie hatte seit ihrer Ankunft nur in die Leere gestarrt. »Und wenn sie noch da draußen sind?«

»Oder wenn sie uns hier finden?«, warf Lyskom ein.

Kurt wusste, dass es ein Risiko gab, doch es war vielleicht die letzte Chance, mit dem Inhalt seiner Taschen die Dinge zu besorgen, die sie dringend benötigten. Bald würden die Husaren ausschwärmen. Vielleicht verhängten sie sogar eine Ausgangssperre, wenn die Amerikaner sich nicht einmischten.

»Ich brauch nicht lang«, versicherte er den beiden und begann, die Rationen aus der Umhängetasche auszuräumen und dafür seine Goldschätze darin zu verstauen. Er versuchte, nicht darüber nachzudenken, was er alles hatte zurücklassen müssen.

»Hier!« Er warf Maria das Fläschchen mit den beiden verbliebenen Pillen zu. »Falls ihr Evelyn wieder wachkriegen müsst … aber lasst es lieber sein, wenn es nicht unbedingt nötig ist.«

Damit eilte er die Treppe nach oben, ehe sie ihn noch einmal zurückhalten konnten.

Kurt verstand sich darauf, zwischen den vielen Gestalten unsichtbar zu werden, die die nächtlichen Straßen bevölkerten. Draußen im Sperrgebiet musste man ein Auge für die verschiedenen Blindgänger und für instabile Gemäuer haben. Hier galt es dagegen, betrunkene Soldaten von wachsamen zu unterscheiden und gefährliche Halsabschneider, die nur darauf warteten, einem Runner seine Beute abzunehmen, von harmlosen Nachtschwärmern, die sich aus dem Krieg in den Rausch flüchteten.

Er nahm Umwege durch Hinterhöfe und mischte sich ansonsten mitten unter die Menschen, wo er ihnen nicht ausweichen konnte. Schließlich ragten die drei Stockwerke vor ihm auf, die die Bewohner von Laimgrube das Badhaus nannten. Es lag daran, dass der abgerissene, rechte Teil des Gebäudes die Badfliesen der Wohnungen offenbarte, die es einmal beherbergt hatte. Im zweiten Stock stand sogar noch ein Messing-Duschkopf von der Wand weg.

Das Badhaus stand für alles, was die Nächte in Laimgrube ausmachte, und Kurt wusste, dass sie nicht den Eingang an der viel bevölkerten Schotterpiste benutzen durften. Er wandte sich stattdessen zur anderen Seite, wo die Fassade weitgehend intakt war, und klopfte dort an der niedrigen Holztür zum Kohlenkeller. Nur einige Augenblicke später wurde eine Klappe zurückgeschoben und ein paar Augen unter einer vorgewölbten Stirn kam zum Vorschein.

»Was?«, blafften sie ihn an. Die Augen gehörten zu Plattnase, einem von Fatsos Türstehern und Leibwächtern.

»Ich hab was für Fatso.«

»Warte«, brummte der Türsteher.

Die Klappe wurde wieder zugeschoben und Kurt wartete.

Er war sich ziemlich sicher, dass dies einer der letzte Orte war, wo der lange Arm der Husaren ihn erreichen würde. Fatso war eine Institution in Laimgrube und er pflegte den Kontakt zu den Amerikanern. Von ihnen hatte er auch den Spitznamen, den er stolz als Ehrentitel trug. Plattnase hatte Kurt einmal grinsend verraten, was Fatso wirklich bedeutete: Fettwanst.

Zu Kurts Erleichterung öffnete sich die Tür schon nach ein paar Minuten. Man konnte hier sehr lange stehen, je nachdem, mit was der Hausherr gerade beschäftigt war.

»Komm.«

Kurt kannte seinen richtigen Namen nicht, doch die flachen Nasenflügel, die sich fast so breit zogen wie sein Mund, machten Plattnase unverwechselbar. Ungeachtet seines rauen Tons hatte Kurt noch nie Ärger mit ihm gehabt, was nicht für alle von Fatsos Handlangern galt.

Plattnase führte ihn durch das Kellergewölbe und zu einer Treppe. Niemand hätte vermutet, dass es unter den Kellergewölben mit dem Wein und Kohlenvorräten ein noch tieferes Untergeschoss gab, doch genau dorthin nahm ihn der Türsteher mit. Was Fatso unter dem Badhaus vorgefunden und zu seinen Privaträumen erkoren hatte, musste einmal eine Art Kommandobunker gewesen sein. Nichts in dem ehemaligen Wohnhaus über ihnen deutete auf ein geheimes Kellergeschoss mit eigenen Blitzkraft-Anlagen und Luftreinigungsanlage hin, aber Fatso hatte entweder den Riecher oder die Kontakte gehabt, um diesen Ort im richtigen Moment für sich zu beanspruchen.

Die Stahltür stand offen. Dahinter lag Fatsos holzgetäfeltes Büro mit dem wuchtigen, lederbezogenen Schreibtisch. Bücherregale und Vitrinenschränke säumten die Wände.

»Kurti«, begrüßte Fatso ihn mit einem jovialen Lächeln. »Du hast etwas für mich?«

Der Mann in der Anzugweste und dem Hemd mit Stehkragen war nicht einmal übermäßig fett. Nur im Vergleich zu seinen ausgemergelten Mitmenschen war sein Wohlstandsbauch, den er auch in den Kriegsjahren irgendwie durchgebracht hatte, bemerkenswert.

»Hallo Fatso«, erwiderte Kurt und zwang sich zu einem Lächeln.

Fatso gab Plattnase einen Wink mit seiner Hand voller Goldringe und dieser trat den Rückweg an. Dann lehnte sich der Patriarch von Laimgrube neugierig auf seinem Schreibtisch nach vorne und zog die Augenbrauen fast bis zu seinem glatt gekämmten, dünnen Haar nach oben.

»Na?«

Kurt nahm die Umhängetasche von seiner Schulter und trat an den Schreibtisch heran. Stück für Stück nahm er aus seinem Beutel und baute eine Reihe entlang der Holzkante auf.

Kurt hatte sich immer vorgestellt, dass er in einer fernen Zukunft, in der es in den Straßen Wiens nicht länger nur ums Überleben gehen würde, in einer großen Bank oder so etwas Ähnlichem nach und nach eins seiner Stücke abgeben und einen Koffer voll Geld dafür bekommen würde.

Jetzt tat er alles, was schlecht für den Preis war. Er brachte eine ganze Tasche voll zu einem einzigen Händler und das auch noch zu Fatso, der trotz seines protzigen Gehabes schlechter zahlte als so mancher Werkstatt-Hehler. Natürlich war sich Fatso darüber im Klaren, dass es sich um einen Notverkauf handelte – und würde ihn dafür bluten lassen.

»Schade, dass kein echtes Gold dabei ist«, sagte Fatso, ohne die Miene angesichts des ungewöhnlich großen Angebots zu verziehen.

»Du täuschst dich«, erwiderte Kurt ruhig. Er kannte Fatsos Taktierereien zur Genüge.

»Wo sind die Sachen her?« Fatso nahm einen der Schmuckanhänger und klappte interessiert den Deckel für die Selbstmordpille auf. Jeder Runner fand solche Anhänger zuhauf an den Toten in den Bunkern. Der einzige Grund, dass Kurt diese behalten hatte, war, um sich an seine ersten Streifzüge zu erinnern. Fatso wollte ihn mit seinem gespielten Interesse daran nur ablenken.

»Aspern«, erwiderte Kurt ruhig und Fatso schnaubte.

»Das sagst du jedes Mal.«

»Und es stimmt«, beharrte Kurt.

»Niemand nimmt den Schnapsnasen des Zaren die Beute weg, auf der sie sitzen. Auch nicht du, Kurti.«

»Es gibt Mittel und Wege.«

Fatso kaufte keine Stücke, sondern Geschichten.

»Es ist alles aus einem Zimmer. Zwölfte Ebene, ganz tief unten«, behauptete Kurt und spann sich rasch etwas zusammen. »Die Luftfilteranlagen im ganzen Geschoss laufen noch, aber rechtsrum. Das Stockwerk ist eine Todesfalle, verstehst du? Bevor du merkst, dass du nur leere Luft atmest, kippst du schon um. Nicht mal die Husaren haben irgendetwas davon angefasst.«

Fatso nahm ein Teil nach dem anderen zur Begutachtung. Er holte sogar eine Vergrößerungslinse aus dem Schreibtisch, die er sich ins linke Auge klemmte.

»Ich musste über fünf tote Runner steigen, um hinzukommen.«

»Mit was willst du hier rausgehen?«, fragte Fatso beiläufig. »Dollar? Rationskarten?«

»Rationen«, antwortete Kurt, ohne Fatso in die Augen zu sehen. »Keine Karten.«

Kurt hätte lieber Rationskarten verlangt, aber die hätten sie erst wieder an einer Lebensmittel-Ausgabestelle einlösen müssen. Es gab nur eines, was einem eine schlechtere Verhandlungsposition einbrachte als Rationspakete, und das nannte er als Zweites.

»Und mehr Tabletten …«

»Ich sag dir was.« Das Haifischgrinsen war Fatsos Stimme anzuhören. »Du lässt mir die Sachen da, ich geb dir zwei Tagesrationen und noch so ein Fläschchen Pervitin und du bist wieder satt und gut drauf. Was sagst du dazu?«

Das Angebot war selbst in Kurts Lage noch unverschämt.

Wenn er mit einer Tasche Altmetall gekommen wäre, hätte er immer noch mit einem besseren gerechnet.

»Einverstanden«, sagte Kurt und begegnete Fatsos verblüfftem Blick. »Ich lass dir die Sachen für zwei Tagesrationen und ein paar Pervitin hier. Alles, bis auf den.«

Kurt nahm den golden schimmernden Brieföffner in Form eines Dolchs vom Tisch, den Fatso mit Abstand am oberflächlichsten begutachtet hatte. Seinen Griff zierte ein Schwanenkopf und jeder wusste, dass dieses Tier dem großen Mann und seinen Günstlingen vorbehalten gewesen war. Natürlich kam er nicht aus Aspern. Aber es war trotzdem ein guter Fund gewesen und Kurt hätte schon im Vorhinein darauf gesetzt, dass er Fatso damit kriegen konnte.

»Vier Tagesrationen«, knurrte Fatso. »Für alles.«

Der Händler bemühte sich um ein Pokerface, doch Kurt sah die Ader an seinem Hals pochen. Sie verriet, dass Kurt ins Schwarze getroffen hatte.

»Zwanzig. Und doppelt so viele Pillen«

»Bist du verrückt, Junge?«, entgleisten Fatsos Züge. »Ich würde dir keine zwanzig Rationen geben, wenn das wirklich alles Gold wäre!«

»Zwanzig *Feld*rationen«, setzte Kurt noch einen drauf.

Die Rationen für die Soldaten waren zum einen großzügiger bemessen, zum anderen leicht zu transportieren und haltbarer als die Rationspakete für die Bevölkerung.

Fatsos Kopf war hochrot.

»Zehn von beidem«, knurrte er. »Und ich rate dir …«

»Fünfzehn«, unterbrach ihn Kurt und legte den Brieföffner zurück in die Reihe. »Fünfzehn Rationen und zwanzig Pillen. Du weißt, dass du ein gutes Geschäft machst, Fatso. Hab ich dir jemals schlechte Ware gebracht?«

Fatsos Blick sprang zwischen den Sachen auf seinem Schreibtisch und Kurt hin und her. Schließlich schlug er mit der flachen Hand auf den Tisch und grinste breit.

»Einverstanden.«

Kurt sah seine Sammlung nicht noch einmal an, während Fatso ihn auszahlte. Er legte die Zwiebackpakete, die Fleischkonserven und alles, was sonst noch zu den Rationen gehörte, in seine Umhängetasche und versuchte, zufrieden mit seinem Handel zu sein. Es gelang ihm nicht.

»Willst du noch Hallo zu deiner Mutter oben sagen, wenn du schon hier bist?«, knurrte Fatso.

Als Kurt aufsah, hielt der Besitzer des Badhauses den goldenen Brieföffner schon wieder zwischen seinen Wurstfingern. Kurt hatte nur auf so eine Anspielung gewartet und redete sich ein, dass sie ihm nichts ausmachte. Kurt sprach nie davon, wo seine Mutter ihren Platz in der Nachkriegswelt gefunden hatte, und dachte so wenig er konnte darüber nach. Es hatte aus der Not heraus begonnen, doch mittlerweile schien sie fast süchtig nach den Schmeicheleien der anhänglichsten Soldaten, die immer wieder zu ihr zurückkehrten.

»Nein, du musst sicher wieder da raus«, fuhr Fatso fort, »solange es noch was zu holen gibt. Wenn dir die Pillen ausgehen, weißt du ja, wo du mich findet.«

Statt einer Antwort schwang Kurt sich die ungleich schwerere Umhängetasche über und schritt auf die Stahltür zu.

»Wenn du ein wirklich gutes Geschäft machen willst, dann halt deine Augen nach einem goldenen Anhänger offen.« Fatso hatte wieder diesen Haifisch-Tonfall, der Kurt einen eisigen Schauer den Rücken hinunterschickte. »Kleines, unscheinbares Ding aus drei Ringen … aber eine Menge wert, was ich so höre. So etwas hast du nicht gesehen, oder?«

Kurts Gedanken rasten. Sollte er nachfragen? Ahnungslos tun? Er entschied sich dagegen. Fatso war schwer zu belügen und er roch Angst.

»Nein«, schüttelte Kurt den Kopf und wandte sich erst an der offenen Tür noch einmal kurz um. »Hab ich nicht.«

Fatso grinste.

Es geriet außer Kontrolle. Nein, es war bereits in dem Moment außer Kontrolle gewesen, als Evelyn mit Maria zu ihm gestoßen war. Nur hatten sie da noch keine Ahnung gehabt, was wirklich passierte.

Kurt versuche, einen klaren Kopf zu bewahren, während er sich zurück durch Laimgrube arbeitete. Evelyn war dem Tod näher als dem Leben und alles, wofür sie seit dem Kriegsende auf Beutezüge gegangen waren, hatte er eben für einen Spottpreis verscherbelt. Zudem waren ihnen übermenschliche Wesen auf den Fersen und Leonow war allem Anschein nach der Einzige gewesen, der etwas gegen sie hatte ausrichten können. Und jetzt diese Bemerkung von Fatso … Wusste er, in was für einen Strudel sie geraten waren?

So wenig ein Ausweg in Sicht schien, so klar war, wie alles angefangen hatte: Evelyn war nicht vorsichtig genug gewesen und nun wurden sie dafür bestraft. Doch wie konnte Kurt es ihr vorwerfen? Sie hatte sowohl Maria als auch Leonow geholfen und Kurt hatte sie mit ihrer ungestümen Art schon mehr als einmal das Leben gerettet.

»Ich bin's«, zischte er in den Treppenabgang hinunter, als er den Keller erreichte. »Alles in Ordnung?«

Er wollte die anderen nicht erschrecken. Am Ende hatten sie sich etwas überlegt, falls Soldaten kamen.

»Komm runter«, drang es herauf und Kurt stieg hinab, wobei er sich noch einmal im verwaisten Hof umsah. Am Himmel dämmerte bereits der Morgen.

Evelyn lag unverändert da und rührte sich nicht. Ihre Atemzüge hallten rasselnd im Keller nach und ohne das Geräusch hätte man sie ebenso gut für tot halten können. Ihr hilfloser Anblick weckte Schuldgefühle in ihm. Kurt wusste genau, dass sie an seiner Stelle nicht gezögert hätte, das Versprechen, das er ihr gegeben hatte, auch einzuhalten.

»Evelyn war während des Krieges in Aspern«, eröffnete er den anderen ohne Umschweife und Lyskom, der Kurts volle

Umhängetasche gemustert hatte, sah erstaunt auf. »Sie war schon vor dem Krieg krank. In Aspern haben sie ihr geholfen und jetzt, seit das mit dem Anhänger passiert ist, ist ihre Krankheit wieder zurückgekommen. Zumindest denkt sie das. Und es wird schlimmer …«

Auch Maria sah auf. Sie kauerte neben Evelyn an der Wand und versuchte augenscheinlich zu begreifen, wovon er redete.

»Leonow werden sie auch nach Aspern bringen, oder?«, fragte Kurt Lyskom und musste das *Wenn er noch lebt* nicht aussprechen. Es stand auch so im Raum.

Lyskom nickte hastig. »Ja, ich denke schon. Wie … Wann war sie dort?«

»Ich weiß es nicht«, sagte Kurt. »Du müsstest doch eher wissen, was da unten passiert ist, oder?«

»Nein«, schüttelte Lyskom den Kopf und warf Maria einen seltsamen Seitenblick zu. »Fabergé hat uns streng eingeteilt. Ich habe geschmolzen und gegossen, aber ich war der Jüngste. Von dem meisten, was sie da unten gemacht haben, hat er mich ferngehalten.«

»Ich hab ihr versprochen, dass ich sie wieder hinbringe«, sagte Kurt. »Meinst du, dass wir dort irgendetwas finden könnten, was ihr hilft?«

Lyskom schnaubte. »Ist das dein Ernst? Die Husaren suchen uns mit allem, was sie haben, und du willst in ihr Hauptquartier marschieren und dort stöbern, wo sie selbst seit Ende des Krieges nach Spuren suchen?«

»Ich habe es ihr versprochen«, wiederholte Kurt hilflos.

»Niemand, der da unten für den großen Mann gearbeitet hat, ist noch da«, hielt Lyskom dagegen. »Und wir suchen seit Wochen nach den Überresten der Werkstätten. Bisher haben wir nicht viel gefunden. Aspern ist genauso verwüstet wie der Rest der Stadt. Vielleicht noch mehr.«

Kurt bemühte sich, die Zweifel, die er selbst hatte, nicht noch größer werden zu lassen. Evelyn und er hatten schon Zutritt zu einigen Bunkern gefunden, in die sich sonst keiner mehr gewagt hatte.

»Wenn du und Leonow dabei wärt«, beharrte er, »und wenn wir den Ort finden. Könntet ihr nichts für sie tun? Könntet ihr nicht rausfinden, was sie gemacht haben, und es wiederholen?«

Lyskom zögerte und schüttelte schließlich den Kopf.

»Vielleicht nicht, vielleicht doch – das kann dir keiner sagen. Wenn Fabergés Reliktsammlung noch dort unten ist, vielleicht kann Leonow dann etwas damit bewirken, ich nicht. Vielleicht kann er rausbekommen, was mit ihr da unten passiert ist. Aber die Chancen sind dünn. Und wir müssten ihn erst mal befreien.«

Kurt sah in Lyskoms Augen etwas, das ihn trotz der ernüchternden Worte Hoffnung schöpfen ließ. Lyskom wollte Leonow ebenso wenig aufgeben wie Kurt Evelyn.

»Ich kann euch helfen.«

Kurts Blick irrte zurück zu Maria. Er hatte damit gerechnet, dass sie von hier an getrennte Wege gehen würden. Den Anhänger hatte Maria schon verloren, und wenn sie sich aufteilten, hatte sie vielleicht sogar eine Chance, trotz der allgegenwärtigen Husaren aus dieser Stadt zu entkommen. Doch stattdessen wirkte Maria auf einmal fest entschlossen, was sie Jahre älter erscheinen ließ.

»Wie?«, fragte er.

»Ich kenne einen Weg, den wir nehmen können«, sagte sie ruhig. »Dahin, wo sie Evelyn und die anderen hingebracht haben. Ich zeige ihn euch … wenn wir auch Leonow helfen.«

Kurts Blick sprang zwischen ihr und Lyskom hin und her, doch Lyskom schien nicht einmal überrascht.

»Und woher kennst du diesen Weg?«, fragte Kurt und Lyskom antwortete an ihrer Stelle.

»Weil sie selbst dort war.«

XII

EVELYN

»Du musst essen.«

Evelyns Arme zitterten. Sie saß an der Wand und stützte sich noch zusätzlich mit den Händen am Boden ab. Kurt hatte ihr wieder Pervitin gegeben, das merkte sie an dem bitteren Geschmack und dem pelzigen Gefühl auf ihrer Zunge.

»Nein.« Sie hatte weder Hunger noch Durst noch spürte sie sonst viel von ihrem Körper. »Wie geht es weiter?«

Sie mussten einen Plan haben, sonst hätten sie sie nicht geweckt. Die Pillen waren nur geborgte Energie. Früher oder später würde sie einfach zusammenklappen.

»Wir versuchen, dich hinzubringen«, nickte Kurt. »Aber wir können es uns sparen, wenn du auf dem Weg an Erschöpfung stirbst, also iss etwas.«

Evelyns Erleichterung war so groß, dass sie mit ihrer zitternden Hand gehorsam nach der geöffneten Fleischkonserve griff, die Kurt ihr hinhielt. An die Flucht aus dem Gasometer konnte sie sich nur in verschwommenen Bildern erinnern und sie wusste auch nicht mehr, ob sie noch bei Bewusstsein gewesen war, als sie den Keller erreicht hatten. Jetzt fühlte sie sich anders – klarer im Kopf – und doch nicht ganz sie selbst.

Kurt trat einen Schritt zurück und Evelyn entdeckte Maria und Lyskom, die sie beobachteten. Einer fehlte.

»Leonow …« Als sie seinen Namen aussprach, erinnerte sie sich daran, dass er auf der Flucht verloren gegangen war.

»Wahrscheinlich haben sie ihn nach Aspern gebracht«, erklärte Kurt. »Wenn wir Glück haben, können wir ihn befreien.«

»Er hat einfach umgedreht, oder?«, fragte Evelyn beklommen.

»Er hat uns Zeit verschafft«, sagte Kurt und blickte zu Boden. »Wir wären da sonst nicht rausgekommen.«

Evelyn spürte einen Kloß im Hals und nickte. Sie zwang etwas von den Fleischstücken hinunter. Hoffentlich würde ihr Magen sie bei sich behalten und hoffentlich halfen sie gegen das Zittern.

»Kannst du laufen?«, fragte Lyskom skeptisch. »Rennen? Was meinst du?« Sein Blick blieb an ihren zitternden Händen hängen.

»Ja«, antwortete sie reflexartig. Sie fühlte sich stark genug, keine Frage. Was ihrem Körper an Kraft fehlte, würde von dem Medikament kommen. »Gehen wir durch die Kanäle?«

Sämtliche Brücken über den Fluss, die die jenseitigen Gebiete mit dem Stadtkern Wiens verbanden, wurden streng kontrolliert. Deshalb hatten sich die meisten Runner, die in Aspern ihr Glück versuchen wollten, durch den Sammelkanal unter dem Fluss hindurchgeschlichen. Man musste in der Kanalisation allerdings ständig den Wasserstand im Auge behalten. Es gab Engstellen mit starker Strömung, in denen man leicht ertrinken konnte, wenn man nicht vorsichtig genug war.

»Nein«, erwiderte Kurt und hielt ihr eine Packung Zwieback hin. Jetzt, wo Evelyn angefangen hatte zu essen, konnte sie kaum mehr damit aufhören. Die Fleischkonserve war fast leer und sie schlang hastig den Zwieback hinterher.

»Lyskom sagt, dass sie jeden im Kanal abfangen. Maria weiß einen besseren Weg.«

Evelyn nahm es hin. Sie wollte so schnell wie möglich aufbrechen und hatte dabei die seltsamste Zuversicht. Sie wusste ja nicht einmal, was die anderen planten, und trotzdem fühlte sie sich gewappnet. Wenn das von dem Pervitin kam, dann war es kein Wunder, dass die Soldaten es vor dem Kampfeinsatz genommen hatten.

»Du musst nicht so schlingen«, sagte Kurt. »Wir haben noch etwas Zeit. Wir wollen los, wenn es richtig dunkel ist.«

Evelyn ließ den Zwieback in ihrer Hand sinken und blickte in die Runde.

»Wann ist das? Wie lang sind wir schon hier?«

Ihr Zittern ließ nicht nach. Es war sogar eher noch stärker geworden.

»Seit dem frühen Morgen«, erklärte Maria. »Draußen dämmert es gerade. Wir wussten nicht, wie lang du brauchst, um wieder auf die Beine zu kommen.«

»Aber warum habt ihr so viel Zeit verstreichen lassen?«, fragte Evelyn erschrocken. »Sie haben bestimmt schon die halbe Armee mobilisiert!«

»Je mehr sie aussenden, umso weniger sind jetzt in Aspern«, behauptete Kurt.

Die Blicke, die die drei tauschten, verrieten, dass sie sich keineswegs einig gewesen waren.

»Wir brauchen doch keine Dunkelheit?«, fragte Evelyn. »Wir gehen sowieso unter die Erde.«

Evelyn ließ den Zwieback liegen und mühte sich auf die Füße. Kurt half ihr und das war gut so, denn ihre Beine wackelten, als versuche sie auf zwei klapprigen Stöcken zu laufen.

»Es wird besser. Es geht schon!«, behauptete sie und stützte sich an der Wand ab. Es war seltsam, wie sie spürte, dass ihr Körper zu nichts in der Lage war, und gleichzeitig das Gefühl hatte, sie könnte Bäume ausreißen. Sie würde ihre Muskeln schon in Reih und Glied bringen.

»Dann brechen wir doch jetzt auf«, stimmte Maria ihr zu. »Je länger wir warten, desto schlechter für Leonow.«

Evelyn machte bereitwillig einen Schritt von der Wand weg, und ihre Beine knickten augenblicklich unter ihr ein. Sie bekam nicht einmal die Hände hoch, um sich abzufangen, sondern knallte mit dem Gesicht auf den Boden.

Maria und Kurt waren sofort bei ihr.

»Verdammt«, grinste sie, um ihre Schwäche zu überspielen. Doch den stirnrunzelnden Mienen der beiden nach bewirkte sie das Gegenteil. Sie schmeckte Blut, als Kurt ihr half, den Oberkörper aufzurichten.

»Gib mir noch was«, verlangte sie. »Dann wird es gehen.«

Kurt sah ihr in die Augen und biss sich auf die Lippen. Dann griff er in die Tasche und gab ihr eine weitere Pille. Der Sturz hatte ihren Körper zumindest ein wenig aus seiner Lähmung geholt. Wahrscheinlich hätte sie es auch so die Treppen hochgeschafft, aber sicher war sicher.

Als sie nach draußen traten, war es schon fast dunkel. Evelyn folgte Kurts Blick zum Himmel und entdeckte dort einen Schemen. Vielleicht ein Vogel, doch es konnte ebenso gut einer der Halbengel sein, die nach ihnen suchten.

Statt auf die Schotterpiste hinaus wandte sich Kurt an der Hausfassade entlang zu der flachen Mauer, die den Hinterhof umgrenzte. Sie nahmen den Schleichweg durch die Höfe, die einmal ein ganzes Wohnviertel verbunden hatten. Jetzt waren es nur noch einzelne Bauten, die entlang der Mäuerchen aufragten wie Zahnstummel vom Kiefer eines alten Mannes.

»Wie kommen wir hin?«, fragte Evelyn, die Dank der Aufputschmittel in ihrem Blut einigermaßen mithalten konnte.

»Über die Zeltstadt«, erwiderte Kurt, »und ins Zentrum.«

Evelyn staunte. Die Bunkertunnel im Zentrum waren entweder eingestürzt, so wie der Keller, aus dem sie Maria herausgeholt hatte, oder bestens erkundet. Wenn es eine intakte Verbindung nach Aspern gab, dann konnte sich Evelyn kaum vorstellen, wie sie so lange hatte geheim bleiben können. Was also war ihr Ziel?

Die Zeltdächer kamen bald in Sicht und das Abendrot legte eine rot-violette Färbung über die beigen Stoffbahnen, die die Amerikaner auf dem Heldenplatz bis über den Volksgarten errichtet hatten. Sie waren hoch eingezäunt und bewacht und dienten vielen ihrer eigenen Leute als Unterkunft. Dazu waren hier Menschen untergebracht, von denen sie sich noch Informationen oder sonst etwas erhofften. Ob diese Gäste immer freiwillig blieben, dazu gab es verschiedene Meinungen.

Kurt machte regelmäßig Halt in Deckung, um ihnen kleine Pausen zu gönnen. Die geflügelten Schemen waren die ganze Zeit über am Himmel auszumachen, doch statt Angst spürte Evelyn bei ihrem Anblick ein entferntes Echo davon, wie es sich für sie selbst angefühlt hatte zu fliegen. Kurt blickte ständig nach oben und winkte sie in Deckung, wenn er es für nötig hielt.

Erst als sie das Ende des Heldenplatzes erreicht hatten und die Trümmer der Nationalbibliothek überblickten, bekam Evelyn einen Eindruck davon, was in der Stadt los war.

»Wie sollen wir da durchkommen?«, raunte Kurt bestürzt.

Entlang der Enttrümmerungsschneise, wo Evelyn gestern noch mit ihrer Mutter gearbeitet hatte, standen die Soldaten beinahe durchgängig im Spalier. Die schiere Masse der Bewaffneten bescherte Evelyn trotz ihrer einlullenden Selbstsicherheit einen kurzen Schreckmoment.

Während die anderen in leiser Diskussion Pläne fassten und wieder verwarfen, beobachtete Evelyn den Strom der Menschen, die von der Arbeit abgerufen wurden. War ihre Mutter unter ihnen? Sie musste sich schreckliche Sorgen um sie machen …

»Evelyn?« Kurt berührte sie am Arm und sie brauchte eine Weile, um zu ihm zurückzufinden. Als sie seine Hand betrachtete, bemerkte sie, dass sie aufgehört hatte zu zittern. Doch genauso spürte sie, wie ihr Fenster zur Welt enger wurde.

»Wie viel hast du noch?«, fragte sie und fürchtete seine Antwort. Die Schmerzen waren nach wie vor da. Noch lagen sie unter zwei Metern weicher Watte vergraben, doch sie wühlten und fraßen sich hindurch und es würde sicher nicht mehr lang dauern, bis sie ihre hässlichen Fratzen wieder daraus erhoben.

»Genug«, versicherte ihr Kurt hastig, obwohl seine Augen etwas anderes sagten. »Aber … es waren schon viele. Ich weiß nicht, wie viel du noch verträgst.«

»Ich versuch's ohne.«

Vielleicht gaben ihre Muskeln zuerst auf, wenn sie den einen Schritt zu weit gemacht hatte. Vielleicht würde ihr Herz auch einfach aufhören zu schlagen. Aber ganz sicher trieb sie ihren Körper gerade über sämtliche roten Bereiche hinaus.

»Wir kommen hier nicht weiter«, erklärte ihr Kurt. »Es sind zu viele. Maria sagt, ihr seid gestern durch den Flakturm geflohen? Vielleicht kommen wir so wieder hin.«

»Der Zugang, den wir suchen, ist in der Nähe von dem Keller, wo du mich gefunden hast«, sprang Maria ein.

»Ja«, erwiderte Evelyn, »durch den Flakturm kommen wir da wieder hin. Aber dort werden auch Soldaten sein.«

Kurt griff ihr schon unter die Schulter. »Vielleicht finden wir eine unterirdische Verbindung.«

Er half ihr hoch und schien es selbst plötzlich sehr viel eiliger zu haben. Lag es an ihrem Zustand? Sie sah förmlich, wie die Randbereiche ihrer Wahrnehmung trüber wurden: Ihre Augen schalteten um auf Tunnelblick und jeder Schritt fühlte sich an, als stochere sie mit ihren Beinen in einem Sumpf nach festem Boden. Sie würde Kurt bald um Nachschub bitten müssen. Doch ihr war nicht entgangen, dass die Wirkung des Pervitins immer schneller nachließ.

Sie setzten zurück bis in den Grenzbereich zu Laimgrube und mussten immer häufiger in Deckung gehen, um nicht von Soldaten entdeckt zu werden. Auch Amerikaner waren unterwegs, doch die meisten trugen das Dunkelgrau der Husaren. Vor der offenen Ebene, in deren Mitte der mächtige Flakturm stand, fiel es Evelyn immer schwerer, sich aufrechtzuhalten. Kurt fischte endlich in seiner Tasche nach der nächsten Pille für sie. Während Evelyn sie schluckte, sah sie aus dem Augenwinkel, dass Lyskom und Maria schon auf die freie Fläche vorausgegangen waren. Sie bemerkte, dass Lyskom seine Uniform gegen unauffälligere Kleidung getauscht hatte. Wann war das geschehen? Hatte sie schon wieder Aussetzer?

»Sei vorsichtig, okay?« Kurt wischte ihr mit den Fingern über die Wange und zeigte ihr Blut, vermutlich von ihrem Sturz im Keller. »Auch wenn du deine Schmerzen nicht mehr spürst.«

Evelyn nickte, obwohl ihr die fehlende Erinnerung deutlich mehr Angst machte. Dann setzten sie sich gemeinsam in Bewegung.

Aus dem Betonkoloss vor ihnen kamen immer wieder vereinzelte Gestalten: Kupfergräber und Flakturm-Bewohner, die sich in der Dämmerung nach Laimgrube aufmachten oder die Ausbeute des Tages zu ihren Schrotthändlern brachten. Kurt schien sich unter sie mischen zu wollen, doch Evelyn bemerkte die Blicke, die ihnen folgten. Ihr Gefühl der Sicherheit wich langsam, aber stetig einer wachsenden Beklemmung. Plötzlich ging ein Ruck durch Kurt und er beschleunigte seine Schritte. Evelyn stolperte hinterher, aber sie konnte nicht schneller.

»Warte!«, raunte Kurt ihr hektisch zu. »Bleib stehen und warte kurz!«

Seine Hand ließ los und sie spürte kindliche Verzweiflung darüber. Ließ er sie zurück?

Dieses Mal ging die Lücke in ihrem Bewusstsein nicht einfach so an ihr vorbei: Ohne zu wissen, wie sie dorthin gekommen war, stand sie plötzlich zwischen Maria und Lyskom. Kurt sprach mit einem breitschultrigen Kupfergräber. Evelyn hatte sein Gesicht schon einmal gesehen, konnte sich aber nicht an den Namen erinnern.

»Hey, ich will dir nichts Böses, Kurti«, sagte der Mann, »du weißt das! Aber ich krieg Ärger ...«

Sie standen nah beim Eingang.

»Habt ihr mich ...«, setzte Evelyn flüsternd an.

»Schhhhh«, unterbrach Maria sie sofort. »Sei still.«

»Hier«, seufzte Kurt gegenüber dem Kupfergräber. »Ich hab was für deine Familie dabei.«

Kurt bestach ihn, begriff Evelyn. Er musste zweimal in seine Umhängetasche greifen, ehe der Mann zufrieden war und die Rationspakete irgendwo in seinem weiten Mantel verschwinden ließ.

»Geht mir schnell aus den Augen«, nickte er mit dem Kopf in Richtung Eingang. »Und stellt keinen Unsinn an.«

Als Kurt ihm den Rücken zukehrte, runzelte der Kupfergräber plötzlich die Stirn.

»Ihr habt nicht noch jemanden mitgebracht, oder?«

Alarmiert folgte Kurt seinem Blick. Auch Evelyn wandte den Kopf zurück, doch die Dämmerung war zu weit fortgeschritten oder ihre Augen ließen sie im Stich: Sie sah nur Schemen, die durch die Nacht eilten.

»Da hinten – der Schrank, der da andampft: Ist das nicht einer von Fatso?«, murmelte der Kupfergräber. »Das ist doch der mit der großen Nase ...«

Dann wandte er sich wieder Kurt zu und taxierte ihn mit gerunzelter Stirn. »Ihr habt keinen Ärger mit Fatso, oder?«

Kurt antwortete nicht darauf, sondern gab ihnen im Verborgenen hektisch einen Wink. Als er Anstalten machte abzuhauen, packte ihn der Kupfergräber am Arm.

»Nicht so schnell!«

Doch Kurt war zu flink für ihn. Er entwand sich mit einer geschmeidigen Bewegung und sie rannten los.

»Kommt! Rein und in den Keller!«

»Hey!«, rief der Mann ihnen wütend nach, doch sie liefen bereits in den riesigen Betonbau.

Evelyn erlebte die Flucht wie im Fieber. Sie spürte die anderen vor und hinter sich und hatte keine andere Wahl, als zu rennen und mitzuhalten. Als sie sich umwandte, entdeckte sie Verfolger. Drei Männer, die Menschen aus dem Weg schubsten und ihnen nacheilten.

»Wer ist das?«, rief Lyskom Kurt zu, der vorpreschte, um die Richtung vorzugeben. Doch dieser antwortete nicht.

Fatso, geisterte ein Gedanke in Evelyns Kopf herum. Warum sollte ausgerechnet Fatso es plötzlich auf sie abgesehen haben? Doch alles war so dumpf geworden, als nähme sie die Welt von unter Wasser wahr.

»Lauf!«, schrie Maria ihr während der Flucht ins Ohr, wann immer sie ins Trudeln kam, und es holte sie zumindest für den Augenblick zurück.

Sie stolperten eine Treppe hinunter und es wurde kühler. Die Bunkertunnel, erinnerte sie sich. Es mussten die sein, durch die sie mit Maria aus dem eingestürzten Keller geflohen war. Hinter ihnen schallten Lärm und Rufe und Evelyn konnte nicht sagen, ob sie näher kamen. Alles rückte weiter und weiter in die Ferne und schließlich stürzte sie auf den Betonboden …

»Wo habt ihr ihn?«, tönte eine raue Stimme in dem engen Tunnel.

Evelyn hob vorsichtig den Kopf und sah Kurt vor sich auf dem Rücken liegen. Über ihm kniete Plattnase, einer von Fatsos Leuten, den auch Evelyn kannte. Wann hatte er sie eingeholt? Hatte sie schon wieder eine Erinnerungslücke?

Plattnase hielt Kurts Oberkörper am Kragen seines Hemds ein Stück über dem Boden.

»WO?« Er holte mit der Rechten aus und schlug Kurt mit der flachen Hand ins Gesicht. Kurt heulte auf und Evelyn zuckte zusammen.

Fatso war ein ekelhafter Kerl, aber er war immer halbwegs korrekt zu ihnen gewesen. Noch nie hatte einer seiner Männer solche Gewalt gegen sie angewendet. Evelyn sah sich nach den anderen um, doch da war niemand mehr.

»Haben ihn die anderen zwei?«

»Nein«, keuchte Kurt unter Schmerzen, »die Husaren.«

Unter Aufbietung ihres ganzen Willens mühte Evelyn sich auf die Knie. Kurt brauchte sie. Sie musste ihre Hilflosigkeit irgendwie überwinden.

»Verdammt!«, fluchte Plattnase, »das werden wir ja sehen.«

Evelyn sah sich nach irgendetwas um, das ihr helfen konnte, ihn zu überwältigen, doch da waren nur der glatte Betonboden und die beklemmenden, steinernen Tunnelwände.

»Hoch jetzt!«

Plattnase war im Begriff, aufzustehen und sich umzudrehen. Evelyn stemmte sich über die Arme nach oben und kam ihm zuvor. Als Plattnase sich erhob, wankte sie einfach nach vorn und ließ sich auf seinen Rücken fallen. Die Arme hatte sie nach vorn ausgestreckt und schlang sie um seinen Kopf.

»Kurt!«, schrie sie, während Plattnase blitzschnell die Hände nach hinten warf und sie schon packte.

Mit einem Brüllen zerrte er sie zur Seite und wollte sich zu ihr umwenden. Doch Evelyn hielt seinen Kopf im Klammergriff und fand mit der rechten Hand sein linkes Ohr.

Sie riss, so fest sie konnte, an seiner Ohrmuschel und sein Wutbrüllen wurde noch lauter.

Endlich war Kurt da und versetzte ihm ein paar harte Faustschläge in den Bauch, dass er auf die Knie sackte.

»Komm! Lass ihn los!«, rief Kurt.

Gehorsam entließ Evelyn Fatsos Türsteher aus ihrem Klammergriff und er kippte sofort nach vorn auf die Hände. Statt zu atmen, keuchte und japste er nur. Kurts Schläge hatten scheinbar gesessen.

»Die zwei anderen sind noch hinter Maria und Lyskom her. Schnell!«

Doch schnell konnte Evelyn schon lange nicht mehr. Die

Schmerzen stachen in ihren Rücken, ihre Brust und ihren Schädel. Sie musste die Hand nach Kurts Schulter ausstrecken, allein, um nicht wieder auf den Boden des Tunnels zurückzusinken.

Als Kurt sah, wie es um sie stand, nestelte er weitere Pillen aus der Tasche. Es waren drei Stück, und wie er sie in der offenen Hand betrachtete, mochten es seine letzten sein. Evelyn schluckte sie alle auf einmal und glaubte trotzdem nicht daran, dass sie noch viel bewirken würden. Als sie aufsah, trat Kurt Plattnase gerade mit einem Schritt Anlauf in die Seite. Er gab kaum mehr ein Geräusch von sich, sondern brach einfach zusammen.

»Der steht so schnell nicht wieder auf«, sagte Kurt mit düsterer Stimme und griff Evelyn unter die Arme. Von ihm gestützt, humpelte sie den engen Gang entlang.

XIII

KURT

Evelyns Hilfe kam ebenso bitter nötig wie unerwartet. Die letzten Meter ihrer Flucht hatte Kurt sie wieder gestützt und sie hatten Lyskoms und Marias Tempo nicht mitgehen können. Plattnase hatte sie eingeholt und Kurt zu Boden gerissen. Die anderen beiden hatte er Maria und Lyskom nachgeschickt. Kurt hatte innerlich schon verzweifelt und konnte es kaum glauben, dass Plattnase nun überwältigt am Boden zurückblieb.

Evelyns Blick wurde schon wieder trüber und ihre Bewegungen unkoordinierter. Er musste sie irgendwie bis hinter die geheime Tür bringen, von der Maria erzählt hatte. Und dann mussten sie hoffen, dass sie dort irgendetwas fanden, das ihnen weiterhalf. Kurt mochte gar nicht daran denken, dass sie dazu laut Lyskom in jedem Fall auch Leonow brauchen würden. Dabei war es allenfalls eine Vermutung, dass die Husaren ihn ebenfalls nach Aspern gebracht hatten. Es war ein fürchterlicher Plan. Kein Wunder, dass schon jetzt alles vor die Hunde ging.

»Warum Fatso?«, keuchte Evelyn, während sie nur quälend langsam vorwärtskamen.

»Ich musste zu ihm für die Rationen und die Pillen«, erklärte Kurt, überrascht, dass Evelyn überhaupt noch so viel mitbekommen hatte. »Ich hab ihm nichts gesagt, aber plötzlich hat er von Marias Anhänger geredet und ich glaube, er hat spitzgekriegt, dass ich etwas weiß.«

»Er ist eine verdammte Spinne«, sagte sie. »Er hat seine Augen überall. Du hättest nicht hingehen dürfen.«

Was sollte er darauf sagen? Wäre er nicht gegangen, würde sie noch immer in dem Keller in Laimgrube liegen.

»Es war ein dummes Versprechen«, fügte Evelyn ernüchtert hinzu, als erriete sie seine Gedanken. »Ihr bringt euch alle um wegen mir.«

»Ohne dich wären Leonow und Maria und ich alle drei schon tot. Also hör einfach auf damit ...« Kurt hörte sie schnauben. Zumindest glaubte er das, auch wenn jeder ihrer Atemzüge von keuchenden Geräuschen begleitet wurde.

Ganz unrecht hatte sie mit Fatso nicht gehabt. Kurt hätte ahnen müssen, dass der Hehler ihm Leute hinterherschicken würde, so wie er ihn auf den Anhänger angesprochen hatte. Er hätte vorsichtiger sein müssen.

Evelyn hatte kaum mehr die Kraft, die Füße zu heben. Kurt spürte ihr ganzes Gewicht auf sich. Die Pillen schienen dieses Mal kaum mehr anzuschlagen.

»Weißt du noch, wo du Maria gefunden hast?«, fragte er.

»Noch ein Quergang und dann die Tür rechts«, entgegnete sie.

»Maria hat gesagt, dass es danach nicht mehr weit ist.«

»Hat sie euch erklärt, wohin?«, keuchte Evelyn.

»Ja«, antwortete Kurt und musste sich dann schweren Herzens berichtigen. »Nein. Die Richtung schon, aber ohne sie finden wir es wahrscheinlich nicht.«

Kurt horchte die ganze Zeit über auf Kampfeslärm oder Rufe der anderen, doch da war nichts. Waren sie schon aus dem Tunnel?

»Hier war es«, zeigte Evelyn auf die nächste Tür nach dem Quergang, doch Kurt richtete seine Augen auf etwas anderes.

Etwas, das ihm wieder einen Funken Hoffnung einhauchte, und mit jedem Schritt, den sie näher kamen, wuchs seine Erleichterung.

»Da liegen die anderen zwei von Fatso«, sagte er schließlich, als er sicher war. »Sie haben sie abgewehrt.«

Maria und Lyskom waren nicht weit gekommen, ehe auch sie eingeholt worden waren.

»Ist das … Blut?«, fragte Evelyn.

Kurts Nackenhaare stellten sich auf, als er die Blutlache erkannte, die sich um die beiden auf dem Bauch liegenden Männer ausgebreitet hatte. Evelyn stützte sich an der Wand ab, während Kurt sich widerwillig zu den beiden Männern hinunterbückte. Sie waren definitiv tot, was nicht unbedingt der Grund für Kurts Unbehagen war. Als Runner war er gewohnt, über Leichen zu steigen. Was ihm eine Gänsehaut machte, war, dass diese Männer eben noch an ihm vorbeigerannt waren.

»Wenn Plattnase ein Messer gehabt hätte, hätte ich bestimmt auch versucht, es gegen ihn zu verwenden«, versuchte Kurt, den erschreckenden Anblick zu relativieren.

»Aber warum haben sie nicht hier auf uns gewartet?«, fragte Evelyn zwischen zwei schweren Atemzügen.

»Ich weiß es nicht«, entgegnete Kurt, auch wenn er eine Ahnung hatte.

Maria und Lyskom hätten sogar umdrehen können, um Evelyn und ihm zu helfen. Stattdessen zeigten ein paar blutig verwischte Schuhabdrücke hinter der Lache, dass sie ihren Weg fortgesetzt hatten.

»Da sind sie gelaufen«, deutete er für Evelyn auf die Spuren. »Wir sollten ihnen schnell nach.«

Er konnte seine Enttäuschung kaum verbergen. In Laimgrube hatten ihn Maria und Lyskom beide gedrängt, nicht zu viel Zeit verstreichen zu lassen. Die dünne Chance, Leonow zu retten, schien ihnen am Ende beiden wichtiger gewesen zu sein als Evelyns noch geringere Hoffnung, in Aspern Hilfe zu finden.

»Komm«, fasste er ihr unter den Arm und zog sie von der Wand weiter. »Wir dürfen sie nicht verlieren. Wir wissen nicht, wo sie aus dem Tunnel raus sind.«

Die Blitzkraft-Kugeln wurden spärlicher und der Gang damit dunkler, trotzdem entdeckte Leonow hier und da noch Blut von den Schuhen am Boden. Die nächste Tür gehörte zu einem längst geplünderten Lager. Ein Stück danach führten Treppen weiter in die Tiefe. Kurt wäre wahrscheinlich hinuntergestürzt, doch er trat zum Glück auf ein klirrendes Stück Absperrungskette am Boden und entdeckte die Kante, wo es hinunterging.

»Vorsicht«, warnte er Evelyn, die immer wackliger auf den Beinen war und gar nicht reagierte.

Kurt dachte schon, sie hätten die anderen verloren, als er Blutspuren an der nächsten Stahltür fand: einen verwischten Handabdruck und Blut an der Klinke. Waren die anderen auch selbst verletzt worden?

Die Tür offenbarte den Keller eines Wohnhauses. Der schwarze Kohlestaub in den unterteilten Lagerplätzen war unverkennbar. Hunderte von Kohlekellern waren in den Kriegsjahren an das Bunkernetz angeschlossen worden.

»Siehst du?«, raunte er Evelyn zu und deutete auf die Abdrücke am schwarz verschmierten Boden.

»Evelyn«, zischte er, als diese nicht reagierte.

Sie zuckte zusammen und blickte ihn verständnislos an.

»Sind wir da?«

»Fast«, murmelte er und fühlte sich schrecklich auf sich allein gestellt.

Über den halb verschütteten Treppenaufgang tasteten sie sich vorsichtig nach oben. Auf dem letzten Stück klaffte die Betondecke über ihnen auf und der Nachthimmel kam zum Vorschein. Kurt spürte Nieselregen.

»Draußen könnten Soldaten sein«, schärfte er Evelyn ein und hoffte, dass es zu ihr durchdrang.

Er hob den Kopf in die Öffnung und sah sich vorsichtig nach

allen Richtungen um. Nicht weit von ihnen ragten Trümmer der ehemaligen Domkuppel auf, die ihr Ziel gewesen war. Und das Soldatenspalier entlang der Hauptstraße war so weit weg, dass sie sich darum keine Gedanken würden machen müssen. Doch er empfand keine Erleichterung. Stattdessen stahl sich zunehmend Verzweiflung in seine Brust, während sein Blick versuchte, sich an irgendetwas in der Dunkelheit festzuhalten: Da waren keine Spuren mehr, ob nun zufällig oder absichtlich zurückgelassen. Er hatte keine Ahnung, wohin sie sich wenden sollten.

»Warte kurz«, sagte er zu Evelyn und kletterte nach draußen. »Rühr dich nicht vom Fleck. Ich bin gleich zurück.«

Mitten im Trümmerfeld des Doms erhob er sich und schritt Kreise um den Treppenabgang ab. Seine Verzweiflung wurde immer größer. Auch ohne den Regen wäre es unmöglich gewesen, in dem Dreck und den Steinen Spuren von dem Blut oder der Kohlestaub-Schmiere zu finden. Den Gedanken, nach den anderen zu rufen, verwarf er sofort wieder. Wer wusste, ob nicht doch irgendwo in der Umgebung Soldaten lauerten?

Nach ein paar Minuten im Regen wandte er sich zur Treppe zurück und ließ sich hoffnungslos auf eine der Stufen zurücksinken. Er konnte sich nicht dazu durchringen, Evelyn dabei in die Augen zu sehen.

»Wo sind die anderen?«, fragte sie mit brüchiger Stimme und ihre Atemzüge klangen noch schlimmer als vorhin.

»Sie sind vorausgegangen«, antwortete er und brachte es nicht übers Herz, ihr die Wahrheit zu sagen. »Sie sehen nach, ob der Weg sicher ist.«

»Gut.« Sie saß eine Stufe tiefer und lehnte ihren Kopf an sein Knie. Kurt fuhr ihr mit der Hand durchs Haar, das feucht vom Regen war, und kämpfte mit den Tränen. Tabletten hatte er keine mehr. Wenn sie jetzt zurück ins Koma fiel, wie sollte er sie dann wieder wach bekommen?

Er nahm die Umhängetasche herunter und stellte sie neben sich.

»Hast du Hunger?«, fragte er. »Willst du dich noch mal stärken?«

Evelyn schüttelte nur sacht den Kopf.

»Nicht aufhören«, seufzte sie und Kurt streichelte weiter.

Es war still, bis auf das leise Geräusch der Regentropfen und Evelyns rasselnden Atem.

»Kannst du … kannst du meiner Mutter sagen, dass es mir leidtut?«

Kurt spürte die Tränen über seine Wangen fließen und beugte sich zu ihr herunter, um sie in die Arme zu schließen. Er hatte es nicht geschafft. Er hatte sie nicht retten können.

»Okay«, flüsterte er und spürte in seinem Herzen, dass sie ihn schon nicht mehr hörte. »Mir tut es auch leid …«

Kurt achtete nicht auf den Regen, der ihn mehr und mehr durchnässte. Er weinte, über Evelyns Kopf gebeugt, bis die Tränen versiegten, und spürte ihre rasselnden Atemzüge. Es mochte eine halbe Stunde oder länger vergangen sein, als er plötzlich ein Geräusch hörte: Schritte, draußen auf den Trümmern.

Zunächst reagierte er nicht, doch er hörte, dass sie sich näherten, und richtete sich auf. Vorsichtig, Evelyns Kopf noch auf dem Schoß, reckte er den Hals, um einen Blick aus dem Treppenabgang zu erhaschen.

Als er die Gestalt dort draußen als Lyskom erkannte, brannte ohnmächtige Wut in ihm auf. Er bettete Evelyns Kopf auf die Umhängetasche und wartete Lyskoms Ankunft ab. Als dieser bis auf wenige Meter heran war, entdeckte er Kurt und zuckte zusammen.

»Ihr seid da«, überspielte Lyskom sein Erschrecken. »Gut!«

Kurt nahm die Hand, die Lyskom ihm darbot, und ließ sich hochhelfen. In derselben Bewegung packte er ihn mit beiden Händen an dem Lumpenhemd, das er jetzt trug, und zog ihn heran.

»Wo wart ihr?«, fuhr er Lyskom an und hob sein deutlich

muskulöseres Gegenüber fast von den Füßen. »Warum seid ihr einfach abgehauen?«

Alles Weitere blieb ihm im Hals stecken. Ein fahler Lichtschein war auf Lyskoms Gesicht gefallen und zeigte, wie totenbleich er war. Blut floss aus seiner Nase und über seine geschwollene Oberlippe. Sein linkes Auge war lila-blau unterlaufen und auch sein Kinn hatte etwas abbekommen. Als Kurt von ihm abließ, sackte Lyskom stöhnend in sich zusammen, und Kurt sah, dass auch sein Hemd am Bauch vollgeblutet war.

»Wenn du mir damit den Rest geben wolltest«, keuchte Lyskom, »dann hast du's beinah geschafft.«

»Wo ist Maria?«, fragte Kurt.

Lyskom ging in die Hocke und atmete mit schmerzverzerrtem Gesicht tief durch.

»Wir wussten ja nicht, wer uns am Ende nachkommt. Ihr oder unsere Verfolger. Mehr von denen hätten wir nämlich nicht gepackt.«

Die Angst war verständlich. Plattnase wäre auch mit Kurt und Evelyn zusammen mühelos fertiggeworden, wenn Evelyns Angriff nicht so überraschend gekommen wäre. Und trotzdem hätten Lyskom und Maria doch irgendwie sicherstellen müssen, dass sie ihn und Evelyn nicht einfach abhängten.

»Lebt sie noch?«, fragte Lyskom.

»Gerade so«, entgegnete Kurt.

»Dann hören wir doch auf, hier Zeit zu verschwenden! Maria hat den Zugang gefunden und geöffnet. Und ich weiß, wo er hinführt. Vielleicht können wir ihr noch helfen.«

»Wie?« Kurt *wollte* ihm glauben, dass es noch Hoffnung gab, aber es klang zu schön, um wahr zu sein. »Evelyn hält nicht mehr lange durch.«

»Ich erklär dir alles, aber Maria geht es nicht besser als mir. Und sie ist dort geblieben und wartet auf uns.«

Lyskom bückte sich zum Treppenabgang, um nach Evelyn zu sehen.

»Los, hilf mir!«

Gemeinsam hievten sie sie hoch. Evelyns Kopf baumelte dabei nach links und rechts und sie gab keinen Laut von sich.

»Wie weit ist es?«, fragte Kurt

»Hinter der umgekippten Säule.«

Die ehemalige Jesiten-Kathedrale, die an dieser Stelle gestanden hatte, hatte einer Schuttwüste Platz gemacht, aus der kaum mehr Bauteile ragten, die Kurt wiedererkannte. Neben den großen Trümmern der Kuppel gab es nur noch ein paar Grundmauern und die Stummel der Türme, die einmal stolzes Wahrzeichen der Stadt gewesen waren. Vor einem dieser Stummel lag eine umgestürzte Tragsäule mit einigen Bruchstellen und dorthin machten sie sich auf.

Kurt hatte schon im Tunnel das Gefühl gehabt, Evelyns ganzes Gewicht zu tragen, doch das war ein Irrtum gewesen. Jetzt, da jede Körperspannung aus ihr gewichen war, brachte sie ihn und Lyskom selbst zu zweit an den Rand ihrer Kräfte, noch dazu auf diesem unwegsamen Gelände.

Als er auf dem Geröll ins Straucheln kam und Lyskom Evelyn für einen Moment allein halten musste, sah Kurt das erneute Schmerzzucken auf seinem Gesicht.

»Wie schlimm haben sie dich erwischt?«, fragte er.

Lyskom schüttelte den Kopf. »Es geht schon. Sie hatten Messer. Einer hat mich am Bauch getroffen, aber nicht tief. Maria hat mir geholfen, aber sie hat selbst was abgekriegt, bis wir mit ihnen fertiggeworden sind. Wer war das überhaupt?«

Kurt wollte es ihm erklären, aber Lyskom winkte schon wieder ab.

»Ist jetzt egal. Hauptsache, es kommt keiner mehr nach.«

»Ich denke nicht«, entgegnete Kurt kleinlaut. »Habt ihr irgendwo Soldaten gesehen?«

Bis auf ferne Fackellichter in Richtung der Hauptstraße hatte er noch immer kein Anzeichen von Husaren entdeckt.

»Nein. Aber das heißt nicht, dass keine hier sind.«

Als sie die Säule erreichten, machten sie kurz Halt und Lyskom stützte entkräftet die Hände auf die Knie. Evelyns Atem war flacher und leiser geworden und ihre Lippen hatten fast dieselbe Blässe wie ihre Haut.

»Wohin führt Marias Weg?«, fragte Kurt. Von hier nach Aspern war es selbst in Luftlinie noch eine ziemlich weite Strecke. Und wer wusste, wie schnell sie in Marias geheimem Tunnel vorankommen würden? »Du hast gesagt, du hast ihn wiedererkannt?«

»Komm mit«, mühte Lyskom sich auf. »Du siehst es gleich selbst.«

Sie schulterten Evelyn und Lyskom führte sie zielstrebig zu einer Senke in den Trümmern. Sie sah nicht aus, als wäre sie von selbst entstanden. Jemand hatte gewusst, wo er suchen musste, und entweder mit viel Zeit oder vielen Helfern den Zugang zu einer Treppe freigelegt. Als Kurt die Marmorstufen erkannte, wurde ihm klar, wozu.

»Das gehört zum Dom«, sagte er verwirrt. »Da geht's runter in die Katakomben.«

Trotz aller Funde, mit denen andere prahlten, hatte Kurt sich nie an Kirchen-Plünderungen beteiligt. Er hatte zu viel Angst oder vielleicht auch zu wenig Hunger gehabt, als dass er den Zorn Gottes und seiner Söhne riskiert hätte. Immerhin war die Kathedrale im Laufe der Zeit sowohl Jesu Mutter Maria als auch dem ersten Engel Prometheus geweiht worden.

»Hier habt ihr einen Tunnel gefunden?«, fragte er ungläubig.

»Ja«, entgegnete Lyskom ungeduldig. »Komm endlich. Ich sag doch, dass ich's dir zeige.«

Sie tasteten sich die abgetretenen Stufen in das Gewölbe hinunter und betraten die Katakomben, denen die Plünderer und die Witterung übel mitgespielt hatten. Hinter zerschlagenem Glas gähnten mehrere, lang gezogene Mauernischen, wahrscheinlich Grüfte. Sie waren leer, aber als Kurt den Blick schweifen ließ, entdeckte er noch Überreste der bestatteten

Geistlichen, die herausgerissen und gefleddert zwischen dem Unrat lagen. Scherben spickten den verschmutzten Boden, der nur an wenigen Stellen noch Marmorfliesen erkennen ließ. An den Wänden rann das eindringende Wasser hinunter und hatte die meisten Malereien bereits zerstört. Das alles sah Kurt im zuckenden Licht einer Blitzkraft-Kugel, die scheinbar noch nicht ganz sterben wollte.

»Maria?«, rief Lyskom, während sie weiterliefen, doch niemand antwortete.

»Sie hat einen Schlag auf den Kopf gekriegt«, erklärte er. »Sie war ziemlich benommen … warte kurz, ich schau, ob sie in Ordnung ist.«

Ehe Kurt protestieren konnte, ließ Lyskom Evelyn los und Kurt musste sehen, dass er nicht mit ihr stürzte. Lyskom eilte über zwei Steinstufen mit einem eisernen Geländer voraus und dann durch einen niedrigen Durchgang.

Kurt verkniff sich den Protest. Er ging mit Evelyn ächzend in die Knie und lehnte sie im Sitzen an die Wand. Der Boden war nass, aber so hatte er zumindest wieder die Hände frei und fühlte sich nicht ganz so hilflos. Irgendetwas stimmte hier nicht. Angefangen mit diesem Ort, den wahrscheinlich schon Hunderte vor ihnen abgesucht hatten, ohne etwas wie einen Tunnel zu entdecken, bis hin zu Lyskom, dessen Verhalten ihm ein komisches Gefühl gab, ohne dass er sagen konnte, warum.

»Maria?«, hörte er Lyskom aus der Tiefe der Katakomben rufen und es klang diesmal deutlich dringlicher.

Plötzlich spürte er eine Berührung und im nächsten Moment legte sich eine schmierige Hand fest über seinen Mund. Kurts Herz machte einen Satz und er wollte sich wehren.

»Schhh, sei still!« Das war Marias aufgeregte Stimme, sehr nah an seinem Ohr. »Lyskom hat uns verraten. Wahrscheinlich warten draußen schon die Soldaten. Hilf mir!«

Der Griff um seinen Mund lockerte sich und Kurt wandte sich mit pochendem Herzen um. Maria kauerte in einer Mauernische, die sich hinter ihm und Evelyn an der Wand entlangzog. Sie hatte einen schlimmen Bluterguss auf der rechten Wange und blutete von der Augenbraue, doch ihre Augen waren wach und ihr Blick klar.

Kurt blieb keine Zeit, um Fragen zu stellen. Aber er glaubte ihr.

»Okay«, flüsterte er rasch.

»Maria?« Lyskoms Ruf klang wieder näher und Maria kroch hastig zurück in die schmale Nische.

»Lass dir von ihm helfen«, zischte sie hastig. »Wenn er sich zu Evelyn herunterbückt, dann ...«

Kurt verstand. Er sah die Glasscherben in der Nische, die ihr schon die Hände blutig zerschnitten hatten, und wischte sich noch hastig mit dem Ärmel über den Mund, um die Spuren ihrer Finger wegzuwischen. Schon tauchte Lyskom wieder unter dem Bogen auf.

»Sie ist weg«, sagte er und wirkte, als sei er kurz davor, die Nerven zu verlieren. »Verdammt, wieso ist sie weg?«

»Evelyn hat keine Zeit mehr«, drängte Kurt. »Hilf mir mit ihr!«

»Ja«, entgegnete Lyskom, »aber wir brauchen Maria ...«

Kurt bückte sich mit klopfendem Herzen zu Evelyn herunter.

»Komm!«, wiederholte er seine Aufforderung.

Lyskom machte einen Schritt auf ihn zu, doch dann stockte er. Sein Blick war auf Kurts blutig verdreckten Ärmel gefallen und Kurts Herz schlug höher.

»Jetzt hilf mir schon«, flehte er.

Doch Lyskom bewegte sich nicht.

»Sie ist hier.«

Als Kurt nur leugnend den Kopf schüttelte, wich Lyskom vor ihm zurück und sah sich hektisch nach allen Seiten um. »Du glaubst ihr doch nicht? Sie hat einen Schlag auf den Kopf gekriegt. Sie ist verwirrt ...«

Kurt begriff, dass es nichts mehr zu retten gab. Er richtete sich langsam wieder von Evelyn auf und spürte, wie seine Hände zitterten. »Lyskom …«

Ehe er etwas sagen konnte, rief Lyskom plötzlich etwas so laut in seiner Muttersprache, dass es von den Wänden widerhallte. Kurt stürzte, ohne zu überlegen, auf ihn zu. Er rannte ihn einfach um und fiel auf ihn. Dann presste er Lyskom die Hand auf den Mund, wie Maria es vorhin bei ihm getan hatte.

»Schnell, nimm ihm den Anhänger ab«, rief Maria, die hinter ihm aus der Nische stieg.

Kurt verstand nicht, was sie meinte. Leonow hatte den Anhänger gehabt.

»Unter seinem Hemd, na los!«

Lyskom wehrte sich, doch er lag unter ihm und Kurt drückte ihm einfach das Knie in den verletzten Bauch. Mit einem Stöhnen erstarb seine Gegenwehr.

Kurt fand die dünne Lederschnur und riss sie mit einem Ruck ab. Als der goldene Anhänger unter dem Hemd hervorschoss, fragte sich Kurt, warum Lyskom ihn nicht benutzt hatte, so wie Leonow. Und woher Maria davon wusste.

Kurt kehrte zu ihr zurück, während sie schon versuchte, Evelyn auf die Füße zu holen.

»Es ist gleich da hinten«, keuchte sie.

Kurt hörte erschrocken Rufe von draußen. Sie kamen.

»Er hat mich gezwungen mitzukommen, statt euch zu helfen«, erklärte Maria, während sie Evelyn die Stufen hinunterschleiften und durch den Durchgang traten. »Nachdem ich ihm gezeigt hatte, wo es ist, hat er mich bewusstlos geschlagen.«

Kurt brauchte alle Kraft, um Evelyn vorwärtszubewegen.

»Nein«, keuchte Lyskoms atemlose Stimme hinter ihnen. »Nicht …«

Kurt begriff es nicht. Warum ausgerechnet jetzt? Und warum war er noch einmal zu ihnen zurückgekehrt?

Sie betraten einen weiteren Kellergang mit Nischen in den Wänden und plötzlich stoppte Maria.

»Hier ist es«, sagte sie an einem lädierten Stück Mauer, »gib mir den Anhänger.«

Kurt blickte sie verständnislos an, streckte ihr aber die Lederschnur entgegen, an der die schwebenden Goldringe baumelten.

»Nein!«

Kurt wandte sich um und sah Lyskom in dem Torbogen lehnen, sein Gesicht aschfahl und seine Miene schreckensverzerrt. Er hielt sich mit beiden Händen den Bauch, wo frisches Blut sein Hemd tränkte.

»Tut es nicht! Bestimmt warten sie nur darauf ... es sind Monster!«

Die Rufe hinter ihm wurden lauter.

»Was soll das heißen«, entgegnete Maria erschrocken. »Du hast gesagt, es wäre keiner mehr hier?«

»Doch«, erwiderte Leonow mit zitternder Stimme. »Sie sind hier.«

»Wovon redet ihr?«, fragte Kurt. Die Rufe wurden immer lauter. »Was für Monster? Maria!«

Als Schritte zu hören waren, wandte Maria sich hastig wieder der Mauer zu.

»Hier!«, fand sie, was sie suchte, und als Kurt ihrem Blick folgte, entdeckte er es auch. Auf ihrer Brusthöhe befanden sich Vertiefungen im Stein, die den Ringen des Anhängers in ihrer Hand entsprachen. Maria zögerte nicht noch einmal, sondern schob Lyskoms Anhänger hinein.

Die Ringe des Anhängers bewegten sich plötzlich, wie sie es unter Leonows Berührung getan hatten, und schienen den Stein dabei mühelos zu durchdringen. Schnell und schneller wurde das Sirren, bis es wie eine glänzende Kugel aussah, die die Mauer durchschnitt. Kurt wandte sich zu Lyskom um, doch er war fort. Die Soldaten würden jeden Moment um die Ecke kommen, doch da teilte sich bereits die Mauer am Mittelpunkt des Anhängers und gab vor Kurts staunenden Augen einen

Gang frei, der aus reinem Licht zu bestehen schien. Geblendet riss er die Hand vor die Augen und konnte kaum etwas erkennen. Nur ein weiteres Sirren in der Luft, keine Armeslänge von ihnen entfernt. Ein Konstrukt wie aus gesponnenem Gold schwebte dort, größer und zugleich filigraner als der Anhänger.

Und gerade, als Kurt die Fassung wiederfand und mit Maria und Evelyn in den Gang flüchten wollte, breitete sich eine Welle aus goldenem Glanz von dem schwebenden Wunderding aus und fegte Kurts Kopf leer.

DRITTER TEIL

I

LEONOW

Beton. Leonow starrte auf den grauen Beton, der ihn gemeinsam mit der ohrenbetäubenden Stille hier gefangen hielt. Er hatte damit gerechnet, verhört und wahrscheinlich auch gefoltert zu werden, doch niemand kam. Und das, obwohl schon Stunden vergangen sein mussten. Hatten sie die anderen schon in ihre Gewalt gebracht? War alles umsonst gewesen?

Die Erinnerungen fühlten sich an wie aus einem Traum: Die hasserfüllten Mienen der Halbengel-Soldaten, die auf ihn herabstießen und aus ihren Waffen feuerten, um immer wieder von den Schockwellen des flirrenden Anhängers zurückgeworfen zu werden. Jede dieser Wellen war ihm durch Mark und Bein gegangen, wie der trommelnde Herzschlag in seiner Brust. Es war das dritte Mal, dass er diese Kraft entfesselt hatte, und er hatte jeden Augenblick davon so bewusst erlebt wie noch nie. Als sei die Energie in dem Relikt so groß, dass selbst die Zeit davon gedehnt wurde.

Eine Weile hatte er sie alle zurückhalten können. Und nicht die Kraft in dem Anhänger hatte irgendwann nachgelassen, sondern seine Konzentration: Mit Schweißperlen auf der Stirn hatte er die Gegenwehr unter dem Trommelfeuer aus dem Himmel aufgeben müssen und in dem Augenblick, als das goldene Flirren am Himmel erloschen war, waren auch die Waffen verstummt.

Sie hatten sich auf ihn gestürzt und halb hatte er damit gerechnet, dass sie ihn wie Krähen mit Klauen und Schnäbeln zerhacken würden. Doch natürlich waren es Hände gewesen, die ihn gepackt und zu Boden gerungen hatten. Gefesselt und mit einem Stoffsack über dem Kopf hatten sie ihn mit sich geschleift und in diese Zelle gesperrt.

Leonows Blick folgte den feinen Rissen im Beton, hinauf zu dem Belüftungsgitter. Der Schacht dahinter schien gerade groß genug für Minka. Er wollte nicht darüber nachdenken, ob sie rechtzeitig entkommen war, also folgte er einem anderen Riss nach unten. Auf und ab, immer wieder, um die Angst und die Sorgen zu verdrängen.

Als die Tür aufgerissen wurde, fuhr Leonow zusammen. Er hatte keine Schritte gehört. Noch während sie aufschwang, rappelte er sich aus seiner kauernden Haltung auf die Füße und drängte sich mit dem Rücken zur Wand. Ein Soldat kam herein, breit wie ein Schrank und mit ausdrucksloser Miene. Zwei weitere blieben hinter ihm an der Tür.

»Wo habt ihr mich hingebracht?«, fragte er den Klotz so ruhig er nur konnte. »Ihr habt den Anhänger. Was wollt ihr noch von mir?«

Der Soldat erwiderte nichts, sondern machte zwei schnelle Schritte auf ihn zu. Leonow wich zurück bis in die Ecke, doch es nützte ihm nichts. Als der Mann ausholte, hob er schützend die Arme. Schon der erste Schlag auf seinen Unterarm traf den Knochen und Leonow schrie vor Schmerz. Er duckte sich und schloss seine Arme schützend um seinen Kopf, doch dem Mann war es gleich. Er prügelte wie ein Berserker auf ihn los, bis Leonow nur noch ein wimmerndes Häuflein Mensch war. Zitternd und schluchzend hörte er, wie die Tür wieder ins Schloss fiel. Sie hatten kein einziges Wort an ihn gerichtet.

Leonow schmeckte Blut. In seinen Ohren hörte er es rauschen und fiepen und er spürte den dumpfen Schmerz in den Schultern und den Armen und überall, wo die Schläge auf ihn niedergeprasselt waren. Er wollte im Boden versinken, doch auch der bestand aus kaltem, unnachgiebigem Beton.

Es dauerte, bis er seine Atmung wieder weit genug unter Kontrolle hatte, um mit dem Schluchzen aufzuhören. Er glaubte nicht, dass etwas gebrochen war, aber bei jedem Einatmen spürte er stechende Schmerzen in seinem Brustkorb. Wahrscheinlich hatte der Kerl ihm ein oder zwei Rippen geprellt.

Leonow zwang sich aus seiner geduckten Haltung heraus. Er war kein kleiner Junge mehr. Er war im Krieg gewesen und er würde auch das hier irgendwie überstehen. Erst jetzt entdeckte er einen metallenen Becher, den die Soldaten wohl neben der Tür abgestellt hatten, während er verprügelt worden war. Er kroch hinüber, nahm ihn in die zitternden Hände und trank. Als er sich verschluckte, weckte der Husten Schmerzen in seiner Brust, dass er meinte, es zerreiße ihm die Lunge.

Er setzte sich zurück in sein Eck und folgte wieder den Rissen an der Wand, auf und ab. Einmal blieb er mit den Augen bei dem Gitter oben hängen. War da nicht das Aufblitzen von weißem Fell?

»Minka«, murmelte er und erschrak über seine eigene, krächzende Stimme in der Stille.

Doch es war nur Einbildung gewesen und so wanderte er weiter die Wände entlang: über die Decke mit der Blitzkraft-Leuchte, zu den Ecken der Wände und wieder zum Boden, auf und ab.

Das zweite Mal, als die Tür aufsprang, war Leonow eingedöst. Er hatte sich kaum orientiert, als der Klotz schon wieder im Zimmer stand. Ehe Leonow zurück in die Ecke kriechen konnte, traf ihn der erste Schlag am Kopf. Mit der flachen Hand aufs Ohr, dass es krachte und Leonow für einen Moment taub war. Selbst durch die Schmerzen und die Angst hindurch kam er noch zu einer Erkenntnis: Sie wollten nicht riskieren, ihn umzubringen. Sie wollten ihn quälen.

»Hilfe«, jammerte er, mit den Händen über dem Kopf auf der Seite, doch es kamen nur weitere Schläge.

Als ihn ein Tritt an der Hüfte traf, hörte es für einen Moment auf. Dort war das Versteck in seinem Hosenbund mit dem Gold-Hermelin. Leonow war am Rande der Bewusstlosigkeit, doch da war ein Zerren und Reißen an seiner Hose und er begriff, dass sie ihm die Figur seiner Mutter nahmen. Als die Schwärze ihn übermannte, riss der Soldat ihn noch einmal mit einem Schlag der Faustknöchel auf sein Brustbein zurück. Leonow bekam keine Luft mehr. Sekundenlang meinte er, dass er japsend und elend hier auf dem harten Boden sterben würde. Schließlich kam er röchelnd zum nächsten Atemzug und hörte es kaum, als die Tür wieder zufiel. Sie waren abgezogen.

Leonow zog die Knie an die Brust und rührte sich nicht mehr. Sein geschundener Körper lag da wie ein totes Tier und die Zeit dehnte sich zur Ewigkeit. Irgendwann kamen sie auch noch ein drittes Mal und dabei konnten sie nicht mehr verhindern, dass ihm während der Schläge die Sinne schwanden. Leonow empfand fast so etwas wie Genugtuung, als er dem Betongefängnis und seinen Peinigern auf diese Weise entkam.

»Hijaaaa! Hijaaa!«

Leonow lag auf dem Waldboden und die Reiter kamen auf ihn zugeprescht. Es gab keine Deckung und kein Fliehen. Die Pferde kamen näher und näher und setzten auch nicht zum Sprung an – sie trampelten über seinen Rücken. Hufschläge trafen seine Beine, die Hüfte und die Schulterblätter und stauchten seinen Brustkorb, dass er nicht einmal schreien konnte.

»Hijaaa!«

Neben ihm lag Katjas regloser Körper zwischen den Tannennadeln. Ein riesiger Hund stand mit seinen Pfoten auf ihrer

Brust. Während er sich langsam zu Leonow nach unten wandte, hob er knurrend die Lefzen und entblößte seine Reißzähne. Leonow hing, vor Furcht erstarrt, an seinen Augen fest. Sie waren bernsteinfarben und schienen fast zu glühen.

»Hijaa! Hijaa!«

Die Reiter machten kehrt und die Hufe der Pferde trommelten über den Boden erneut auf ihn zu.

Leonow.

Es war Minkas Stimme in seinem Kopf. Er hatte sie aus der Falle befreit, erinnerte er sich. Solange die Jäger ihn hier quälten, konnten sie Minkas Fährte nicht wieder aufnehmen.

»Geh weg«, presste er zwischen den vor Schmerzen zusammengebissenen Zähnen hervor. »Bring dich in Sicherheit.«

Das Hufgetrommel kam näher. In Erwartung weiterer Schläge krampfte Leonow seine Muskeln zusammen.

Ich hol dich hier raus.

»Nein, hau ab«, heulte Leonow. »Geh nach Westen, bevor sie dich finden!«

Und dann erreichten ihn die Pferde und er wurde aufs Neue niedergetrampelt.

Leonow hörte ein entsetzliches Geräusch, als er zu sich kam. Ein hohles Stöhnen und erst spät begriff er, dass es aus seiner Kehle kam. Sein Gesicht war so zugeschwollen, dass er kaum die Augen aufbekam, und sein ganzer Körper schmerzte, als seien tatsächlich die Pferde aus seinem Traum über ihn hinweggaloppiert. Als er zaghaft seinen Arm bewegte, um sich aufzustützen, wurde ihm schlecht vor Schmerz.

Er wollte trinken, um den Geschmack von altem Blut in seinem Mund loszuwerden. Nach und nach kroch er aus seiner Ecke, um den Becher zu finden. Schließlich erreichte er ihn, doch er lag auf der Seite und sein Inhalt bildete eine kleine Lache am Boden. Waren sie während seiner Ohnmacht hier gewesen? Hatten sie ihn auch im Schlaf noch geschlagen? Leonow öffnete die Lippen und schlürfte das Wasser mühevoll auf. So ging ihm das letzte bisschen Würde verloren.

Durch sein schlitzförmiges Sichtfeld fand Leonow die Risse in der Wand und folgte ihnen hinauf zum Lüftungsgitter. Er *wollte* glauben, dass Minkas Stimme im Traum echt gewesen war. Doch zugleich wünschte er sich, dass sie einen weiten Bogen um diesen Ort machen und nach Westen fliehen würde. Er konnte sich nicht mehr vorstellen, wie sie ihm hier helfen sollte.

Als sich die Tür öffnete, kroch Leonow hastig wieder in seine Ecke. Die Angst trieb ihn dazu und er konnte nicht anders, auch wenn er wusste, wie sinnlos es war. Er kniff die Augen zusammen, als könne er sich damit verschwinden lassen, und sein Körper zitterte angesichts der Gewissheit, dass neue Schmerzen kommen würden – doch sie blieben aus.

Aus seiner kauernden Haltung heraus öffnete Leonow seine Augenschlitze und sah, dass nicht der Klotz zurückgekehrt war, sondern ein hagerer Mann von großer Statur mit dunklem Haar und grauem Vollbart. Er trug einen grauen Mantel, der denen der Husaren ähnelte, allerdings fehlten Abzeichen oder militärische Symbole darauf.

»Es ist eine Schande«, eröffnete er mit tiefer Stimme, und als er einen Schritt machte, zuckte Leonow erneut. Der Mann kam auf ihn zu und bückte sich zu ihm herunter. Der Blick aus seinen blauen Augen war kalt und ohne Anteilnahme, aber auch ohne Grausamkeit.

»Schhh«, machte er wie zu einem Tier, als das Zittern in Leonows Gliedern schlimmer wurde. Es war die Furcht, aber auch die allgegenwärtigen Schmerzen.

Der Mann trug schwarze Lederhandschuhe. Mit der Rechten griff er ihm unters Kinn und verzog dabei keine Miene.

»Schau dich an. Ein stinkender Haufen misshandeltes Fleisch. Und was nützt dir da die edelste Blutlinie?«

Er musste der Lagerkommandant oder irgendein ranghoher Soldat sein. Als er losließ, versuchte Leonow, den Kopf oben zu halten, um dem Blick des Mannes standzuhalten. Es gelang ihm nicht. Sein Nacken gab nach und der Kopf sackte ihm auf die Brust.

Auf einen Wink des schwarzen Handschuhs kam ein Soldat, und ehe Leonow begriff, was geschah, hatte er eine Nadel im Hals stecken. Etwas floss in seine Venen und Leonow begriff schnell, dass es kein weiteres Folterwerkzeug war, zumindest keines, das ihm Schmerzen bereiten sollte. Ganz im Gegenteil: Das Pochen seiner geschundenen Glieder und das flüssige Feuer, das er atmete, machten einer wohltuenden Taubheit Platz. Ein Seufzen entwich seiner Kehle, ohne dass er es verhindern konnte. Der Kommandant beachtete es nicht.

»Alte Männer sind ein Fluch«, sagte er. »Sie meinen, ein Vorrecht auf die Wahrheit zu haben, und lassen sich nicht belehren.« Die blauen Augen fixierten ihn wieder. »Weißt du, wie alt dein Vater ist?«

Leonows Zunge lag schwer in seinem Mund. Er fühlte sich benommen und es gelang ihm gerade so, schwach den Kopf zu schütteln. Dass Fabergé alt gewesen war, hatte Minka schon bei ihrer Ankunft in seinem Haus gespürt. Doch was hieß das für einen Halbengel?

»Alt genug, um zu vergessen, wo sein Platz ist.« Der Mann hob nicht wirklich die Stimme und klang dennoch wütend. »Man rüttelt nicht an den Säulen der Welt, ohne dass sie ins Wanken kommt. Und mit seinem Treiben hat er uns in einen Krieg gestürzt, wie die Welt in Jahrtausenden keinen gesehen hat. Glaubst du, ich hätte das nicht kommen sehen?«

Er beugte sich wieder zu Leonow herunter und hob seinen Kopf an und Leonow spürte die blauen Augen in ihn dringen. Die Stimme des Mannes klang nicht verrückt. Aber welcher Soldat redete so?

»Ich – weiß nicht«, brachte Leonow heraus.

Der Mann legte prüfend den Kopf schief und sein stechender Blick versuchte noch immer, irgendetwas in Leonows geschwollenem Gesicht zu lesen. »Sie sagen, sie wissen nicht, was du bist und woher du auf einmal kommst – und ich weiß es auch nicht. Aber wir werden es schon noch herausfinden.«

Leonow bekam kaum mit, wie der Kommandant ging. Er versank in dem weichen Kissen, das sie ihm in den Körper gespritzt hatten. Nur ein Gedanke kam ihm noch, bevor der Schlaf ihn holte, und er war fast zu flüchtig, als dass Leonow ihn hätte greifen können: Der Kommandant hatte geredet, als sei Fabergé noch am Leben …

II

KURT

Kurt stemmte sich mit den Händen gegen die feuchte Mauer. Sein Kopf schmerzte so höllisch, als stäche ihm jemand glühend heiße Nadeln hinein, und vor seinen geblendeten Augen tanzten weiße Flecken. Der Gang aus Licht, der sich zumindest für den Moment in seine Pupillen eingebrannt hatte, war fort. Die Mauer stand geschlossen, als habe es ihn nie gegeben. Und dort, wo er eben noch Evelyn gestützt hatte, war niemand mehr.

»Nein«, entwich es seinen Lippen und seine Hand fuhr über die Mauer, ob ihn seine Augen nicht täuschten. »Nein!«

Noch ehe er ganz begriff, was geschehen war, packten die Soldaten ihn von hinten. Sie brüllten irgendetwas in ihrer Muttersprache, doch Kurt rührte sich nicht. Er hatte die Rillen wiedergefunden, in denen eben noch die goldenen Ringe von Lyskoms Anhänger gekreiselt waren. Auch er war fort.

Aus dem Augenwinkel sah er, wie auch Maria gepackt wurde.

»Evelyn!« Kurt trommelte gegen die Mauer und dann traf ihn plötzlich ein Stoß an der Hüfte und nach einem kurzen Fiepton ging ein Schlag durch seinen gesamten Körper. Kurts Kopf prallte dabei gegen die Mauer und ihm wurde für einen Moment schwarz vor Augen. Die Schmerzen, wo ihn die Blitzkraft-Waffe geschockt hatte, kamen mit Verzögerung, dafür aber umso heftiger. Und gleichzeitig wurden ihm die Arme heruntergerissen und grob hinter den Rücken gebogen.

»EVELYN!«, schrie er erneut, als seine krampfenden Muskeln es zuließen. Er versuchte, einen freien Blick auf Maria zu erhaschen. »Was ist passiert?«

Zwei Soldaten flankierten die Schai bereits und fixierten ihre Arme, wie es mit Kurt geschehen war. Als sie von der Wand weggezerrt wurden, begegnete er kurz ihrem Blick, der wieder abwesend war, wie im Keller in Laimgrube.

»Maria!«

Sie sah auf und verzerrte das Gesicht, als spüre sie erst jetzt, wie ihr die Arme verdreht wurden. »Sie haben uns nicht reingelassen.«

»Wer?«, wollte Kurt wissen, ohne sich darum zu kümmern, ob sie ihn erneut mit der Waffe schocken würden. »*Wer* hat uns nicht reingelassen?«

Er wurde durch den Gang davongezerrt, ehe sie ihm antworten konnte.

»Halt! Nein!«

Es nutzte nichts. Sie schleiften ihn an den leer geräumten Grabnischen vorbei und die Treppe hinauf. Dutzende Soldaten nahmen sie an der Oberfläche entgegen, aber Lyskom war nicht unter ihnen. In Kurts Kopf rasten die Gedanken: Die letzten Kämpfer waren nur eines der Gerüchte, die noch immer unter den Menschen kursierten. Die Bunkerkriecher, die aus einem missglückten Experiment des großen Mannes hervorgegangen sein sollten, oder untote Soldaten, die in den Bunkern auf Rache aus waren – die Nachkriegs-Unterwelt von Wien war wie geschaffen dafür, sich solche Monster auszumalen. Kurt hatte nie etwas davon geglaubt und doch hatte Lyskom plötzlich genau dieses Wort verwendet, als Maria die Wand geöffnet hatte, um den Geheimgang freizulegen: Monster. Und irgendetwas war dort ja auch gewesen, auch wenn es nicht nach einem Monster

sofort nach Maria um, doch dort warteten nur zwei weitere Husaren mit grimmigen Mienen.

»Wo ist Maria?«, fragte er. »Das Mädchen?«

Der Anführer fuhr ihm sofort mit Flüchen in seiner Muttersprache über den Mund und hob dazu drohend die Hand. Kurt duckte sich und blieb still.

Als sie aus dem Stahlmonster stiegen, empfing Kurt erneut die Dunkelheit der Nacht, diesmal durchbrochen von einigen Blitzkraft-Strahlern. Die riesigen Konstruktionen warfen helle Lichtkegel auf den Boden und offenbarten ein weites Gelände, das mit Stacheldraht umzäunt war. Kurt bekam eine Gänsehaut. Er kannte diesen Zaun von der anderen Seite. Evelyn hatte ihn einmal dazu überredet, sich den Stützpunkt der Husaren zumindest von außen anzusehen: Aspern.

So viele Geschichten gab es über diesen Ort, so viel Unsinn hatte er sich selbst darüber zusammengesponnen, um einen besseren Preis für seine Fundstücke herauszuholen, und nun war er hier.

In der Mitte des Geländes erhob sich ein grauer Betonklotz, nur zwei Stockwerke hoch und voll schwarzer Fensterlöcher. Daneben stand eine Armee aus Golems, die nur teilweise von den Strahlern beleuchtet wurden. Kurt hatte noch nie so viele auf einem Haufen gesehen. Manchmal fanden sich vereinzelte auf den verwaisten Schlachtfeldern und Kurt selbst hatte Teile von ihnen zu den Schrotthändlern gebracht, aber dort drüben standen Dutzende. Vielleicht fast die Maschinenarmee, von der der große Mann immer geschwärmt, die er jedoch nie besessen hatte.

Die Soldaten steuerten auf den Betonklotz zu und führten Kurt schließlich durch ein unscheinbares, rechteckiges Portal. Es gab keine Riegel und keine Schlösser, nicht einmal eine Tür, um es zu verschließen, als wäre das gar nicht nötig.

Der Korridor in dem Gebäude hätte einer der Bunkertunnel unter der Erde sein können. Beton, mehr Beton und dazu Türen und Blitzkraft-Lampen in regelmäßigen Abständen. Kurt wurde nach rechts geführt, dann nach links, wieder nach links, immer an Türen vorbei und immer über die gesamte Länge des Gebäudes. Der Weg war leicht abschüssig und trotzdem wunderte er sich, dass sie immerzu in die gleiche Richtung abbogen und es doch immer weiterging. Zwei Biegungen weiter verstand er, dass sie sich bereits ein Stockwerk tiefer in die Erde vorgearbeitet hatten.

Ihre Schritte hallten in den langen Gängen nach und Kurt horchte, ob weitere Soldaten mit Maria folgten. Doch da war nichts. Er spürte seine Ermüdung und der stete Trott machte es schlimmer. Als er Schlüsselrasseln hörte, begriff er zunächst gar nicht, dass sie seine Zelle erreicht hatten. Es mussten über hundert verschlossene Türen hinter ihnen liegen und nun öffneten sie eine für ihn.

»Rein da!«, herrschte der Soldat ihn an und die nachfolgenden warteten nicht darauf, dass er reagierte. Sie schubsten ihn einfach und er stolperte vorwärts in die Dunkelheit. Hinter ihm fiel die Tür ins Schloss und machte die Finsternis vollkommen. Ein weiteres Schlüsselrasseln besiegelte sein Schicksal.

Das Geräusch entfesselte die Verzweiflung, die Kurt die ganze Zeit über zurückgedrängt hatte. Er ließ sich zu Boden sinken und fühlte sich völlig leer. Es war vorbei. Sie hatten verloren und das Letzte, was vor ihm lag, war vermutlich der Leidensweg, den ihm die Husaren bis zum Tod bereiten würden.

»Erschrick nicht«, flüsterte eine Stimme in der Dunkelheit und ließ Kurt zusammenfahren. »Keine Angst.«

Sein Herz trommelte, als es auf einmal zu seiner Rechten wie zu seiner Linken zu rascheln begann.

»Wer bist du?«, fragte Kurt furchtsam und korrigierte sich gleich. »Wer seid ihr?«

Dem Klang nach war die Zelle viel größer, als er gedacht hatte.

»Wir sind Krysy«, flüsterte der andere traurig. »Ratten …«

III

LEONOW

Leonow.

Sie war hier. Minka. Diesmal spürte er es, auch wenn der Rest der Welt ihm noch immer so fern war. Hatte sich Evelyn während ihrer Flucht so gefühlt, als Kurt ihr die Droge gegeben hatte, um sie auf die Beine zu bekommen?

Leonow.

Sie klang ängstlich. Und dabei hätte sie schon längst weit fort sein können, raus aus dieser zerstörten Stadt.

Hörst du mich? Der Zar war bei dir. Warum?

Es waren nur Worte. Rätselhafte Worte. Und auch wenn ihm etwas sagte, dass sie wichtig waren: Ihm fehlten die Mittel, um ihnen Bedeutung zu entlocken.

Halt durch. Du bist nicht allein. Wir holen dich hier raus!

Leonow bekam die Augen auf und sah doch nichts. Es war stockdunkel in seiner Zelle. Sie hatten das Blitzkraft-Licht zum ersten Mal erlöschen lassen und sein Blick irrte nur umher. Er suchte die Risse in der Wand, um ihnen hinauf zu dem Gitter zu folgen, hinter dem Minka kauern musste. Doch er fand sie natürlich nicht und fühlte sich so hilflos wie ein ausgesetzter Säugling. Als er sprechen wollte, entwich seiner Kehle nur wieder dieses grausige Stöhnen.

Sie kommen ... trau ihm nicht.

Als sich die Tür öffnete, strömte Licht hinein und offenbarte erneut die engen Betonwände. Zuvor, in der absoluten Dunkelheit, hätte er irgendwo weit weg sein können. Das Licht brachte die Wirklichkeit zurück.

Durch die Tür trat der Mann mit dem grauen Bart und dem grauen Mantel. Auf einen Wink seines schwarzen Handschuhs trat ein Soldat vor. Diesmal sah Leonow, wie er die Spritze von einem Tablett nahm, bevor er sich ihm näherte. Er kniete und fasste Leonows Kopf unter dem Kinn. Er hob ihn vom Boden leicht an und stach ihm die Nadel in den Hals.

Das Gefühl war diesmal anders. Als Erstes kehrte Leonows trommelnder Herzschlag zurück. Seine ganze Brust bebte davon. Mit der Kontrolle über seinen restlichen Körper kamen auch die Schmerzen wieder, aber immer noch dumpf, wie von weit her. Leonow hob mühsam den dröhnenden Kopf und blickte dem Mann in die blauen Augen.

»Wie heißt du?«, fragte dieser und winkte seinen Soldaten erneut.

Leonow konnte es kaum glauben, als ein Teller mit dampfendem Fleisch vor ihm abgestellt wurde. Er hatte seit Monaten kein frisches Fleisch gegessen, nur Trockenrationen. Mit zitternden Fingern griff er nach dem Teller und zog ihn zu sich heran. Der Duft stieg ihm in die Nase und ließ das Wasser in seinem Mund zusammenlaufen.

Leonow mühte sich aus seiner zusammengekrümmten Haltung hoch und brachte die Knie unter seinen Körper. Er spürte, dass er sich eingenässt hatte. Den Gestank roch er nicht, aber er schämte sich trotzdem.

»Leonow.« Es war kaum mehr als ein Krächzen, das seinen Lippen entwich. Aber er hatte schon Angst gehabt, wieder nur die grässlichen Stöhnlaute zu hören, und zumindest die waren ihm erspart geblieben.

Er streckte die Finger nach dem Fleisch aus und schielte dabei nach den Soldaten. Gewiss war es nur eine Falle und sie würden ihm die Finger brechen, bevor er essen konnte.

Er berührte die weichen Fleischstücke und schloss die Hände darum und sie ließen ihn. Eines nach dem anderen wanderte in seinen Mund und erfüllte ihn mit dem herrlichsten Geschmack. Fleischsaft lief ihm die Kehle hinunter und er kam kaum mit dem Schlucken hinterher. Nur nicht husten und die Hälfte auf den Boden spucken. Nur nichts vergeuden.

»Du bist in Zarysin aufgewachsen?«

»In der Nähe«, krächzte Leonow, ohne aufzusehen. Er konnte sich nicht von dem Teller abwenden. Viel zu schnell leerte er sich.

»Nicht bei Fabergé?«

»Nein«, erwiderte er. »Ich wusste nicht, dass es ihn gibt, bis meine … bis meine Mutter gestorben ist.«

»Also warst du nicht lang bei ihm?«

Leonows Mund war so voll, dass er nur den Kopf schütteln konnte. Als sich einer der Soldaten mit angewiderter Miene bückte und den leeren Teller aufhob, sah Leonow ihm traurig nach. Am liebsten hätte er den letzten Fleischsaft davon abgeleckt.

»Pass auf, Leonow«, sagte der Mann und ging vor ihm in die Hocke.

Leonow sah ihm das erste Mal mit einigermaßen klarem Kopf ins Gesicht. Diese kalten, blauen Augen hatten etwas Entwaffnendes. Minka hatte behauptet, der Zar sei bei ihm gewesen. Und auch, wenn Leonow weder den Wahnsinn noch den Blutdurst in diesen Augen fand, mit denen er sich den Zaren immer vorgestellt hatte – wen sonst, außer diesem Mann, sollte sie gemeint haben?

Sie war immer noch hier, ganz nah. Leonow spürte es und es gab ihm Sicherheit. Er musste sich dazu zwingen, nicht zu dem Gitter hochzuschielen, um einen Blick auf sie zu erhaschen.

»Du hast zwei meiner besten Soldaten getötet«, fuhr der Mann mit kühler Stimme fort, »und es hätte nicht viel gefehlt, dass es noch mehr geworden wären. Es gibt einen einzigen Grund, warum du noch lebst. Du wirst mir sagen, wo Fabergé ist.«

Leonow spürte, wie er vor Schreck erbleichte.

»Ich ... ich kann nicht ...«, krächzte er und drückte sich gegen die Wand in seinem Rücken. Sie würden ihn wieder schlagen. »Ich weiß nicht, wo ... Ich dachte, er wäre tot.«

Lyskoms Namen wollte Leonow nicht erwähnen. Vielleicht war er noch mit den anderen auf der Flucht. Vielleicht wusste sein Gegenüber noch gar nicht, was nach dem Tod der beiden Flügelträger mit Lyskom geschehen war.

Sein Gegenüber schnaubte. »Wäre das nicht eine nette Vorstellung ... Nein, er ist nicht tot. Also, willst du mir helfen?«

Leonow nickte hastig und wunderte sich zugleich, wie der Mann so sicher sein konnte. Wenn Lyskom Fabergé für tot hielt, wie konnte er etwas anderes denken? Oder hatte Lyskom gelogen?

»Ich weiß nur nicht, wie«, sagte Leonow mit klopfendem Herzen. Wie lange würde es dauern, bis der geduldige Blick der blauen Augen in Zorn umschlug? »Ich weiß nicht, wo er ist.«

Der Mann griff mit der behandschuhten Rechten in die Tasche seines Mantels und Leonow bemerkte, wie die Soldaten ihre Waffen auf Leonow richteten. Als der Zar die Hand wieder hervorzog, lag etwas golden Glänzendes darin.

»Dann finde es heraus«, sagte er und streckte die Hand mit dem Anhänger aus.

Leonow zögerte. In seinem Kopf rasten die Gedanken und sein Blick sprang zwischen dem Anhänger und den blauen Augen hin und her.

»Vielleicht ...«, erriet dieser, was er dachte. »Vielleicht könntest du mich damit töten. Aber wem würde das helfen?«

Leonow wusste noch immer nicht, wo die Grenzen seiner Kräfte lagen. Vielleicht hätte er sie alle in diesem Raum töten können. Und dann? Gegen wie viele Soldaten würde er sich den

Weg nach draußen freimorden müssen? Zehn? Hundert? Trotz allem, was sie ihm angetan hatten, würde er das niemals über sich bringen.

Leonow streckte die Hand aus und griff nach den goldenen Ringen. Er sah den Ruck, der durch die Waffen der Soldaten ging, und begriff, wie nervös sie sein mussten. Er hatte Halbengel mit diesem Artefakt getötet. Nur die blauen Augen seines Gegenübers blinzelten nicht einmal, als Leonow den Anhänger nahm und dabei vielleicht die Hand des mächtigsten Mannes im Osten der Welt berührte.

Leonow zog den Arm zurück, ehe der Mann es sich anders überlegen und ihn packen konnte. Er hatte die Ringe wieder. Jetzt, nachdem er zum zweiten Mal und ganz bewusst damit gekämpft hatte, fühlten sie sich auch nicht mehr so fremd in seiner Hand an, sondern wie etwas, das mehr zu *ihm* als zu Joscha gehörte.

Als seine Gedanken die Ringe bewegten, achtete er gar nicht mehr auf die nervösen Soldaten oder den Blick des Zaren, der sich verändert hatte. Selbst in diese unerschütterlichen stahlblauen Augen hatte sich nun Unsicherheit geschlichen. Leonow stahl sich vollkommen in das goldene Flirren und verschwand aus den Betonwänden und der Waffengewalt der Husaren. Niemals wäre er darauf gekommen, seinen Vater damit zu suchen, obwohl er Gelegenheit dazu gehabt hätte. Oben in Kurts Turmversteck wäre Zeit genug gewesen … Nun ließ er sich von dem uralten Relikt entführen und flüsterte den Namen des Halbengels.

»Fabergé …«

Es waren Bilder von Tunneln unter der Erde, in die er eintauchte, und zunächst dachte Leonow, es sei fehlgeschlagen. Sie glichen zu sehr denen, die der Anhänger ihm oben im Turm zusammen mit den Zwangsarbeitern gezeigt hatte. Doch dieses Mal waren die Tunnel beinahe leer, und es fühlte sich nicht an wie eine Erinnerung, sondern wie das Hier und Jetzt.

Schatten von Kreaturen huschten vorbei, zu groß für Ratten, aber auch keine Menschen. Leonows Augen bekamen sie nicht zu fassen und wie beim letzten Mal änderte sich die Umgebung zu schnell. Aus den Tunneln wurden Gänge aus Licht. Strahlend hell und von keiner Bauart, die Leonow kannte. Kein Holz oder Stein, Stahl oder Beton, nur weiße, glatte Oberflächen und das endlose Korridore entlang.

Vor seinen Augen glitten Öffnungen in dem Lichtgang auf und dahinter lagen lichtdurchflutete Räume. Mehr Glas und Gold in den unmöglichsten Formen füllte sie. Drähte und Röhrchen, manche offenbar kalt, mit Oberflächen, die von mattem Frost und Kondenstropfen bedeckt waren. Apparate und Konstrukte, wie Fabergé sie geschaffen hatte, doch Fabergés Werkstatt kam Leonow im Vergleich dazu wie die Schmiede eines Eisenhauers vor. Kohlenpfannen, Zahnräder und Schmelzformen gab es hier nicht.

Das war ein Ort der Magie. Vielleicht sogar ein heiliger Ort.

Als sich ein neuer Raum öffnete, stockte Leonow der Atem. Der weiße Boden war voll satt-roter Schlieren. Blut war hier vergossen worden und jemand hatte halbherzige Versuche unternommen, den Boden zu säubern. Auf einem verstellbaren Stuhl in der Mitte des Raumes saß oder vielmehr lag jemand und wurde von Blitzkraft-Leuchten angestrahlt, wie Leonow noch keine gesehen hatte: schwebende weiße Platten mit eingesetzten Kristallen, aus denen das Licht die Liege überstrahlte. Als Leonow das rostbraune Haar erblickte, das vom Kopfteil des Stuhls herunterwallte, vergaß er für einen Moment alles andere. Es war Evelyn.

Und dann wurde er bemerkt. Es geschah so schnell, dass er kaum reagieren konnte. Sein eigenes Flüstern klang ihm in den Ohren: »Fabergé …«

Darauf folgte ein reißendes Geräusch und ein Gefühl, als finge das goldene Flirren, in dem er sich bewegte, Feuer. Es brannte auf seiner Haut und fraß sich in sein Fleisch. Er schrie und fand doch nicht den Ausweg, zurück in seinen Körper. Er wurde festgehalten wie in einer Falle und alles Schreien nützte nichts.

Mit einem Mal explodierte der Schmerz in seinem Kopf und etwas zog ihn einfach fort, hinauf, fast senkrecht nach oben in Richtung Erdoberfläche, wo sein Körper zurückgeblieben war. Von einer Sekunde auf die andere befand er sich wieder in seinem Betongefängnis. Sein Kopf wurde zurückgeworfen und er sah schwarze Flecken tanzen. Soldaten umringten ihn und einer davon hatte ihm den Gewehrkolben ins Gesicht geschlagen. Wahrscheinlich hatte er ihn damit vor dem Wahnsinn bewahrt.

»Ich ... ich weiß es«, krächzte er ungeachtet der höllischen Schmerzen in seinem Kopf. Es fühlte sich an, als hätten sie ihm den Schädel gebrochen. »Ich weiß es. Er ist hier. Er ist *hier*, unter uns!«

Doch er suchte den Mann mit den blauen Augen vergeblich in der Zelle. Er war fort und den Soldaten war egal, was er sagte. Sie waren voller Furcht und Abscheu. Schon holte der nächste mit dem Gewehrkolben aus und ein anderer bückte sich nach dem Anhänger, der zu Boden gefallen war.

»Nein! Bitte ...«, schrie Leonow, als er niedergeprügelt wurde, und er spürte, wie auch Minka ihn verließ. Vielleicht konnte sie es nicht ertragen zuzusehen, wie sie ihn zurichteten.

Er spürte Schläge gegen seine Arme, mit denen er den Kopf schützte, in seine Seite und in den Unterleib. Er wollte sich wehren und griff im Geist nach dem Relikt, doch er fand es nicht. Sein inneres Auge war noch immer wie geblendet von Fabergés Falle. Und so prügelten sie ihn wieder in die Bewusstlosigkeit.

IV

KURT

Ein grünes Licht glomm in der Dunkelheit auf. Kurt erkannte es als eins der Feldlichter, die die Soldaten in ihrem Marschgepäck trugen. Glasröhrchen, in denen zwei Flüssigkeiten sich vermischten, wenn man einen Stift zog.

»Wie heißt du?«, fragte die Gestalt vor ihm, die nun vom schummrigen Licht beleuchtet wurde. Der Junge war größer als Kurt, wirkte aber auf ihn eher jünger. Es mochte täuschen, denn er war bis auf die Knochen abgemagert: ein langer Schlaks mit eingefallenen Wangen. Bei der grünlichen Beleuchtung meinte Kurt fast, einen Totenschädel vor sich zu haben. Er war der Einzige, der von ihnen aufgestanden war. Die anderen hockten entlang der Wände.

»Kurt«, antwortete er und atmete tief durch. »Ihr seid Runner, die sie erwischt haben?«

Der Lange nickte und Kurt erinnerte sich an Lyskoms Worte, dass die Husaren Zwangsarbeiter zur Erkundung der unterirdischen Kriegswerkstätten benutzten. Was lag da näher, als zu versuchen, möglichst viele Runner in die Hände zu bekommen, die darin ohnehin Erfahrung hatten …

»Also schicken sie euch in die Bunker? Sie lassen euch hier raus?«

»Es sind keine Bunker«, mischte sich die zaghafte Stimme eines Mädchens ein. »Es ist … etwas anderes.«

Kurts Aufregung tat das keinen Abbruch. »Aber ihr könnt euch da unten frei bewegen? Ihr bleibt nicht hier eingesperrt.«

»Es macht keinen Unterschied«, warf ein anderer ein, »ob wir da unten sterben oder hier.«

»Doch, natürlich …« Wenn sie irgendwie einen Weg zu Leonow oder Maria fanden oder sogar zu Evelyn und ihren Entführern, dann gab es doch noch Hoffnung. Doch ehe Kurt die Worte fand, ihnen Dinge zu erklären, die er selbst vor zwei Tagen noch nicht für möglich gehalten hatte, unterbrach ihn der Lange.

»Woher weißt du, was wir hier machen?«, fragte er stirnrunzelnd.

»Ein Husar – Deserteur – hat uns von hier erzählt. Wir dachten, er wäre auf unserer Seite, aber dann hat er uns verraten.« Kurt merkte, dass er sie nur verwirrte. »Es gibt einen Ausweg. Einen Gang aus Licht, ich habe ihn selbst gesehen.«

Plötzlich kam Bewegung in die Gestalten am Boden und auch der Lange machte einen Schritt auf ihn zu. Kurt musste sich zusammenreißen, nicht vor ihm zurückzuweichen. Aus der Nähe sah er den Dreck in seinem Gesicht und die fiebrig glänzenden Augen, die tief in ihren Höhlen saßen.

»Und du kennst den Weg?«, fragte er eindringlich.

»Nein, ich nicht«, gab Kurt zu und sein Gegenüber schnaubte bereits enttäuscht. »Aber Maria. Sie ist mit mir hergebracht worden.« Es sprudelte nur so aus ihm hervor. »Und Leonow, ein anderer Deserteur, hat einen der Relikt-Anhänger. Er muss auch hier sein. Mit einem der Anhänger hat Maria den Zugang geöffnet. Wenn wir beide finden, kommen wir hier raus!«

»Hör auf!«, schnitt ihm der Lange aufgebracht das Wort ab. Von den anderen Gestalten waren die meisten schon wieder in die Hocke zurückgesunken. »Wenn dieses Mädchen, mit dem du gekommen bist, nicht hier ist … dann ist sie entweder schon tot oder sie wird es bald sein. Und selbst, wenn wir sie finden:

Wir sind nicht die Einzigen da unten, und wer sich zu weit in die Dunkelheit wagt, stirbt! Glaubst du, wir hätten es nicht versucht?«

»Was meinst du?«, hakte Kurt gebannt nach. »Wer ist da noch?«

Anstatt zu antworten, hob der Lange seinen rechten Arm. Kurt sah eine grässliche, schlecht verheilte Wunde, die sich vom Unterarm bis über den Ellenbogen zog und unter den Lumpen verschwand, die er trug. Das grüne Licht gab nicht zu erkennen, ob sie rot entzündet war, aber seinen fieberglänzenden Augen nach mochte er bereits dem Tod geweiht sein.

»Etwas, das Jagd auf uns macht.«

»Maschinenmenschen«, flüsterte jemand und zwei andere zischten ihn sofort zur Ruhe.

Mit einem Mal erzitterte der Boden. Kurt erschrak und auch sein Gegenüber zuckte. Jemand wimmerte, dort, wo das grünliche Licht in Schwärze überging. Es hörte nicht auf, sondern bebte immer weiter, und ein fernes Dröhnen, das Kurt in seinem ganzen Körper spürte, hob an.

»Sie kommen!«, rief jemand und andere schluchzten.

Jemand stürmte an die Tür und donnerte mit den Fäusten gegen den Stahl.

»Halt!«, rief der Lange. »Es ist nur oben, beruhigt euch!«

Kurt konnte sich nicht vorstellen, dass sein Gegenüber da so sicher war. Aber die anderen hörten auf ihn und es folgten zumindest keine weiteren Schreie.

Dass Beben schwoll weiter an und auch Kurts Magen krampfte sich zusammen. Es klang wie eine Herde trampelnder Elefanten, direkt über ihren Köpfen.

»Es sind die Golems«, entfuhr es ihm. »Sie haben Golems auf dem Gelände. Dutzende!«

Der Lange vor ihm entspannte sich merklich. »Er hat recht. Es sind nur die Golems, habt ihr gehört? Es ist gleich vorbei.«

Doch bis das Beben tatsächlich nachließ und die schweren

Schritte der Kriegsmaschinen nicht mehr direkt über ihren Köpfen donnerten, dauerte es noch endlos lange Minuten, in denen das Schluchzen der Jüngeren nicht aufhörte. Wie lange wurden sie hier schon terrorisiert?

»Wann schicken sie uns hinunter?«, fragte Kurt, unbeirrt von den Ausführungen seines Gegenübers. »Ich will herausfinden, was mit ihr passiert ist.«

»Wenn ihr hier getrennt worden seid …«, erklärte der Lange wieder ungeduldig, doch Kurt schüttelte den Kopf.

»Nicht Maria. Die müssen wir für den Ausgang finden. Ich meine Evelyn. Sie haben sie an dem geheimen Eingang abgefangen. Mit einem goldenen Ding, einer schwebenden Maschine.«

Als er das Wort aussprach, ging wieder ein Zischen und Raunen durch die anderen, doch der Lange runzelte nur die Stirn und sah ihn mit einem merkwürdigen Ausdruck an.

Kurt begann, das feinmechanische Ding zu beschreiben, dessen Anblick sich ihm eingeprägt hatte, doch er hatte nicht das Gefühl, dass sein Gegenüber ihm wirklich zuhörte.

Völlig unvermittelt leuchtete plötzlich eine Blitzkraft-Lampe auf und Kurt schirmte seine geblendeten Augen mit der Hand ab.

»Es ist das Zeichen«, hörte er die Stimme des Langen. Er klang nachdenklich. »Sie werden bald kommen und uns rausschicken.«

Kurt blinzelte gegen das helle Licht an und versuchte, seine Augen daran zu gewöhnen.

»Halt dich nah bei mir und bleib nicht zurück. Wir können später sehen, was du weißt.«

Als Kurt die Augen aufbekam, sah er den kargen Raum und seine Bewohner in vollem Licht. Vielleicht fünfzehn Gestalten drängten sich an den Wänden, dazu der Lange und Kurt selbst. Kurt meinte, das eine oder andere Gesicht zu erkennen. Runner, denen er einmal über den Weg gelaufen war. Er fragte sich, ob alle Gefangenen gemeinsam eine Chance hatten, die Husaren zu überrumpeln.

»Wie viele solcher Zellen gibt es?«, fragte er. »Und schicken sie uns alle zusammen? Oder in Gruppen?«

Der Lange erwiderte seinen Blick verwirrt. »Es gibt keine anderen.«

»Aber …« Kurt fand keine Worte. Die Liste von Runnern, die mitten aus der Stadt verschwunden waren, war lang. Manche suchten an der falschen Stelle Hilfe, andere wurden einfach von ihren Schlaflagern weggeholt. Kurt kannte viele, bei denen es so oder so ähnlich gewesen sein musste. Und Lyskom hatte es ihnen ja sogar bestätigt.

Der Blick, den der andere ihm zuwarf, bedurfte keiner Erklärung. Sie waren alle tot?

»Wir sind die einzigen Überlebenden«, bekräftigte er und schien doch selbst nur noch mit zwei Fingern an seinem Leben festzuhalten. Die Wunde an seinem Arm war nicht nur rot, sondern zeigte alle möglichen Farben, die es an einem menschlichen Körper nicht geben sollte, wo die Ränder aufklafften. Schwarz und grün und lila und alles zugleich. Kurt musste sich zwingen, den Blick loszureißen, um nicht zu starren.

»Du hast von einer Evelyn gesprochen«, hakte der Junge plötzlich nach, während einige der Runner von der Wand mit der Tür aufstanden und auf Abstand dazu gingen, als würden sie erwarten, dass sie jeden Moment aufsprang. »Ist sie von hier?«

»Ja«, erwiderte Kurt, verwundert über die Frage.

»Hat sie rotes Haar?«

»Ja, kann man sagen. Rot – braun – irgendetwas dazwischen. Woher kennst du sie?«

»Ich«, stockte er, »ich glaube, wir sind zusammen aufgewachsen. In Erdberg.« Er sah auf und im hellen Licht entdeckte Kurt die Schmerzen, die ihm sein Arm bereiten musste, in seinen Augen. »Ich hab sie nicht mehr gesehen, seit der große Mann nach Wien gekommen ist … Ich bin Milan.«

V

LEONOW

Wach auf. Wach auf, Leonow, schnell!

Leonow konnte nicht mehr. In seinem Körper stritten noch immer die verschiedenen Drogen, die sie ihm gegeben hatten, und zugleich gab es keinen Fleck mehr daran, den sie noch nicht mehrmals verprügelt hatten. Er hörte Minka. Er wusste, dass sie wieder hier war, aber was änderte das? Es war nur noch ein kleiner Teil von ihm übrig, der leben wollte. Der andere, größere, wollte sterben, damit es aufhörte. Und dieser größere Teil von ihm verfluchte Minka, dass sie wieder und wieder zurückkehrte. Denn so musste er sich noch schuldig fühlen, dass er sie überredet hatte, mit ihm in diese verdammte Stadt zu kommen.

Steh auf. Hör auf, dich selbst zu bemitleiden, und steh auf! Ich weiß nicht, wie viel Zeit wir haben.

Leonow spürte sie, dort oben hinter dem Lüftungsgitter, ohne dass er die Augen aufmachen musste. Während er mit dem Soldatentross nach Westen gezogen war, hatte er höchstens dann und wann eine leise Ahnung gehabt, bevor sie ihn tatsächlich in seinem Feldbett besucht hatte. Es waren spärliche Gelegenheiten gewesen, denn sie hatten vorsichtig sein müssen, dass Minka nicht entdeckt wurde.

Seit er den Anhänger benutzte, eigentlich erst seit dem zweiten Kampf, wo er all die Halbengel zurückgehalten hatte, um den anderen ihr Entkommen zu ermöglichen, spürte Leonow Veränderungen. Eine davon war, dass er Minka und ihr weißes Fell in den Schatten dort oben hinter dem Gitter regelrecht *sah*. Und das nur mit seinem inneren Auge. Sie hatte etwas bei sich.

Bitte, flehte sie, *beweg dich. Hier!*

Leonow sah das Funkeln zwischen den Schlitzen des Gitters erscheinen, ohne die Augen zu öffnen, und die Goldringe, die sich hindurchschoben. Es war viel schöner, den Anhänger zu spüren, als ihn zu sehen. Es war mehr an ihm, als die Augen entdeckten. Leonow erkannte die Kraftlinien, die die Ringe in der Schwebe hielten und die er in dem Flirren aussandte, wenn er sie aus ihrer Erstarrung löste. Es war ein buntes Muster aus Spannung und Energie, und auch wenn keines dieser Worte der Wahrheit nahekam, wusste er doch nicht, wie er es anders beschreiben sollte. Er fiel aus dem Gitter und Leonow wollte seinen Fall bremsen und ihn benutzen, um seine Schmerzen zu lindern und um sich selbst neue Kraft einzuflößen. Doch sein Geist griff ins Leere und die Ringe fielen klirrend zu Boden.

Diesmal war es mehr als Einbildung. Im Turm hatte er gedacht, der Anhänger hätte den Boden zum Beben gebracht, als er fiel, doch diesmal spürte er die Erschütterung mit seinem ganzen Körper. Und es hörte nicht auf. Der Boden zitterte unter seiner Brust und immer mehr Erdstöße folgten. Stöhnend regte Leonow die Finger und begann zu wimmern, als jede Bewegung neue Schmerzen weckte.

Hör mir zu. Minkas Stimme klang trotz allen Lärms, der um ihn herum anschwoll, klar in seinem Kopf. *Sie ziehen in den Krieg. Es ist schon das zweite Mal, dass die Erde zittert. Sie haben die Kampfmaschinen dazu und sie wissen jetzt, wo sie suchen müssen. Sie haben Kurt und Maria gefunden und hergebracht und sie kennen den Weg zu Fabergé. Ich weiß nicht, was das alles bedeutet, aber ich habe gehört, wie der Zar den Marschbefehl gegeben hat, und ich bin dem Anhänger nach, als sie ihn dir weggenommen haben. Du musst ihn benutzen, um dich zu befreien. Steh auf!*

Also lebte Fabergé wirklich. Im Grunde hatte Leonow es bereits gespürt, als er mit dem Anhänger versucht hatte, seinen Spuren zu folgen. Die Schmerzen waren Fabergés Falle gewesen und er hielt Evelyn dort unten fest. Was hatte sein Vater mit dem Mädchen gemacht?

Leonow kämpfte gegen den Nebel in seinem Verstand und gegen die Schmerzen an, die ihn kaum klar denken ließen. Es ergab keinen Sinn: Wieso hatte Fabergé Evelyn dort unten und die Husaren Kurt und Maria hier? Und wie hatten sie herausgefunden, wo sich Fabergé versteckte?

Er öffnete die Augen und stemmte sich gegen den bebenden Boden. Auf die zitternden Ellenbogen gestützt, tastete er nach dem Anhänger. Staub rieselte von der Decke.

Wenn du dich jetzt befreist, solange die Erde bebt, werden sie es nicht merken, trieb Minka ihn an. *Streng dich an!*

Ihren Worten zum Trotz spürte er noch immer das Verlangen, sich wieder fallen zu lassen und zu hoffen, dass die Decke über ihm einbrach. Die ständigen Erdstöße rumpelten weiter und Leonow bekam die Ringe zu fassen. Doch als er ein zweites Mal versuchte, sie in Bewegung zu versetzen, gelang es ihm wieder nicht. Als würde der Anhänger von einer unsichtbaren Hand fest und starr gehalten. Fabergé?

»Ich kann nicht«, stöhnte er in den Lärm hinein. »Es geht nicht.«

Dann streng dich mehr an, forderte Minka unerbittlich. *Es gibt keinen anderen Weg!*

Leonow wusste, dass er ihr mehr als ein Leben schuldig war. Und zu allem Übel war sie auch jetzt nur für *ihn* hier. Er wollte nicht dieses jammernde Elend sein, das dort auf dem Boden kauerte und aufgab. Also schloss er die Augen und versuchte, das Dröhnen auszublenden. Er sah wieder die Kraftlinien des

Anhängers als leuchtende Fäden, die realer schienen als alles andere, und darüber ein bernsteinfarbenes Glühen.

Leonow kämpfte, um es zu durchbrechen. Er spürte die Hand seines Vaters förmlich, die den Anhänger gepackt hielt, als strafe er Leonow für seine Einmischung. Mit aller Macht zog und zerrte er an den Fäden, doch es rührte sich nichts. Schließlich keuchte er und sank zurück auf den Boden. Das Beben flaute bereits wieder ab. Mit seinem inneren Auge spürte er Minkas Blick auf sich und fühlte sich erbärmlich.

»Er lässt mich nicht«, schluchzte Leonow.

Sie entgegnete nichts und das machte es noch schlimmer.

Von dem Nebel in seinem Kopf war kaum noch etwas übrig und ebenso lagen die Schmerzen in seinem Körper nun oben an der Oberfläche, wie die Knochen eines offenen Bruchs. Jeder Atemzug war eine Qual, überall brannte, stach und pochte es von Blutergüssen und Prellungen und der größere Teil in seinem Körper hatte seine Stimme wiedergefunden. Er wollte sterben.

Schau, hörte er irgendwann Minkas Stimme in seinem Kopf. *Schau selbst.* Und sie zeigte ihm, was sie gesehen hatte.

Leonow spürte den Sog, der sein inneres Auge mitriss, genauso wie damals, als ihn der Anhänger in Joschas Erinnerungen mitgenommen hatte. Doch der Anhänger auf dem Boden blieb starr, es musste von Minka ausgehen. Entweder, sie hatte ihm noch nie gezeigt, wozu sie fähig war, oder auch sie entdeckte gerade neue Kräfte.

Leonow sah das Gewirr der Lüftungsschächte und Minkas weiße Pfoten unter sich, als sie dem Mann mit den blauen Augen aus Leonows Zelle folgte. Leonow hörte seine eigenen Schreie von dem Moment, als er in Fabergés Falle getappt war, und den ersten dumpfen Schlag mit dem Gewehrkolben, der ihn zurück in seinen Körper gerissen hatte. Doch all das blieb bereits hinter ihnen zurück.

»Wo habt ihr sie gefunden?«, hörte Leonow den Mann mit

den blauen Augen fragen. Seine Stimme klang dumpf durch den gemauerten Schacht, in dem Minka lief.

»Unter den Trümmern der Kathedrale«, antwortete ihm ein Soldat. »In den Katakomben. Es gibt einen Zugang.«

»Macht sofort die Golems bereit! Schickt die ersten, sobald ihr könnt. Wir treten dem Mistkerl die Tür ein.«

»Ja, Euer Gnaden.«

Diese Anrede war dem Zaren vorbehalten. Er war es also wirklich.

»Von Lyskom habt ihr keine Spur?«

»Nein«, gestand der Soldat ein. »Aber was ist mit den Amerikanern? Wenn wir die Golems schicken, bleibt das nicht unbemerkt.«

»Das ist wichtiger«, stellte der Zar klar. »Wenn sie sich einmischen, zeigen wir ihnen, dass wir es dieses Mal ernst meinen.«

Während sie sprachen, huschte Minka an Zellen wie Leonows eigener vorbei. Manche waren dunkel, manche von Blitzkraft-Licht erhellt und in den meisten waren Menschen. Leonow sah Kinder wie Erwachsene, manche mehr tot als lebendig in ihrem eigenen Unrat, andere, die Kreise in ihren Zellen abschritten, als suchten sie noch immer nach dem verborgenen Weg hinaus.

Als sich die Schächte teilten und die Stimmen des Zaren und seines Soldaten sich entfernten, verharrte Minka unschlüssig. Sie wartete auf den Anhänger, begriff Leonow. Ein Soldat, nicht der Zar, hatte ihn vom Boden aufgehoben ... Aber dann huschte sie doch weiter. Nicht dem Mann mit den blauen Augen hinterher, sondern tiefer in das Gewirr aus Schächten hinein. Es gab Räume mit Soldaten, Wachstuben und Schlafplätze, dazu Versorgungseinrichtungen, wie Leonow sie schon in Bunkern gesehen hatte: Vorratslager und die Luftfilteranlagen, die die Lüftungsschächte miteinander verbanden und die Anlage vermutlich auch vor Gasangriffen schützen sollten. Leonow bezweifelte, dass die Husaren all das in der kurzen Zeit selbst erbaut hatten. Vermutlich war noch der große Mann dafür verantwortlich gewesen.

Er schlüpfte mit Minka durch die langsam drehenden Rotoren der Luftfilter und hatte Angst um sie, obwohl er wusste, dass es eine Erinnerung war. Sie hatte sich so weit ins Ungewisse vorgewagt, um ihm irgendwie zu helfen.

Leonow wartete noch immer darauf, dass sie die Spur des Anhängers wieder aufnehmen würde, doch stattdessen erreichte sie ein weiteres Gitter, hinter dem fast vollkommene Dunkelheit herrschte. Nur der grünliche Schimmer eines schwachen Feldlichts offenbarte ein paar Gestalten.

»Ein Husar – Deserteur – hat uns von hier erzählt.« Leonow erkannte Kurts Stimme. Mit wem war er hier eingesperrt? »Wir dachten, er wäre auf unserer Seite, aber dann hat er uns verraten.«

Einen verwirrenden Moment lang dachte Leonow, Kurt würde von ihm sprechen. Doch dann begriff er, um wen es wirklich ging, und ihm wurde ganz schlecht von dem Gedanken: Lyskom … Lyskom hatte sie verraten. Aber warum wusste dann nicht einmal der Zar, wo er war?

»Es gibt einen Ausweg. Einen Gang aus Licht«, fuhr Kurt fort, »ich habe ihn selbst gesehen.«

Kurts Gegenüber trat auf ihn zu.

»Und du kennst den Weg?«

»Nein, ich nicht«, erklärte Kurt. »Aber Maria. Sie ist mit mir hergebracht worden. Und Leonow, ein anderer Deserteur, hat einen der Relikt-Anhänger. Er muss auch hier sein. Wenn wir beide finden, kommen wir hier raus!«

Leonow versuchte zu sortieren, was er hörte. Maria, wo war sie, wenn nicht hier bei Kurt?

Kurts Gegenüber schien nichts mit seinen Ausführungen anfangen zu können.

»Hör auf!«, erwiderte er aufgebracht. »Wenn dieses Mädchen, mit dem du gekommen bist, nicht hier ist … dann ist sie entweder schon tot oder sie wird es bald sein. Und selbst wenn wir sie finden: Wir sind nicht die Einzigen da unten, und wer sich zu weit in die Dunkelheit wagt, stirbt! Glaubst du, wir hätten es nicht versucht?«

Leonow hörte kaum mehr hin. Maria. Was tat sie überhaupt hier? Was taten sie beide hier? Warum waren sie nicht längst aus der Stadt?

»Was meinst du? Wer ist da noch?«, hörte er wieder Kurts Stimme, doch Minka machte schon kehrt und entfernte sich. »Maria«, flüsterte Leonow drängend, auch wenn er wusste, dass dies eine Erinnerung war und er nicht beeinflussen konnte, welchen Weg Minka einschlug. »Such Maria.«

Es dauerte nicht lange, bis sie das richtige Gitter erreichten. Minka zögerte an keiner einzigen Abzweigung, als kenne sie das Labyrinth, durch das sie sich bewegte, auswendig.

Die Zelle war erleuchtet, doch als Leonow durch Minkas Augen hineinsah, wünschte er sich fast, sie wäre dunkel. Maria kauerte in einer Ecke. Sie lag dort ganz ähnlich wie Leonow selbst nach den Prügelattacken der Soldaten. Ihr Hemd war voller Blut und auch an ihrer Schläfe und in ihren Haaren klebte das Blut. Sie waren keine Spur zimperlicher mit ihr umgegangen als mit Leonow und sein Blick hing an ihr fest, obwohl es ihm Qualen bereitete. Er schämte sich so sehr dafür, dass er einfach aufgegeben hatte.

»Du bist nicht allein«, flüsterte er, wie Minka es bei ihm getan hatte. Natürlich hörte sie ihn nicht, aber er gab ihr das Versprechen trotzdem. »Ich hol dich hier raus.«

Mehr brauchte Minka ihm nicht mehr zu zeigen.

VI

EVELYN

Ein Kraftwerk ist ein Heiligtum. Die Worte verschwammen vor ihren Augen … und wurden wieder scharf. Die großen, schwarzen Lettern wirkten fehlplatziert an der weißen Wand zu ihrer Linken. Die Wand war mehr als weiß. Sie war makellos, wie eine Wand aus Licht, und die Worte aufgemalt wie eine Schmiererei.

Der Schrei, der sie geweckt hatte, klang ihr noch in den Ohren. Es war ein furchtbarer Schmerzensschrei gewesen, doch sie war allein. Schmerzen begannen, sich auch aus ihrem eigenen vernebelten Bewusstsein zu schälen. In ihrem Kopf und ihrer Brust. Sie spürte ihre Angst, ihr Herzschlag raste, fühlte sich dabei aber so leicht und flüchtig an wie das Schlagen von Schmetterlingsflügeln.

Über ihr schwebten Platten scheinbar in der Luft, aus denen Licht auf sie herabflutete. Es gab keine Tür und kein Fenster, nur diese unnatürlichen Wände. Ihre Angst schwoll an. Eine diffuse, hektische Angst, die die Gedanken lähmte. Wie war sie an diesem Ort gelandet? Und warum konnte sie sich an nichts erinnern, nicht einmal daran, wer sie war?

Zu ihrer Rechten zog sich eine bläulich schimmernde Röhre an der Wand entlang. Sie schien aus Schichten gesponnen, wie ein Kokon. Das Material war beinahe komplett durchsichtig, bis auf einzelne Falten, wo sich die Schichten überwarfen. Noch während sie die Röhre betrachtete, erschienen zwei dünne Goldfäden darin. In geringem Abstand voneinander verliefen sie schnurgerade von Wand zu Wand. Ein Summen oder Sirren lag in der Luft und sie spürte es fast körperlich.

Ihre Schmerzen wurden schlimmer, vor allem an den Handgelenken. Als sie die Hände vorsichtig erhob, sah sie die Riemen, die von den Stuhllehnen nach unten hingen. Wer hatte sie gefesselt? Wer befreit? Die Angst verdrängte diese Fragen. Sie musste hier raus.

Plötzlich wurde es heller. In der bläulichen Röhre waren die beiden Goldfäden verschmolzen und bildeten einen Knoten, von dem Schleifen und Wirbel ausgingen. Das Muster wurde immer komplexer und brach nach allen Seiten aus, ohne dass ein Laut die Stille brach. Sie konnte den Blick kaum abwenden und mühte sich doch zugleich, von ihrem Stuhl hochzukommen. In ihren Füßen kribbelte das zurückkehrende Gefühl. Sie schob das rechte Bein mühsam von der Ablage und ihr Fuß fiel auf den Boden, ohne dass sie die Bewegung kontrollieren konnte. Sie würde kriechen müssen, Laufen war ausgeschlossen.

Als sie sich ächzend und mit den Ellenbogen auf den Lehnen aufrichtete, entdeckte sie neben ihrem Stuhl ein Tablett. Ihre Nackenmuskulatur zitterte, um den Kopf in der Luft zu halten. Die ganze Wirbelsäule hinab spürte sie das Beben, doch was sie sah, nährte die Angst und ließ sie ihre Anstrengungen verdoppeln.

Auf dem Stahltablett lag ein ganzer Satz chirurgisches Besteck: Skalpelle, Messer, Scheren und dazu lange, gebogene und gewundene Instrumente, die sie nicht zuordnen konnte – sie waren alle voller Blut. Auch die weißen Tücher darunter waren blutbesudelt, ebenso wie der Boden unter ihrem Stuhl.

Ihr Blick wanderte suchend ihren Körper hinab. Es war der

Körper eines Mädchens, vielleicht fast einer jungen Frau. Sie trug nichts als ein Kittelhemd, das einen Spalt vom Hals zwischen ihren kleinen Brüsten freiließ, den Bauchnabel entblößte und über ihre Beine geschlagen war. Sie entdeckte weder Blut noch Wunden an sich selbst. Mit aller Konzentration, die sie aufbringen konnte, hob sie den rechten Arm und streckte die zitternden Finger nach dem linken Saum ihres Kittelhemds aus, wo sie den Druck auf ihre Brust am stärksten spürte. Die Anstrengung trieb ihr den Schweiß auf die Stirn.

Sie bekam den Stoff zu fassen, schlug ihn zurück und erstarrte. Dort, wo sich Rippen unter der Haut hätten abzeichnen sollen, klaffte ein Loch in ihr. Bläulich schimmernd spannte sich eine durchsichtige Haut darüber, die nicht ihre war, und verschloss einen Hohlraum. Darin flirrte in seinem eigenen goldenen Schimmer eine Art Kreisel: eine sirrende Schwungscheibe, die das Summen in ihrem ganzen Körper verursachte. Sie schwebte frei in einem Lager aus mehreren Goldreifen und rotierte in allen Dimensionen. Sie schien sich sogar ab und zu ins Nichts hinein und wieder heraus zu falten, wie durch die gebrochene Linse eines Kaleidoskops betrachtet.

Sie nahm die Hand von dem Kittel zurück, um sich wieder abzustützen, ehe ihre Muskeln unter ihr nachgeben konnten, und sog geräuschvoll Luft ein. Noch ehe sie auch nur einen klaren Gedanken zu dem erschreckenden Anblick fassen konnte, teilte sich die Lichtwand vor ihr und eine Gestalt erschien.

In einer Instinktbewegung zog sie den Stoff ihres Kittelhemds wieder über ihren Körper, um sich zu bedecken, auch wenn sie ahnte, dass das ihre geringste Sorge war.

»Eva«, sagte eine Männerstimme, die sie schaudern ließ. Sie weckte das Gefühl vom kalten Metall des Operationsbestecks auf ihrer Haut.

Das Erste, woran ihr Blink hängen blieb, waren seine Augen. Sie waren bernsteinfarben und es lagen Funken wie von brennendem Feuer darin. Er trug einen merkwürdigen technischen

Apparat auf der Stirn und ein Bild der Erinnerung flackerte auf: Ein Okular – er hatte es über seinem Auge befestigt, während er sie aufgeschnitten hatte. Sie hatte nichts von dem, was er tat, gespürt, aber furchtbare Angst gehabt.

»Wo bin ich?«, fragte sie und ihre eigene zitternde Stimme hatte nichts Vertrautes. Sie klang fremd wie die des Mannes.

»Das ist eine gute Frage«, erwiderte der Mann lächelnd und trat einen Schritt auf ihren Stuhl zu. »Entspann dich. Wir haben ein paar Dinge zu besprechen und danach wirst du dich ohnehin besser fühlen.«

Gehorsam sank sie aus ihrer anstrengenden, aufgestützten Haltung zurück gegen die Lehne. Sein Blick hatte etwas Hypnotisches und gegen seinen Willen hätte sie den Raum sowieso nicht verlassen können. Die Öffnung in der Wand war verschwunden und sie hatte keine Ahnung, wie sie sie wieder zum Vorschein bringen konnte.

Eva hatte er sie genannt. Auch dieser Name sagte ihr nichts, aber es war besser, als gar keinen zu haben.

»Das erste Volk hat diesen Ort geschaffen«, sagte der Mann mit gewichtiger Stimme. »Viele haben danach gesucht, auch dein Vater, als er sich mit deiner Mutter vor mir versteckt hat. Auch wir mussten lange suchen. Und dann haben wir ihn gefunden ...«

»Meine Eltern ...«

»Dein Vater ist tot«, sagte der Mann bedauernd, »und deine Mutter unwichtig. Du bist jetzt so viel mehr, als was sie geboren hat ...«

Eva suchte nach Trauer oder Sehnsucht in sich, doch sie kannte diese beiden Menschen ja nicht einmal. Sie fand nur Leere und Angst um sich selbst. Und zugleich schaffte sie es nicht, den Blick von diesen Bernsteinaugen abzuwenden. Mit dem Feuer konnte er sie verschlingen, begriff sie, und ihre Seele würde einfach darin verbrennen.

»Das hier ist eine Wiege des Lebens«, fuhr der Mann fort.

»Das erste Volk hat hier das zweite geschaffen. Weißt du, was das bedeutet?«

»Engel«, sagt Eva, froh, dass sie sich an etwas erinnerte. »Das erste Volk Gottes waren die Engel. Und einer von ihnen, Prometheus, hat Gott nachgeeifert und die Menschen in die Welt gesetzt.«

Der Mann lächelte und schüttelte den Kopf. »Eine schöne Geschichte.«

Dann runzelte er plötzlich die Stirn, als störe ihn etwas. Er schloss kurz angestrengt die Augen, und als er sie wieder öffnete, fuhr er fort, als sei nichts geschehen.

»Das erste Volk waren keine himmlischen Wesen, die in den Menschen ein schwächeres Abbild von sich schufen. Es war umgekehrt: Das erste Volk waren die Menschen und sie sind erbärmlich. Aber sie fanden einen Weg, es besser zu machen. Sie erschufen das zweite Volk und *sie* waren die höheren Geschöpfe. Aber die Menschen bekamen Angst und beinahe alles, was sie geschaffen hatten, haben sie selbst wieder vernichtet. Nur wenige haben überlebt. Ich war einer davon.«

Der Mann war noch näher gekommen und Eva spürte, dass seine Erscheinung nicht stimmte. Die Haut in seinem Gesicht war makellos und ohne die kleinste Falte. Sein Haar war voll und dunkel und seine Haltung aufrecht, aber es stimmte nicht. Er war alt.

»Wer sind Sie?«, kam es über ihre Lippen. »Und wer bin ich?«

»Ich bin Fabergé«, antwortete er. »Du stammst aus meiner Linie und ich habe dich zu dem gemacht, was du jetzt bist. Du wirst diesem Ort gerecht, Eva. Vielleicht bist du der Anfang für ein drittes Volk.«

Die Wand aus Licht teilte sich wieder und herein traten zwei junge Männer. Sie trugen Uniformhosen wie Soldaten, aber dreckige und verschwitzte Arbeiterhemden dazu.

»Sie kommen«, sagte einer von ihnen aufgebracht. Er hatte

sein dunkles Haar im Nacken zusammengebunden und auf seinen Wangen war der Schatten eines Barts. »Sie sind auf dem Weg zur Kirche.«

Fabergé nickte und die beiden Neuankömmlinge warfen ihr neugierige Seitenblicke zu. Sie verschränkte die Arme vor dem Körper und hatte erneut das Bedürfnis nach richtiger Kleidung, als könne die sie vor irgendetwas schützen.

»Wie fühlst du dich jetzt?«, fragte Fabergé.

Erstaunt stellte sie fest, dass die Schmerzen in ihrem Körper fort waren. Sie war so verwirrt von allem gewesen, was er ihr erzählte, dass sie es kaum bemerkt hatte.

Das Einzige, was geblieben war, war das Schmetterlings-Flirren in ihrer Brust, das von dem Loch kam, über das sie gar nicht nachdenken wollte. Als sie die Hände hob, bereitete es ihr keine Anstrengung. Sie stand vorsichtig von ihrem Stuhl auf.

»Ausgezeichnet«, lächelte Fabergé. »Es kommen große Aufgaben auf dich zu und es bleibt keine Zeit, dich vorzubereiten. Die Geschichte wiederholt sich. Sie kommen einmal mehr, um zu vernichten, was sie nicht verstehen, und wir werden uns verteidigen müssen, um unseren Platz in der Welt zu behaupten. Hilfst du uns?«

Eva hob verwirrt den Blick und ertrank dann im bernsteinfarbenen Feuer dieser Augen. Sie fühlte, dass eine Verbindung zwischen ihnen bestand. Er würde ihr von seiner Macht abgeben, wenn sie es brauchte.

»Ja«, nickte sie.

Einer der beiden Jüngeren, nicht der mit dem Bart, gab ihr ein Bündel Kleidung. Was waren sie? Soldaten? Akolythen, wie die eines Priesters? Vielleicht beides …

»Beeil dich!«, schärfte der andere ihr ein.

Sie ließen sie zum Umziehen allein und Eva vermied es dabei, sich zu genau zu betrachten. Sie hatte Angst vor dem, was sie noch entdecken mochte. Die Kleidung ähnelte der der beiden anderen: eine Uniformhose und dazu eine Art Wickeltunika aus grobem Stoff.

Als sie auf die Wand zutrat, hinter der die Männer verschwunden waren, öffnete sich diese auch für sie und offenbarte einen langen Gang. Neben Fabergé und seinen beiden Jüngern schwebte etwas in der Luft. Ein goldenes Gespinst, in dem etwas Ähnliches flirrte wie in ihrer Brust. Doch es blieb keine Zeit zu staunen. Sie spürte, dass der Boden unter ihren Füßen zu beben begonnen hatte.

»Geh mit Dawid und Fjodor«, sagte Fabergé mit ernster Miene. »Und erschrick nicht, egal, was du siehst. Sie wollen uns vernichten. Zeig ihnen, wem die Zukunft gehört.«

Die beiden Jüngeren warfen ihr einen auffordernden Blick zu und wandten sich nach links.

»Sie kommen nicht mit?«, fragte Eva Fabergé erschrocken. Sie hatte damit gerechnet, dass er sie weiter anleiten würde.

»Ich bin bei euch«, erwiderte er. »Und jetzt geht!«

Auch der golden flirrende Apparat verharrte in der Luft, während Dawid und Fjodor sofort in einen schnellen Laufschritt übergingen. Eva konnte ihnen gut folgen. Es war erstaunlich, wie schnell ihr Körper zu Kräften gekommen war. Ein paar Mal erschrak sie, als die Wände zu ihren Seiten aufglitten. Doch Dawid und Fjodor beachteten es nicht und so lief auch Eva einfach vorbei und erblickte dabei vieles in den angrenzenden Räumen – und doch nichts, was sie verstand. Riesige Glasbehälter voller Flüssigkeit, goldene Röhrchen in filigranen Anordnungen und große mechanische Arme, die von der Decke hingen. Hinter ihnen verschlossen sich die Wände wieder.

Der Gang stieg an und das Beben nahm stetig zu. Dazu kamen dröhnende, wummernde Geräusche. Evas Angst kehrte zurück, als die Sicherheit, die das Bernsteinfeuer ihr eingeflößt hatte, verblasste. Was kam da auf sie zu? Sie waren doch nur zu dritt und es sah nicht aus, als wären Dawid und Fjodor bewaffnet. Sie hätten weglaufen müssen.

Gerade, als sie die anderen beiden aufhalten wollte, endete der Gang in einer Sackgasse. Er hörte einfach vor einer weiteren Lichtwand auf. Und Dawid und Fjodor hielten in drei Metern Abstand dazu an. Etwa auf Brusthöhe entdeckte Eva ein Symbol an der Wand – dunkle Einkerbungen in Form von Ringen.

Die beiden jungen Männer holten Anhänger aus ihren Hemdausschnitten, die im weißen Licht der Wände golden glänzten. Eva fiel sofort auf, dass sie die Form des Symbols an der Wand hatten. Sie nahmen sie von den Ketten und hielten sie an der ausgestreckten Hand vor sich. Das Dröhnen war mittlerweile so laut, dass Eva sich am liebsten die Ohren zugehalten hätte. Sie spürte Erschütterungen durch ihren ganzen Körper gehen. Fabergé hatte gesagt, sie solle keine Angst haben … doch Eva konnte nicht anders, als Schritt für Schritt zurückzuweichen.

Mit einem Mal kam Bewegung in die Anhänger und sie erhoben sich vor Dawid und Fjodor in die Luft. Eva war für einen Moment von dem Anblick gefesselt.

Und dann erzitterte die Welt unter zwei gewaltigen Schlägen und der dritte brach sie entzwei. Eva schrie, als die Wand vor ihnen in Trümmer fiel und dabei große Stücke der Seitenwände mit fortgerissen wurden. Aus dem Loch brachen zwei Maschinen hervor. Es waren Monster, wie sie nur auf direktem Wege aus der Hölle kommen konnten. Die Kolosse zögerten nicht, sondern stürmten sofort vorwärts auf sie zu. Eva schrie und schrie, doch vor ihr begann bereits der Kampf.

Dawid und Fjodor, die gegen die Maschinen wie Zwerge aussahen, rissen die Hände nach oben und die in der Luft flirrenden Anhänger sandten synchron getaktete Schockwellen aus. Die Luft knisterte golden. Sicher bekamen die Monstrositäten das meiste von den Druckwellen ab, doch sie waren so kraftvoll, dass auch Eva weiter zurücktaumelte.

Die Maschinen rissen die gewaltigen Arme nach vorn und

schlugen alle viere in Wände und Boden, um nicht zurückgedrängt zu werden. Die Lichtwände machten kreischende Geräusche, als die Klauen Risse hineinschlugen. Die Kolosse schienen nicht mehr vorwärtszukommen, doch das Dröhnen wurde lauter und Evas Augen weiteten sich vor Entsetzen, als hinter den beiden Monstern weitere zum Vorschein kamen und nachdrängten.

Einer der beiden Verteidiger, Dawid oder Fjodor, wandte sich hilfesuchend zu ihr um und rief etwas. Eva verstand es nicht, aber die beiden waren offensichtlich überfordert von dem, was da kam.

Kämpfe, bellte plötzlich Fabergés Stimme in ihrem Kopf und von dem Sirren in ihrer Brust ging zugleich ein Energiestoß aus, der ihren ganzen Körper elektrisierte. Sie blickte erschrocken auf ihre Hände herab und sah goldene Funken zwischen den Fingern tanzen, ähnlich denen, die die Anhänger aussandten.

Die beiden Maschinen im Gang wurden von hinten langsam, aber stetig vorwärtsgedrängt. Sie schlugen dabei wieder und wieder die Krallen in den Gang und hinterließen schwarz ausgefranste Löcher in den Lichtwänden. Dawid und Fjodor stemmten sich dagegen, doch sie würden überrannt werden.

»Wie?«, schrie sie hilflos in dem ohrenbetäubenden Getöse zurück.

Statt einer Antwort überkam sie eine weitere Energiewelle, stärker als die erste, und statt der Funken schossen goldene Fäden aus ihren Händen, ähnlich denen, die sie nach ihrem Aufwachen in der Röhre beobachtet hatte. Sie spürte das Feuer, das sie in den Bernsteinaugen hatte brennen sehen, in sich selbst und immer länger wuchsen die glühenden Fäden.

Der erste der beiden Kolosse ging in die Knie und schien Kraft für einen Satz nach vorne zu sammeln, um die beiden Verteidiger zu erreichen.

Einer Eingebung folgend schloss Eva die Finger der rechten Hand um die Fäden und holte nach hinten aus. Wie eine

Peitsche schwang sie den knisternden Strang, und als er die Wände im Zurückschnellen berührte, hinterließ er dort ebenso schwarze Risse wie die Krallen der Maschinen.

Kämpfe, bellte Fabergés Stimme erneut und Eva gehorchte.

Die Höllenmaschine hatte die nächste Druckwelle der Anhänger abgewartet. Nun schoss sie aus den Knien herauf und machte einen mächtigen Satz nach vorn, den rechten Stahlarm zum Hieb ausgeholt, um Dawid und Fjodor mit einem Schlag niederzustrecken.

Eva warf sich todesmutig in die Lücke zwischen den beiden. Im Sprung riss sie den Energiestrang in ihrer Rechten nach vorn. Sie spürte, wie der Schlag aus ihrer Schulter und über ihren ganzen Arm an Kraft gewann. Ein grelles Zucken schoss durch die Luft und Eva schrie, während sie mit der Waffe den ganzen Oberkörper nach vorn warf und bis zum Boden durchzog. Ein Schnalzen war zu hören, lauter als das Dröhnen der Maschinen, und Eva spürte Druckwellen, als Fjodor und Dawid versuchten, sie mit ihren Anhängern von herabstürzenden Trümmern abzuschirmen.

Als sie aufsah, erkannte sie die Zerstörung, die sie angerichtet hatte: Der Koloss war gegen die Wand zu ihrer Rechten gekracht. Seine rechte Seite dampfte. Orange-weiß glühendes Metall zeigte den Schnitt, wo die Peitsche ihm den Stahlarm abgetrennt hatte.

Es war keine Zeit zu begreifen, was sie da tat. Über die Trümmer setzten die nächsten Maschinen hinweg, bereit, sie in Stücke zu reißen. Fjodor und Dawid taten nichts anderes mehr, als Schilde um Eva aufzubauen. Sie war es, die beide Fäuste um die Energie schloss, die aus ihr zu strömen schien, und damit Angreifer um Angreifer zu Fall brachte.

VII

LEONOW

Joschas Anhänger lag noch immer unterhalb des Lüftungsgitters auf dem Boden von Leonows Zelle. Kaum, dass Leonow sich aus Minkas Erinnerungen befreit hatte, mobilisierte er alle Kräfte, die er noch in den Muskeln hatte, und kroch darauf zu. Er hielt durch, als sein Körper bei jeder Bewegung lauthals protestierte, denn er trug nun genügend Bilder in sich, die seinen Willen zusätzlich befeuerten.

»Geh!«, stieß er zwischen zusammengebissenen Zähnen hervor. »Sag ihnen, sie sollen sich bereit machen.«

Du könntest mich brauchen, erwiderte Minkas Stimme.

»Geh«, wiederholte er heftiger als beabsichtigt und zog seine schlurfenden Glieder über den Beton.

Er wollte keine Rücksicht auf sie nehmen müssen, wenn er die Kraft des Anhängers entfesselte. Fabergé würde über sich hinauswachsen müssen, um ihn weiter aufzuhalten.

Leonow spürte es auch diesmal, als Minka sich entfernte, und verdoppelte seine Anstrengungen. Er hatte ein Versprechen gegeben und an seinem Willen würde es diesmal nicht scheitern.

Als er die unscheinbaren Goldringe am Boden erreichte, hatte er kaum mehr Gefühl in den Händen. Unbeholfen tappte er mit den Fingern darüber, bis er sie zu greifen bekam.

Fabergés Bann war ungebrochen. Leonow musste nicht einmal die Augen schließen, um das Bernsteinglühen auf dem Gold zu erkennen.

Er fasste den äußeren Ring mit der Linken, so gut er den filigranen Schmuck eben zu fassen bekam, und hakte den Zeigefinger seiner rechten Hand in den kleinsten, inneren Ring. Dann begann er zu ziehen, um die Ringe gegeneinander zu verdrehen. Wie erwartet, rührten sie sich keinen Millimeter. Leonow schloss die Augen. Sofort zeigten sich die Kraftlinien, deren Muster wie in dem Glühen eingefroren über dem Anhänger lag. Doch er hatte keinen Blick für ihr atemberaubendes Farbenspiel, sondern versuchte, die Kraft des Anhängers selbst anzuzapfen, um Fabergés Bann zu brechen. Lyskom hatte ihm oben im Turm geschildert, dass er Dinge tat, die nicht möglich sein sollten. Dass er Kräfte mit den Anhängern der anderen entfesselt hatte, wie es bislang keinem von ihnen gelungen war. Jetzt war es an der Zeit herauszufinden, wie weit er damit kam.

Er drang mit seinem Geist zwischen die Linien und in den Anhänger vor und sofort spürte er wieder das Brennen auf der Haut, mit dem Fabergé sich schon beim letzten Mal gewehrt hatte. Leonow ließ sich nicht davon erschrecken. Als sich die Haut auf seinem Gesicht von der Hitze spannte und ihm der Geruch versengter Haare in die Nase stieg, redete er sich ein, dass es nichts gegen die Folter der Husaren war.

Je näher er dem Quell der Energie kam, den Fabergé ihm verwehrte, desto schlimmer wurde das Feuer, das sein Vater um ihn herum entfesselte. Mit dem Finger hielt er die Spannung auf dem innersten Ring und es fühlte sich an, als lasteten tonnenschwere Gewichte auf dem eingehakten letzten Glied seines Zeigefingers. Als sich die Glut in seine Haut fraß, konnte er nicht länger an sich halten. Er schrie. Doch es war nicht der Schmerz, sondern die Wut und Anstrengung, die sich dieses Ventil suchten.

Es war nicht umsonst. Näher und näher kam Leonow dem Kern des Relikts, dem Ort, wo all seine Macht lag. Auf den letzten Millimetern spürte Leonow die Qualen seines Körpers kaum noch. Fabergé konnte ihn nicht aufhalten! Und als sei dieser zur selben Erkenntnis gekommen, wurde die Gegenwehr auf einmal schwächer.

Leonow konnte gar nicht rechtzeitig reagieren. Als der Bann zusammenbrach, riss er die Ringe mit solch einem Ruck auseinander, dass er für einen Moment fürchtete, er könnte sie zerstören. Flirrend sprangen die Goldringe in die Luft und strahlten vor Leonows innerem Auge in solch einem Glanz, dass er trotz seiner geschlossenen Lider die Hände vors Gesicht riss.

Es gab kein Halten mehr. Leonows Schreien wandelte sich zu einem Triumphgeheul und wie ein Tier brach sich die unbändige Energie Bahn durch seinen Körper. Mit einem Ballen seiner Fäuste entlud der Anhänger einen krachenden Schlag, der die Stahltür erzittern ließ. Durch die Nase atmete Leonow tief ein und konzentrierte sich. Der zweite Schlag ließ die Tür aus den Angeln bersten. Er hörte die Rufe von Soldaten, doch Leonows Zerstörungswut war noch nicht gebändigt. Immer weitere krachende Schläge fuhren aus dem Relikt und ließen die Erde erzittern.

VIII

KURT

»Sie hätten längst hier sein müssen.« Milan schüttelte den Kopf. Er sah von Minute zu Minute blasser aus. »Sie kommen immer mit dem Licht.«

»Vielleicht arbeiten sie noch an den Golems«, vermutete Kurt. Es waren *viele* gewesen, dort draußen auf dem Gelände. Das zweite große Beben war schon eine Weile her, aber vielleicht schickten sie ja bald noch eine dritte Welle los.

»Ich hab Hunger«, stöhnte eine Mädchenstimme.

Kurt wandte sich um und fand das zierliche Kind an der Wand zwischen den anderen. Er konnte sich denken, wie ihre Nightrunner-Karriere angefangen hatte. Jemand hatte sie in ein Loch geschickt, in das er selbst nicht gepasst hatte.

»Wann bringen sie euch denn etwas?«

Milan schnaubte. »Sie haben uns noch nie etwas gebracht. Am Anfang habe ich einen Soldaten um etwas zu essen gebeten und er hat mich ausgelacht. Wenn du nichts findest, dann können wir dich sowieso nicht brauchen, hat er gesagt.«

»Das ist verrückt«, erschrak Kurt. Es war reine Glückssache, in den Bunkern noch auf zurückgelassene Vorräte zu stoßen. »Geben sie euch wenigstens zu essen, wenn ihr etwas für sie findet?«

Diesmal musste Milan tatsächlich lachen. Es war kein sehr fröhliches Geräusch.

»Sehen wir so aus?«

Nein. Sie waren alle ähnlich abgemagert wie Maria und Kurt wollte sich nicht ausmalen, mit was sie ihren Hunger stillten, wenn die Husaren sie losschickten. Er konnte nicht anders, als froh darum zu sein, dass er das Gold für die Vorräte eingetauscht hatte. Zumindest hatten sie sich vor dem Aufbruch aus Laimgrube noch einmal stärken können. Hätte er nur die Tasche noch gehabt, dann hätte er ihnen etwas geben können. Doch sie lag mit dem Rest der Rationen vermutlich irgendwo unter dem Geschützturm, durch den sie geflohen waren.

»Als wir ihnen die Golemfabrik geöffnet haben, haben sie uns zum Dank hier zwei Tage sitzen und hungern lassen, weil sie so damit beschäftigt waren, sie wieder in Gang zu bringen. Hier gibt es keine Belohnungen.«

»Wie ... Sie haben die Golems selbst hergestellt?«

Milan nickte. »Sie waren ganz versessen darauf reinzukommen, als sie kapiert haben, auf was für eine Spur wir gestoßen waren. Ich weiß nicht, wie viele von uns sie dabei verheizt haben.«

Zorn wallte in Kurt auf. Er hätte sich niemals ausgemalt, dass Runner hier wie Sklaven gehalten wurden. Nicht einmal nach Lyskoms Erzählungen und Marias Kommentaren dazu.

»Wie lang bist du schon hier?«, fragte er Milan.

»Ich war einer der Ersten. Jetzt bin ich von allen am längsten hier ... Aber wie es aussieht, bin ich auch bald weg.« Er hatte die Stimme gesenkt. Wahrscheinlich wollte er nicht zusätzliches Öl ins Feuer der Verzweiflung gießen, die in der Zelle spürbar war.

Kurt spürte den Kloß im Hals und seine hilflose Wut steigerte sich noch. Er wusste nicht, was er Milan entgegnen sollte. Er selbst war dem Tod in den letzten Stunden viel zu oft um Haaresbreite von der Schippe gesprungen. Aber er brauchte nicht noch einen Blick auf den Arm von Evelyns Jugendfreund zu werfen, um zu wissen, dass dieser bereits verloren war.

»Evelyn hat mir erzählt, wie sie dich auf dem Flugfeld verloren hat«, sagte er. »Sie hat sich Vorwürfe gemacht, dass sie dich zurückgelassen hat.«

Evelyn hätte ihm das sicher auch selbst gesagt, aber wer wusste schon, ob die beiden noch ein Wiedersehen erleben würden.

»Es war nicht ihre Schuld«, schüttelte Milan den Kopf. »Ich hatte zu viel Panik und hab einfach dichtgemacht. Irgendwann hat mich jemand von der Leiter gerissen und ich bin gestürzt.« Er blickte Kurt forschend an. »Sie war es, oder?«

Kurt wusste nicht, was er meinte. »Was?«

Das hungrige Mädchen wimmerte mittlerweile und ließ sich von dem »Schhh!« der anderen nicht beirren.

»Ein paar der Überlebenden haben behauptet, ein Engel wäre dort gewesen und hätte ihnen einen Ausweg eröffnet. Der große Mann hat das Gerücht natürlich befeuert, aber ich wusste gleich, dass sie es war. Mit einem der Gleiter vom Himmelsanker, oder?«

Kurt zuckte skeptisch mit den Schultern. Den Himmelsanker gab es schon lange nicht mehr. Hatte er damals wirklich noch über dem Flugfeld geschwebt? »Ich weiß nicht. Sie hat nichts davon erzählt. Nur, dass sie geflohen ist und dich allein gelassen hat.«

Natürlich erinnerte er sich an die Geschichte von dem Engel, die alljährlich zur Feier der Märtyrer auf dem Flugfeld erzählt worden war. Aber es hatte so viele Propaganda-Märchen gegeben …

Milan lächelte abwesend und nickte, wie um sich selbst zu bestätigen. »Sie war es.«

Mit einem Mal setzte das dritte Beben ein. Die dritte Golem-Welle, auf die Kurt schon gewartet hatte.

»Da«, sagte er so laut, dass es in der ganzen Zelle zu hören war. Er wollte zumindest etwas Zuversicht verbreiten. »Sicher kommen sie, wenn sie die ganzen Golems auf den Weg gebracht haben.«

Kaum jemand hob auch nur den Kopf.

Hör mir zu.

Kurt wandte sich Milan zu. »Was sagst du?«

»Ich hab nichts gesagt«, entgegnete Milan verwirrt.

Du musst dich bereit machen, Kurt, und die anderen mit dir.

Kurt starrte Milan an. Die Stimme war in seinem Kopf.

»Hörst du das auch?«, fragte er erschrocken und Milan schüttelte den Kopf und runzelte die Stirn.

»Was meinst du? Da ist nichts!«

Ihr habt nicht viel Zeit. Leonow kommt. Warne sie, los!

Kurts Nackenhaare stellten sich auf. Er wandte sich ängstlich nach allen Seiten um und musste mehr und mehr wirken, als verliere er den Verstand. Die an der Wand Sitzenden verfolgten sein Gebaren ebenfalls mit skeptischer Miene.

Auf einmal fiel Kurts Blick auf das Gitter über ihren Köpfen und er hatte einen seltsamen Geistesblitz. Er hatte Leonow ein paar Mal beobachtet, wie er mit seinem Wiesel geflüstert hatte. War es möglich, dass das Tier …? Er bekam die Worte kaum mehr zusammen, so einen Schrecken hatte ihm die Stimme eingejagt.

Das Beben wurde derweil immer stärker und es fühlte sich nicht an, wie die stampfenden Schritte der Golems. Er musste etwas tun, und wie schon, als Maria Lyskom einen Verräter genannt hatte, folgte er seinem Instinkt.

»Ich hab dir doch erzählt, dass sie schon einen von uns hier hatten, bevor wir gekommen sind«, erklärte er Milan aufgeregt und wartete seine Reaktion nicht ab. »Er ist ein Halbengel. Und ich glaube, er hat einen Weg gefunden, zu uns zu kommen.«

Kurt war bemüht, nicht zu wirr zu reden, doch Milans Blick nach gelang es ihm nicht.

»Und das hast du gerade … gehört?«

Lärm drängte von draußen herein und Kurt verstand Milans Worte kaum. Ein Krachen und Bersten wie von der Explosion eines Blindgängers und dazu Rufe. Ein paar der anderen schraken zusammen.

»Steht auf«, forderte Kurt sie auf. Milan horchte gebannt und schien sich noch immer nicht entscheiden zu können, was er von Kurts Anwandlungen halten sollte. »Hoch und weg von der Tür.«

Mit bleichen Gesichtern mühten sie sich auf die Beine. Kurt erkannte mit bangem Gefühl, wie viele von ihnen noch Kinder waren und ihm im Stehen kaum bis zur Brust reichten.

»Habt keine Angst«, rief Kurt. Milan ging zumindest nicht dazwischen, sondern konzentrierte sich ganz auf das, was da draußen geschah. »Wenn es Leonow ist, dann wird er uns befreien.«

Ein weiteres Krachen. Staub rieselte von der Decke und Kurt erinnerte sich an den Schlag draußen bei den Gasometern, mit dem Leonow auch Evelyn niedergestreckt hatte. Er hoffte nur, dass der Halbengel nicht die ganze Anlage zum Einsturz bringen würde, ehe er bis zu ihnen vordrang.

Der Lärm und die Rufe wurden lauter.

»Kommt hier rüber«, erwachte Milan aus seiner Erstarrung und winkte sie alle nach links an die Wand neben der Tür. »Es sind Soldaten. Vielleicht schaffen wir es, sie in dem Chaos zu überwältigen.«

Schon war jemand auf der anderen Seite der Tür zu hören und es blieb kaum Zeit, irgendeine Ordnung herzustellen. Kurt folgte Milans Anweisung und gemeinsam standen sie direkt an der Stelle, wo die Tür aufschwingen würde. Hinter ihnen sammelten sich die anderen.

Als die Stahltür mit einem Krachen aufflog, drängten gerade noch zwei der Kleinsten daran vorbei und das Erste, was ohne jede Vorwarnung folgte, war eine Schusssalve.

»Nein!«, brüllte Milan. Er duckte sich nach vorn und riss die beiden Kinder zu Boden. Kurt half ihm in dem Chaos, sie beiseitezuzerren. Er hörte kreischende Stimmen und sah Funken von der Waffenmündung im Türausschnitt wegspringen. Offenbar wollten die Soldaten sie einfach alle erschießen. Querschläger heulten durch die Luft und Rauch und Staub drangen von draußen herein, trübten die Sicht und erschwerten das Atmen.

Milan verlor keine Zeit, nachdem die beiden Kinder aus der Schusslinie waren.

»Jetzt!«, rief er und sie stürzten gemeinsam von ihrer Seite auf den staubverhangenen Türausschnitt zu, ehe der Waffenlauf in ihre Richtung herumschwenken konnte. Die Betonwand zu ihrer Rechten war bereits völlig zerschossen.

Kurt streckte die Hände dorthin aus, wo er die Funken im Staub blitzen sah, und bekam das Metall zu fassen. Er schrie auf, denn der Lauf war so heiß, dass er sich ihm in die Finger brannte. Trotzdem packte Kurt fest zu und riss mit aller Kraft. Als der Soldat dahinter nicht losließ, gingen sie gemeinsam zu Boden und die Schüsse hörten fürs Erste auf. Kurt spürte, wie Milan mit einem wütenden Heulen über ihn hinwegsprang.

Der Schemen des Soldaten, gegen den er kämpfte, regte sich vor ihm im Rauch. Die Waffe, die Kurt immer noch festhielt, ruckte hin und her und schließlich ließ Kurt freiwillig los und warf sich selbst über den Mann. Er drückte ihn zu Boden und machte sich schwer. Kopflos schlug er mit beiden Fäusten wild auf den unter sich liegenden Körper ein und hörte erstickte Flüche unter sich. Auch Milan kämpfte und die anderen strömten nach. Weil Kurt mit dem Soldaten den Türausschnitt blockierte, wurde er von Schuhen und Beinen getroffen.

Überall gab es Handgemenge, aber nur wenige weitere Schüsse folgten. Kurt hätte es in all dem Wahnsinn wahrscheinlich nicht einmal gespürt, wenn er getroffen worden wäre, doch die Soldaten schienen zumindest überrascht von ihrem koordinierten Ansturm. Auf dem engen Raum waren sie bereits alle ins Gerangel verstrickt und konnten die Übermacht ihrer Waffen so nicht ausspielen.

»Los! Lauft!«, hörte Kurt irgendwann Milans Stimme und kämpfte noch immer mit dem Soldaten unter ihm. Er trat die Waffe auf dem Boden mit dem Fuß hinter sich in die Zelle und stemmte sich aus den Knien hoch. Sein Hemd, das der Soldat gepackt hielt, riss dabei auf, doch zumindest bekam der Mann ihn nicht gleich wieder zu fassen.

»Weiter, weiter!«

Kurt stolperte über Körper am Boden und verbot sich den Blick nach unten. Er hoffte inständig, dass es alles Husaren waren. Um in dem Gang überhaupt atmen zu können, hielt er sich ein Stück Ärmel vor Mund und Nase. Ein erneutes Krachen erschütterte den Gang und in der Zelle hinter ihnen fielen Trümmer aus der Wand, die die Soldaten bereits mit ihren Schüssen bearbeitet hatten. Zudem drangen gedämpfte Rufe durch weitere Zellen in den Gang, die noch verschlossen waren.

Kurt hastete den anderen hinterher und musste dabei die Panik mit Mühe zurückhalten. Er sah kaum etwas, hielt sich geduckt, um nicht zu viel Rauch einzuatmen, und wartete nur darauf, dass die Soldaten wieder auf die Beine kamen, um erneut das Feuer auf sie zu eröffnen. Er bezweifelte, dass es lang dauern würde.

Als die Wand zu seiner Rechten auftauchte, fand er das Mädchen wieder, das vorhin Hunger gehabt hatte. Sie schleppte sich vorwärts und stützte sich dabei mit der zitternden rechten Hand ab. Mit der Linken hielt sie sich die Seite und Kurt sah Blut an ihrer Kleidung.

»Hier, warte!«

Er rannte zu ihr und stützte sie, wie er es erst kürzlich mit Evelyn getan hatte. Fast hätte er sie dabei hochgehoben, so leicht wie sie war.

Das Mädchen wirkte völlig apathisch, reagierte gar nicht auf ihn, ließ sich aber helfen.

Das nächste Krachen war so laut, dass sie beide zusammenfuhren und Kurt für einen Moment nichts weiter als ein hohes Pfeifen hörte. Als sein Gehör langsam zurückkehrte, klangen die Stimmen der Soldaten hinter ihnen so nah, als bräuchte er nur die Hand nach hinten auszustrecken. Vermutlich wollten sie nicht blind in den Rauch und das Staubgestöber hineinfeuern, sonst wären sie schon tot gewesen.

»Schh!«, raunte er dem Mädchen zu.

»Wer seid ihr?«, hörte Kurt jemanden mit fester Stimme vom anderen Ende des Gangs rufen.

Er war fast sicher, dass es Leonow war, und wollte ihm antworten, doch zu groß war die Angst, die Soldaten könnten schießen.

Da krachten bereits Schüsse los und Kurt presste sich zusammen mit dem Mädchen an die Wand. Die Antwort folgte fast zeitgleich. Ein Schlag, wie Kurt es schon einmal erlebt hatte, und eine Druckwelle fegte durch den Gang. Staub und Rauch wurden beiseite gewischt wie durch eine göttliche Hand, und was blieb, war ein goldenes Flirren in der Luft. Vor ihnen kauerten die anderen, Milan an ihrer Spitze, an den Wänden des Ganges. Im Zentrum des Flirrens stand Leonow, die eine Hand in Richtung des schwebenden Anhängers erhoben, mit der anderen hielt er Maria im Arm, die sich kaum auf den Beinen halten konnte.

Als Kurt sich gehetzt umwandte, sah er die fünf Soldaten, die reinen Tisch mit ihnen hatten machen wollen. Nun lagen sie selbst reglos auf dem Boden.

IX

EVELYN

Die beiden Peitschen aus Kraftlinien knisterten auf dem Boden. Ihre Hände waren noch immer fest darum geschlossen, auch wenn es nichts mehr gab, gegen das sie hätte kämpfen können. Vor ihr dampfte ein Trümmerfeld aus Stahl und sie konnte kaum mehr sagen, ob es zehn oder hundert der Ungetüme waren, die sie niedergestreckt hatte.

Der Letzte war vor Sekunden gefallen und die glatte Schnittkante, wo sie seinen Rumpf geteilt hatte, glomm noch in dem Orange von geschmolzenem Stahl.

Eva sah sich unsicher um und blickte in die Mienen von Dawid und Fjodor, aus denen die Verblüffung sprach. Und noch etwas anderes … war es Furcht?

»Gut gemacht«, überspielte der mit dem zusammengebundenen Haar rasch seine Unsicherheit und nickte ihr zu.

Der andere atmete auf.

»Das waren nicht die Letzten«, tönte Fabergés Stimme aus dem Gang.

Eva blickte auf und die beiden anderen drehten sich zu ihrem Meister um. Er ging, als bereite es ihm Mühe. Haarsträhnen fielen ihm in die Stirn und er wirkte ebenso abgekämpft wie sie selbst. Begleitet wurde er von seinem goldenen

Apparat. Wie viel von ihrer Kraft in dieser Schlacht war von ihm gekommen?

Als sie auf ihre Hände sah, waren die Peitschen verschwunden und die Energie hatte sich in ihre Brust zurückgezogen.

»Sie werden mehr schicken.« Fabergé war bei ihnen angekommen und warf einen Blick auf die Stahlteile. Schwarze Risse gingen überall durch die Lichtwände des Gangs und an manchen Stellen flackerten diese Wände wie kaputte Blitzkraft-Lampen. Die Sackgasse vor ihnen, durch die die Kampfmaschinen durchgebrochen waren, gähnte nun als schwarzes Loch in dieser weißen Welt. Eva konnte nicht erkennen, was in der Dunkelheit dahinter lag.

»Wer sind *sie?*«, stellte sie eine der vielen Fragen in ihrem Kopf. »Warum wollen sie uns töten?«

»Ich hab es dir gesagt«, murmelte Fabergé, den Blick noch immer auf den Stahltrümmern. Er schien abwesend. »Sie wollen uns auslöschen, weil wir mehr sind, als sie je sein könnten.«

Als er aufblickte und seine Bernsteinaugen auf sie richtete, hing sie fest wie eine Fliege am Honig. Sie spürte, wie er ihre Aufmerksamkeit förmlich aufsog und ihr das Denken wieder schwerer wurde.

»Geh ein Stück mit mir«, forderte er sie auf. »Wir haben etwas Zeit … Dawid, ihr könnt die Trümmer hinausschaffen. Sie sollen sehen, was sie hier erwartet, wenn sie mehr als Maschinen schicken.«

Der mit den zusammengebundenen Haaren nickte gehorsam und schon ließen er und Fjodor wieder ihre Anhänger schweben. Eva hätte ihnen gern zugesehen und dieses Wunderwirken ohne die Brutalität des Kampfes erlebt, doch Fabergé legte ihr die Hand auf den Rücken. Zu ihrer Überraschung schob er sie vorwärts auf die Trümmer zu, in Richtung des schwarzen Lochs.

»Komm mit, dann wirst du vieles besser verstehen.«

Während sie über die zusammengebrochenen Kolosse hinwegkletterten, kam es Eva immer unwirklicher vor, dass sie selbst für diese Zerstörung verantwortlich war. Auch wenn sie von der Anstrengung immer noch heftig atmete, war der mentale Tunnel, in den der Kampf sie gezogen hatte, bereits unendlich fern.

Vor dem Loch in die Dunkelheit zögerte sie.

»Geh nur«, sagte Fabergé hinter ihr. »Es ist sicher.«

Obwohl die Maschinen den Gang bis weit über ihren Kopf aufgerissen hatten, duckte sie sich in die Dunkelheit hinein. Sie hatte Herzklopfen, zumindest spürte sie etwas, das sie an Herzklopfen erinnerte. Wie viel war sie noch Mensch und wie viel etwas anderes?

Als ihre Augen sich allmählich an die Dunkelheit gewöhnten, erkannte sie einen engen Steingang mit einem Durchgangsbogen zu ihrer Linken. Viel war nicht davon übrig. Die Maschinen hatten kaum einen Stein auf dem anderen gelassen, um überhaupt durchzukommen.

Fabergés Hand schob sie sanft voran und auf den Bogen zu. Dahinter lag eine Art Gruft mit Grabnischen in den Wänden und die Luft war feucht und abgestanden.

»Wo sind wir?«, flüsterte sie.

»Geh die Treppe hinauf. Das hier ist nicht wichtig.«

Sie musste in der Dunkelheit suchen, ehe sie die Stufen ausmachen konnte, und als sie hinaufstieg, sah sie bald den Sternenhimmel, der sich über ihnen aufspannte. Er weckte ein seltsames Gefühl in ihr: einen Nachhall von grenzenloser Freiheit und echter Trauer zugleich.

Warum wusste sie vom Himmel und den Sternen, von Engeln und Menschen, ob nun aus Märchen oder nicht, aber nichts von sich selbst? Sie hatte gehofft, dass etwas zurückkehren würde, spätestens seit sie den Namen hatte: Eva … und nun war es nicht mehr als diese merkwürdige Gefühlsregung.

Doch als sie an die Oberfläche kam, die von fahlem Sternenlicht beleuchtet wurde, vergaß sie all das mit einem Schlag.

Sie stand wie erstarrt, bis Fabergé neben ihr auftauchte. In der Luft neben ihm sirrte sein goldener Begleiter.

»Wie ist das passiert?«, hauchte sie angesichts der totalen Zerstörung rings um sie herum. Schutt und Trümmer, so weit das Auge reichte, und nur ein paar bruchstückhafte Gebäudestelen deuteten als mahnende Zeigefinger in Richtung Himmel.

»Das hier hätte unsere Heimat werden sollen«, erklärte Fabergé mit Wut und Schmerz im Gesicht. »Einer meiner Söhne hat dieses Land aus dem Staub gehoben und aufgebaut. Eine Zuflucht für uns alle, die seit Jahrhunderten verfolgt und ermordet werden. Aber sie haben sich alle zusammengerottet und ihn überfallen und jetzt wollen sie uns ein für alle Mal auslöschen.«

Sie traute sich kaum, eine Frage zu stellen.

»Warum haben sie ihn angegriffen?«

»Angst vor seiner Stärke. Neid auf all die Wunder, die uns vorbehalten sind. Und Dummheit. Er war ein Schwanenritter. Ein Held, wie ihn die Welt in Jahrhunderten nicht gesehen hat. Und wenn wir dich früher gefunden hätten, dann wäre er vielleicht noch am Leben und wir hätten den Krieg gewinnen können.«

»Das … tut mir leid«, erwiderte Eva ehrlich betroffen. Sie blickte sich um und konnte einerseits nicht glauben, dass sie in dem Wüten, das hier geherrscht haben musste, einen Unterschied hätte machen sollen. Doch wenn sie an den Kampf zurückdachte, der hinter ihr lag, dann wirkte es nicht mehr so unmöglich.

»Es ist am wenigsten deine Schuld«, lächelte Fabergé. »Du warst schon bei uns. Doch es waren viele zu Beginn und mein Sohn hatte gerade erst die Macht ergriffen. Dawid hat dich eine Zeit lang am Leben erhalten, doch er konnte sich nicht vorstellen, dass du es schaffst. Du bist durch die Maschen gefallen, ehe wir dich als die erkannt haben, die du wirklich bist. Und als er seinen Fehler erkannte, war es zu spät.«

Sie verstand nicht, was er damit meinte, doch sie wollte ihn nicht unterbrechen.

»Dein Vater war einer meiner Söhne. Er ist mit deiner Mutter hierhergekommen, als du noch sehr klein warst, und hat dich versteckt. Du warst schwach und kränklich. Viele von uns kommen so auf die Welt. Manche überwinden es und andere sterben. Es ist Teil von unserem Erbe.«

Fabergé blickte sie an, als überlege er, wie viel er ihr noch erzählen sollte.

»Deine Eltern waren eigensinnig.« Er schürzte die Lippen. »Sie dachten, sie könnten dir hier selbst helfen. Sie haben den heiligen Ort gesucht, an dem du gerade aufgewacht bist. Aber sie haben ihn nie gefunden.«

»Also … bin ich hier aufgewachsen?«, fragte Eva und ihr Blick schweifte über das wüste Land. Es war fast, als wäre dasselbe mit dieser Stadt geschehen wie mit ihr. Keine Vergangenheit, keine Erinnerung, nur Trümmer.

»Ja. Du hast die alte Welt erlebt, in der ihr wie Sklaven gehalten worden seid, und die Befreiung durch meinen Sohn. Im Krieg bin ich zu ihm gekommen. Zusammen mit seinen Brüdern haben wir alles versucht, um den Feinden etwas entgegenzusetzen. Die Maschinen, mit denen sie jetzt gegen uns zu Felde ziehen, waren ein Teil *unserer* Verteidigung. Wir haben diesen Ort so verzweifelt gesucht wie deine Eltern, in der Hoffnung, dass hier der Schlüssel für unsere Zukunft liegt.«

Eva spürte den Boden wieder erzittern und erschrak. Waren es schon die nächsten Angreifer?

»Wir haben noch etwas Zeit, bis sie hier sind«, erriet Fabergé ihre Gedanken und wandte sich ihr zu. »Ich will, dass du begreifst. Sie werden von überall kommen und es werden nicht nur Maschinen sein. Nur, wenn du begreifst, wirst du tun können, was getan werden muss.«

Eva versuchte, das Beben für den Moment auszublenden. Ein kalter Wind strich über das Trümmerfeld und sie fröstelte.

»Wir sind Kinder Gottes. Gleich, wer uns geschaffen hat, ist es unser Vorrecht, die Welt zu bevölkern. Die Menschen haben sich über die Tiere erhoben und jetzt ist es an der Zeit, dass wir uns über die Menschen erheben.« Er fasste sie an beiden Schultern. »Schau dich an. Du trägst unsere Stärke *in* dir. Und wärst du bei mir aufgewachsen, hättest du zudem Flügel getragen, wie manche deiner Brüder und Schwestern.«

Was sagte er da?

»Flügel?«, hauchte sie.

Fliegen. Sie war zum Fliegen geboren, das wusste sie plötzlich. Daher musste ihre Traurigkeit gekommen sein, als sie eben den ersten Blick auf den Nachthimmel erhascht hatte.

»Du hast sie verloren, noch bevor sie wachsen konnten. Du warst dem Tod näher als dem Leben, als wir dich das erste Mal bei uns hatten. Ich wünschte nur, wir hätten früher begriffen …«

Fabergé fuhr sich mit der Hand übers Gesicht.

»Ich habe viele Nachfahren. Manche habe ich verloren, manche haben mich verraten, aber jetzt kommt es nur noch auf *dich* an. Du musst diesem Traum neues Leben einhauchen und eine neue Zeit einläuten. Mit Feuer und Schwert.«

Sie standen sich gegenüber. Er sagte nichts mehr und fragte sich auch kein zweites Mal nach ihrer Loyalität. Schließlich, als das Beben lauter wurde, nickte er und wandte sich dann zur Treppe hinunter.

»Komm. Wir werden sehen, wie schnell sie erkennen, dass es sinnlos ist.«

Eva warf einen letzten Blick auf den Himmel, bevor sie ihm folgte.

Du hast sie verloren, echote seine Stimme in ihrem Kopf. Die Traurigkeit fühlte sich so vertraut an, als gehöre sie zu ihr. Sie hatte den Verdacht, dass ihre Flügel nicht der einzige große Verlust in ihrem Leben gewesen waren.

X

KURT

»Ist jemand von euch verletzt?«, rief Leonow. Nach dem Schlag war es kurz still gewesen, doch nun trommelten die anderen Gefangenen wieder an ihre Stahltüren entlang des Gangs.

Der Anhänger rotierte noch immer vor Leonow in der Luft und Kurt sah, wie groß die Angst der anderen Runner war. Das Mädchen, das er gestützt hatte, zitterte neben ihm an der Wand, und er fühlte sich auch selbst wie gelähmt. Erst waren es wenige Zentimeter gewesen, die sie vom Tod getrennt hatten, als die Soldaten in die Zelle hineingeschossen hatten. Dann wenige Sekunden, die die Soldaten noch gebraucht hätten, um in dem Rauch und Staub einfach über sie zu stolpern.

Die Luft im Gang wurde schon wieder schlechter. Rauch sammelte sich an der Decke und Staub schwebte vor Kurts Gesicht.

»Leonow«, löste er sich aus seiner Erstarrung.

Plötzlich krachten wieder Schüsse. Nicht in unmittelbarer Nähe, doch zwischen den engen Betonwänden schwächte sich der Lärm kaum ab.

»Kurt«, entgegnete Leonow erleichtert. »Es ist nicht sicher hier. In den Gängen sind noch überall Soldaten.«

Auch Maria hob den Kopf, doch sie war aschfahl.

»Öffne die Türen«, löste sich auch Milan von der Wand. »Das kannst du doch? Mach alle Türen auf und sie werden die Soldaten überrennen.«

Leonow wirkte nicht sehr glücklich über diesen Vorschlag und Kurt konnte es angesichts des bedrohlichen Türengetrommels nachempfinden.

»Was ist, wenn sie *uns* überrennen?« Sein Blick sprang zwischen Milan und Kurt hin und her.

Wieder waren Schüsse zu hören, diesmal aus der anderen Richtung. Leonow war nicht allmächtig, sonst wäre er nicht an diesem Ort gelandet ... Gegen wie viele Soldaten würde er sie verteidigen können?

»Jeder hier hasst die Husaren«, bekräftigte Milan seinen Vorschlag. »Wir zeigen ihnen den Ausweg, und wer fliehen will, flieht. Die anderen können mit uns kommen und uns helfen.«

»Wobei?«, fragte Leonow verwirrt.

Milan sah sich seinerseits stirnrunzelnd nach Kurt um.

»Du hast gesagt, Evelyn ist in den Tunneln«, versicherte er sich bei ihm. »Wollt ihr nicht versuchen, sie zu befreien?«

Kurt nickte. »Doch. Ich schon.«

Es war keine Zeit für lange Überlegungen, wie sie sie im Gasometer angestellt hatten. Solange es eine Chance gab, Evelyn wiederzufinden, würde er sie nutzen. Kurt begegnete vorsichtig Leonows Blick, der mit sich zu kämpfen schien.

»Okay«, nickte er schließlich. »Aber erst bringe ich Maria hier raus.«

Kurt lief nach vorn zu Milan. »Was ist mit den Kleineren. Sollten wir sie nicht auch nach oben begleiten?«

»Du unterschätzt sie«, sagte Milan lächelnd, doch das Lächeln verblasste schnell auf seinem Gesicht. »Wer bis hierhin durchgehalten hat, braucht keinen, der ihm die Hand hält ...«

Kurt war sich da nicht so sicher, doch Milan wandte sich schon einem Mädchen zu, das einen Kopf kleiner als er war, und gab offensichtlich Anweisungen. Als Kurt aufsah, bemerkte er, wie Maria Leonows stützenden Arm beiseiteschob. Sie stand zwar auf wackligen Beinen, aber sie stand und redete auf ihn ein. Offenbar wollte sie sich nicht so einfach aus der Gefahrenzone bringen lassen. Das Getrommel hinter den Stahltüren wurde immer heftiger.

»Tu es jetzt«, drängte Milan Leonow. »Du gibst den Soldaten nur Gelegenheit, sich zu formieren.«

Mit zusammengekniffenen Lippen atmete Leonow tief durch, dann schloss er die Augen und das Flirren des Goldanhängers sirrte in der Luft. Es dauerte kaum einen Moment, da ballte er schon die Faust und auf einen Schlag wölbten sich krachend alle Stahltüren in Kurts Sichtfeld durch. Alle genau an der Stelle, wo das Schloss saß. Schon stolperten die ersten Menschen heraus und sahen sich verblüfft um.

Milan hob die Stimme.

»Folgt Karma nach oben, um hier rauszukommen«, rief er ihnen zu. »Oder kommt mit uns nach unten, um es den Husaren heimzuzahlen.«

Das Mädchen, mit dem er vorhin gesprochen hatte, sammelte hastig die Runner aus der Zelle um sich und schob sie dann den leicht abfallenden Gang nach oben.

»Hier lang«, rief sie und eilte dann voraus, ohne sich noch einmal umzublicken. Die Sehnsucht, von diesem Ort loszukommen, war spürbar.

Milan drängte in die entgegengesetzte Richtung weiter zu Leonow und Kurt folgte ihm. Er staunte, wie viele Kräfte Milan noch immer mobilisieren konnte bei der schlechten körperlichen Verfassung, in der er doch eigentlich war. Drei oder vier der Befreiten drängten sofort auf ihn zu, nachdem er derjenige war, der gesprochen hatte, und ein paar andere liefen in ihrem Fahrwasser mit.

»Wer seid ihr?«, riefen sie. »Wo sind die Soldaten?«

Den Rest schien nichts als die Flucht zu interessieren und

die Menschen drängten dem Mädchen hinterher, das die Runner zum Ausweg führte.

Ein entsetzlicher Gestank kam aus den Zellen und Kampfeslärm dröhnte aus beiden Richtungen des Gangs. Zusammen mit Milan erreichte Kurt Leonow und Maria und sah Minka auf Leonows Schulter sitzen. Sie blickte ihn aus ihren roten Augen an und Kurt musste an ihre Stimme in seinem Kopf denken.

»Wir müssen nach unten«, erklärte Milan Leonow gerade, »bis ganz unten durch, dort beginnen die Tunnel.«

Leonow nickte. »Maria kennt den Weg.«

Er hatte den Plan, sie nach oben zu bringen, offenbar aufgegeben. Milan warf ihr einen skeptischen Seitenblick zu und tatsächlich hatte sie schon wieder die Hand an Leonows Schulter, weil sie sich anders wohl kaum aufrecht halten konnte. Maria bemerkte Milans stillen Zweifel und wollte ihn nicht auf sich sitzen lassen.

»Ohne mich findet ihr sie nie.«

»Ich war öfter da unten als irgendjemand anderes«, behauptete Milan.

Maria schnaubte nur. »Unsinn.«

»Könnt ihr das später klären?«, unterbrach Kurt die beiden. Vermutlich tobte in der ganzen Anlage das Chaos und sie verstrickten sich in irgendwelche Kabbeleien.

Leonow nickte und ließ die beiden nicht noch einmal zu Wort kommen. »Wir gehen voraus.« Dann wandte er sich an Milan. »Schau du, dass du sie irgendwie unter Kontrolle hältst.«

Milan wandte sich zu den Befreiten um, die noch nicht geflohen waren.

»Wir kämpfen uns durch bis ganz unten«, rief er. »Wenn ihr helfen wollt, dann kümmert euch um die Verletzten in den Zellen und kämpft, wo es noch etwas zu kämpfen gibt.«

Ein paar reckten die Fäuste und jubelten zur Antwort, doch Kurt sah Widerwillen in Leonows Augen, als dieser sich zum Gehen wandte. Kurt konnte seine Gefühle gut nachempfinden.

Auch er wollte keine Gemeinschaft mit diesen Menschen bilden, genauso wenig, wie er als Runner Gesellschaft gesucht hatte. Wer konnte schon sagen, wie viele dieser Menschen im Krieg dieselbe Brutalität gezeigt hatten wie die Husaren …

XI

LEONOW

Die Soldaten, auf die sie noch trafen, waren kein Hindernis. Immer leichter fiel es Leonow, die Kraft des Anhängers zu kontrollieren, anstatt die unbändigen Energien frei zu entfesseln. In Zarysin hatte er einmal einen Straßenmusikanten mit einem Kasten voller Knöpfe gesehen. Der Musikant hatte den Kasten auf- und zugezogen, um ihm Töne zu entlocken, und dabei waren seine Finger nur so über die Knöpfe geflogen. Einem für Leonow unbegreiflichen Muster folgend, hatte der Mann dem Kasten so Harmonien und Töne entlockt und Leonow fühlte sich mit dem Anhänger ähnlich. Er benutzte nicht seine Finger, sondern seinen Geist, um die Schwingungen zu steuern, aber er sah die Muster und deren Veränderungen in den Kraftlinien und konnte sie spielen wie ein Instrument.

Wieder ging es um eine Biegung und Leonow sandte eine Schockwelle, um die Husaren, die im Handgemenge mit den Gefangenen lagen, unschädlich zu machen. Keinen von ihnen wollte er töten, denn es lagen schon so genug Leichen in den Gängen und den Zellen.

»In die Richtung geht es hinaus«, rief Milan den Befreiten zu und deutete zu der Biegung hinter ihnen. »Niemand wird euch mehr aufhalten.« Er wandte sich an Kurt. »Vielleicht noch zwei Gänge, dann erreichen wir die Tunnel.«

»Dann sollen sie hierbleiben«, nickte Leonow in Richtung ihres Trosses. »Da unten nützen sie uns nichts.«

Milan zögerte kurz, doch dann verzichtete er doch auf Widerspruch und wandte sich um.

»Versorgt die Verletzten und passt auf, falls die Soldaten wieder aufwachen. Und dann geht nach oben und am besten weit weg von hier.«

Es gab viel Zustimmung, vielleicht sogar Dankbarkeit, doch zugleich roch Leonow förmlich die Mordlust in der Luft. Er wollte nicht wissen, was sich hier noch für Szenen mit den Bewusstlosen abspielen würden, die er kampfunfähig gemacht hatte. Natürlich empfand auch er Hass. Nicht einmal so sehr wegen seiner eigenen Misshandlung, aber wegen dem Zustand, in dem er Maria aus ihrer Zelle geholt hatte. Und trotzdem wurde ihm schlecht von dem Gedanken, dass diese Menschen an wahllosen Uniformierten Rache nehmen würden. Er selbst hatte diese Uniform getragen.

Plötzlich berührte ihn Maria an der Schulter und hielt sich an ihm fest, um zu Atem zu kommen.

»Komm«, zog er sie vorsichtig näher, »ich versuch noch mal, ob ich es besser machen kann.«

Sie nickte schwach und er legte beide Hände auf ihre Schultern. Er hatte selbst gespürt, wie die Kraft des Anhängers in den letzten Stunden seine Folter gelindert hatte. Schon in Marias Zelle hatte er versucht, sie daran teilhaben zu lassen, aber seine Wut und Ohnmacht waren so groß gewesen, dass es ihm schwergefallen war, sich zu konzentrieren.

Jetzt fand er die Muster, die Energie aus dem Flirren in das Mädchen lenkten, und folgte ihnen behutsam. Er bezweifelte, dass es ihm mit jemand anderem so leicht gelungen wäre, doch Maria fand er mit geschlossenen Augen mühelos in der Dunkelheit. Er spürte mit den Händen an ihren Schultern, wie ein Teil der schmerzvollen Anspannung aus ihrem Körper wich, und hätte gern noch so viel mehr getan.

»Danke«, hob sie den Kopf und nahm seine Hände sanft von ihren Schultern.

Leonow öffnete die Augen und spürte Kurts Blick. Er scheute sich, ihn zu erwidern. Fabergé zu finden schien ihm weit weniger dringlich, seit er Maria befreit hatte. Mit Minka und dem Anhänger hätten sie einfach weiter gen Westen fliehen können und er bezweifelte, dass jemand sie hätte stoppen können. Doch noch mehr als die anderen wusste er, dass Evelyn ihre Hilfe brauchte. Er hatte sie gesehen, in dem Stuhl, über all dem Blut.

»Das ist Milan«, erklärte Kurt. »Er ist mit Evelyn hier in Wien aufgewachsen und nach dem Krieg auch ein Runner geworden.«

Auch Leonow und Maria nannten ihre Namen. Leonow entdeckte die Spuren der Anstrengung auf Milans Gesicht. Er hatte keine Schwäche gezeigt, während er die Befreiten angeleitet hatte, doch nun sah Leonow den Schweiß auf seiner Stirn und den Tod in seinen Augen. Er war krank.

»Bevor wir weitergehen, muss ich euch warnen«, sagte er. »Da unten sind nicht nur solche wie du, mit Reliktwaffen.«

Das Wort klang falsch, aber Leonow musste ihm recht geben. Der Anhänger war hier unten wirklich zu einer Waffe für ihn geworden, auch wenn er in seinem Innersten spürte, dass das nicht *richtig* war. Es sollte kein Mordinstrument sein, sondern – wie hatte Fabergé es genannt? Ein Werkzeug des Himmels …

»Sie haben da unten Monster geschaffen«, erklärte Milan. »Und die sind gefährlicher als die Soldaten.«

»Was meinst du?«, fragte Maria verwirrt und auch Kurt sah alarmiert aus.

»Lyskom hat von Monstern geredet«, sagte er und warf

Leonow dann einen unsicheren Blick zu. »Er … hat uns an die Husaren verraten.«

Leonow nickte. Er wollte wissen, wie es genau abgelaufen war, doch Milan redete schon weiter.

»Vielleicht stammen sie noch aus den Experimenten, die sie da unten während des Kriegs gemacht haben«, sagte er. »Sie kriechen in den Schatten und machen uns das wenige streitig, was wir an Nahrung finden. Keiner hat sie von Nahem gesehen und überlebt. Aber sie sind gefährlich.«

Leonow dachte an die Bilder der Menschen, die Joschas Anhänger heraufbeschworen hatte, und an diesen weißen Raum, in dem Evelyn gelegen hatte. Lyskom hatte davon erzählt, dass Fabergé im Krieg an *Waffen* für den großen Mann gearbeitet hatte. Hatte er auch Menschen zu Waffen gemacht? Wenn es stimmte, dann gab es zumindest einen wahren Kern in den Gerüchten um die Widerstandskämpfer in Aspern …

»Wenn wir Glück haben, können wir sie umgehen«, fuhr Milan fort.

»Das kann ich mir nicht vorstellen«, schüttelte Leonow den Kopf. »Ich kenne den Mann, der diese Monster erschaffen hat. Und wenn wir zu Evelyn wollen, dann müssen wir an ihm und allem, womit er sich schützt, vorbei.«

Kurt sah verwirrt auf. »Redest du von Fabergé? Ich dachte, er wäre tot?«

»Ist er nicht. Entweder, er hat Lyskom getäuscht, oder …«

»Hat er nicht«, schnaubte Maria. »Lyskom wusste genau, was hier unten auf uns wartet. Er wollte uns im letzten Moment daran hindern, den Zugang zu öffnen.«

Das warf nur noch mehr Fragen in Leonows Kopf auf, doch jetzt war zu wenig Zeit, sie zu klären.

»Wo ist dieser Fabergé?«, fragte Milan. »Wohin müssen wir? Wir suchen seit Wochen nach weiteren Werkstätten, aber wir haben nur die Golemfabrik gefunden.«

»Weißt du, wo das Auge ist?«, erwiderte Maria.

Leonow hatte nicht die geringste Idee, wovon sie redete, doch Milan biss sich auf die Lippen und nickte.

»Dorthin.«

Als sie die letzten Zellen hinter sich ließen und um die nächste Biegung traten, gab es keine Stahltüren mehr. Die kargen Betonwände verliefen glatt geradeaus und führten weiter unmerklich in die Tiefe. Minka huschte von Leonows Schulter und eilte voraus. Seit dem Beginn der Kämpfe hatte sie kaum ein Wort gesprochen und schien sich selbst ganz auf mögliche Gefahren zu konzentrieren. Sie bog um die Ecke, und als Leonow ihr mit den anderen folgte, sah er gleich, dass dieses Mal etwas anderes auf der anderen Seite auf sie wartete als eine weitere Betonwand mit einer weiteren Biegung.

»Vorsicht, da vorne geht es runter«, sagte Milan und schien nicht so recht zu wissen, wie er Minka einordnen sollte.

Je näher sie der Stelle kam, wo der Gang zu enden schien, desto zögerlicher wurde sie.

Es ist riesig, hörte er ihre Stimme in seinem Kopf. *Was ist das?*

Leonow sah Licht flackern und mochte nicht, dass Minka so weit voraus war. Doch Milan wirkte nicht, als erwarte er die Monster, von denen er gesprochen hatte, hier in der Nähe.

»Die Lampe flackert, seit ich das erste Mal dort hinuntermusste«, sagte er, »und sie hat immer noch nicht ganz den Geist aufgegeben.«

Langsam konnte Leonow auch erkennen, was Milan mit »dort hinunter« meinte: Der Gang führte ins Nichts. Er endete vor einem fünf Meter tiefen Abgrund und sie blickten in eine gewaltige Höhle hinein.

Es war schwer zu erkennen, zu welchem Zweck die Höhle geschaffen worden war, denn das meiste war wie an der Oberfläche voller Schutt und Trümmer. An den Wänden hingen teilweise noch Paneele in Grau und verblasstem Orange, um den rauen Beton zu verkleiden, doch größtenteils lag er frei.

Geradeaus war irgendeine Konstruktion inmitten der Höhle in sich zusammengebrochen. Leonow sah zusammengeknickten Stahl und gebrochenes Glas. Auch der Boden unter ihnen offenbarte im flackernden Licht immer mehr Glasscherben.

»Hier geht's runter«, sagte Milan. Er ging auf die Knie und stieg schon rückwärts in den Abgrund hinab. Als Leonow Minka zur Kante folgte, sah er die stählernen Trittstellen, die ohne jedes Geländer nackt aus dem Beton ragten und in einer Reihe bis unten zum Boden verliefen.

Jetzt erkannte er auch, dass der Boden unter ihnen in mehrere Plattformen unterteilt war, jeweils getrennt von einem etwa zwei oder drei Meter breiten Graben. Diese Gräben verliefen von ihrer Seite bis hinüber zur gegenüberliegenden Höhlenwand und mündeten dort in Tunneleingängen, wie er sie in den Visionen des Anhängers gesehen hatte. Nur, dass ihm die Dimensionen dabei in keiner Weise klar geworden waren.

Leonows Blick wanderte zu Kurt hinüber, der neben ihm stand und nicht weniger verblüfft von dem Ausblick schien. Nur Maria ging ebenfalls in die Hocke, als Milans Kopf hinter der Kante verschwand.

»Schaffst du es da runter?«, fragte Leonow, und sie sah auf. In dem Geflacker erahnte er ihre hochgezogenen Augenbrauen mehr, als dass er sie sah. All ihre Bewegungen waren sicherer geworden, seit er ihr Kraft gegeben hatte.

»Ja«, erwiderte sie. »Und jetzt hör auf damit.«

Er schnaubte, während sie sich mit den Füßen nach unten vortastete. Minka war zur Seite gehuscht und in den Schatten verschwunden. Sie würde in der Nähe bleiben, wusste Leonow.

Als sie allesamt unten waren, schien die Decke noch einmal höher und die Höhle noch gewaltiger als zuvor. Links und rechts von ihnen war die Plattform mit Glasbarrieren von den Gräben abgeschirmt. Alle paar Meter wiesen diese Barrieren rechteckige Durchgänge auf. Die ganze Anlage mitsamt der Tunneleingänge erinnerte ihn an Bahnsteige, doch es gab keine wirklichen Gleisbetten in den Gräben und diese Glaswände passten auch nicht dazu. Außerdem, wer hätte jemals von einem unterirdischen Zug gehört?

»Wir müssen den Rechten nehmen, wenn wir zum Auge wollen«, erklärte Milan und deutete auf einen Tunneleingang, der fast komplett mit der Dunkelheit verschmolz. Er hatte die Stimme gesenkt und sein Geflüster hallte bis unter die Decke nach, wo es zu einem Zischeln wie von Fledermausflügeln wurde. »Da drin sollten wir leise sein. Wir sind dort schon auf welche gestoßen.«

Während sie an die Glasbarriere herantraten, die die Plattform vom Graben trennte, deutete Milan auf eine zersplitterte Stelle.

»Schneiden könnt ihr euch daran nicht. Auch nicht an den meisten Scherben auf dem Boden. Aber seid trotzdem vorsichtig.«

Erst als Leonow selbst die Barriere erreichte und die Finger darauf legte, verstand er Milans Worte. Sie war zwei Meter hoch und bis auf die Bruchstellen vollkommen glatt, doch sie fühlte sich nicht so kalt an wie Glas. Sie war auch weder ganz so durchsichtig noch ganz so hart wie Glas. An den Bruchstellen ließ sie sich eindrücken und die Kanten waren stumpf. Leonow hatte so ein Material noch nie gesehen.

»Was ist das?«, fragte er, nicht sicher, ob in Milans oder Marias Richtung.

»Das weiß keiner«, antwortete Maria und Milan gab ihr schulterzuckend recht. Er war bereits durch eine der rechteckigen Aussparungen der seltsamen Wand in den schuttgefüllten Graben hinabgestiegen.

»Ich hatte gedacht, hier unten wäre alles von Zwangsarbeitern gebaut worden?«, fragte Leonow verwirrt.

Maria schüttelte den Kopf.

»Nein. Sie haben uns nie verraten, wo wir hier sind, und ich glaube, sie wussten es selbst nicht. Den Gang hinauf zur Oberfläche gab es schon oder sie haben ihn vor unserer Ankunft gebaut. Nur die Zellen, wo sie uns eingesperrt und geschlagen haben, mussten wir selbst in die Erde graben und mit Beton auskleiden.«

Leonow hielt nach Minka Ausschau, doch das flackernde Licht machte es ihm unmöglich, sie zu finden. Es ließ Schatten tanzen und hauchte diesem Ort, der sonst wie tot wirkte, ein unheimliches Eigenleben ein. Während er in den Graben hinunterstieg, fragte er sich, wie sie in dem Tunnel irgendetwas sehen sollten. Dann fiel ihm der Anhänger wieder ein, den er in seine Tasche gesteckt hatte, damit er nicht ständig um ihn herumschwebte, und er musste über sich selbst schmunzeln. Es war alles noch so neu, dass er kaum daran dachte, was er alles tun konnte. Er hoffte nur, dass er sich daran erinnern würde, wenn es darauf ankam …

Der Schutt knirschte unter ihren Schuhen, und auch als sie auf der anderen Seite wieder hochstiegen, wurde jedes Geräusch vom Ausmaß der Höhle verstärkt.

Es liegen Tote in all diesen Tunneln, hörte Leonow endlich wieder Minkas Stimme. *Ich kann sie riechen.*

»Komm zu uns«, zischte Leonow und hoffte, dass Minka es hörte. Es wurde wieder Fledermausgeflatter unter der Höhlendecke daraus, als seine Worte widerhallten. Die anderen drehten sich zu ihm um.

»Minka«, erklärte er entschuldigend und tatsächlich kam sie innerhalb von Sekunden und kletterte wieder an seiner Hose hoch.

»Sie sagt, in den Tunneln liegen Leichen.«

Milan warf ihm einen erstaunten Blick zu und nickte dann. Seine Augen blieben an dem kleinen Hermelin hängen.

»Sie hat recht … Viele. Manche habe ich selbst sterben sehen. Und immer mal wieder hat jemand vor Hunger den Verstand verloren und ist einfach in die Dunkelheit davongerannt.« Er zögerte und redete dann doch weiter. »Ich hab's euch ja gesagt. Wir waren nicht das Einzige da drin, das Hunger hat.«

Milan kletterte voraus, von Plattform zu Plattform, bis sie den äußersten Graben auf der rechten Seite erreichten.

»Achtung!«, ertönte plötzlich eine laute Frauenstimme und ließ Leonow zusammenzucken. Er spürte Minkas Krallen in der Schulter und sofort schwirrte der Anhänger vor seinem Gesicht in der Luft. Leonow konnte überhaupt nicht sagen, ob er ihn selbst aus der Tasche gezogen hatte.

»Ganz ruhig«, murmelte Milan, »keine Angst. Es ist nichts als eine Stimme. Irgendetwas Altes hier unten …«

»Achtung!«, tönte die Stimme erneut, laut und durchdringend.

Leonow spürte, wie sich ihm die Nackenhaare aufstellten. Er blickte sich um, doch im Nachhall verlor sich die Richtung, aus der der Warnruf gekommen war.

»Das hab ich lang nicht mehr gehört«, murmelte Maria zu niemand Bestimmtem und starrte ins Nichts.

Leonow ließ den Anhänger schweben, während sie weitergingen. Wer wusste schon, ob die Sekunde, die er ansonsten länger brauchte, im Ernstfall über Leben und Tod entscheiden konnte?

»Wahnsinn«, raunte Kurt, als sie im letzten Graben direkt vor der Tunnelöffnung standen, die sie alle um das Doppelte überragte. Vermutlich hatte er eher mit etwas gerechnet, das so eng war wie die Bunkergänge, in denen er sich zu Hause fühlte. »Ich hab so was noch nie gesehen. Und ich habe *viel* von Wien gesehen.«

»Es geht wahrscheinlich zwanzig Kilometer weit da rein«, erklärte Milan. »In die andere Richtung kommt nicht mehr viel. Aber da lang … ab und zu ein Bahnhof wie hier, nur kleiner, und ein paar abzweigende Strecken.«

»Also sind hier wirklich Züge gefahren?«, fragte Leonow entgeistert.

»Achtung!«, tönte es laut in ihrem Rücken.

Selbst Maria zuckte. Nur Milan schien hier unten nichts mehr zu erschrecken.

»Ja, aber nicht das, was wir unter dem Namen kennen. Wir kommen nah an einem vorbei. Ich zeig ihn euch, wenn alles ruhig bleibt.«

»Es heißt doch immer, dass es Spuren vom ersten Volk unter Wien gibt«, sagte Kurt andächtig. »Ist es *das hier*?«

Milan nickte und warf dabei einen scheuen Blick in die Runde, als könne ihn jemand auslachen. »Ich glaube schon.«

Er holte ein Feldlicht aus seiner Hosentasche. Leonow fiel auf, wie umständlich er mit der Linken danach fischte, anstatt die rechte Hand zu benutzen. Die ganze Zeit schon ließ er den rechten Arm herunterhängen, ohne ihn wirklich für etwas zu gebrauchen. Selbst vorhin beim Klettern …

Er hob das Feldlicht zum Mund, um den Stift zu ziehen, doch Leonow erwachte rechtzeitig aus seiner Erstarrung.

»Warte«, hielt er ihn zurück und konzentrierte sich kurz.

Sofort breitete sich ein goldener Glanz von dem Anhänger aus und Leonow ließ ihn mit einer Handbewegung in den dunklen Tunnel vorschweben. Er wusste nicht, ob die Bewegung wirklich nötig war, aber sie fühlte sich richtig an.

»Dich hätten wir früher brauchen können«, murmelte Milan und steckte das Glasröhrchen wieder ein.

»Zum Auge geht es hier lang«, deutete er dann in den Tunnel hinein, ohne Anstalten zu machen, ihn zu betreten.

Minka spitzte auf einmal die Ohren, ehe Leonow fragen konnte, was es mit diesem Auge auf sich hatte.

Spürst du es?

Er hatte zunächst keine Ahnung, was sie meinte, doch dann fiel ihm das sanfte Zittern seiner Füße auf. Nur waren es nicht seine Füße, sondern der Boden darunter.

»Der Boden«, machte er die anderen darauf aufmerksam. »Er bebt wieder.«

»Von dir kommt es diesmal nicht«, sagte Milan. »Also müssen es die Golems sein.«

Leonow ging in die Hocke und legte die Hände auf den

Boden. Es war kaum mehr als dieses Zittern, aber eben auch nicht zu leugnen.

»Es könnten auch Kämpfe sein«, wandte Kurt ein, »mit oder ohne Golems. Die Amerikaner werden sich das nicht ewig anschauen, was die Husaren veranstalten. Sie haben Soldaten in der ganzen Stadt.«

»Nein.« Leonow schüttelte im Aufstehen den Kopf. »Milan hat recht, es sind die Golems. Der Zar hat sie Evelyn hinterhergeschickt. Ich hab den Befehl gehört.« Er erwähnte nicht, dass er ihn durch Minkas Ohren gehört hatte.

»Du hast den Zaren gehört?«, fragte Kurt skeptisch.

Auch Milan wirkte überrascht, doch er schenkte Leonow offenbar mehr Glauben.

»Er war hier? Während des ganzen Aufstands?«

»Ja«, nickte Leonow. »Er war kurz davor in meiner Zelle.«

»Bei uns war er auch mal«, erinnerte sich Milan voller Abscheu. »Er hat uns sogar was zu essen mitgebracht. Aber als wir die Fabrik gefunden hatten, muss er so aufgeregt gewesen sein, dass er die Hälfte von uns einfach hat verhungern lassen ...«

Sie hatten die riesige Röhre noch immer nicht betreten. Als führten sie dieses ganze Gespräch nur, um das Unvermeidliche hinauszuzögern.

»Los«, machte Milan den ersten Schritt, als hätte er Leonows Gedanken gehört. »Vom Warten wird es nicht besser.«

Und so ließen sie sich von dem alten Bauwerk verschlingen.

XII

LEONOW

Es war ein Radius von drei Metern um sie herum, den der Anhänger mit seinem goldenen Leuchten erfüllte. Man konnte den rissigen Beton der Decke erkennen. Es war still und sie alle horchten mit der Anspannung von Mäusen, von *Ratten*, die sich durch ein Labyrinth bewegten, das den Katzen gehörte.

»Wie habt ihr Evelyn eigentlich verloren?«, fragte Leonow nach einer Weile leise.

»Es ging ziemlich schnell«, entgegnete Kurt. »Maria hat eine Geheimtür geöffnet. Sie hat Lyskoms Anhänger als Schlüssel benutzt und dahinter hat etwas gewartet, das uns ...« Er suchte nach dem richtigen Wort. »Das uns ausgeknockt hat.«

Leonow hörte schon gar nicht mehr richtig zu – Lyskoms Anhänger ... Er hatte die Figur seiner Mutter also tatsächlich eingeschmolzen und damit jede Erinnerung an sie verloren. Leonow hatte mehr Fragen zu Lyskoms Verrat stellen wollen, aber nun brachte er es nicht über sich. Er hatte wissen wollen, wie Lyskom sich so hatte verändern können, seit sie sich das letzte Mal gesehen hatten. Aber vielleicht hatte er eben schon die ganze Erklärung dazu gehört.

»Achtung!« tönte hinter ihnen leise die Stimme aus dem Bahnhof.

»Manchmal ist tagelang Ruhe«, erklärte Milan. »Manchmal geht es in einem durch. Wir haben mal gesucht, wo es herkommt, aber nichts gefunden …«

Maria blieb plötzlich wie angewurzelt stehen und streckte die Hände aus, um sie zurückzuhalten.

»Was …«, setzte Kurt an, doch mit einer weiteren, hektischen Handbewegung brachte Maria ihn zum Schweigen.

Als Leonow sah, was sie entdeckt hatte, gefror ihm das Blut in den Adern. Es war eine Hand. Sie lag mit der offenen Handfläche nach oben am Boden, ganz am Rande des Lichtscheins, den der Anhänger um sie herum warf. Von den Fingern fehlten zwei Kuppen und die Handfläche selbst wies merkwürdige Adern auf. Keine, durch die Blut floss, sondern goldene Linien, die sich von einem Punkt im Handballen aus ausbreiteten. Die Haut hatte darum eine unnatürliche, gräuliche Farbe.

Es liegen Tote in allen diesen Tunneln, hatte Minka gesagt.

Niemand von ihnen sagte ein Wort, sie hielten alle den Atem an. Leonow hob seinen Arm und ließ den Anhänger wie in Zeitlupe nach vorn schweben. Ein Unterarm wurde erkennbar, von Stofffetzen bedeckt. Er lag abgewinkelt vom Körper, und Leonow erkannte mehr und mehr. Erst die Schulter, dann die Brust. Als Licht auf die Züge des jungen Mannes fiel, der dort auf dem Rücken lag, ging plötzlich ein Ruck durch Maria.

»Till«, ließ sie alle Vorsicht fahren und sank nach vorn.

Leonow hielt sie instinktiv zurück. Ihm selbst jagte der Anblick nur einen weiteren Schrecken ein. Auch in seinem Gesicht hatte der Tote solche goldenen Adern wie auf der Handfläche und über seinen Hals liefen sie unter die Kleidung. Seine Lider waren geschlossen.

Als Maria sich gegen Leonows Griff wehrte und er den Ausdruck purer Verzweiflung in ihrem Gesicht sah, ließ er ihren Arm wieder los.

»Till«, schluchzte sie und kroch auf die Leiche am Boden zu.

»Nicht«, flüsterte Milan. »Er ist einer von ihnen.«

»Aber … das ist doch kein Monster«, widersprach Kurt.

Leonow wandte Milan den Blick zu und sah, dass dieser sich geistesabwesend an den rechten Arm gefasst hatte. Auch jetzt baumelte der Arm wie etwas herab, das gar nicht zu seinem Körper gehörte. Sein Gesicht war aschfahl, die Augen glänzten und auf seiner Stirn stand der Schweiß. Leonow hatte Soldaten auf dem Sterbebett mit einem lebendigeren Gesichtsausdruck gesehen als Milan in diesem Moment.

Als Maria schluchzend die Hand ausstreckte und Anstalten machte, den Mann zu berühren, trat Leonow auf sie zu.

»Maria«, legte er ihr die Hand auf die Schulter. »Nicht … warte.«

Sie beachtete ihn gar nicht, sondern wanderte mit ihrer Rechten in der Luft über seinen Oberkörper, als fände sie keine passende Stelle. Der Tote war verdreckt und seine erbärmliche Kleidung voll getrockneter Blutflecken. Schließlich ließ sie die Hand auf seinen Oberarm sinken und Leonow spürte, wie sie dabei bebte.

Als den Lippen des Mannes plötzlich ein Stöhnen entwich, schrak sie zurück.

»Weg«, zischte Milan hinter ihnen panisch. »Weg von ihm!«

Die Luft knisterte förmlich, als sich Leonows Anspannung auf den Anhänger übertrug, doch Maria regte sich nicht und Leonow blieb bei ihr, auch wenn ihm sein Herz bis zum Hals schlug.

»Mmm …«, stöhnte der Mann am Boden. »Mh … Mmmm«

»Schhh«, ihre Hand wanderte hoch zu seinem Gesicht und sie strich ihm ohne Scheu über die dreckverkrustete Wange mit den goldenen Adern. »Schhh.«

Der Mann trug keine Ringe im Gesicht, wie Maria es tat, und Leonow konnte sich höchstens einbilden, Spuren davon an seiner Nase und um seine geschlossenen Augen zu erkennen. Dennoch war Leonow überzeugt, einen Mann aus dem Flussvolk vor sich zu haben. Irgendeinen Familienangehörigen von

Maria oder zumindest jemanden, mit dem sie mehr als die Gefangenschaft an diesem Ort verband.

»Mmmma ...«, stöhnte er.

Leonow sah, dass sich die Brust des Schai hob und senkte. Doch es geschah kaum merklich und unregelmäßig.

»Ich bin hier«, schluchzte Maria. »Ich bin da, Till.«

Seine Lider zitterten und hoben sich. Ein Spalt entstand, der nur das Weiße freigab.

»Er ist einer von ihnen«, wiederholte Milan wie eine hängen gebliebene Schallplatte.

»Mmmmmaa«, stöhnte er wieder, und wenn er Marias Namen sagen wollte, so bekam er ihn nicht heraus.

»Hilf ihm«, wandte Maria sich plötzlich zu Leonow um. »Bitte!«

Leonow nickte mit einem Kloß im Hals. Er schloss die Augen und suchte in dem Farbenspiel des flirrenden Anhängers die Muster, mit denen er Maria Kraft gegeben hatte. Er brauchte nicht lange dafür, doch als er in der Dunkelheit vor sich nach dem Mann suchte, dem er die Kraft zukommen lassen wollte, fand er ihn nicht. Leonow wusste ja, dass er dort lag, doch auf dieser Ebene war es, als existiere er gar nicht.

Maria sah er klar vor sich, Kurt und Milan zumindest als flüchtige Schemen aus dem Augenwinkel. Doch als der Mann erneut schmerzvoll stöhnte, war es, als käme es von einem Geist aus dem Nichts.

»Leonow«, bat Maria, doch was sollte er tun?

Er öffnete die Augen und ging neben Maria über dem am Boden Liegenden in die Hocke.

»Rück zur Seite.«

»Leonow«, sagte auch Kurt, allerdings im Gegensatz zu Maria mit einem deutlich warnenden Tonfall.

Leonow überwand seine Hemmungen und streckte die Hand aus. Er berührte den Mann an der Schulter wie Maria vorhin. Sofort spürte er die Hitze, die von dem Körper ausging.

War das Maria eben nicht aufgefallen? Leonow zwang sich, nicht darüber nachzudenken, was Fabergé mit ihm angestellt haben mochte. Spätestens, seit er das Gold gesehen hatte, zweifelte er nicht mehr daran, dass Fabergé hinter diesen Monstern steckte, wie Milan sie nannte.

Als Leonow diesmal die Augen schloss, war er nicht ganz so verloren. Die Berührung war wie ein Anker, an dem er sich entlangtasten konnte, um einen Umriss zu finden, der vor seinem inneren Auge kaum existierte.

Mit der Kraft des Anhängers tastete er sich den Umriss entlang und versuchte, Till etwas von der Energie einzuflößen, die er ihm geben konnte. In dem Moment, als er damit begann, glühte die Dunkelheit um ihn plötzlich auf. Es geschah so abrupt wie das Aufflammen eines Scheinwerfers und bernsteinfarbenes Feuer brannte auf Leonows Haut. Entsetzt riss er die Augen auf und wollte zurückstolpern, doch er konnte nicht. Der Schai hielt ihn gepackt und starrte ihn aus offenen Augen an.

Leonow sah die schwarzen Pupillen, die übergroß erschienen und von einem bernsteinfarbenen Glühen umgeben waren.

Kurt und Maria schrien und aus dem Augenwinkel sah Leonow etwas heranschießen. Sein Blick hing fest an Tills starrendem Ausdruck und Leonow meinte, Fabergé darin zu erkennen.

Im letzten Moment wurde er zur Seite gerissen und spürte den Luftzug, als Tills Arm durch die Luft schoss, wo eben noch sein Kopf gewesen war. Aus seiner Handfläche ragte ein golden glänzender Sporn, der dort vor wenigen Sekunden noch nicht gewesen war.

Maria hatte Leonow weggerissen und starrte ihn jetzt aus großen Augen an, als habe ihr Körper reagiert, bevor sie überhaupt begreifen konnte, was passierte.

Auch die anderen stürzten herbei und die Luft knisterte erneut, als Leonow sich bereit machte, um sich und die anderen zu verteidigen. Doch es gab keinen Angreifer mehr. Till lag reglos da, und als Leonow sich nach vorne beugte, starrten Tills leblose Augen ins Nichts. Das Glühen war verschwunden und zurück blieb eine Marionette, deren Fäden endgültig zerschnitten waren.

»Wir müssen in Bewegung bleiben«, raunte Milan. »Die Schreie hat man durch die ganze Anlage gehört.«

Leonow verdrängte die Gedanken, wer oder vielmehr *was* sie noch gehört haben mochte. Maria kauerte weinend über Tills Leichnam. Sie hatte nicht reagiert, als Leonow versucht hatte, sie zum Aufstehen zu bewegen, und so war er eine Weile einfach neben ihr sitzen geblieben, um schließlich von Kurt weggeholt zu werden.

»Wie viele von ihnen gibt es?«, fragte Kurt unbehaglich.

Milan zuckte mit den Schultern.

»Ich hab noch keinen so nah gesehen. Normalerweise bleiben sie in den Schatten und kommen höchstens aus dem Hinterhalt, wenn es etwas zu holen gibt. Ich weiß nicht, ob sie immer … *so* aussehen. Und ich weiß auch nicht, ob wir sie mit den Schreien eher weggejagt haben, oder …«

Wieder warf er Leonow einen Blick zu und dieser schauderte bei der Vorstellung, sie könnten es mit einer ganzen Gruppe nach Tills Vorbild zu tun bekommen. Diesmal im Vollbesitz ihrer Kräfte. Vielleicht war Till noch nicht einmal der Einzige hier unten gewesen, den Maria kannte.

»Ich rede mit ihr.«

Minka war neben Maria geblieben, doch nicht einmal sie schien sich zu trauen, die apathische Schai zu berühren. Maria saß dort und starrte auf den Boden, ohne die Leiche selbst anzublicken. Im Turm oben hatte sie Leonow erzählt, wie sie ihre Eltern hatte sterben sehen. Vielleicht hatte Tills Anblick die Bilder zurückgebracht.

Leonow ließ sich neben ihr niedersinken. Vor ihm lag die Hand mit der obszönen Klaue, die ihn fast das Leben gekostet hätte, und seine Nackenhaare stellten sich bei dem Anblick auf.

»Ich bring dich zurück«, sagte er schließlich leise zu Maria. »Wenn die anderen helfen, können wir auch ihn rausbringen. Dann könntest du ihn begraben.«

Es war ein spontaner Einfall, aber er sprach ihn einfach aus. Hauptsache, er bekam sie irgendwie aus ihrer Lähmung.

»Aber wir müssen jetzt los. Ich weiß nicht, wie viel Zeit wir haben.« Als er den Kopf zu ihr wandte, erwiderte sie seinen Blick.

»Zu wenig, um ihn zu begraben«, schüttelte sie den Kopf und wischte sich mit der Hand die Tränen aus dem Gesicht. Wieder blieb Leonow an ihren Augen hängen. Er hatte sie in Trauer gesehen, als sie von ihren Eltern gesprochen hatte. Gebrochen, als er sie aus ihrer Zelle geholt hatte. Jetzt sah er nichts von alledem. Stattdessen funkelten sie vor Zorn und ihre Tränen waren Tränen der Wut.

»Wir müssen ihn aufhalten«, sagte sie. »*Du* musst ihn aufhalten.«

Leonow nickte und nahm sie in den Arm. Sie drehte den Kopf von dem Leichnam weg und vergrub ihn stattdessen an seiner Schulter und das Licht des Anhängers flackerte kurz mit seinem Herzschlag.

Nachdem sie sich wieder voneinander gelöst hatten, halfen Kurt und Milan ihnen auf. Leonow ergriff Marias Hand, als sie weitergingen, und sie ließ es geschehen. Er wollte nicht, dass sie sich allein fühlte, auch wenn er vermutlich nichts dagegen tun konnte.

Maria schaute sich nicht noch einmal um, als sie Till den Rücken kehrten. So tappten sie weiter in die Dunkelheit vor und horchten auf Laute in der Stille.

»Erschreckt nicht«, flüsterte Milan, der wieder voranging, nach einer Weile. »Kann gut sein, dass wir bald wieder auf einen Toten stoßen. Dann ist es einer von uns.«

Leonow hielt die Augen offen und sah bald in jedem Stein und jedem Stück Beton, das sich aus der Dunkelheit schälte, einen Fuß oder Kopf. Doch es dauerte noch eine ganze Zeit, bis tatsächlich der Umriss eines weiteren Körpers auftauchte.

»Falk«, sagte Milan, als sie alle gemeinsam wie im stillen Einverständnis ihre Schritte verlangsamten. »Er ist einfach zusammengeklappt, vor Hunger.«

Leonow warf nur einen flüchtigen Blick auf die Gestalt, die zum Glück auf dem Bauch lag. Sie hielten Abstand und näherten sich dabei der linken Röhrenwand. Leonow entdeckte silbrig glänzende Streifen nah des Bodens, die im Lichtschein ein merkwürdiges Muster widerspiegelten. Mit dem Soldatentross aus Zarysin waren sie immer wieder an Öl- und Gasfeldern vorbeigekommen, wo selbst Regenpfützen einen schillernden Film auf der Oberfläche getragen hatten. So sah dieser Streifen aus.

Als sie zurück zur Mitte der Röhre fanden und Falk hinter ihnen in der Dunkelheit verschwand, wurde die Röhrenwand zu ihrer Rechten auf einmal durchlässig.

»Hier kommen zwei Tunnel zusammen«, erklärte Milan. »Der Zug oder wie immer ihr es nennen wollt, steht ein Stück weiter, rechts von uns.«

Er fragte nicht und niemand bat darum auszuscheren, um ihn zu sehen. Sie hatten auch so schon viel Zeit verloren und Fabergé wusste nun zweifellos, dass sie kamen.

Die beiden Tunnelröhren verschmolzen nach ein paar Metern zu einer Einheit, die nur noch von einigen Säulen in der Mitte geteilt wurde. Von den meisten waren nicht mehr als Stümpfe geblieben. Reste eines Gitters, das zwischen ihnen verlaufen sein musste, ragten von den Stützen weg oder lagen auf dem Boden. Während Leonow sie noch betrachtete, sah er eine Bewegung. Nichts, was er greifen konnte, doch irgendein Huschen, dort, wo das Licht nicht weiter in die Dunkelheit reichte.

»Wartet«, flüsterte er und hielt Maria an seiner Hand zurück.

Milan blickte sich stirnrunzelnd nach ihm um. Das zischelnde Echo hallte wieder nach, jetzt, wo der Tunnel sich erweitert hatte – und stammte es wirklich nur von Leonows Stimme? Oder waren da noch andere Geräusche?

Minka musste es besser wissen als er, doch sie regte sich nicht auf seiner Schulter.

Leonow konzentrierte sich und erweiterte den Lichtschein des Anhängers. Nach und nach wurde sein Leuchten heller und strahlte hinter die Säulen hinüber, bis es Milan scheinbar schon zu viel wurde.

»Am deutlichsten sind *wir* in dem Licht zu sehen«, gab er nervös zu bedenken.

»Da ist der Zug«, murmelte Kurt.

Und tatsächlich erreichte der Rand des Goldschimmers eben etwas Großes, das den Tunnel zu ihrer Rechten in etwa zehn Metern Entfernung blockierte. Es sah nicht aus wie irgendein Zug, den Leonow kannte. Ein Stück des Weges von Zarysin in Richtung Front hatten die Soldaten mit den großen schwarzen Stahlungetümen zurückgelegt, die Dampf spuckten und Kohlen fraßen. Leonow wusste, dass es längst bessere Modelle gab, die mit Gas oder sogar Blitzkraft betrieben wurden. Aber das hier … Es sah aus wie eine riesige, gläserne Patrone, die im Lauf stecken geblieben war. Schwarz angelaufene, glänzende Metallstreben verstärkten die runde Form, die bläulich schimmerte.

Im unteren Drittel der Patrone stand ein Wort zwischen den Metallstreben, in schlanken, fliehenden Buchstaben: *Prometheus*. In dem Moment, als Leonow das Wort las, sah er wieder das Huschen, irgendwo hinter dem blau schimmernden Zug. Und diesmal gab es keinen Zweifel, denn was unmittelbar darauf folgte, war ein schrilles Kreischen, so laut, dass Leonow seine Hände zu den Ohren hochriss, ehe er überhaupt einen klaren Gedanken fassen konnte.

Er sah Marias schmerzverzerrtes Gesicht und Milan, dessen Arm selbst jetzt noch herunterbaumelte und der krampfhaft den Kopf schräg legte und die rechte Schulter hochzog, um beide Ohren schützen zu können.

Zwei Sekunden stand das Kreischen in der Luft, dann flaute es ab und wurde von anderen Schreien abgelöst. Menschliche Schreie. Und sie hatten ihren Ursprung hinter dem Zug.

Milan zögerte nicht, sondern rannte los. Vielleicht vermutete er einen seiner verlorenen Runner hinter den Schreien. Einen von denen, die den Verstand verloren und weggelaufen waren. Oder es war schlicht ein Reflex, so oft wie er seine Erkundungstrupps hier unten angeführt hatte. Auf jeden Fall konnte Leonow ihn nicht allein in die Dunkelheit rennen lassen, wo er nicht einmal sein Feldlicht hatte. Er löste sich von Maria und setzte ihm nach.

Die Schmerzensschreie steigerten sich noch, obwohl dem Opfer hinter dem Zug bereits hörbar die Luft ausging, und als der Anhänger mit Leonow durch die Säulenreste auf die andere Seite schoss, ergriff ihn das nackte Grauen.

Die Kreatur, die ihr Opfer dort an der Wand festhielt, erinnerte nur noch entfernt an einen Menschen. Wie bei Till mündeten ihre Arme in goldschimmerndem Metall, doch anders als bei ihm begann es bereits an den Ellenbogen. Mit einer der beiden langen, sichelähnlichen Klingen hatte das Wesen sein Opfer durch die Brust gegen die Wand gespießt. Die zweite Sichel ragte angewinkelt in die Luft wie bei einer Gottesanbeterin. Auch der Rücken der Kreatur schillerte golden metallisch im goldenen Lichtschein. Das Wesen war unnatürlich groß, sicher größer als zwei Meter, und Milan lief wie ein Besessener darauf zu.

Leonow bremste seinen vollen Lauf ab und Minka krallte sich in sein Hemd, um nicht abzurutschen. Er ließ den Anhänger weiterschwirren und schloss die Augen. Obwohl die albtraumhafte Erscheinung sich tief in seinen Verstand eingebrannt hatte und ihn wohl für immer verfolgen würde, versuchte er, sich so gut es ging zu konzentrieren. Einen tiefen

Atemzug lang ließ er das Flirren Energie sammeln, dann entlud er diese in einer heftigen Schockwelle, die jeden Menschen sicher umgebracht hätte.

Es war unvermeidbar, dass Milan etwas davon abbekam, aber vielleicht stieß Leonows Angriff ihn sogar aus der Gefahrenzone. Der freie Waffenarm der Kreatur zuckte unter dem Energieschlag und sie musste sich taumelnd am Boden festkrallen. Doch dann kreischte sie erneut und setzte von ihrem Opfer zurück, das verstummt war und zu Boden sackte.

Leonow war froh, dass das Flirren des Anhängers nicht nur Licht, sondern auch tiefe Schatten über das Gesicht des Wesens legte, als es sich ihm zuwandte. Leonow erkannte nicht einmal, ob es einmal ein Mann oder eine Frau gewesen war. Nur das bernsteinfarbene Glühen, das dort loderte, wo seine Augen liegen mussten.

Das Knistern war laut zu hören, als Leonow die Energie des Flirrens kanalisierte. Was er dem Monster entgegengeworfen hatte, war offensichtlich nicht genug gewesen.

Er sah das Wesen auf sich zustaksen, erst langsam, dann immer schneller, und machte seine Angst und sein Entsetzen zu mehr Kraft, die bereits Funken in der Luft schlug. Böen peitschten aus dem Anhänger, als das Monster zum Schlag ausholte und hinter Leonow Schreie zu hören waren. Kurt? Maria?

Als er meinte, er müsse bersten, riss Leonow in einer explosiven Geste die Hände zur Seite und entfesselte die aufgeladene, gleißende Kraft. Für einen Moment war die Welt pures Licht und reine Hitze, wie im Zentrum einer Bombenexplosion. Er sah die ausholende Kreatur als schwarzen Umriss in dieser Explosion und er sah auch das bernsteinfarbene Licht, das sie schützte.

Als schneide sie durch Butter, setzte sich die Bewegung des Wesens ungehindert fort und die mörderische Klinge schoss auf Leonow zu. Er wollte nicht glauben, was er sah, und erst ein Schmerz an seinem Hals riss ihn aus seiner Erstarrung. Minka, die sich in seinen Nacken biss.

Runter!

Leonow ließ sich fallen und warf sich dabei zur Seite. Der erste Sichelschlag des Wesens verfehlte ihn um Haaresbreite, doch es hob bereits die zweite Klinge zum Stoß.

Leonow kroch panisch rückwärts. Das goldene Leuchten in der Luft hatte nach seinem Scheitern viel von seiner Kraft eingebüßt, als fühle es sich selbst so verunsichert wie er. Der Lichtfleck im Stockdunkeln ging kaum über Leonow und sein monströses Gegenüber hinaus.

Leonow sah, wie es den Kiefer aufriss und spitze, metallisch glänzende Zähne entblößte. Da flog etwas aus der Dunkelheit und Leonow hörte Marias begleitenden Schrei: Ein Betonbrocken von der Größe einer Faust schlug gegen den Kopf der Kreatur und zerbrach dabei. Durch die Bewegung fiel Licht in die Züge des Monsters. Für einen Moment sah Leonow, was er dort vor sich hatte – und weigerte sich, es zu glauben. Joscha.

Das Wesen wankte nicht einmal und ein zweiter Stein kurz darauf verfehlte es um Längen. Leonow kroch weiter rückwärts, bis er gegen etwas stieß. Er sah den bläulichen Schimmer um sich herum und begriff, dass es der Zug sein musste, der ihm den Weg versperrte. Die Wand in seinem Rücken vibrierte leicht und gab dabei ein Summen von sich, als sei das Gefährt ebenso wie die Achtung-Stimme auch nach wer weiß wie langer Zeit noch immer nicht ganz tot.

Das Monster mit Joschas Gesicht hatte es nicht mehr eilig. Es sah, dass Leonows Fluchtweg versperrt war, und stakste auf ihn zu, wobei es sich auch auf die Spitzen seiner Sichelklingen stützte. Jedes Mal klickten sie dabei auf dem harten Boden und Leonow begriff, dass es das Geräusch seines Todes war.

»Weg«, zischte er Minka zu, und als sie sich noch immer an ihm festkrallte, packte er ihren Körper trotz ihrer Gegenwehr und warf sie ab. Er wandte sich nach links, auch wenn er wusste, dass es nur ein paar Meter waren, die er den anderen noch Vorsprung geben konnte.

»LAUFT WEG!«, brüllte er hinter sich. »SCHNELL!«

Das Klicken hinter ihm beschleunigte allmählich. Es hatte keine Eile darin, ihn zu töten. Vielleicht genoss es die Jagd sogar. Leonows Herz schlug immer schneller. Als er den Punkt erreichte, wo die Tunnelwand wieder so eng war, dass der Zug ihn fast zur Gänze ausfüllte, machte sein Hals zu. Hier ging es nicht mehr weiter.

Der goldene Schimmer, der immer fahler geworden war, verblasste nun völlig. Wahrscheinlich fielen die Goldringe des Anhängers sogar zu Boden. Leonow spürte sie nicht mehr und übrig blieb nur dieses bläuliche Glimmen des Zugs.

Ein Geräusch in der Dunkelheit verriet Leonow, dass die Kreatur sich aufrichtete. Er hörte, als die Sicheln wieder in der ausholenden Bewegung durch die Luft schnitten. Und dann zerrissen Schüsse die Dunkelheit. Eine krachende Salve fiel und die Kreatur kreischte wieder.

Leonow duckte sich instinktiv und kroch über den Boden von dem Zug weg. Die Schüsse hörten nicht auf, sondern ratterten in einem durch, bis die Laute des Monsters schließlich erstarben.

Er hörte sein eigenes Keuchen und wie sein Brustkorb sich aufblähte und zusammenkrampfte. Dazu sein wild schlagendes Herz, das Blut durch seine Adern pumpte, dass es nur so durch seine Ohren rauschte. Er lebte.

»Leonow!«, hörte er Maria und Kurt nach ihm rufen, doch es war wie von weit weg, fast aus einer anderen Welt.

Es klickte, doch es war nicht das Klicken von monströsen Klingenbeinen. Ein Feldlicht glomm im Dunkeln auf, und Leonow sah einen weiteren Geist. Dieser war nicht entstellt wie Joscha, aber dafür bleich wie ein Leintuch. Er hielt den linken Arm über den Bauch gepresst, wo das Monster ihn aufgespießt und gegen die Wand gedrückt hatte, und stützte sich auf eine klobige Waffe.

»Lyskom«, keuchte Leonow.

XIII

EVELYN

Nach der dritten Welle fragte sie sich, ob es jemals aufhören würde. Sie hatte erneut gewütet, hatte die stählernen Riesen niedergeschnitten und sie spürte nicht einmal Erschöpfung in ihrem Körper. Die Bewegungen ihrer Arme und Beine blieben geschmeidig, die Muskeln voller Kraft und ihre Energiepeitschen verloren niemals ihre tödliche Wirkung. Nur ihr Geist war erschöpft.

Zeitweise hatte sie das Gefühl gehabt, an ihrem Kopf vorbei zu funktionieren. Die unerschöpfliche Kraft kam aus ihrer Brust und strömte durch ihren Körper. Wenn sie es einfach geschehen ließ, wurden ihre Bewegungen automatisch wie die eines Roboters. Und weil sie oft genug einfach nicht mehr konnte, *ließ* sie es geschehen.

Es ist noch nicht vorbei, hörte sie Fabergés Stimme. *Diesmal nicht. Mach dich bereit.*

Was meinte er? Das Beben hatte aufgehört.

»Achtung«, zischte Dawid hinter ihr und sie spürte die Anhänger der beiden, die sich mit Energie aufluden.

Was einmal ein weißer Gang aus Licht gewesen war, glich inzwischen einer dunklen Wüste aus Stahltrümmern. Die brutalen Kratzspuren an den Wänden verliehen ihm etwas Animalisches.

Doch die Stahlwüste lag still. Ohne zu wissen, gegen was sie sich wappnen sollte, ballte Eva die Fäuste und spürte das Knistern darin, das ihr mittlerweile schon vertraut erschien. Das Knistern, das sie mittlerweile ohne große Mühe nach ihren Vorstellungen zu Peitschen, aber auch Speeren und Geschossen anwachsen lassen konnte.

Und dann blitzte etwas zwischen dem Stahl auf und Schüsse knatterten los. Eva riss instinktiv die Hände zum Kopf hoch und wollte sich zu Boden werfen. Sie standen inmitten eines Kugelhagels aus drei, vier Schützennestern gleichzeitig. Keinen der Soldaten, die sich dort verbarrikadiert hatten, hatte Eva kommen sehen oder hören. Aber trotz der vielen Schüsse war da kein Heulen von Querschlägern oder Zischen von Kugeln.

»Keine Angst. Das können sie den ganzen Tag machen«, rief Fjodor hinter ihr über den Lärm hinweg, und als sie aufsah, entdeckte sie die Kugeln, die unnatürlich langsam wie Wespen an ihnen vorbeizischten. Dawid und Fjodor lenkten sie in ihrer Bahn ab und ließen sie wirkungslos an ihnen abperlen. Und trotzdem genügten alleine die anhaltenden Mündungsfeuer und der Lärm, dass Evas Schrecken so schnell nicht nachließ.

Zwischen den Schützenpositionen sprangen plötzlich zwei Gestalten aus den Trümmern. Sie tauchten in zehn Metern Entfernung zwischen den Eisenplatten eines gefällten Golems auf und sprangen direkt hintereinander nach vorn ab. Dabei entfaltete sich etwas von ihrem Rücken.

Kämpfe, füllte Fabergés Stimme ihren ganzen Kopf aus und das Knistern in ihrer Hand formte wie von allein die beiden Peitschen, die zum Boden herabflossen. *Los!*

Ihr Blick hing wie gebannt an den zwei Schemen in der Luft, die im Sturzflug von den aufgetürmten Trümmern auf sie zuschossen. Sie hatten Flügel. Weite Schwingen, die ihnen aus den Schulterblättern wuchsen und in ihrer Spannweite den gesamten Gang ausfüllten, obwohl sie nicht einmal ganz ausgebreitet waren.

Wärst du bei mir aufgewachsen, hättest du Flügel getragen, hatte Fabergé behauptet.

»Sie … sie sind doch wie wir.« Eva wandte sich hektisch zu Dawid und Fjodor um. »Sie sind wie wir! Warum greifen sie uns an?«

KÄMPFE, prügelte Fabergés Stimme alle klaren Gedanken nieder und Eva musste mit ansehen, wie ihre Hände sich wie von selbst hoben und die Peitschen durch die Luft schnalzten.

Die beiden fliegenden Soldaten rauschten heran und schützten sich mit den Armen, als sie die Energieglocke durchbrachen, mit der Dawid und Fjodor die Schüsse ablenkten. Sie trugen Speere aus dunklem Stahl in den Händen und schossen mit den Waffen im Anschlag auf Eva zu. In ihren Gesichtern lag der pure Hass.

»Halt!«, wollte Eva schreien.

Sie wollte die beiden nicht töten, doch ihr Körper gehorchte ihr nicht. Auch ihr Schrei drang nicht aus ihrem Mund. Stattdessen wirbelten ihre Hände und die Peitschen folgten ihnen.

»Nein!« Wieder verklang der Schrei nur in Evas Kopf.

Die glühenden Stränge trafen auf die heranrasenden Soldaten. Sie zuckten über einen Arm und einen Kopf. Beide wurden sie aus ihren Flugbahnen gerissen und Eva sah noch, wie ihr Gesichtsausdruck nicht nur Schmerz, sondern auch Überraschung und Verwirrung zeigte, als hätten sie den Angriff nicht kommen sehen.

Der am Kopf Getroffene krachte vor Eva zu Boden, der andere fing sich und kam mit den Füßen zuerst auf. Den Speer noch immer im Anschlag, holte er mit einem Schritt Schwung. Mit dem zweiten sprang er ab und schien sich mit seinem ganzen Gewicht in den Stoß werfen zu wollen.

Kämpfe, tönte es erneut in Evas Kopf. *Oder stirb!*

Und sie spürte, wie sie die Kontrolle zurückerlangte.

Blindlings warf sie sich zur Seite, um dem Stoß des Soldaten auszuweichen, doch die Bewegung kam bereits zu spät. Sie entging zwar der Speerspitze, doch allein die Wucht seines Schlags riss sie zu Boden und der stählerne Speerschaft prallte gegen ihre Brust. Der Schmerz war noch nicht einmal das Schlimmste, aber ihr blieb von dem Schlag die Luft weg und sie japste wie ein Fisch auf dem Trockenen.

Der Soldat ließ keine Zeit verstreichen. Er riss den Speer wieder hoch und wollte ihr den Todesstoß versetzen. Aus dem Augenwinkel sah sie, dass Fjodor und Dawid mit den Schießenden beschäftigt waren, die noch immer in regelmäßigen Abständen Salven feuerten.

»Nicht«, schrie Evelyn, als der Stoß herabfuhr, und riss die Hände hoch. Ein golden knisternder Schild spannte sich sofort über ihr und die Speerspitze prallte mitten in der Luft dagegen. Zornig riss der Soldat den Speer hoch und holte erneut aus.

Keine Schilde. Waffen!, blaffte Fabergés Stimme. *Siehst du nicht, dass sie selbst keine Gnade kennen?*

Als Eva sich diesmal schützen wollte, blieb die goldene Barriere aus. Die Kraft aus ihrem Innersten erstarb.

Der Speer schoss herab und Eva warf sich kreischend zur Seite, um ihm zu entgehen. Sie spürte einen heißen Schmerz in der Schulter, wo sie getroffen wurde, und verlor augenblicklich das Gefühl für ihren rechten Arm.

Als sie panisch versuchte, sich aufzurappeln, beförderte ein Tritt des Soldaten sie zurück auf den Rücken.

Mit weit aufgerissenen Augen und triumphierender Miene holte er mit dem Speer aus.

Eva ballte die linke Faust und das Knistern kehrte zurück. Mit einem Heulen riss sie den Arm nach oben und spürte förmlich, wie ihr Geschoss den Soldaten traf. Sie verschloss die Augen, als er fiel, um die grausigen Wunden nicht sehen zu müssen, die sie ihm zugefügt hatte. Sie blieb einfach dort liegen, obwohl der Kampf um sie weitertobte.

Es ist gut. Fabergés Stimme hatte seine Schärfe wieder verloren. *Es fühlt sich nicht so an, ich weiß, aber es wird leichter. Dir steht heute noch ein Kampf bevor. Vielleicht der Wichtigste. Und dann ist der Weg geebnet.*

XIV

LEONOW

»Leonow!« Marias Stimme riss ihn aus seiner Fassungslosigkeit.

»H-hier«, antwortete Leonow ihr. »Ich bin hier.«

Lyskom vor ihm senkte den Blick. Seine Haltung war schief. Er stützte sich auf die Waffe, mit der er ihren anderen Halbbruder, Joscha, eben getötet hatte. Oder zumindest das, was aus Joscha geworden war.

Leonow hörte Marias Schritte und wusste seinen Anhänger irgendwo in der Dunkelheit. Bis auf das bläuliche Glimmen des Zuges hinter ihm, das kaum Licht spendete, gab es nur Lyskoms schwächliches Feldlicht. Maria näherte sich Lyskoms Rücken und schien Lyskom für ihn zu halten. Daher löste sich Leonow rasch von der Zugwand.

»Hier«, sagte er und sie stutzte.

Als Lyskom sich nun zögerlich zu ihr umwandte, schrak sie sogar zurück.

»Er!«, zischte sie. »Was macht er hier?«

»Ich weiß es nicht«, murmelte Leonow. »Aber er hat … das Monster getötet.«

Lyskom warf ihm einen Blick zu. Vielleicht fragte er sich, ob Leonow dieses *Monster* erkannt hatte.

»Du musst mitkommen«, sagte Maria und ließ Lyskom dabei nicht aus den Augen. »Schnell. Milan hat es schlimm erwischt.«

Leonow erinnerte sich mit bangem Gefühl an den ersten Schlag, mit dem er auch Milan getroffen hatte. Er hatte doch nicht schon wieder einen Unschuldigen verletzt?

»Was ist mit dir?«, fragte er Lyskom und trat auf ihn zu. »Kannst du laufen?«

»Es geht schon«, erwiderte dieser, obwohl er bei jedem Atemzug schmerzerfüllt das Gesicht verzerrte.

»Hier.« Lyskom streckte Maria die Waffe hin, auf die sie schon die ganze Zeit über schielte. »Ich will euch nichts Böses.«

Maria schnaubte und nahm sie entgegen.

»Komm«, drängte sie Leonow noch einmal. »Schnell.«

Und sie eilte mit der klobigen Waffe in den Händen voraus. Lyskom war zu langsam. Er blieb hinter ihnen zurück, doch Leonow ging dennoch Marias Tempo mit. Milan war nach dem ersten Schlag nicht mehr im Kampf aufgetaucht und er hatte schon davor ziemlich angeschlagen gewirkt.

»Hier«, wies Maria den Weg.

Leonow erkannte kaum mehr als zwei Schemen in dem Schein des schwachen Feldlichts, das am Boden lag. Einer davon kauerte an der Wand, der andere saß vor ihm in der Hocke.

»Milan ist kaum mehr ansprechbar.« Es war Kurt. »Ich glaube, er stirbt.«

Für Leonow fühlte es sich an wie ein Schlag in die Magengrube. Er schloss die Augen und versuchte, den monströsen Joscha mit seinen Klingenarmen fernzuhalten, der die Dunkelheit hinter seinen Lidern besetzt hielt. Er hörte noch immer die Klicklaute der Klingenspitzen auf dem Stein. Doch er musste auch seine eigene Angst und die Verwirrung ob Lyskoms Auftauchen zurücklassen, wenn er überhaupt wieder mit seinem inneren Auge *sehen* wollte. Er musste sich frei machen.

»Was ist das?«, fragte Kurt, als er bemerkte, was Maria bei sich hatte. »Ist das … die Waffe von den Schüssen vorher?«

»Warte«, brachte ihn Maria zum Schweigen. »Sei kurz still, er muss sich konzentrieren.«

Leonow verdrängte die Geräusche und schloss einen Vorhang um das Hier und Jetzt, der die Gedanken weghielt. Er spürte den schwachen Milan am Boden, Kurt und Maria und auch Lyskom, der sich voller Schmerzen zu ihnen durchkämpfte. Er spürte die tote Kreatur bei dem Zug auf der anderen Seite und blieb ihr fern – und er spürte den Anhänger dort auf dem Boden. Vorsichtig griff er danach, bis die Muster wieder aufglommen, und hob ihn an. Es geschah nicht mehr mit der Selbstverständlichkeit wie zuvor, doch er kam. Und als der Lichtschein selbst durch seine geschlossenen Lider drang, öffnete Leonow die Augen.

Der Anhänger schwebte vor ihm. Und auch Milan hatte die Augen geöffnet. Sie waren blutunterlaufen, das Gesicht weiß und die Lippen grau.

»Was macht ihr noch hier?«, krächzte er. »Ihr müsst weiter.«

»Red nicht so«, widersprach Kurt sofort. »Wir können gar nicht ohne dich weiter. Du musst uns doch den Weg zeigen.«

»Blödsinn«, hustete Milan schwächlich. »Maria weiß ihn längst selbst.«

Maria näherte sich ihm in der Hocke und widersprach nicht. Sie sah Leonow fragend an und er nickte.

»Ich helf dir«, sagte er mit heiserer Stimme. »Ich geb dir etwas Kraft, damit du wieder auf die Beine kommst.«

Leonow streckte die Hand nach Milans Bein aus und schloss die Augen. Er bekam kaum mehr mit, wie Lyskom den Lichtschein betrat und Kurt erschrocken auffuhr. Maria beschwichtigte ihn hastig und erklärte ihm, wie Lyskom ihnen zu Hilfe gekommen war.

Leonow sah den Anhänger und versuchte, die Muster zu entwirren. Auch das ging mühsamer, als es hätte sein sollen. Ständig entglitt ihm das Flirren, aus dem die Kraft für alles kam, und er musste seine Konzentration wieder neu sammeln. Als er endlich das vertraute Gefühl bekam, wie sich die Kraft sammelte und durch seinen Willen übertragen ließ, festigte er seinen Griff um Milans Bein. Er spürte, dass es gelang. Es geschah etwas und Milans Schmerzen ließen nach. Doch er merkte zugleich, dass es lächerlich wenig war gegenüber dem Verfall, der bereits so tief im Körper des Jungen wurzelte. Der Tod hatte ihn schon für sich beansprucht.

Leonow hielt den Kraftstrom eine Weile aufrecht, weil er es sich nicht eingestehen wollte. Und dann spürte er, wie Milan selbst ihn zurückdrängte und sich vor ihm verschloss.

Verwirrt blickte Leonow auf.

»Danke«, murmelte Milan. Sein Blick war trüb. Wahrscheinlich sah er nicht einmal, dass noch jemand hinzugekommen war. »Jetzt spar deine Kräfte.«

Leonow sah sich nach Maria und den anderen um und die Verzweiflung musste ihm anzusehen sein. Keiner hielt seinem Blick lange stand. Keiner schien Worte zu finden und so waren Milans mühsame Atemzüge das einzige Geräusch, bis sich Lyskom räusperte.

»Wir sollten reden.«

Leonow kniete noch vor Milan, in der Haltung, in der er vorhin sein Bein berührt hatte. Kurt kauerte an Milans Seite und Maria schloss den Kreis zu Leonows Linken. Lyskom ließ sich jetzt außerhalb ihrer Runde zu Boden sinken und seine Gesichtsfarbe war kaum besser als die von Milan. Leonow bekam keinen guten Blick auf die Bauchwunde, aber er hatte gesehen, wie Joscha Lyskom an der Wand aufgespießt hatte. Es war ein Wunder, dass er das überhaupt überlebt hatte.

»Es tut mir leid«, sagte Lyskom, noch bevor jemand etwas erwidert hatte. »Es ist furchtbar, was ich gemacht habe.«

»Warum?«, brach es aus Kurt hervor. »Was hast du dir überhaupt gedacht? Und was machst du hier unten?«

Es waren dieselben Fragen, die auch Leonow beschäftigten.

»Ich habe euch gesagt, dass sie Monster sind«, keuchte Lyskom und zuckte einmal mehr vor Schmerz, bis er wieder eine Schonhaltung für seinen Bauch gefunden hatte. »Sie sehen nicht alle so schrecklich aus, aber sie sind es. Mörderisch und arrogant und voller Hass gegen die Welt.«

»Warum hast du dann behauptet, dass euer Vater tot ist? Und warum hast du zugestimmt, den Weg hierher zu suchen?«, hakte Kurt nach. »Du hast uns kein Wort darüber erzählt, als wir noch im Keller waren. Du *wolltest* mitkommen. Warum?«

Maria betrachtete Lyskom, als hätte sie ihn am liebsten noch einmal aufgespießt gesehen, und er vermied es augenscheinlich, ihrem Blick zu begegnen. Stattdessen wandte er sich Leonow zu.

»Ich – ich wollte nicht, dass du ihn weiter suchst. Schau dir an, was er mit Joscha gemacht hat. Ich wollte mit dir zusammen weg.«

Begriff er nicht, dass er mit seinen Lügen das Gegenteil bewirkt hatte? Doch ehe Leonow etwas darauf entgegnen konnte, blickte Lyskom zu Kurt hinüber. »Und ich wollte es nie so weit kommen lassen, dass ihr den Zugang wirklich öffnet. Ich wollte, dass die Husaren euch vorher abfangen, sobald ihr mir den Weg gezeigt habt.« Er schüttelte den Kopf. »Ich weiß, dass es schrecklich ist, aber als sie Leonow hatten … Ich hab einfach keine Hoffnung für Evelyn gesehen. Und für euch auch nicht mehr viel. Ich wusste ja, wie sehr euch der Zar in die Finger bekommen wollte. Ich dachte … Ich dachte, wenn ich ihm dabei helfe, alles zu bekommen, was er will, dann lässt er Leonow danach vielleicht mit mir gehen.«

»Du wolltest uns ans Messer liefern«, fasste Maria mit kalter Stimme zusammen, »für euch beide. Obwohl ich Leonow nicht weniger da rausholen wollte als du.«

Leonow sah sie überrascht an, doch sie wich seinem Blick aus. In ihm kämpfte Dankbarkeit mit einem Gefühl der Beklommenheit. War sie wirklich nur für ihn an diesen Ort zurückgekehrt und hatte sich erneut der Folter ausgesetzt?

Und Lyskom … Wie hatte er versuchen können, ihre Freiheit mit dem Leben der anderen zu erkaufen?

»Dir war egal, was sie mit uns machen«, fuhr Maria fort. »Genauso wie mit all den anderen, über deren Leichen du schon gegangen bist. Du kannst erzählen, was du willst, du warst kein Gefangener des Zaren. *Wir* waren Gefangene. Du bist stattdessen bereitwillig als einer seiner Soldaten herummarschiert und hast wer weiß was verbrochen. Milan könnte uns wahrscheinlich viel dazu erzählen.«

Lyskom ließ es über sich ergehen.

»Warum bist du hier?«, wiederholte Leonow Kurts Frage.

Lyskom hob den Blick, als wolle er sich an ihm festhalten. Leonow hatte Mitleid mit der elenden Gestalt, aber eine Verbindung zu ihm spürte er nicht.

»Ich bin nie weggegangen«, antwortete Lyskom. »Ich hatte mich unter dem Dom versteckt.«

»Dort liegt der Zugang«, erklärte Maria auf Leonows verständnislosen Blick hin, »wo sie Evelyn entführt haben.«

»In den Grabnischen, wo du dich vor mir versteckt hast, Maria, hab ich mich auch verkrochen«, fuhr Lyskom fort. »Ich hatte Angst vor Fabergé, als ihr das Tor geöffnet habt. Und als sie euch abgeführt haben, habe ich gesehen, dass Evelyn fehlte. Ich wollte erst wissen, was passiert war, deswegen bin ich in dem Versteck geblieben.«

»Also hast du uns für nichts verraten«, stellte Maria fassungslos fest. »Du hast uns einfach ausgeliefert und warst dann zu feige herauszukommen?«

Lyskom schrumpfte unter ihren Worten noch weiter zusammen.

»Ja«, nickte er ohne einen Versuch der Verteidigung. »Ich war dumm. Es tut mir leid.«

Als niemand etwas darauf entgegnete, fuhr er fort.

»Ich wusste nicht, wohin. Das Tor hatte sich verschlossen, ihr wart alle weg und ich habe ja selbst begriffen, dass alles umsonst war. Irgendwann kamen die Golems.«

Kurt und Leonow wechselten einen Blick. Sie hatten vorhin noch darüber gesprochen, wohin der Zar seine Truppen wohl geschickt hatte.

»Die Golems haben die Mauer eingerissen und ich dachte, ich werde unter den Trümmern begraben. Aber sie kannten ja die Stelle und sind zu Fabergé durchgebrochen. Und dann gab es Kämpfe.«

»Und?«, fragte Leonow mit klopfendem Herzen. »Wir haben vorher ein Beben gespürt. Kämpfen sie noch?«

Lyskom schnaubte. »Es macht keinen Unterschied. Sie laufen nur in ihr Verderben.«

Für einen Moment hatte Leonow gehofft, Fabergé sei vielleicht schon geschwächt. Dabei hatte er dessen Aura eben noch im Kampf mit Joscha gespürt. Vielleicht hatte sein Vater sogar erneut eingegriffen, um Leonow hier unten tot zu sehen.

»Was ich gesehen habe, sind sie kaum über die Schwelle gekommen. Fabergé hat ein neues Monster.«

»Evelyn«, vermutete Leonow und seine Nackenhaare stellten sich auf, als er an die Bilder von Evelyn in dem Stuhl über all dem Blut dachte. Lyskom nickte.

»Was soll das heißen?« Kurts Blick zuckte aufgebracht zwischen Lyskom und Leonow hin und her. »Was soll das *heißen?*«

»Evelyn gibt es nicht mehr«, sagte Lyskom schonungslos. »Sie sieht vielleicht noch aus wie Evelyn und sie lebt … aber sie hat so viel mit Evelyn zu tun wie das da mit Joscha.«

Er deutete in die Dunkelheit hinüber, und auch wenn Maria und Kurt Joscha nicht gekannt hatten, so schienen sie doch zu ahnen, was er meinte.

»Das ist nicht wahr.« Kurt war aschfahl geworden.

»Warum sie?«, fragte Leonow entgeistert. Bis Fabergé sie zu

sich geholt hatte, hatte er sie für irgendeine Runnerin gehalten, die sich im zerstörten Wien durchschlug. »Was macht sie so besonders?«

»Sie ist wie wir«, behauptete Lyskom. »Nicht ganz ... aber ihr Vater war es und er ist hergekommen, um sie vor Fabergé zu verstecken.«

»Du lügst nur wieder!« Kurts Stimme zitterte und auch Leonow starrte Lyskom ungläubig an. Er hätte nicht im Traum einen weiteren Halbengel unter ihnen vermutet. Und er konnte Kurts Misstrauen verstehen.

»Woher willst du das jetzt plötzlich alles wissen?«, bohrte Maria nach. »Du sagst, du hast dich die ganze Zeit versteckt, und vorher ist dir nichts davon eingefallen.«

Lyskom nickte. »Das von Evelyn wusste ich auch nicht. Ich lag dort in der Nische und hab vom ersten Kampf nur Geräusche gehört. Es hat nicht länger als ein paar Minuten gedauert und sie hatten eine Horde Golems in Trümmer zerlegt. Aber dann sind Fabergé und Evelyn an mir vorbei nach draußen gegangen. Ich habe sie reden gehört. Fabergé hat all ihre Erinnerungen ausgelöscht, bevor er sie zu einer Kampfmaschine gemacht hat. Mit mir wollte er das auch machen.«

Leonow sah aus dem Augenwinkel, wie Kurt immer mehr in sich zusammensank. Seine Gegenwehr gegen das, was Kurt behauptete, schien zu bröckeln. Währenddessen dachte Leonow noch immer über Evelyns Herkunft nach. Auch Katja war vor Fabergé geflohen. Waren sich seine Mutter und Evelyns Vater begegnet? Hatten sie vielleicht sogar zeitgleich Fluchtpläne geschmiedet?

»Du hast nicht gesehen, was Leonow alles getan hat, um uns von den Husaren zu befreien«, machte Kurt noch einen verzweifelten Versuch, die Hoffnung für Evelyn aufrecht zu halten. »Ihr beide könnt Evelyn zurückholen, wenn wir sie befreit haben!«

»Nein.« Lyskom flüsterte fast. »Niemand kann das. Genauso wenig, wie man *ihn* von den Toten zurückholen kann.« Er nickte in Richtung von Milan, dessen Brust sich weiter schwach hob und senkte. Doch seine Augen waren geschlossen und wahrscheinlich würden sie es bleiben. »Es gibt Grenzen.«

»Manche davon gelten nicht für mich«, wandte Leonow zögerlich ein.

Auch er wollte daran glauben, dass er noch etwas für Evelyn tun konnte. Doch er erinnerte sich zugleich daran, wie machtlos er sich eben angesichts Milans Zustand gefühlt hatte. Lyskom sah auf und schüttelte nur noch einmal zweifelnd den Kopf.

Kurt mühte sich plötzlich hoch. Er schien selbst nicht zu wissen, wohin, doch er trat dennoch ohne ein weiteres Wort aus dem Lichtschein in die Dunkelheit hinaus. Leonow sah noch, wie er sich in einer hilflosen Geste mit beiden Händen das Haar raufte. Staub, der noch von dem Chaos ihrer Befreiung stammen musste, tanzte um seinen Kopf.

»Kurt«, rief Leonow ihm nach. Er sah ängstlich in die Dunkelheit und hörte schon wieder die Klicklaute und das Sirren der Klingen durch die Luft, wie ein Echo in seinem Kopf. Joscha war tot, aber Fabergé hatte noch andere Söhne.

»Lass ihn«, murmelte Maria. »Er wird nicht weit weggehen.«

Als Leonow sich wieder zu den anderen umwandte, sah Lyskom ihm tief in die Augen.

»Du musst sie aufhalten.« Er wählte fast dieselben Worte wie Maria. »Um jeden Preis. Evelyn und Fabergé oder sie werden alles zerstören.«

Seine Panik war echt.

»Was ist wirklich zwischen euch passiert? Wie bist du zu den Husaren gekommen?«

Ehe Lyskom den Kopf wieder sinken ließ, sah Leonow seine Augen im goldenen Lichtschein glänzen. Als sammelten sich Tränen darin. Leonow mochte sich nicht ausmalen, wie es nach all den Geständnissen in ihm aussah.

»Er hat mich gezwungen«, murmelte Lyskom. »Ich hab es

so lang hinausgezögert, wie ich konnte, aber irgendwann hat er mich gezwungen, das Gold einzuschmelzen. Es war Krieg und er hat gesagt, dass wir die Jungen in uns töten müssen, um zu Männern zu werden.«

Maria lauschte still, auch wenn sie nicht verstehen konnte, was er meinte. Leonow wollte Lyskom nicht unterbrechen, um es ihr zu erklären.

»Er wollte mich nur loswerden. Ich glaube, er wusste längst, dass er kein Relikt für mich haben würde. Ich habe dir doch gesagt, dass es das Passende sein muss. Zumindest bei uns allen außer dir.«

Lyskoms Blick wanderte zu dem schwebenden Anhänger, der einmal Joscha gehört hatte. Bevor er zu dem Monster geworden war, das nun tot irgendwo in der Finsternis lag.

»Ich musste meine Figur in die Schmelzpfanne geben, und als es seine Form verloren hatte, war der Junge in mir tot. Ich wusste, dass er mir auch den Rest meiner Vergangenheit nehmen würde, wenn er die Gelegenheit bekam. Also bin ich weggelaufen, als er uns zum Waschen geschickt hat. Aber vorher habe ich ihm etwas gestohlen.«

»Ein Relikt«, ahnte Leonow. Lyskom hatte einen Anhänger getragen und damit wahrscheinlich auch den Zaren davon überzeugen können, dass er wertvolle Informationen besaß. Doch dieses Relikt war niemals für Lyskom bestimmt gewesen. Deshalb hatte es ihm auch keine Macht verliehen.

»Fabergé hat Dutzende, die ihm noch der Zar gegeben hat. Sie hatten eine Vereinbarung. Ich wollte selbst herausfinden, ob eins der Relikte meines ist, aber keins hat auf mich reagiert. Ich wusste von ihnen, denn es war nicht das erste Mal, dass ich ihm etwas gestohlen habe. Unser Aufbruch aus Zarysin war chaotisch. Und ich hab die Chance gesehen, dir zumindest *etwas* dazulassen.«

Leonow brauchte einen Moment, bis er verstand, wovon Lyskom redete.

»Die Figur …«, fiel endlich der Groschen bei ihm.

»Es war nicht schwer zu erraten, dass das Hermelin deins war«, bestätigte Lyskom.

Leonow hatte einen Kloß im Hals. All die Vorwürfe, die er Lyskom noch im Turm zu ihrem plötzlichen Aufbruch gemacht hatte …

Maria verfolgte noch immer aufmerksam ihr Gespräch. Auch wenn sie nicht wusste, worüber sie sprachen, musste sie mitbekommen, dass Lyskom nicht durch und durch schlecht war. Zumindest hoffte Leonow das.

»Ich hab die Figur verloren«, gestand er. »Die Husaren haben sie mir in der Zelle abgenommen.«

Mit ihrer Flucht und allem, was seitdem passiert war, hatte er kaum mehr über den Verlust nachgedacht.

»Das macht nichts«, murmelte Lyskom düster. »Eigentlich war es auch nur eine der Fesseln, mit denen Fabergé uns an ihn gebunden hat … sagst du mir, was meine war?«

Wieder verstand Leonow nicht gleich.

»Ich kann mich nicht erinnern, seit sie geschmolzen ist«, sagte Lyskom niedergeschlagen.

»Ein Fuchs«, erwiderte Leonow. »Es war ein Fuchs.«

Er sah die kunstvolle Goldfigur, in die Lyskoms Mutter bereits ihr ganzes Herzblut gesteckt hatte, noch bevor er auf die Welt gekommen war, ebenso klar vor sich wie sein Hermelin, das Minka so sehr ähnelte.

Lyskom nickte traurig.

»Ich weiß nicht, ob du etwas gegen sie ausrichten kannst«, sagte er schließlich leise. »Ich hab sie gesehen, als die zweite und dritte Welle kam. Sie kämpft wie ein Gott. Und sie hat nicht nur Golems getötet.«

XV

KURT

Kurt verstand nicht viel von dem, was sie redeten, auch wenn er alles hörte. Doch das Wenige reichte, um sein Gefühl der Hilflosigkeit ins Unermessliche zu steigern. So schnell hatten sie Evelyn zum Feind erklärt. So schnell schien das Ziel vergessen, ihr zu Hilfe zu kommen. Doch hier in der Dunkelheit, wo sie von diesem Monster überrascht worden waren, das auch einmal ein Mensch gewesen sein sollte, verstand Kurt auch, dass wahrscheinlich nie wirkliche Hoffnung bestanden hatte. Er mochte sich nicht ausmalen, was dieser Mann, Fabergé, mit ihr gemacht hatte, um sie zu seiner Soldatin zu machen.

Kurt wusste auch nicht, was er davon halten sollte, dass sie Evelyn eine von ihnen nannten – einen Halbengel. Noch nie hatte er sie Dinge tun sehen, wie Leonow sie getan hatte, und der Anhänger hatte auf ihre Berührung nicht reagiert.

Das alles verwirrte ihn so sehr und zugleich war er doch der Einzige, der weiter für sie kämpfen konnte. Auch Milan konnte nicht mehr für sie sprechen.

Schließlich löste sich jemand aus ihrer Runde.

»Kurt?« Es war Leonow.

»Ich bin hier«, murmelte er.

Den Lichtschein ließ Leonow hinter sich zurück und Kurt war froh darum.

»Ihr wollt sie töten«, brach es aus ihm hervor und er spürte Tränen aufsteigen, als sei er ein kleines Kind, das noch keinen Tod gesehen hatte. »Nach allem, was wir durchgemacht haben, um sie zu retten, wollt ihr sie töten.«

»Nein«, erwiderte Leonow. »Aber vielleicht müssen wir … Ich weiß es nicht.«

»Und wir haben keine Zeit«, nickte Kurt, mühsam die Schluchzer zurückhaltend, »ich weiß. Es ist wieder keine Zeit.«

»Was wirst du tun?«, fragte Leonow zaghaft.

Fürchtete er, dass Kurt sich ihnen entgegenstellen würde? Der Gedanke war lächerlich. Wer war er denn und wie kläglich war alles, was er tun konnte gegen den, der vor ihm stand …

»Ich … ich weiß nicht«, antwortete Kurt und verlor die Kontrolle. Er vergrub das Gesicht in den Händen. Dann riss er sich wieder zusammen und schüttelte den Kopf. »Ich schaff das nicht. Ich kann es nicht. Wenn sie so ist, wie …« Er musste nicht hinüber in die Dunkelheit deuten, wo das Monster lag, damit Leonow ihn verstand. »Und wenn nicht … Ich weiß, dass ihr versuchen müsst, sie zu stoppen. Aber gibt es keinen anderen Weg?«

»Ich weiß es nicht«, entgegnete Leonow erneut. Er schien genauso verloren wie Kurt selbst. »Ich weiß nicht mal, ob ich es tun könnte.«

»Und ich kann es nicht mit ansehen.« So viel war Kurt klar. Er würde es nicht über sich bringen zuzusehen, wie sie ihr wehtaten, um sie aufzuhalten.

»Willst du bei Milan bleiben? Er sollte nicht allein sein.«

Wahrscheinlich hatte Leonow von Anfang an darauf gehofft, dass Kurt sich dazu bereit erklären würde. Er nickte. Niemand sollte allein sterben. Aber galt das nicht auch für Evelyn? Und schon fühlte es sich wieder wie Verrat an …

Auch Maria und Lyskom hatten sich inzwischen erhoben. Nur Milan saß noch immer an die Wand gelehnt, das Kinn auf der Brust. Sie hätten ihn so oder so nicht einfach zurücklassen können, redete sich Kurt ein. Und wer sonst sollte bleiben, wenn nicht er?

»Ja«, brachte er hervor, damit es auch die beiden anderen hörten. »Ich bleibe.«

Maria sah ihn verständnisvoll an und wagte es, auf ihn zuzugehen und ihn in den Arm zu nehmen. Er ließ es einfach geschehen.

»Warte nicht zu lange hier«, warnte ihn Leonow und nickte zu Milan hinüber. »Wenn … wenn es vorbei ist, dann geh zurück und versteck dich. Es werden auf jeden Fall Soldaten kommen, mehr als je zuvor, und es wird bestimmt auch neue Kämpfe geben. Entweder, wir kommen dir nach und fliehen gemeinsam, oder du musst alleine fort. Hörst du?«

Kurt nickte automatisch. Er sah Minka auf Leonows Schulter klettern, die im Gefängnis zu ihm gesprochen hatte. Warum mussten all die Wunder, die sich plötzlich um ihn herum zeigten, von so viel Leid und Tod begleitet werden?

»Bleib nicht zu lang«, wiederholte Leonow. »Wir sehen uns, wenn es vorbei ist.«

Lyskom sagte als Einziger kein Wort des Abschieds, als traue er sich nicht, Kurt anzusprechen. Dabei empfand Kurt in diesem Moment kaum Zorn ihm gegenüber. Im Krieg hatten täglich Tausende Schlimmeres getan als er und wahrscheinlich aus schlechteren Beweggründen. Und hätten sie Evelyn nicht hierhergebracht, dann wäre sie eben noch früher gestorben.

»Viel Glück«, sagte Kurt, als sie ihm schon den Rücken zugekehrt hatten, und fühlte sich auch dabei wie ein Verräter.

XVI

LEONOW

»Es ist nicht mehr weit«, sagte Maria, während sie die Stelle, wo die Tunnel sich berührten, hinter sich ließen. »Noch ein Stück den Tunnel weiter, dann kommt die Station.«

Leonow nickte. Er spürte die Last auf seinen Schultern beinahe körperlich. Sie waren aufgebrochen als Rettungsmission. Was waren sie nun? Ein Todeskommando? Auf dem Weg, seinen Vater zu ermorden und dazu ein Mädchen, mit dem er auch irgendwie verwandt zu sein schien? Wenn es denn überhaupt möglich war, die beiden zu stoppen.

Leonow zweifelte nicht an Lyskoms Erzählungen. Sie spiegelten genau die Kälte und die Rastlosigkeit wider, die er während seiner kurzen Zeit bei Fabergé in seinem Vater gespürt hatte. Aber eben noch hatte Leonows Kraft nicht einmal ausgereicht, sich gegen Joscha zur Wehr zu setzen. Wenn Evelyn wirklich so viel stärker war, was konnten sie dann überhaupt ausrichten?

»Wie viele sind noch bei Fabergé?«, fragte er Lyskom.

»Zwei«, antwortete dieser. »Dawid und Fjodor. Die anderen sind entweder tot oder er hat sie …«

Er brachte den Satz nicht zu Ende. Trotz allen Lärms, den sie bereits in den Tunneln verursacht hatten, sprachen sie leise.

»Was hat ihn dazu gebracht, Joscha so zu entstellen?« Leonow war nicht einmal sicher, ob er die Antwort auf diese Frage wirklich hören wollte.

»Sie«, deutete Lyskom auf Maria, die seinen Blick zornig erwiderte.

»Meinst du das ernst?«, fragte sie aggressiv.

»Natürlich war es nicht deine Schuld«, erwiderte Lyskom. »Aber als du es geschafft hast, Joscha den Anhänger abzunehmen, war das sein Todesurteil, ganz bestimmt. Ich war nicht mehr bei ihnen, als es passiert ist, aber er hat es mit anderen schon genauso gemacht. Grigor wurde von einem Dutzend Zwangsarbeiter überwältigt und übel zugerichtet. Fabergé hat ein Exempel an ihm statuiert. Wen er nicht gut genug für seine Blutlinie hält, dem zeigt er keine Gnade.«

So hatten sich die Erzählungen aus dem Reich des großen Mannes auch angehört, erinnerte sich Leonow. Ein Versprechen von Fortschritt und Macht, doch wehe den Schwachen.

»Da vorne«, deutete Leonow den Gang entlang.

Er meinte zu sehen, wo der Tunnel aufhörte und eine neue Höhle begann. Maria gab ihm recht, aber sie brauchten trotzdem noch eine ganze Weile, ehe sie das Ende des Tunnels tatsächlich erreichten.

Als sie die Röhre verließen, ließ Leonow den Anhänger wieder aufleuchten – und vergaß für einen Moment alles andere. Er hatte etwas erwartet wie die große Halle, durch die sie den Tunnel betreten hatten, voll von Schutt und mit deutlichen Spuren der nagenden Zähne der Zeit. Doch das hier war anders: Es war viel kleiner, lediglich zwei Gräben führten links und rechts der Plattform aus zwei Tunneln in zwei weitere Tunnelöffnungen gegenüber. Von den Wandpaneelen zu den Seiten waren die meisten noch intakt und gaben einen Eindruck, wie es hier einmal ausgesehen hatte. Leonow hatte kein Gefühl dafür, wann das gewesen sein mochte. Auf jeden Fall schien es nicht, als ob das erste Volk viel mit dem gemein hatte, was sowohl Jesiten als auch Prometisten sich darüber erzählten. Wenn sie diese Bahnhöfe benutzt hatten, dann war es weit irdischer unter ihnen zugegangen, als Leonow es sich bei Engeln vorgestellt hätte. Und zugleich wirkte alles, was er hier sah, so fremd wie nur irgendetwas.

Die Wandpaneele waren grau und voller weißer Symbolik, von der Leonow nicht das Geringste wiedererkannte. Verschnörkelte Schlangenlinien mit weißen Verstrebungen, die kreuz und quer liefen. Die Buchstaben »DNA« prangten darunter. Er fand weitere Buchstaben: »AU« unter dem Symbol eines Gitters aus Kugeln, das immer wieder auftauchte. Und dazu mehr Kugeln und Punkte in Kreisen, die wie Umlaufbahnen aussahen, wie es Leonow von der Darstellung von Planeten kannte, und weitere Buchstaben, die keine sinnvollen Worte ergaben. Es war ein Bahnsteig, also war hier wohl nicht ernsthaft irgendeine Form von Wissenschaft betrieben worden. Vermutlich war das alles nur Verzierung.

Zwei Schilder zu beiden Seiten der Plattform trugen den großen Schriftzug »Prometheus«, doch die Plattform selbst war vollkommen leer. Auch wenn die Pflastersteine teilweise gebrochen waren, so wirkte es doch, als könne jeden Moment der Zug einfahren, der hinter ihnen in der Röhre stecken geblieben war. An der Wand gegenüber, wo die Plattform endete und die zwei Gräben wieder in Tunnelöffnungen mündeten, befand sich eine große Darstellung. Das musste das Auge sein, von dem Maria und Lyskom gesprochen hatten, auch wenn es nur abstrakt an ein Auge erinnerte. Die Pupille in der Mitte hatte eher die Form eines Tropfens. Linien führten wie ein Strahlenkranz nach außen, wo zahlreiche Symbole so etwas wie den runden Augapfel bildeten. Und darüber stand noch einmal »Prometheus« in derselben Schrift, die Leonow auch auf dem Zug entdeckt hatte.

»Das Auge ist der Zugang«, erklärte Maria ihm. »Wir hatten einen von Fabergés Jüngern dabei beobachtet, wie er durchgegangen ist. So bin ich später mit meinen Eltern geflohen.«

»Werden sie uns erwarten?«, hörte Leonow sich fragen. Es fühlte sich unwirklich an, hier zu sein. Und noch unwirklicher, was vor ihnen liegen mochte. Selbst Minka war die Aufregung anzumerken. Immer wieder reckte sie nervös den Kopf von seiner Schulter.

»Überrascht werden sie wohl nicht sein«, murmelte Maria. Sie hielt noch immer die Waffe, mit der vorhin Lyskom geschossen hatte. Wo auch immer er sie herbekommen hatte, Maria schien nicht vorzuhaben, sie ihm zurückzugeben.

Es gab keine Glasbarrieren hier, nur die säuberlich verlegten Pflastersteine der Plattform, und so stiegen sie einfach aus dem Graben, in dem der Tunnel mündete, auf die Plattform hinauf. Treppenaufgänge an die Oberfläche, wie man sie bei einem Bahnhof hätte erwarten können, fehlten. Wenn man von dem Geheimnis des Auges nicht wusste, war es einfach eine Zwischenstation tief unter der Erde, ohne einen erkennbaren Zweck.

Ihre Schritte hallten nach und wurden zu Fledermausgeraschel unter der Decke, während sie über die Plattform zum anderen Ende liefen.

»In der Mitte«, sagte Maria, als sie auf wenige Meter heran waren. »Siehst du es?«

Das tropfenförmige Zentrum des Auges befand sich auf Höhe ihrer Köpfe. Die Strahlen reichten weit hinauf, zu den Seiten und bis hinunter zum Boden. Die Kreise mit den Symbolen, in denen sie endeten, waren aus der Nähe doch nicht so kryptisch, wie Leonow zunächst gedacht hatte. Er erkannte einen symbolischen Fuchskopf in einem davon. In einem anderen den gebogenen Umriss eines Schwans und wieder in einem anderen ein Hirschgeweih. Flügel wie von einem Vogel, eine Ratte, ein Affe, sogar ein Hermelin, mit den kurzen, breiten Ohren, und immer so weiter. Nicht alle erkannte er, doch als er den Linien zurück zu dem angedeuteten Tropfen in ihrer Mitte folgte, kam ihm ein verrückter Gedanke.

»Blutlinien«, murmelte er. Das Wort war vorhin erst in irgendeinem Satz von Lyskom gefallen.

»Was hast du gesagt?«, fragte Lyskom verwirrt.

»Blutlinien«, wiederholte Leonow. »Hat Fabergé nicht immer davon gesprochen?«

»Schon«, gab Lyskom zu und blickte verständnislos auf die Darstellung. »Verstehst du, was das bedeuten soll? Ich habe es nie verstanden.«

»Nein«, schüttelte Leonow den Kopf, auch wenn er das Gefühl hatte, alle Puzzleteile für die Lösung zu kennen. Die Tiere, die Anhänger, die Blutsverwandtschaft zwischen ihnen ... Aber vielleicht war die Bedeutung von alledem dennoch so weit weg von der Welt, in der sie lebten, dass sie sie nie ganz begreifen würden.

»Hier«, deutete Maria auf das Zentrum des Tropfens, wo sich Einkerbungen in der Wand befanden. Kreise von der Größe des Anhängers, der über ihnen in der Luft schwebte.

»Er muss da hinein?«, staunte Leonow.

Kurt hatte erzählt, dass der Anhänger ein Schlüssel sei, doch nun, da er es mit eigenen Augen sah, war es ungleich faszinierender.

»Was, wenn es ein Trick ist und sie ihn mir so wegnehmen?«, fragte er nervös.

»Dann darfst du das nicht zulassen«, entgegnete Lyskom. Er warf noch einmal einen Seitenblick auf die Waffe in Marias Händen. Doch diese nahm sie in den Anschlag und erwiderte seinen Blick trotzig.

Leonow streckte die Hand nach Minka auf seiner Schulter aus. Als sie begriff, was er vorhatte, krallte sie sich in sein Hemd.

»Du weißt, dass du hier nichts ausrichten kannst«, murmelte Leonow. »Du hältst dich versteckt und wir sehen uns bald wieder. So, wie wir es immer machen.«

Sie wand sich noch, als er sie losgerissen hatte und auf den

Boden setzte, doch dort hielt sie still und sah ihn aus ihren großen, roten Augen an.

Leonow brachte kein weiteres Wort hervor und wandte sich ab. Er holte tief Luft und versuchte, sich innerlich zu wappnen, ohne zu wissen, wogegen. Als er die Hand hob, schwebte der Anhänger auf die Rillen zu und die Ringe drehten sich dabei immer langsamer. Schließlich standen sie still und Leonow ließ sie in die Wand gleiten. Und die Wand *öffnete* sich.

XVII

EVELYN

»Sie sind hier.«

Eva schreckte auf, als sie die Stimme hörte. Sie saß wieder in dem Stuhl, in dem sie schon beim letzten Mal aufgewacht war. Diesmal war es nicht ganz so unheimlich. Sie hatte einen Namen. Sie hatte gekämpft. Sie hatte viele Dinge gehört und nur wenig verstanden. Aber sie hatte dennoch auch diesmal Angst. Und wie sie wieder in dem Stuhl gelandet war, wusste sie nicht mehr.

»Wir hatten etwas Zeit. Du hast dich ausgeruht.« Fabergé stand im Raum. Die Lichtwand hinter ihm war zu und neben ihm schwebte sein goldener Apparat. »Es ist normal, wenn du am Anfang noch ein paar Erinnerungslücken hast. Das wird sich bald geben.«

»*Wer* ist hier?« Evas Stimme zitterte. Bilder der letzten Schlacht bestürmten sie. Es waren nicht nur Maschinen gewesen – sie hatte getötet und sie war verwundet worden.

Doch als sie mit der Hand zu ihrer Schulter hochfuhr, fühlte sie sich unverletzt an.

»Ich kann nicht wieder …«, sagte sie kopfschüttelnd und ihr versagte die Stimme dabei.

»Schhh«, machte er und kam näher.

Sie wollte nicht, dass er kam. Sie wollte fort von hier. Was, wenn ihre Eltern recht gehabt hatten, vor diesem Mann zu fliehen? Eva sah förmlich, wie er die Gedanken in ihren Augen las.

»Hab keine Angst«, sagte er.

Sie war ihm völlig ausgeliefert, so viel begriff sie.

»Es wird ein harter Kampf werden. Er wird dir noch schwerer fallen als der letzte. Aber es wird sich lohnen, das verspreche ich dir.«

»Warum … warum greifen sie uns überhaupt an? Sie waren wie wir.«

»Nicht ganz«, schüttelte Fabergé den Kopf. »Und selbst von meinen Söhnen haben sich manche gegen mich gewandt.«

»Warum?«

Fabergé sah sie an und etwas von seiner starken Fassade kam ins Bröckeln. Er wirkte fast hilflos. »Weil sie nicht verstehen? Nicht verstehen wollen? Es ist ein harter Weg zu unserem rechtmäßigen Platz und er fordert Opfer von uns allen. Das habe ich dir schon gesagt. Von mir ebenso wie von dir.«

»Was ist, wenn ich nicht will?«, fragte Eva und ihre Stimme zitterte noch mehr.

Seine Haltung straffte sich sofort wieder und für einen kurzen Moment rechnete sie fast damit, dass er sie zurechtweisen oder sogar schlagen würde. Doch er tat nichts davon. Ihr fiel nur wieder das unheimliche Glühen seiner Augen auf und viel von ihrer Gegenwehr erstarb darin.

»Hab keine Angst«, wiederholte er. »Du fühlst dich allein und das ist kein Wunder. Ich war die meiste Zeit meines Lebens allein. Ich habe gelernt, wie wichtig Familie ist. Ich trage meinen Söhnen nicht nach, was sie getan haben, und du solltest es deinem Vater nicht nachtragen. Er dachte, es wäre richtig, und er ist dir auch jetzt noch näher, als du denkst.«

»Was heißt das?«, fragte Eva. Er hatte schon so viele schöne Worte gesagt, seit sie aufgewacht war. Sie wollte keine mehr hören. Sie wollte *verstehen*.

»Ich glaube, es ist ein Teil von dem, was dich so besonders macht«, lächelte Fabergé. »Du hast gesehen, was dein Herz am Schlagen hält.«

Eva erinnerte sich nur unwillig an das Loch in ihrer Brust und den verwirrenden Anblick darin.

»Ich habe es zu einem Teil von dir gemacht, aber es stammt nicht von mir. Was dir dein Leben bewahrt und so viel Kraft gibt, ist nichts, was ich oder irgendjemand sonst, der heute auf dieser Welt ist, selbst herstellen könnte. Es ist etwas sehr, sehr Altes: ein Relikt. Der Letzte, mit dem es verbunden war, war dein Vater. Und jetzt wirkt es in dir weiter.«

Eva sah zu Fabergé auf und hatte nicht den Eindruck, dass er log. Sie hatte auch nicht das Gefühl, dass er ihr irgendetwas vorspielte. Stattdessen war da fast so etwas wie Stolz. Vielleicht auf sie, vielleicht auf sich selbst, doch es machte Eva tatsächlich Mut.

»Es war nicht ganz leicht, es zu finden. Aber jetzt seid ihr beide hier.«

Die Wand öffnete sich und Dawid und Fjodor kamen herein. Sie hatten neue Sachen an und die Spuren des Kampfes von ihren Gesichtern gewaschen.

»Ist es Zeit?«, fragte Eva und kam freiwillig von ihrem Stuhl herunter. Sie fühlte sich gefestigt, auch wenn sie nicht wusste, ob es von dem kam, was Fabergé gesagt hatte, oder allein von diesem Blick in seine Augen.

Fabergé nickte lächelnd und Dawid und Fjodor nahmen sie in ihre Mitte.

Eva wollte sich automatisch nach links wenden, als sie in den Gang hinaustraten. Dort waren bislang alle Angreifer eingedrungen. Sie spürte kein Beben und nichts sonst, was auf anrückende Feinde hindeutete, doch Fabergé hatte sie ja vorgewarnt, dass es kein Kampf wie die beiden anderen werden würde.

»Nein«, hielt er sie an der Schulter zurück. »Sie kommen nicht von dort, sondern aus den Tunneln.«

Als Eva sich umwandte, sah sie die Anspannung in den Gesichtern von Dawid und Fjodor. War es nur Konzentration oder hatten sie Angst? Sie blieb zwischen den beiden, während sie den Gang abschritten, wo er noch unversehrt war. Wie auf der anderen Seite auch schien er in einer Sackgasse zu enden. Keine zwanzig Meter von ihnen entfernt stand eine Lichtwand im Weg und beim letzten Mal hatten die Stahlkolosse diese Wand einfach aufgerissen.

»Sie sind fast hier«, murmelte Fabergé, und als Dawid und Fjodor stehen blieben, folgte Evelyn ihrem Beispiel.

Es war anders als die anderen Male. Sie spürte es in seinen beiden Jüngern ebenso wie in Fabergé selbst und die Nervosität sprang auf sie über.

»Da.«

Die Wand vor ihnen wurde nicht gesprengt oder aufgerissen. Stattdessen glitt sie unvermittelt zur Seite, wie um jemanden einzulassen, der ein Recht darauf hatte, und drei Gestalten erschienen im Türausschnitt.

Eva hatte mit vielem gerechnet: weitere Kriegsmaschinen und furchterregende Soldaten oder vielleicht sogar einen mächtigen Anführer ihrer Feinde. Doch dort standen nur drei wenig furchteinflößende Gestalten, kaum älter als Eva selbst, also vielleicht nicht einmal erwachsen. Verwirrt sah sie sich zu Fabergé um, doch der erwiderte ihren Blick nicht.

»Das ist eure letzte Chance«, donnerte seine Stimme durch den Gang. Sie war unnatürlich laut, ohne dass er schrie. Eva spürte seine Wut auch in sich selbst brennen, als sei sie ein Teil von ihr. »Kommt auf die richtige Seite der Geschichte und heilt mit uns diese kranke Welt oder ihr lasst uns keine Wahl.«

»Evelyn!«, rief die Gestalt in der Mitte, ohne auf Fabergés Worte zu reagieren. »Glaub seinen Lügen nicht!«

Evelyn? Er schien sie damit zu meinen und vor ihm schwebte etwas in der Luft, das den Anhängern von Dawid und Fjodor ähnelte. Eva schluckte. Sie hatten mächtige Kämpfer gegen sich gehabt, aber niemand hatte mit den gleichen Waffen gekämpft wie ihre eigenen.

Die Mienen der drei, die in dem Durchgang stehen geblieben waren, hätten kaum unterschiedlicher sein können. Der Junge mit dem Anhänger in der Mitte strahlte eine Entschlossenheit aus, die Eva Angst machte. Der zu seiner Rechten stand komisch schief und hielt den Arm über seinen Bauch, wo seine Kleidung voller Blut war. Er konnte die Angst, die er hatte, nicht verbergen. Die dritte Gestalt auf der linken Seite war ein Mädchen oder eine junge Frau. Ihr ganzes Gesicht strahlte ebenso viel Hass aus wie die Gesichter der fliegenden Soldaten, die so heftig gekämpft hatten, und ihre Augen funkelten Dawid zu Evas Linken an. Ihr ganzer Gesichtsschmuck verschärfte den Eindruck noch, und sie hielt eine übergroße Schusswaffe im Anschlag, wie sie schon die Soldaten des letzten Ansturms gegen sie verwendet hatten.

»Tötet sie«, knurrte Fabergé und im gleichen Moment, wie Dawid und Fjodor die Hände hoben, schrie das Mädchen gegenüber wie eine Harpyie und begann zu schießen.

Dawid und Fjodors Anhänger sprangen augenblicklich in die Luft und die schützende Glocke zog sich vor ihnen in den Gang, ehe die ratternden Kugeln sie verletzen konnten. Für Eva war es noch immer ein unheimliches Gefühl, so deckungslos in der Schussbahn einer Waffe zu stehen und die Stellung zu halten. Zudem taten die Schilde der Wut des Mädchens keinen Abbruch. Sie feuerte weiter, ihr Gesicht eine Grimasse des Zorns.

Während der andere, dem die Angst anzusehen war, ausscherte und sich durch eine aufgleitende Tür in einen der Räume in Deckung warf, hob der in der Mitte seinerseits die Arme und das Flirren seines Anhängers peitschte durch die Luft.

Eva merkte sofort, dass ihr Respekt berechtigt gewesen war. Weder Dawid noch Fjodor würden ihm das Wasser reichen können. Die Kraft, die von seinem Anhänger ausging, stellte alles in den Schatten, was sie in Gegenwart der beiden gespürt hatte.

Eva überlegte fieberhaft. Sie wollte keinen der drei ernsthaft verletzen, solange sie nicht wusste, was es mit ihrem Auftauchen wirklich auf sich hatte. Doch da war Fabergé, der sie ohne Zweifel wieder zwingen würde, mit scharfen Waffen zu kämpfen, wenn sie es nicht selbst tat. Und da war dieser Junge in der Mitte, der ihr vielleicht sogar wirklich gefährlich werden konnte.

»Na los!«, rief Fabergé ungeduldig und Eva hob die Hände. Sie führte die knisternden Finger zueinander und formte im Auseinanderziehen eine golden leuchtende Lanze. Eva legte weit weniger Kraft hinein, als sie gekonnt hätte, und ehe Fabergé sie erneut anheizen konnte, packte sie die Waffe mit klopfendem Herzen und schleuderte sie nach vorn gegen das Mädchen, um den Beschuss zu stoppen.

Sie sah ihr Geschoss wie einen Blitz die Luft durchschlagen und das Mädchen schien es gar nicht kommen zu sehen. Doch der Junge in der Mitte starrte sie entsetzt an und warf hastig die Hände nach vorn. Er schaffte es, mit einer Druckwelle die Flugbahn abzulenken, doch das Knistern in der Luft, das Evas Waffe begleitete, wischte über das Gesicht des Mädchen und verbrannte ihr die Haut.

Sie schrie auf und der Lauf der Waffe fuhr hoch. Kugeln schlugen in die weiße Decke ein und hinterließen dort schwarze Einschusslöcher.

»Maria!«, rief der Junge erschrocken und stürzte zu ihr.

Eva war selbst entsetzt. Sie hatte sich offensichtlich verschätzt und das Mädchen verletzt. Sie wollte all das hier nicht, doch was hatte sie für eine Wahl?

Ehe sie auch nur darüber nachdenken konnte, glitt plötzlich die Wand zu ihrer Rechten auf. Hervor kam der Junge mit der ängstlichen Miene. Nur dass er jetzt nicht mehr ängstlich wirkte, sondern ebenso entschlossen wie der andere.

Er stürzte mit einem Brüllen aus dem Zimmer hervor, das mit dem anderen irgendwie verbunden sein musste, und riss Fjodor zu Boden, ehe dieser ihn wirklich kommen sah. »Lyskom«, zischte Dawid zu Evas Linken wütend.

Doch bevor Dawid Fjodor zu Hilfe kommen konnte, hatte der Angreifer ihn schon mit zwei kräftigen Schlägen gegen den Kopf erwischt. Während Fjodor zu Boden sank, die Hände vor seiner blutenden Nase und dem Mund, wandte sich der Junge, den Dawid Lyskom genannt hatte, mit grimmiger Miene Eva zu.

»Leonow!«, brüllte er dabei. »Jetzt!«

Eva konnte nun sehen, dass der Junge bereits vor seiner Ankunft hier schwer verletzt worden sein musste. Seine Gesichtsfarbe war weiß und seine Haltung noch immer gekrümmt, doch seiner Angriffswut tat das keinen Abbruch.

Fieberhaft riss Eva die Hände hoch, um sich mit einem Schild vor ihm zu schützen. Sie wusste ja nicht, was sie von diesem Dritten zu erwarten hatte. Doch Dawid war schneller, und bevor sie überhaupt die Gelegenheit bekam, wirklich zu reagieren, spürte sie einen gewaltigen Kraftausbruch, den Dawid von seinem Anhänger in Richtung des Angreifers schickte.

Sie wurden nicht mehr beschossen und so musste Dawid keine Energie zu ihrem Schutz aufwenden. Mit brutaler Gewalt wurde Lyskom getroffen und zu Boden geschmettert, ehe er Eva auch nur nahe gekommen war.

»Nein!«, brüllte der andere Junge – Leonow? – von der anderen Gangseite. Er hatte sich vor dem Mädchen aufgebaut und kam nun mit ausgestreckten Handflächen langsam auf sie zu. Eva spürte sowohl die aufgepeitschte Luft als auch den zitternden Boden. Seine Kraft war immens. »Geht weg von ihm! Zurück!«

»Du bist stark«, sagte Fabergé hinter Eva ruhig und wieder klang seine Stimme unnatürlich laut. »Eine Laune der Natur … Aber du bist nicht der Erste deiner Art und früher oder später verbrennt ihr alle in eurer eigenen Flamme.«

Er gab Dawid einen Wink und dieser ballte erneut die Fäuste.

Eva begriff zu spät, was er vorhatte, sonst hätte sie versucht, es zu verhindern. Ein zweiter, nicht minder kräftiger Schlag löste sich aus dem Anhänger und Dawid zielte nicht etwa auf den letzten Angreifer, der noch stand, sondern auf Lyskom am Boden. Dieser versuchte eben, auf die Knie zu kommen, und wurde nun mit voller Wucht in den Rücken getroffen und ein zweites Mal zu Boden geworfen. Dort regte er sich nicht mehr.

»Neeeein!«, schrie Leonow sein Entsetzen heraus. Er rannte auf sie zu und das Zittern im Boden wurde zu einem Beben. Die Luft schlug Funken, und als er keine fünf Meter von ihnen entfernt die Hände nach vorn warf, brach eine gewaltige Kraft auf sie los.

Obwohl Eva die Geistesgegenwart besaß, den Schild hochzureißen, den Fabergé ihr im letzten Kampf noch verweigert hatte, wurden sie allesamt zurückgeworfen und von den Beinen gerissen.

Es ist Zeit.

Noch im Fallen spürte Eva, wie Fabergé die wahren Kräfte in ihrer Brust mit einem Schlag entfesselte und zugleich durch ihre Hände fließen ließ. Die Peitschen schossen sofort hervor und Fabergé verhinderte, dass Eva sich im Fallen abfing. Er ließ sie einfach mit Rücken und Hinterkopf auf dem Boden aufprallen und schlug bereits mit ihren Armen nach vorne aus.

Leonow, der in den Angriff übergegangen war, taumelte erschrocken zur Seite, als die Peitschen funkenschlagend durch die Luft zuckten. Sie verfehlten ihn, eher glücklich als wegen seiner Bewegung, um Haaresbreite.

Hoch mit dir!

Ohne sich um die Schmerzen in Kopf und Wirbelsäule kümmern zu können, wurde sie auf die Beine gezwungen, noch ehe Dawid und Fjodor sich nach ihrem Sturz überhaupt wieder orientiert hatten. Der Luftzug, der mittlerweile zwischen dem von den Stahlriesen zertrümmerten einen Ende des Gangs und der offenen Wand im Rücken von Leonow entstanden war, wehte Staub herein und zerzauste Evas Haar.

Sie spürte, dass Fabergé die Kontrolle hatte, doch nach der Wucht des letzten Angriffs, der sie getroffen hatte, war auch in ihr selbst etwas, das kämpfen wollte. Die Peitschen zischten erneut durch die Luft – und Leonow schloss die Augen.

XVIII

LEONOW

Maria hatte den Angriff nicht kommen sehen. Er hätte sie mit Sicherheit tödlich verletzt, wenn Leonow nicht im letzten Moment dazwischengegangen wäre. So hatte das Knistern in der Luft sie nur gestreift und ihr dabei das halbe Gesicht verbrannt. Leonow hatte sie wimmernd am Boden zurücklassen müssen und auch er wäre beinahe auf dem falschen Fuß erwischt worden. Er hatte Evelyns Schlag in der Luft gespürt, der ihn sicherlich schwer verletzt hätte, wenn er denn getroffen hätte. Doch nun, als er die Augen schloss, *sah* er.

Wo Evelyn stand, war ein gleißendes Licht, beinahe so grell wie die Explosion, die Leonow der Joscha-Kreatur entgegengeworfen hatte. Und von ihren Händen schossen zwei Schlingen wie Peitschen durch die Luft und auf ihn zu. Eben war er ihnen nur durch Glück entgangen, doch nun war es wie mit den Kraftlinien des Anhängers: Mit seinem inneren Auge konnte er sie sehen und wusste von nun an, wogegen er kämpfte.

Leonow warf sich zur Seite und entging Evas Schlag, krachte dabei aber mit der Schulter gegen die Wand des Gangs und stürzte. Mit geschlossenen Augen war er blind für die räumlichen Dimensionen um ihn herum, ebenso wie für Dawid und Fjodor am Boden und selbst Fabergé hinter Evelyn. Er würde sich etwas einfallen müssen, um in diesem Kampf zu bestehen.

Hastig sprang er auf die Füße und holte mit einer Handbewegung den Anhänger zu sich herunter. Als die Peitschen zurückschnellten, wich er nicht aus, sondern warf die Hände nach vorn und schützte sich mit einem Gegenschlag aus dem Relikt. Was er mit offenen Augen stets als Druckwelle erlebt hatte, entstand nun vor seinem inneren Auge für einen Moment wie ein golden glänzender Schild vor seiner Brust, der ihn schützte. Als die Peitschen darauf prallten, zersprang der Schild sofort zu Funken, doch Leonow blieb unverletzt.

Deine Mühen sind zwecklos, tönte Fabergés Stimme in seinem Kopf. Wollte er nicht, dass Evelyn ihn hörte? Oder dachte er, er könnte Leonow mit der Phantomstimme verängstigen? *Du hättest niemals hierherkommen dürfen.*

Leonow ließ sich nicht zu einer Antwort provozieren. Er wusste, um zu Fabergé durchzukommen und seinem Tun wirklich ein Ende zu bereiten, würde er an Evelyn vorbeimüssen. Sie hatte keine Spur des Wiedererkennens gezeigt, ganz im Gegenteil. Und auch Dawid und Fjodor standen wieder.

Ehe sie zum Angriff übergehen konnten, schloss Leonow die Augen und machte die beiden Anhänger aus. Dann konzentrierte er sich und ballte die Faust, um sie mit zwei Druckwellen außer Reichweite der beiden zu befördern.

Er *sah* die Verwerfungen in dem goldenen Flirren seines Relikts, die sich als Geschosse aus ihm lösten. Als die beiden Schläge auf die Anhänger seiner Halbbrüder trafen, geschah etwas Seltsames. Leonow spürte die Muster, die sie bildeten, ebenso wie die seines eigenen Relikts. Vielleicht ...

Ein Schlag traf Leonows Kopf mit solcher Wucht, dass er rücklings zu Boden stürzte. Der Schmerz explodierte in seinem Kopf und für einen Moment wusste er nicht, wo oben und unten war. Als sich sein Blick klärte, stand Fjodor über ihm. Leonow musste ein selten dämliches Bild abgegeben haben, wie er dort mit geschlossenen Augen stand und Fjodor einfach auf ihn zugetreten war, um ihn mit einem Faustschlag niederzustrecken.

Unbeirrt und trotz seines wummernden Schädels schloss Leonow erneut die Augen. Er streckte seinen Geist nicht nach seinem Anhänger aus, sondern nach allen dreien in der Luft zugleich. Und er griff nicht ins Leere …

Leonow spürte, wie tief der Schock für seine beiden Halbbrüder saß, als sie begriffen, was geschah. Dawid schrie vor Wut und beide riefen die Anhänger reflexartig zu sich. Leonow war es nur recht. Er ballte die Fäuste und brach mit einem Kraftakt durch ihre Gegenwehr, wie er Fabergés Blockade gegen seinen Anhänger in der Zelle gebrochen hatte. Es war noch leichter, als er es sich jemals erhofft hätte, und der Schlag aus den eigenen Relikten, mit dem er die beiden niederstreckte, ließ den Boden beben.

Fjodor fiel über ihn, doch Leonow stieß ihn sofort von sich, um mit brummendem Schädel auf die Beine zu kommen.

Du bekämpfst deinesgleichen, hörte er Fabergé toben. *Du wirst bekommen, was du verdienst.*

Leonow zwang sich, die Empörung herunterzuschlucken. Nach allem, was Fabergé ihnen angetan hatte, traute er sich, solche Reden zu schwingen? Lyskom als sein letztes Opfer lag hinter Leonow auf dem Boden und Leonow hätte verzweifeln können, wenn er daran dachte, wie brutal Dawids Schlag auf Lyskoms Rücken niedergegangen war. Noch spürte er, dass Lyskom am Leben war, ebenso wie Dawid und Fjodor. Aber was, wenn er ihm wie Milan nicht mehr helfen konnte?

Leonow rappelte sich auf und sah Eva anstürmen. Als er die Augen schloss, war sie eine gleißende Lichtgestalt mit zwei funkensprühenden starren Schwertern in den Händen. Aber … das war nicht das Einzige. Das Licht, das von ihr ausging, schmerzte in seinen Augen und blendete ihn bis in sein Innerstes und er zwang sich trotzdem, genauer hinzusehen. Da waren Kraftlinien in ihrer Brust, von der gleichen Art wie die der Anhänger. Und darüber lag Fabergés verräterischer bernsteinfarbener Schleier.

Leonow rief die drei Relikte, die ihm nun gehorchten, zu sich und spürte, wie viel Kraft in ihnen gemeinsam schlummerte. Er spürte, wie er sie nach seinem Willen formen konnte, wie Evelyn es tat. Und als Evelyns Schwerter niederfuhren, trafen sie auf zwei ebenbürtige Gegenstücke in seinen Händen.

XIX

EVELYN

Es war Angst, die Eva dazu brachten, ihre Kräfte mit Fabergé zu vereinen. Auch wenn sie kaum Herrin ihrer Handlungen war, wehrte sie sich nicht gegen ihn, sondern machte die Schläge, die er führte, noch härter.

Der Junge hatte Dawid und Fjodor ihre Anhänger entrissen und sich ihrer Kraft bemächtigt. Er wurde mit jeder Sekunde, die verging, stärker und er *sah* sie. Sie spürte den Moment genau, in dem er hinter ihre menschliche Fassade blickte, und diese Fähigkeit von ihm machte ihr am allermeisten Angst. Sie selbst hatte es kein zweites Mal gewagt, in das Loch in ihrer Brust zu blicken. Und er tat es und schien daraus nur noch mehr Entschlossenheit zu schöpfen.

Evas Waffen setzten Schlag um Schlag gegen ihn, doch er schaffte es, jeden einzelnen davon zu parieren oder abzulenken. Wenn ihre Lichtlanzen aufeinandertrafen, stieben Funken auf und sie vollführten einen mörderischen Tanz zwischen der körperlichen Ebene, auf der sie sich keinen Zentimeter schenkten, und der anderen, in der ihre Energien aufeinanderprallten.

Eva spürte förmlich, wie er immer wieder versuchte, in ihr Innerstes vorzustoßen, wenn er die Augen schloss. Doch jedes Mal, wenn er nach ihr griff, wie er nach den Anhängern von

Fjodor und Dawid gegriffen hatte, ergab sich eine Lücke in seiner Deckung oder eine Blöße in seiner Parade. Gemeinsam mit Fabergé nutzte sie diese Momente und drängte ihn Stück für Stück zurück.

Wenn er einen Satz von ihr weg machte, wurde ihr Schwert zum Speer und sie stieß ihm nach. Wenn er auswich, schlängelte sich die starre Form zur Peitsche und zuckte durch die Luft. Und nach und nach fasste sie wieder Vertrauen. Er würde es nicht schaffen, sie zu überwältigen, wie er es mit den beiden anderen getan hatte.

XX

KURT

Milan war tot. Er hatte nicht noch einmal die Augen aufgemacht, weder gestöhnt noch etwas gesagt. Kurt war sich nicht einmal sicher, ob er es gleich bemerkt hatte oder ob es schon vor Minuten geschehen war.

Evelyns Jugendfreund hatte stillschweigend den letzten Weg angetreten und es war mit solch einer Ruhe geschehen, dass Kurt noch lange die Sekunden zählte und Milans Brust dabei beobachtete.

Als Kurt sich schließlich sicher war, schloss sich erneut die Faust der Verzweiflung um sein Herz. Er hätte wieder heulen können, doch er hatte sich selbst und seine Tränen satt.

Mit zitternder Hand schloss er Milans Mund, der ein Stück offen stand, und legte ihm die Hände in den Schoß. Er hätte gern auch irgendetwas gesagt, doch er hatte Angst vor dem Klang seiner Stimme in dem leeren Tunnel. Eben waren sie noch zu zweit gewesen. Nun teilte er ihn außer dem toten Milan nur noch mit den drei anderen Leichen, die sie hinter sich gelassen hatten, von denen zwei die Kreaturen eines Wahnsinnigen waren.

Das Feldlicht wurde immer schwächer und er wollte noch nicht das nächste verbrauchen. Es waren nur noch zwei übrig und im Stockdunkeln würde er sicher nicht den Rückweg finden. Aber mit der näherrückenden Dunkelheit wuchs auch die Angst.

Der Erdboden unter seinen Füßen zitterte. Er hätte es wahrscheinlich nicht gespürt, wenn er nicht alleine gewesen wäre. Doch so wirkte jeder seiner Atemzüge unendlich laut in der Stille und die kleinste Erschütterung wie das Stampfen von zehn Golems. Der Kampf hatte begonnen.

Kurt stand auf. Er nahm das Feldlicht und hielt es vor sich, auch wenn es höchstens ein Schutz davor war, dass die Angst ihn verrückt machen würde. Dann setzte er sich in Bewegung. Links ging es dorthin, von wo sie gekommen waren. Kurt wandte sich nach rechts.

XXI

LEONOW

Leonow spürte den Schweiß auf der Stirn. Wahrscheinlich kämpften sie noch nicht länger als wenige Minuten, doch ihm kam es wie eine Ewigkeit vor.

Fabergé stand weiterhin in einiger Entfernung hinter den drei reglosen Körpern am Boden. Er hatte sich nicht vom Fleck bewegt und flackerte doch immer wieder in Leonows Sichtfeld auf wie ein höhnischer Dämon. Der Schein trog. Sein Vater kämpfte und Leonow spürte es. Er blickte durch Evelyns Augen und kämpfte mit Evelyns Waffen, wie er es schon durch Till und Joscha getan hatte, und es wollte Leonow nicht gelingen, ihn aus dem Mädchen zu vertreiben.

Leonow konnte nicht gleichzeitig um sein Leben kämpfen und den Griff des alten Halbengels brechen und so führte er mehr und mehr einen verlorenen Kampf um seinen eigenen Hals und seine Kraft schwand dabei stetig.

Er schützte sich gegen einen weiteren Hieb aus Evelyns rechter Hand und wich gleichzeitig der zuckenden Peitsche ihrer linken aus. Mit der Kraft der drei Anhänger zerbrachen seine Schilde nicht mehr unter jedem Schlag von ihr, doch es half alles nichts, solange er nur gegen Fabergés Marionette kämpfte und nicht gegen ihn selbst.

Leonow betete, dass Maria nicht schlimm verletzt war, aber zugleich auch, dass sie nicht erneut ins Kampfgeschehen eingreifen würde. Er hatte nun alle Hände voll damit zu tun, sich selbst zu schützen. Ein weiteres Geschoss von Evelyn würde ihren Tod bedeuten.

»Evelyn«, presste er angestrengt zwischen zusammengebissenen Zähnen hervor.

Er konnte Fabergés Bann nicht brechen, aber vielleicht würde er sie doch anders erreichen.

»Er hat dich entführt. Er ist ein Mörder.«

Funkenklinge traf auf Funkenklinge und Leonow spürte, wie es ihm die Augenbrauen versengte. Unter dem Nachpeitschen von Evelyns Klinge, die sich plötzlich um seine herumwand, duckte er sich hindurch.

»*Er* hat deine Erinnerungen ausgelöscht. Du hättest sonst niemals für ihn gekämpft.«

Du wirst ihrem Schicksal nicht im Weg stehen, antwortete Fabergé statt ihrer in seinem Kopf.

Leonow nahm es als gutes Zeichen, dass Evelyns Angriffe heftiger wurden. Fabergé wollte es beenden, ehe es aus dem Ruder lief.

»HILF MIR!«, brüllte Leonow das Mädchen an, das auf ihn eindrosch, und wehrte zwei neue Schläge ab. »Hilf mir, ihn aufzuhalten!«

Der Schild, mit dem er seine linke Seite schützte, ging plötzlich ins Leere. Und der Schlag, den Evelyn im letzten Moment zu seinem Bein absacken ließ, traf.

Leonow schrie auf, als die Berührung einen Schock durch seinen ganzen Körper sandte und im nächsten Moment die Klinge durch seine Haut schnitt. Von der Verletzung ging zunächst gar kein Schmerz aus, doch er spürte das Ziehen, als Evelyn die Waffe befreite, und sein Bein knickte einfach unter ihm weg.

Noch im Fallen traf Leonow ein zweiter, peitschender Hieb

an der Schulter. Leonow prallte auf den Boden. Sein Körper schien von der getroffenen Schulter ausgehend in Flammen auszubrechen, so heiß brannte der Hieb.

»Nein«, brachte er hervor und warf sich herum, als die Peitsche auf den Boden niederging. Es durfte nicht so enden.

Eine Schusssalve krachte und Leonow wusste, was das bedeutete.

»Nicht!«, schrie er erneut und mühte seinen Oberkörper hoch. Als er die Spuren des Schlags sah, der sich dort von der Schulter ausgehend quer über seine Brust eingebrannt hatte, wurde ihm schlecht.

Maria stand in der Ecke, in der sie getroffen worden war, und ihr Gesicht war über die komplette linke Gesichtshälfte krebsrot und wund. Ihr linkes Auge hielt sie zusammengekniffen. Die Schmerzen mussten höllisch sein, doch mit dem Mut der Verzweiflung hielt sie sich aufrecht und feuerte auf Evelyn, die sich nicht treffen ließ und bereits die Hände hob.

Leonow sandte die drei Relikte von sich fort. Er selbst mochte nun völlig ungeschützt sein, doch er würde nicht zusehen, wie Fabergé durch Evelyns Hände Maria etwas antat. Er nutzte die drei Anhänger, um einen Schild vor Maria aufzubauen, der die ersten Geschosse aus Evelyns Händen abwehrte.

»Komm zurück!«, brüllte Leonow. »Hier bin ich!«

Er mühte sich hoch und sah wieder Fabergé, wie er dort einfach stand. Über ihm schwebte das goldschimmernde Konstrukt, mit dem er die Jungen schon schlafend gehalten hatte, während er in Zarysin nächtlichen Besuch aus dem Zarenpalast empfangen hatte.

»Hier bin ich!«, wiederholte Leonow verzweifelt und schoss mit seinen Anhängern eine Druckwelle in Richtung des Meisters. Sie war lächerlich schwach, doch sie sollte ihn auch nur von Maria ablenken.

Als sie auf das Konstrukt in der Luft traf, verschwand sie einfach und Leonow spürte auch keine Verbindung zu Fabergés

Werk, obwohl in dessen Mitte auch ein Relikt schwirrte. Was hatte Lyskom behauptet? Der Meister hatte Dutzende …

Und plötzlich fiel Leonow die eigene Torheit wie Schuppen von den Augen. Seit den Vorkommnissen in Fabergés Werkstatt, bei denen er alles in Schutt und Asche gelegt hatte, hätte er seine eigene größte Stärke kennen müssen. Lyskom hatte ihm noch mehrmals eingeschärft, wie anders er war als sie alle … Er konnte ihre Relikte nutzen. Das von Joscha, die von Dawid und Fjodor – und alle anderen, die Fabergé noch hortete.

Als Evelyn sich umwandte und mit Fabergés Zorn im Gesicht auf ihn zutrat, holte er nur zwei der Anhänger zu sich heran. Den dritten beließ er bei Maria, die ihr Magazin längst leergeschossen hatte, damit Fabergé ihr nicht doch noch einmal wehtun konnte.

Leonow schloss die Augen und sah Evelyn kommen. Ihre Hände waren für sich schon wie glühende Feuerbälle und sie brauchte nicht einmal mehr Waffen zu formen. Sie hob die Fäuste und Leonow spürte die alles verschlingende Energie, die davon ausging.

Er warf seine Hände dagegen und spürte, dass er dieser Kraft niemals lange standhalten würde. Doch längst suchte er mit seinem inneren Auge in der Dunkelheit der Gänge und Zimmer nach etwas anderem. So, wie er Fabergé auf Geheiß des Zaren aus seiner Zelle aufgespürt hatte, suchte er diesmal nach Mustern in der Dunkelheit. Mustern von Kraftlinien, vielleicht Dutzenden davon. Er zweigte Kraft von seiner Verteidigung für die Suche ab und durchstieß die Wände aus Licht mit seinem Geist.

Was treibst du? Leonow mochte es sich einbilden, aber klang die Stimme seines Vaters nicht verunsichert? *Willst du deine letzten Momente nicht in deinem Körper verbringen? Es ist zu Ende!*

Leonow spürte den Schmerz wie ein weit entferntes Echo. Er konnte sich davon abschirmen. Er musste hoffen, dass sein Körper hinter ihm lange genug überleben würde und noch etwas von ihm übrig war, wenn er gefunden hatte, was er suchte.

Tiefer und tiefer tauchte er in die Strukturen der uralten Anlage ein und bekämpfte dabei nur einen einzigen Zweifel: Was, wenn Fabergé sie nicht mehr bei sich aufbewahrte, seit Lyskom ihm eins der Relikte gestohlen hatte?

Wer ist das?, höhnte sein Vater plötzlich. *Wie viele hast du auf deinem Weg noch angestachelt, dir hierher in den Tod zu folgen?*

Leonow gingen die Worte wie Eis durch seine Adern. Wen meinte er? War Kurt ihnen doch noch nachgekommen?

Leonow wusste, dass er nicht zurückkonnte. Wenn er sich den Schmerzen seines Körpers aussetzte, die er in seiner Konzentration nur wie einen bedrohlichen Schatten spürte, dann würde er kein zweites Mal die Kraft für die Suche zusammenbekommen.

Mit zunehmender Verzweiflung grub er tiefer durch die Geschosse, die sich wie ein unterirdischer Bienenstock immer weiterzogen. Bis schließlich ein Farbenspiel vor seinen Augen aus der Dunkelheit aufblühte, das alles übertraf, was selbst Evelyn in ihrer gleißenden Lichterscheinung ausgestrahlt hatte …

XXII

KURT

Pures Entsetzen erfasste Kurt, als er das Schlachtfeld durch die offene Wand am Ende der Plattform erblickte. Er sah einen Mann ihm gegenüber auf der anderen Seite des Gangs. Es musste Fabergé sein, auch wenn Kurt etwas anderes erwartet hatte. Er sah zu *menschlich* aus und auf der Straße wäre er ihm mit seiner mittelgroßen, breit gebauten Statur und dem dunklen Haar kaum aufgefallen. Zwischen Kurt und dem Mann lagen drei Tote oder zumindest Bewusstlose, doch sein Blick hing an dem Inferno fest, das um Evelyn und Leonow tobte, die sich noch ein Stück näher bei ihm an der Wandöffnung zu den Tunneln befanden.

Leonow kniete am Boden, die Augen geschlossen und beide Hände zum Schutz gegen Evelyn ausgestreckt. Kurt sah ihr Gesicht nicht, doch sie hatte die Fäuste geballt und er erkannte Funken und Blitze, die sich spontan in der Luft formten und über Leonows Hände, seine Arme und bis in sein Gesicht tanzten, wo sie Verbrennungen hinterließen. Selbst auf die Entfernung erschrak Kurt darüber, wie übel zugerichtet Leonow bereits war. Und trotzdem kniete er dort still vor ihr, ohne dass ein Laut über seine Lippen kam. Das Bild war unheimlicher als alles, was Kurt bislang in diesen Tunneln hatte erleben müssen.

»Evelyn!«, schrie er. »Leonow! Nein!«

Minka ließ ihn zurück und eilte voraus. Leonows Tier hatte sich im Tunnel zu ihm gesellt. Sie hatte nicht noch einmal zu ihm gesprochen, doch wie selbstverständlich hatten sie das letzte Stück des Weges gemeinsam zurückgelegt und dabei ihr Tempo immer weiter erhöht.

Auf Minkas Fersen überwand Kurt die letzten Meter und trat durch die Wand. Sofort entdeckte er Maria zu seiner Rechten, die das Gesicht mit der linken Hand bedeckte und wimmerte. Die Waffe in ihrer Hand war zu Boden gesunken und trotzdem sah er, dass ihr Zeigefinger noch immer um den Abzug gespannt war. Das Gewehr musste leergeschossen sein.

»Maria.«

Als sie aufsah, verschlug es ihm erneut den Atem. Marias komplette linke Gesichtshälfte wies schwere Verbrennungen auf und ihre Miene war eine Grimasse des Schmerzes.

»Sie bringt ihn um«, wimmerte Maria im Brustton der Verzweiflung. Es klang, als bereite ihr der Anblick von Leonows verzweifelter Lage größere Schmerzen als ihre eigenen Verletzungen.

Kurt wandte sich wieder zu dem entsetzlichen Bild von Evelyn und Leonow um und konnte nicht anders, als zu brüllen.

»Hör auf!«, schrie er. »HÖR AUF DAMIT!«

Evelyn nahm keine Notiz von ihm. Sie drehte sich nicht einmal um und Kurt rannte erneut Minka nach.

In der Luft tanzte der Staub. Der Boden hatte zu zittern begonnen und aus dem Augenwinkel sah Kurt, dass sich sogar feine Risse zu den Seiten des Ganges bildeten. Die Wände waren so weiß wie aus reinem Licht. Es musste der Gang sein, den Kurt gesehen hatte, als Evelyn verschwunden war. Nur dort, wo Marias Kugeln eingeschlagen sein mussten und wo sich nun immer größere Spalte bildeten, kam die Schwärze durch.

Kurt spürte das Knistern der Luft und die Hitze, die von Evelyn ausging, auf der eigenen Haut. Und dann, als er auf wenige Meter heran war, öffneten sich plötzlich Leonows Augen. Für einen kurzen Moment lag Triumph darin, doch binnen Sekundenbruchteilen verzerrte sich sein Gesicht zu einer gequälten Fratze. Er schrie los und die Risse in dem Gang wurden zugleich immer größer.

»Nein!«, dröhnte eine Stimme unnatürlich laut durch den Gang und Kurt konnte sie im ersten Moment gar nicht zuordnen. »Nein, lass das!«

Sie klang bissig und getrieben, und als Kurt aufsah, war es Fabergé, der plötzlich in Bewegung gekommen war, mitsamt eines übergroßen, goldenen Apparats in der Luft, den Kurt ebenso wiedererkannte wie den Gang aus Licht. Im Laufen stolperte der Mann und fiel beinahe und Kurt konnte sich keinen Reim daraus machen, was um ihn herum geschah.

Leonow schrie noch immer, doch er bewegte dabei die übel zugerichteten Hände und das Beben schwoll noch an. Kam es etwa von ihm? Mühsam kämpfte Kurt sich weiter, doch zum Schutz vor der zunehmenden Gluthitze musste er die Arme vor den Kopf nehmen.

Plötzlich brach rechts neben ihm der Boden auf und er taumelte erschrocken zur Seite. Etwas schoss von unten empor und verfehlte Minka dabei um Haaresbreite. Sie wurde ungleich heftiger zur Seite geschleudert und Trümmerteile des Bodens flogen durch die Luft. Ein weiteres krachendes Bersten erschütterte den Boden und dann noch eines. Es war wie ein Bombenhagel, nur dass die Geschosse von unten zu kommen schienen.

»NEIN!« Fabergés Brüllen war so laut, dass Kurt meinte, es zerreiße ihm das Trommelfell.

Plötzlich war die Luft voller Gold. Flirrendem Gold, das Funken schlug und tosenden Wind erzeugte, und Kurt stürzte, von zwei Böen aus unterschiedlichen Richtungen getroffen, zu Boden.

XXIII

LEONOW

Leonow fand sich inmitten eines Malstroms aus Energie wieder. Als er die Relikte gesucht hatte, hatte es ihn Mühe gekostet, seinen Körper hinter sich zu lassen. Jetzt musste er sich mit allem, was er hatte, in seiner Form festkrallen, um nicht einfach eins mit den Wogen zu werden, die den Gang plötzlich füllten und ihn verschlingen würden. Die sinnesraubenden Schmerzen halfen ihm sogar in seinem Kampf. Sie ließen ihn jede schreiende Nervenfaser in seinem Körper spüren und daran hielt er sich fest.

»Lass sie gehen«, schrie er durch den Lärm, und selbst wenn die Worte in dem Tosen kaum seine eigenen Ohren erreichten, war er sich sicher, dass Fabergé ihn hörte. »Lass uns alle gehen und es muss nicht so zu Ende gehen!«

Leonow wusste nicht einmal sicher, ob er das noch verhindern konnte. Er hatte die Relikte, noch während sie seinem Ruf gefolgt waren, zu einem einzigen Kraftfeld verbunden. Das Bild vor seinem inneren Auge hatte dem am Eingang zu diesem Ort geähnelt: Linien, die kreisförmige Tiersymbole verbanden. Linien, die Relikte vereinten und sich in der Mitte in einem Punkt trafen. Und dieser Punkt war nun er.

Du hast dein Volk auf dem Gewissen.

Dieser eine Satz dröhnte in Leonows Kopf und brachte ihn in Rage. Er hatte herkommen wollen, um seinem Vater gegenüberzustehen, und das hatte er getan. Doch es war sein Vater, nicht er, der seine hochheilige Blutlinie mit all seinen abscheulichen Taten zugrunde gerichtet hatte.

Leonow ließ den Kräften freien Lauf, und als er endgültig den Punkt spürte, wo es kein Zurück und kein Halten mehr geben würde, durchbrach er ihn.

Der Sturm um ihn herum gewann noch an Stärke. Es war aussichtslos, dagegen anzukämpfen, und deshalb versuchte er es nicht einmal. Mit den Relikten als glutgoldene Fixpunkte wirkte er auf Leonow nicht wie irgendetwas Irdisches. Eher wie ein kosmisches Bild, das das Sterben eines ganzen Sternenfelds begleitete. Und sie starben wirklich. Leonow spürte, wie sich die Kraftlinien in dem Glühen entwirrten, das Gold zu schmelzen begann und ein Relikt nach dem anderen in dem Kraftfeld aufging.

Es würde hier enden. Und niemand – nicht Fabergé, nicht der Zar und kein anderer – konnte an diesem Ort mehr die Mittel erlangen, um die geschundene Welt vor ihren Füßen zu beherrschen.

Leonow senkte mit den letzten Mustern in dem Chaos, die er unter Kontrolle bekam, einen dämpfenden Schleier über sie alle. Er sollte ihnen die Schmerzen in den letzten Augenblicken erträglicher machen. So, wie er seine eigenen Schmerzen nach der abrupten Rückkehr in seinen Körper gedämpft hatte. Und dann wurden seine letzten schützenden Schilde im Sturm fortgerissen.

XXIV

KURT

Als hätten die Windstöße ihn plötzlich davon befreit, fielen die Schmerzen der brennenden Hitze auf einmal von Kurt ab. Er sah kaum mehr etwas in dem Chaos aus Sturm und Zerstörung, doch er wusste, dass Evelyn und Leonow und damit auch Minka nicht weit von ihm sein konnten. Und so krallte er sich in die Furchen des zertrümmerten Bodens und arbeitete sich Zentimeter für Zentimeter vorwärts. Trümmerteile fielen von oben herab und kamen zugleich von den Seiten herangeschossen und es war nur eine Frage der Zeit, bis eines davon ihn hart genug treffen und außer Gefecht setzen würde. Doch bevor das geschah, ertasteten seine Finger ein Bein.

Fieberhaft kroch er näher heran und fand Evelyn auf dem Boden. Sie blutete von der Stirn und ihre Lider waren nur halb geöffnet.

»Evelyn«, keuchte er. »Evelyn, wir müssen hier raus!«

Ihre Augen fanden ihn, doch sein Anblick löste nichts bei ihr aus.

»Ich bin es … Kurt«, rief er ihr durch das Tosen zu. »Komm mit! Bitte!«

Sie murmelte etwas. Kurt verstand es kaum, doch sie murmelte es wieder und wieder. Also kam er mit dem Kopf ihren Lippen so nah, wie er konnte.

»Flügel«, murmelte sie atemlos, als führe sie noch immer einen Kampf in ihrem Innersten. »Ich hätte Flügel haben sollen.«

XXV

EVELYN

Die Welt ging unter. Nur Stunden nachdem Eva zum ersten Mal ihr Licht erblickt hatte, war das Ende der Welt gekommen. Der Junge, den sie – oder vielmehr Fabergé durch ihren Körper – an den Rand des Todes gefoltert hatte, hatte es eingeläutet. Sie wusste nicht, wie, aber vielleicht hatte er recht damit.

Während des Kampfes hatte er nur wenige Worte zu ihr gesagt und Eva hatte es nicht geschafft, sie zu nutzen, um Fabergés absolute Macht über sie zu durchbrechen – doch diese Worte hatten die Zweifel weiter genährt, die Eva bereits in ihrem Herzen getragen hatte.

Sie lag am Boden und wusste, dass etwas sie getroffen hatte, als das Chaos losgebrochen war. Sie wusste nicht mehr, was dann geschehen war, doch nun lag sie inmitten der Apokalypse und hatte nur noch ein Ziel: Sie wollte nicht unter dem Joch dieses Mannes sterben, vor dem ihre Eltern geflohen waren. Sie wollte ihn vertreiben. Und daher richtete sie alle Kraft, die sie besaß, nach innen, um den bernsteinfarbenen Griff um das Ding in ihrer Brust auszubrennen.

Sie spürte die Leere in Fabergé, so wie sie seine Trauer um das zerstörte Reich seines Sohnes und seine Wut gegen seine Feinde gespürt hatte. Alles, wofür er gelebt hatte, zerfiel vor seinen Augen. Doch ohne sich ein weiteres Mal von seinem bernsteinfarbenen Schleier einlullen zu lassen, riss Eva die Krallen, die er in sie geschlagen hatte, eine nach der anderen aus. Ganz gleich, wie viel Schmerz sie sich dabei selbst zufügte.

Es gab keinen Befreiungsschlag und kein Triumphgefühl. Irgendwann, noch während sie verbissen kämpfte, war es einfach vorbei. Sie war nicht einmal sicher, ob sie sich letztendlich selbst befreit hatte oder ob es Fabergé gewesen war, der sie freiwillig hatte ziehen lassen. Aber er war plötzlich fort.

In diesem Moment spürte sie die Berührung an ihrem Bein und der Junge mühte sich vor ihr Gesicht. Er war im selben Alter wie die anderen, etwas älter als sie selbst. Sein Gesicht war gezeichnet von Angst und Verlust, aber sie mochte seine klaren Augen und das blonde, struppige Haar.

Er sprach sie wieder mit diesem Namen an, wie der andere. Eva wusste, dass es nicht mehr lange dauern würde, und deshalb hörte sie ihm kaum zu. Es gab noch eines, das sie spüren wollte, bevor es zu spät war.

»Flügel«, murmelte sie, wie um sie mit Worten heraufzubeschwören. Immer wieder. »Flügel … Ich hätte Flügel haben sollen.«

Sie griff nach der Kraft in ihrer Brust, die nun niemandem mehr gehörte außer ihr. Der Sturm, der tobte, lechzte danach. Er wollte sich einverleiben, was sie in ihrer Brust trug. Sie spürte, dass sie das letzte Stück des Puzzles an diesem Ort besaß. Doch sie gab es nicht her. Wenn Fabergé nicht gelogen hatte, und das glaubte sie nicht, dann war es das letzte bisschen Vergangenheit – etwas von ihrem Vater –, das sie noch besaß.

Und so sammelte sie, was sie davon aus eigener Kraft in die richtigen Bahnen lenken konnte, und konzentrierte sich nur auf diese eine Aufgabe. Und es fiel ihr leichter als jedes Schwert und jede Peitsche, die sie mit Fabergés Hilfe hervorgebracht hatte.

Eva sah nichts davon, aber sie spürte die mächtigen Kraftlinien, die sich von ihren Schulterblättern nach außen spannten, und den Glanz, der davon in Richtung ihrer Beine hinabrieselte, um Konturen von zwei Schwingen zu formen. Sie stellte sie sich vor wie die der Soldaten. So wie die, die sie in einem anderen Leben vielleicht wirklich besessen hätte. Die Flügel wurden immer größer und Trümmer, die auf sie herabfielen, konnten ihnen nichts anhaben. Nicht einmal der Sturm der Macht, der um sie tobte und der nach ihr gierte, drang durch ihre Flügel. Als Eva spürte, dass sie bereit waren, spannte sie ihre Schwingen auf und wischte den Untergang der Welt auf diesem kleinen Fleck beiseite.

»Komm«, rief sie dem Jungen durch das Tosen zu, der im Schutz ihres goldenen Flügels lag und sie aus offenen Augen anstarrte. »Komm mit!«

Der Gang hatte zu wenig Platz und sie wollte *fliegen*.

Eva sah das hasserfüllte Mädchen, das sich ebenfalls am Boden vorankämpfte. Sie wartete, bis auch sie ihre schützenden, aufgespannten Schwingen erreicht hatte, um ihr den Kampf zu erleichtern.

Mächte, die sie nicht für vorstellbar gehalten hatte, rissen von allen Seiten an ihrer Insel, doch sie verteidigte sie mit aller Kraft und noch größerem Willen. Wie durch einen der Kugelhagel, die Dawid und Fjodor von ihr abgehalten hatten, mühten sie sich gemeinsam vorwärts. Als Evelyn einen reglosen Körper am Boden entdeckte, ergriff sie seinen Arm und schleifte ihn mit. Es kostete sie kaum Kraft. Die wahre Kraft steckte in ihren Flügeln, die sie vor dem Tod bewahrten.

Noch eine zweite, entkräftete Gestalt ergriff sie gemeinsam mit dem Jungen, der denselben Willen zeigte wie sie. Er schien ihr zu vertrauen, dass sie den Weg hinaus kannte, und das ließ sie ihre Anstrengungen verdoppeln. Es war der Untergang einer Welt. Aber vielleicht konnte sie sich und die wenigen, die sie unter ihren Schutz genommen hatte, rechtzeitig in eine andere retten.

Als sie die Stahltrümmer erreichten, war es wie ein ganzes Gebirge, das sich vor ihnen auftürmte und unbezwingbar schien. Doch sie kämpften sich auch hier weiter und auf wundersame Weise gab es immer einen Platz für den nächsten Schritt und zumindest genug Kraft, um die beiden Bewusstlosen noch über das eine, nächste Stück hinwegzuhieven.

Und dann erreichten sie das Ende. Und als sie in die Schwärze hinaustraten und Evelyn durch die zerstörte Kellerdecke den Himmel sah, kümmerte sie sich nicht mehr um die, die mit ihr gekommen waren.

Sie streckte ihre Flügel aus – und flog.

Epilog

»Hier, nimm du.« Kurt streckte ihr das letzte Stück Brot hin.

Eva schüttelte den Kopf, obwohl ihr Magen danach gierte. »Nein, behalt es. Ich hab sowieso schon mehr gegessen.«

Ferne Gewehrsalven und das Donnern eines Geschützes durch die Nacht ließen sie alle aufhorchen. Die Kämpfe waren noch während ihrer Flucht ausgebrochen. Erst gestern Mittag hatten sie den letzten Blick auf die Stadt geworfen, die die anderen Wien nannten und in der sie aufgewachsen war. Jetzt war sie erneut umkämpft.

»Was glaubt ihr, wer siegen wird?«, fragte Kurt. »Die Amerikaner oder der Zar mit seinen Husaren und Golems?«

»Von den Golems ist doch nichts mehr übrig«, entgegnete Leonow.

Eva spürte, wie sich die Blicke der drei anderen auf sie richteten. Schließlich war sie es, die die Golems zerstört hatte. Nur Minka auf Leonows Schoß kaute unbekümmert weiter.

»Seine ganzen Mühen in Aspern haben dem Zaren nichts eingebracht«, überspielte Kurt den Moment.

»Er hat behauptet, es ginge ihm darum, Fabergé in die Schranken zu weisen«, gab Leonow zu bedenken. »Und Fabergé ist jetzt tot.«

Maria neben ihm schüttelte den Kopf. »Er war doch genauso machtversessen wie Fabergé und der große Mann und sie alle. Überleg doch, wie fleißig er die Golems nachgebaut hat. Glaubst du, die wollte er nicht gegen die Amerikaner einsetzen?«

Nach einer besonders heftigen Explosion kehrte für einen Moment Stille ein.

Kurt hatte seine Mutter in der Stadt zurücklassen müssen, ohne ihr Lebwohl sagen zu können. Auch Evas Mutter sei noch am Leben, hatte er behauptet. Doch der Gedanke, sie zu sehen, hatte Eva nur Angst eingejagt. Vielleicht war es besser, wenn diese Evelyn für tot hielt.

Kurt hatte ihr ein bisschen aus ihrem alten Leben erzählt, auch wenn es sich eher wie Geschichten aus dem Leben einer anderen angehört hatte. Sie hatte nichts davon mit sich selbst in Verbindung bringen können.

»Nimm es«, hielt Kurt ihr erneut das Brot hin. »Ohne dich wäre keiner von uns am Leben.«

Minka sah zu ihnen hinüber. Sie und die kleinen Kunststücke, die sie mit Leonow zeigen konnte, waren sicher ein Grund, warum sie beim Betteln an den Bauernhäusern entlang des Weges Erfolg gehabt hatten. Und trotzdem war es ein Wunder, dass sie dort nicht fortgejagt worden waren, bei so vielen hungrigen Flüchtlingen, die auf den Straßen unterwegs waren.

Evas Magen entschied, dass Minka genug gehabt hatte. Sie griff nach dem Brot und aß. Als Minka daraufhin von Leonows Schulter herabhuschte, lehnte Maria ihren Kopf mit der unverletzten Seite dort an. Marias Blicke hielt Eva von allen noch immer am wenigsten aus. Immerhin hatte sie das Mädchen übel zugerichtet, mit den schlimmen Brandwunden in ihrem Gesicht.

»Was glaubt ihr, wo er ist? Dawid, meine ich …«, fragte Kurt und starrte in die Dunkelheit hinaus.

Fabergés Jünger, der an Evas Seite gekämpft hatte, hatte sich schon bei ihrer ersten Ruhepause davongemacht.

Zunächst antwortete niemand darauf. Über Dawid zu reden, der neben Leonow einer der beiden Bewusstlosen gewesen war, die sie hatten retten können, hieß zugleich, auch über den toten Lyskom zu reden. Die anderen hatten Eva von beiden erzählt, und je mehr sie darüber erfahren hatte, was die Menschen vor ihr alles durchgemacht hatten, desto schlechter hatte sie sich gefühlt. Was half es, dass ihr keiner von ihnen einen Vorwurf machte, wenn sie doch gekämpft hatten wie Feinde?

»Ihr habt nicht erlebt, was er getan hat«, murmelte Maria verbittert. »Ich würde mich nicht wundern, wenn er uns folgt.«

»Das glaube ich nicht«, schüttelte Leonow sachte den Kopf. »Ich glaube nicht, dass wir vor ihm noch Angst haben müssen.«

»Die Relikte sind Vergangenheit«, sagte Kurt mit Blick auf Leonow. »Stimmt doch, oder?«

»Zumindest die, die mit uns in Aspern waren«, bestätigte dieser. »Ich glaube nicht, dass etwas von ihnen übrig geblieben ist.«

»Also hat Dawid auch nicht mehr die Macht, die er vorher hatte«, folgerte Kurt.

Wieder spürte Eva einen Blick auf sich. Diesmal nur den von Leonow.

Nicht alle Relikte von dort unten waren Vergangenheit. Sie trug eines in ihrer Brust, von dem sie den anderen noch nichts erzählt hatte. Sie hatte über Fabergé und die Gehirnwäsche gesprochen, die er ihr verpasst hatte. Auch darüber, wie er ihr Kräfte verliehen hatte, die sie sonst niemals besessen hätte. Aber sie wollte nicht diesen Keil zwischen sich und die anderen treiben, dass Fabergé ihr nicht nur die Vergangenheit genommen hatte, sondern sie zu einem ganz anderen Wesen gemacht hatte. Sie wusste ja nicht einmal selbst, wie viel Mensch sie war, wie viel Engel – und wie viel etwas anderes. Früher oder später würde sie dieser Frage trotzdem begegnen müssen, nicht zuletzt wegen Leonow.

»Und wohin gehen *wir?*«, führte Kurt seinen Gedanken weiter. »Was ist *unser* Ziel?«

Er blickte in ratlose Gesichter.

»Nach Westen«, zuckte Leonow mit der Achsel, die Maria nicht belegte. »Nach Osten gehe ich nicht mehr.«

Er wechselte einen fragenden Blick mit Maria.

»Ich weiß es nicht. Ich weiß nicht mal, wie viele es von uns noch gibt«, sagte sie.

Eva wusste, dass Maria eine Schai war. Aber sie hatte noch keine Gelegenheit gehabt zu fragen, was das eigentlich genau bedeutete.

»Meine Mutter hat immer gesagt, dass es keinen Ort für uns gibt«, sagte Leonow. »Aber das glaube ich nicht. Ich glaube, wir werden einen finden.«

»Evelyn hat mir mal etwas erzählt«, lächelte Kurt plötzlich.

Auf diesen Namen reagierte mittlerweile niemand mehr mit Seitenblicken in Evas Richtung. Eva war froh, dass sie einen anderen Namen hatte. Es baute eine Trennwand zwischen ihr und dem Menschen auf, der sie nun einmal nicht mehr war. Es schien nicht, als würde sich an ihren fehlenden Erinnerungen noch etwas ändern. Nicht einmal, seit Fabergé unter den Trümmern begraben worden war, kehrte irgendetwas zurück.

»Sie war doch damals auf dem Flugfeld, um den großen Mann zu hören«, fuhr Kurt fort. »Er hat von Städten im Westen geredet. Hinter dem Meer und weit auf der anderen Seite des amerikanischen Kontinents.«

Es klang gut, wie er das sagte. Je weiter, desto besser.

»Dort gibt es eine, die ihr im Gedächtnis geblieben ist.« Kurt sah auf. »Die Stadt der Engel.«